내 사랑 노다

내 사랑 노다 1

초판 1쇄 찍은 날 ┃ 2016년 6월 24일
초판 1쇄 펴낸 날 ┃ 2016년 7월 04일

지은이 ┃ 김도경
펴낸이 ┃ 서경석

편 집 책 임 ┃ 조윤희
편   집 ┃ 이은주
           주은영
디 자 인 ┃ 신현아

펴 낸 곳 ┃ 도서출판 청어람
등록번호 ┃ 제387-1999-000006호
등록일자 ┃ 1999. 5. 31
어람번호 ┃ 제5-446호

주소 ┃ 경기도 부천시 원미구 부일로 483번길 40 서경B/D 3F
        (우) 14640
전화 ┃ 032-656-4452 팩스 ┃ 032-656-4453
http://www.chungeoram.com
E—mail ┃ chungeorambook@daum.net

ISBN 979-11-04-90843-9   04810
ISBN 979-11-04-90842-2   (SET)

김도경 장편소설

1

Chungeoram
romance
novel

내 사랑 노다

C O N T E N T S

프롤로그

　내 고향인 양평의 어느 작은 마을에는 그리 높지도 낮지도 않은 뒷산이 하나 있다. 시골 어디서나 볼 수 있는 그런 평범한 동산이.

　그러나 그 동산에는 여느 동산과 다른 점이 한 가지 있다. 출입이 엄격히 금지되어 있다는 점이 바로 그것이다. 예전에는 아무나 수시로 올라가 산나물도 캐고 아이들의 놀이터이기도 했다는데, 내가 기억하는 한 그런 적은 한 번도 없었다.

　작은 시골 마을의 평범한 뒷산이 어느 누구도 함부로 올라갈 수 없고, 올라가서도 안 되는 금역(禁域)이 되어버린 것은 서울에 사는 어느 부자가 뒷산을 통째로 사들인 직후부터였다.

　산 주인은 마을 사람들의 산 출입을 엄격히 제한하는 대신, 소로였던 마을의 길들을 넓혀주고, 폐교가 된 초등학교 부지를 사들여 마을 회관을 엄청나게 크게 지어주었다. 운동장에는 아이들이 마음껏 뛰어놀 수 있도록 놀이기구도 잔뜩 만들어주었다.

그리고 몇 달 뒤 뒷산 중턱에는 동화책에나 나옴직한 크고 하얀 이층집이 지어졌다. 뾰족 지붕까지 있는 너무 예쁜 집이. 그 집에는 해와 달처럼 둥근 조형물까지 커다랗게 달려 있었다.

그러나 아무도 그 집에 누가 사는지는 알지 못했다. 마을 사람 누구도 그곳에 올라갈 수 없었고, 그곳에 사는 사람들은 마을 사람들과는 왕래를 하지 않았으니까. 일주일에 한 번씩 번쩍거리는 고급 승용차가 그곳을 오르내릴 뿐이었다.

때문에 소문만 무성했다.

나병처럼 무서운 전염병에 걸린 중병 환자가 살고 있다는 소문도 있었고, 큰 죄를 지은 사람이 숨어 산다는 소문도 있었다. 그런 온갖 소문 중에서 가장 많이 떠도는 소문은 정신 나간 미친 할배가 산다는 소문이었다. 심지어 그 미친 할배는 밤마다 마을로 내려와 아이들을 잡아가서 산 채로 잡아먹는다고 했다. 아이들을 못 잡을 때면 할 수 없이 산짐승을 잡아 주린 배를 채운다고 했다.

그런 얘기가 어디서 어떻게 시작된 건지는 모르겠다. 그러나 어느 순간부터 미친 할배 얘기는 정설로 굳어졌고, 어른들은 아이들이 밤에 잠 안 자고 울거나 말썽을 피울 때면 이렇게 말씀하시고는 했었다.

"자꾸 그러면 뒷산에 사는 미친 할배가 와서 잡아간다!"

그럼 아이들은 잔뜩 겁을 집어먹고 울음을 '딱!' 그치고는 했다. 당연히 뒷산으로는 호기심으로라도 얼씬도 하지 않았다. 어른들한테 들키면 혼나는 것은 둘째 치고, 아이를 잡아먹는다는 미친 할배를 만날까 무서웠기 때문이다.

지금 생각하면 참으로 어이없는 어른들의 거짓말이었다.

하지만 나는 알고 있었다.

뒷산의 예쁜 이층집에 누가 사는지.

어른들의 말은 일부는 맞고, 일부는 틀렸다. 정신 나간 사람이 살고 있다는 것은 맞았지만, 미친 할배는 아니었다.

그곳에는 동화책에 나오는 것 같은 예쁜 집과 딱 어울리는 예쁜 공주님이 살고 있었다. 공주라고 하기에는 나이가 많이 든 아줌마였지만, 그만큼 예쁜 사람이었다.

그 사실을 내가 어떻게 알고 있느냐고?

그야 당연히 내 눈으로 직접 봤으니까.

아마 그 사실을 알고 있는 사람은 내가 유일할 것이다. 이층집이 생긴 뒤, 뒷산에 올라가 본 사람은 내가 유일했으니까.

나는 어렸을 때부터 호기심이 많고 당찬 아이였다. 겁도 없고 지는 것을 무진장 싫어하는 아이이기도 했다. '악바리', 그게 내 어렸을 때의 별명이었다.

때문에 나는 여자아이면서도 우리 마을의 골목대장이었다. 두 살 많은 연서 언니나 나보다 덩치가 큰 건너 집의 호석이 오빠도,

태환이도 결코 내 상대가 되지 못했다. 고집과 기가 어찌나 센지, 말싸움뿐만 아니라 몸싸움에서도 나를 당해낼 아이들이 없었다. 사내애들한테 힘과 덩치로 밀려도 눈에 독을 품고 이길 때까지 달려드는데, 그런 애를 누가 당할까. 나중에는 저희들이 먼저 질려 졌다고 항복하기 일쑤였다.

그래도 가끔 반란을 꾀하는 녀석들이 있기는 했다. 그중 가장 불만이 많은 게 호석이 오빠와 태환이었다. 하긴 명색이 사내자식들인데, 자신들보다 나이도 어리고 덩치도 작은 계집애를 대장으로 모신다는 것이 어지간히 자존심 상하는 일이긴 했을 것이다.

내가 열한 살 때였을 것이다. 하루는 그 둘이 작당을 하고 재대결을 신청해 왔다. 치고 박고 싸웠다가는 또 어른들한테 대판 혼이 날 테니, 몸싸움은 그만두고 담력으로 승패를 가르자고 했다.

"대장은 무식하게 힘만 세서는 안 돼. 머리도 있고 용감하기도 해야지. 태환이하고 나는 오늘 밤 저기 뒷산에 올라가는 걸로 승패를 가르기로 했어."

"뒷산? 거긴 올라가면 안 되는데."

"왜, 미친 할배 무서워서? 그럴 줄 알았어. 계집애가 다 그렇지, 뭐. 그런 주제에 대장은 무슨. 겁쟁이. 무서우면 넌 빠져."

계집애 운운하는 말과 겁쟁이라는 말에 호승심이 확, 타올랐었다.

"누가 무섭대? 좋아, 해! 뭘, 어떻게 할 건데!"

"저기 이층집 앞의 커다란 나무 보이지? 거기에 이 노끈을 묶고 오는 사람이 앞으로 대장 하는 거야. 시간은 오늘 밤 12시. 엄마 아빠 모르게 나와야 돼. 들키지 마. 이건 우리끼리만의 비밀이니까. 알았어?"

그러면서 호석이 오빠는 미리 준비해 둔 남색, 흰색, 핑크색 노끈을 하나씩 나눠주었다. 내 몫으로는 핑크색 노끈이 주어졌다. 계집애라고 당연한 듯이 핑크색을 주는데, 화가 났지만 꾹 참았었다.

'두고 봐, 내가 제일 먼저 묶고 오고 말 테니까.'

속으로만 씩씩거리며 투지를 불태웠다. 그날 밤 우리는 어른들이 잠든 사이 몰래 각자의 집을 빠져나와 산 밑에서 만났다. 결연한 표정으로 하나, 둘, 셋을 외친 뒤 뒷산으로 뛰어 올라갔다.

무섭다며 가장 먼저 울음을 터뜨린 건 태환이었다. 호석이 오빠와 나는 그런 태환에게 빨리 돌아가라고 타이른 뒤 앞서거니 뒤서거니 하며 계속 산을 올라갔다. 불빛 하나 없이 컴컴한 산길. 완만한 뒷산이라도 어린아이한테는 충분히 가파른 산이었다. 게다가 언제 어디서 애들을 잡아먹는다는 미친 할배가 나타날지 모른다는 두려움도 있었다. 미친 할배한테 안 잡혀도 어른들한테 들키는 날에는 경을 칠 일이라는 것을 우리 모두 알고 있었다. 그러니 기껏해야 열한 살, 열세 살밖에 안 된 어린애들이 얼마나 무섭고 겁을 먹었겠는가.

그래도 나는 기를 쓰고 씩씩거리며 올라갔었다. 호석이 오빠도 기를 쓰고 따라 올라왔었다. 그런데 얼마나 올라갔을까. 문득 사방이 너무 고요하다는 생각에 뒤를 돌아보니, 호석이 오빠마저 보이지 않았다.

'오빠도 무서워서 내려갔나?'

그러고 보니 뒤에서 '연지야, 연지야, 그만 내려가자' 하고 울먹거리던 오빠의 목소리가 들렸던 것 같았다.

"치! 겁쟁이. 그런 주제에 누구보고 겁쟁이래!"

이겼다는 생각에 꽤나 의기양양했었다. 그러나 그도 잠시. 이 컴컴한 산속에 나 혼자라는 생각이 들자 왈칵 겁이 났다. 금방이라도 뒤에서 미친 할배가 나타나 뒷덜미를 잡아챌 것만 같았다. 푸드덕거리며 날아오르는 산새마저 겁이 나 미칠 것 같았다.

"잉, 무서워. 나도…… 내려갈까?"

그런데 그런 용기가 어디서 났던 걸까. 이제 거의 다 왔는데 여기서 그냥 돌아간다는 것이 너무 아쉽다는 생각이 들었다. 기왕 여기까지 올라온 거 내일 아침에 아이들이 모두 볼 수 있도록 보란 듯이 나무에 노끈을 묶고 말리라는 오기가 새삼스레 치솟아 올랐다.

"그래서 두 번 다시는 아무도 나를 계집애라고 우습게 보지 못하게 할 거야!"

나는 무서움에 떨면서도 이를 악물고 끝까지 산중턱까지 올라갔었다. 미친 할배에 대한 두려움은 중턱에 다다라 분지처럼 뻥 뚫린 공터에 세워져 있는 커다랗고 예쁜 이층집을 본 순간에서야 새삼스레 들었더랬다. 이층집 주변으로는 얼마간의 공간을 떨어뜨려 놓고 철문이 빙 둘러쳐져 있었다.

그 너머로 금방이라도 미친 할배가 '이노옴!' 하고 소리치며 달려 나올 것 같았다. 나는 수풀 속에 몸을 숨기고 한참 동안 꼼짝도 하지 못했다. 푸르스름한 달빛 아래 기괴한 적막 속에 쌓여 있는 이층집만 숨죽인 채 지켜보았더랬다.

그렇게 얼마나 있었을까. 아무런 기척이 느껴지지 않아 비로소 안심하고 움직이려는 찰나, 이층집의 현관문이 벌컥 열리고 누군가 나왔다. 나는 소스라쳐 바닥에 다시 납작 엎드렸다. 말 그대로 쿵쾅거리는 심장이 입 밖으로 튀어나올 것만 같았다.

그런데⋯⋯.

미친 할배일 거라고 생각했던 사람은 놀랍게도 새하얀 원피스를 입은 여자였다. 멀리서 봐도 너무너무 예쁘게 생긴 여자. 긴 머리카락을 늘어뜨린 여자는 피부색마저 원피스처럼 새하얬다. 시골에서 나고 자란 나로서는 처음 보는 새하얀 피부였다.

나는 순간적으로 그 여자가 천사일지도 모른다는 생각까지 했었다. 그 정도로 여자는 신비롭고 아름다웠다. 여자는 달빛을 만끽하며 너울너울 춤을 추었다. 금방이라도 등에서 커다란 날개가 튀어나와 하늘로 올라갈 것만 같았다.

나는 미친 할배에 대한 두려움 따위, 완전히 잊어버린 채 천사 같은 여자만 멍하니 바라보았더랬다. 춤을 추던 여자가 갑자기 우뚝 멈췄다. 철문 끄트머리에 있는 커다란 나무로 사뿐사뿐 날듯이 뛰어갔다.

"여보! 이제야 왔군요. 왜 이제 왔어요. 내가 얼마나 당신을 기다렸는데."

여자는 반갑게 소리치며 굵은 나무를 와락 끌어안았다. 나무에 새하얀 뺨을 비비며 황홀한 듯이 말했다.

"아아, 여보. 당신은 어쩜 이렇게 크고 단단하고 근사할 수가 있죠? 너무 좋아요. 사랑해요."

여자는 나무가 진짜 사람인 줄 아는지, 나무를 끌어안고 뽀뽀까지 하면서 계속 주절주절 말을 해댔다. 천사처럼 하얗고 예쁜 모습에 홀린 듯 멍하니 여자를 바라보던 나는 '뭐지?' 싶었다. 어린 내 눈에 보기에도 여자는…… 정상이 아닌 듯싶었다.

'미친…… 여자였어?'

그때였다.

이층집에서 또 다른 사람들이 달려 나왔다. 통통한 몸집의 아줌마와 건장한 체격의 아저씨였다. 두 사람은 천사처럼 예쁜 여자한테 달려가 끌어안고 있는 나무에서 억지로 떼어냈다.

"아이고, 사모님, 그건 나무예요. 사장님이 아니라니까요. 이를 어째. 요 며칠 괜찮다 싶으시더니, 또 시작이시네, 또 시작이셔."

"아니야, 우리 그이야. 이거 봐."

"아니라니까요! 제발 정신 좀 차리세요, 사모님! 이런, 뺨을 또 얼마나 비비신 거야. 벌써 또 다 까져 버렸네."

"안 되겠어. 사모님은 내가 모시고 들어갈 테니까 자네는 얼른 가서 그거나 좀 만들어와."

"뭐요, 닭 피요, 또? 안 돼요. 아까 낮에도 한 사발 드셨단 말이에요. 사장님이 너무 많이 자시게 하는 것도 안 좋다고 했다고요."

닭 피? 나는 순간 잘못 들은 줄 알았다.

"그럼 어떻게 해! 그거라도 드시면 진정이 되시는걸. 아, 뭐해, 빨리 안 가고!"

"아악! 이거 놔! 나쁜 놈! 난 우리 그이한테 갈 거야. 여보, 제발 날 좀 데려가요. 이놈들이 날 죽이려고 해! 여보, 여보!"

"사장님 보고 싶으세요? 그럼 제발 정신 좀 차리세요! 노다 군을 생각해서라도 좀 제발!"

"노다? 노다가 뭔데? 난 그런 거 몰라. 난 우리 그이한테 갈 거야. 가서 다시 무대에 오를 거야! 여보, 날 좀 구해줘요. 날 좀 여기서 데려가 줘!"

통통한 아줌마가 '아이고, 사모님!' 하면서 눈물을 흘렸다.

"이젠 노다 군도 기억을 못 하시나 보네. 이를 어째."

"어허, 이 사람이! 눈물이나 짜고 있으면 어쩌자는 게야. 빨리 가서 닭 피 한 사발 만들어오라니까!"

아저씨의 다급한 고함에 그제야 통통한 아줌마가 번뜩 정신을 차리고 부리나케 뒷마당으로 달려갔다. 그러는 동안 아저씨는 이거 놓으라며 난동 부리는 여자를 어깨에 둘러메듯이 안고서 부리나케 집으로 달려갔다. 비명과 고함을 질러대는 여자의 얼굴은 더 이상 천사처럼 예쁘지도, 신비롭지도 않았다. 야차처럼 끔찍하게 일그러져 있었다. 거친 나무 표면에 생채기가 난 양쪽 뺨에서는 검붉은 피가 이미 흥건히 배어나와 있었다.

나는 그 일련의 난동을 지켜보는 동안 너무 놀라서 거의 숨도 쉬지 못했다. 일순, 뒷마당 쪽에서 닭 홰치는 소리가 요란하게 들려왔다. 푸드덕, 푸드덕. 한동안 꽤 소란스러웠다. 그러다 갑자기 조용해졌다.

잠시 후, 철문 같은 것이 열렸다 닫히는 소리가 났다. 뒤이어 누군가 허겁지겁 달려가는 발소리가 들려오고 '쾅!' 하고 커다란 문이 열렸다가 닫히는 소리가 연거푸 들려왔다. 그러고는 사방이 거짓말처럼 조용해졌다.

'여보, 살려줘요!' 하고 소리치는 여자의 새된 목소리도 더 이상 들려오지 않았다. 나는 뭐가 어떻게 된 건지 알 수 없었다. 내가 본 광경이 꿈인지, 현실인지조차 헷갈렸다. 나는 그렇게 넋을 잃은 채 한동안 수풀 속에 납작 엎드려 있었다.

문득 정신을 차렸을 때 나는 호석이 오빠가 얘기했던 나무에 올라 노끈을 묶고 있었다. 무슨 정신으로 거기까지 기어 올라갔는지는 나도 잘 모르겠다. 지금 돌이켜 생각해 보면, 그때의 나도 제정신은 아니었던 것 같다.

다음 날, 나는 당연히 애들에게서 영웅 대접을 받았다. 무섭다고 나를 산속에 버리고 도망쳤던 호석이 오빠와 태환은 그런 내 앞에서 꿀 먹은 벙어리가 되어 눈치만 살폈다. 나는 그런 두 사람의 찌질한 만행(?)을 애들한테 얘기하지 않았다. 그 후로 호석이 오빠와 태환은 내 말에 어떠한 딴지도 두 번 다시는 걸지 않았다.

내가 말하지 않은 것은 그뿐만이 아니었다. 나는 그날 밤 이층집에서 본 것들에 대해서도 일절 말하지 않았다. 연서 언니가 자신한테만 말해보라고 꼬드겨도 절대 말하지 않았다. 그냥 멀리서 누가 소리치며 뛰어다니는 소리가 들려왔는데, 아마도 그게 미친 할배가 아니었을까 싶다는 얘기만 그럴싸하게 꾸며서 말해 주었다.

왜 그랬을까.

미친 할배가 아니라 정신 나간 미친 여자가 살고 있더란 얘기를 하면, 내 용감함이 상쇄될 것 같아서? 아님 애들 중 누군가 비밀 서약을 깨고 부모님한테 말할 것 같아서?

뚝! 자꾸 울면 뒷산의 미친 할배가 잡아간다!

거짓말! 연지가 그러는데, 뒷산에 미친 할배 안 산대! 정신 나간 미친 여자가 산대.

연지가 그걸 어떻게 알아?

저번 날 밤에 올라가 봤으니까!

그렇게 되면 부모님은 물론 어른들한테 또 나만 죽어라고 혼이 날 터였다. 산 주인이 알면 어쩌려고 거길 겁도 없이 올라갔느냐고, 무슨 여자애가 이렇게 극성인지 모르겠다고 말이다. 그래서 나는 그날 밤 산에서 본 것들을 아무에게도 말하지 않았다. 사내아이처럼 드센 악바리에 아무리 당돌하다고 해도 애는 애. 부모님과 어른들한테 혼나는 것이 좋을 리 없었다.

하나 실은 그보다 더 큰 이유가 하나 있었다. 왜 그런 생각이 들었는지는 모르겠는데…… 왠지 그냥 그래야만 할 것 같았다. 천사처럼 예쁘고 고운 아줌마의 비밀을 왠지 내가 지켜줘야 할 것만 같았다. 그렇게 곱고 예쁜데 정신이 나가 미쳤다니, 너무 불쌍했다. 세상에 맛난 게 얼마나 많은데 왜 하필 닭 피를 먹을까. 생각할수록 끔찍하고 괴이했지만, 그 점 또한 왠지 너무 딱하고 가여웠다.

그리고 궁금했다. 그 예쁜 아줌마는 왜 미쳤을까? 진짜 닭 피를 마실까? 미친 할배는 진짜 없는 건가?

호기심과 궁금증을 참지 못하고 나는 두 달 뒤 다시 산으로 올라갔다. 그날은 일주일에 한 번 나타나는 검은색 차가 산으로 올라간 날이기도 했다. 일찌감치 자는 척하고 있다가 엄마 아빠, 언니가 모두 잠든 후에 몰래 집을 빠져나왔다.

천사처럼 예쁜 아줌마는 여전히 마당에 나와 너울너울 춤을 추고 있었다. 네 명의 어른과 한 명의 웬 남자아이가 멀찍이 떨어져 있는 둥근 테이블 주변에 앉아 그런 아줌마를 지켜보고 있었다.

어른 중 두 명은 일전에 봤던 통통한 아줌마와 건장한 아저씨였다. 다른 두 명의 아저씨는 처음 보는 사람들이었다. 그리고 남자아이는…….

우와, 너무 예뻤다. 천사처럼 예쁜 아줌마보다도 훨씬 더.

나는 호기심 때문에 다시 그곳을 올라가 놓고는, 춤추는 아줌마보다 예쁜 남자아이를 훔쳐보느라 정신이 없었다.

남자아이는 나보다 서너 살쯤 많은 오빠 같았다. 키가 껑충 큰 것을 보아 호석이 오빠보다도 한두 살쯤 더 많지 않을까 싶었다. 나는 그렇게 예쁜 사람은 남자, 여자 통틀어서 그때 처음 봤다. 정신 나간 미친 아줌마가 세상에서 제일 예쁜 줄 알았는데 그것도 아니었다. 남자아이는 완전 인형이었다.

예쁜 아줌마보다도 피부가 더 하얗고 갸름한 얼굴은 또 얼마나 작은지. 그 작은 얼굴에 눈, 코, 입이 다 달려 있다는 게 신기할 정도였다. 게다가 남자아이는 입고 있는 옷이나 머리도 우리와는 너무 많이 달랐다. 나를 비롯한 우리 동네 아이들은 가르마가 어디 있는지도 모를 정도로 머리는 덥수룩하고 까맣게 탄 피부에 옷도 항상 지저분한 티 쪼가리가 전부인데, 그 남자아이는 반듯하게 탄 가르마에 머리카락 한 올 흘러내린 게 없었다. 거기다가 제 피부만큼이나 새하얀 남방을 입고 목에는 빨간색의 앙증맞은 나비넥타이까지 매고 있었다. 멜빵까지 두른 짙은 색의 반바지 밑으로는 가늘고 새하얀 다리가 쭉 뻗어 있었다. 무릎까지 올라오는 새하얀 양말에 TV에 나오는 어른들처럼 반짝거리는 검은색 구두까지 신고 있었다.

만화나 동화책에서나 보던 소공자나 왕자님의 모습 그대로였다. 아니, 어린 내 눈에는 사람이 아니라 요정처럼 보이기까지 했었다. 숲속에 사는 요정 왕자, 뭐 그런 거 말이다. 헨델과 그레텔에 나오는 마법의 집처럼 산속에 오도카니 세워져 있는 뾰족지붕의 새하얀 이층집, 천사처럼, 인형처럼 예쁜 사람들, 양복을 입은 근엄한 표정의 아저씨들. 모두 꿈인 양, 동화인 양 현실감이 전혀 없었다.

그렇게 한참을 멍하니 홀린 듯 바라보는데, 예쁜 아줌마가 갑자기 바닥에 웅크리고 토를 하기 시작했다. 통통한 아줌마와 건장한 아저씨가 깜짝 놀라 달려갔다. 나도 깜짝 놀라 예쁜 아줌마에게로 시선을 돌렸다.

예쁜 아줌마는 자신이 토한 것을 더럽지도 않은지 소중한 보물인 양 양손에 들어 올리고 중얼거렸다. 뭐라고 하는지는 잘 들리지 않았다. 그러다 갑자기 땅을 파기 시작했다. 통통한 아줌마의 경악한 외침이 들려왔다.

"아이고, 사모님, 뭐하시는 거예요!"

"기다려 봐. 내가 맛난 것 먹게 해줄게. 이걸 여기다 심으면 나무가 자랄 거야. 그럼 거기서 고기가 주렁주렁 열릴 거야. 그럼 배고플 때마다 따 먹을 수 있겠지? 아이, 좋아."

예쁜 아줌마의 정신이 또 돌아버린 모양이었다. 아줌마의 새하얀 얼굴과 옷은 금세 흙과 토악질한 음식물들로 뒤범벅이 되어 더러워졌다. 기겁한 통통한 아줌마와 건장한 아저씨가 달려들어 말려도 소용없었다.

그때, 사이렌처럼 날카로운 비명 소리가 들려왔다. 흠칫 놀란 나는 재빨리 시선을 돌렸다. 인형처럼 예쁜 남자아이가 근사하게 양복을 입은 아저씨 두 명한테 둘러싸여 비명을 지르고 있었다. 당황한 아저씨 한 명이 비명을 질러대는 아이를 들쳐 업고 마당 한쪽에 있던 차로 달려갔다. 나머지 아저씨 한 명은 부리나케 집으로 뛰어 들어갔다.

꿈인 양, 동화인 양 아름답던 광경은 갑자기 아수라장이 되어 버렸다. 예쁜 아줌마는 떼쓰는 아이처럼 바닥에 엎어져 고래고래 소리치며 몸부림쳤고, 통통한 아줌마와 건장한 아저씨는 그런 아줌마의 사지를 붙잡고 진정시키느라 진땀을 뺐다.

집에 뛰어 들어갔던 아저씨가 검은색 가방을 들고 몸부림치는 아줌마한테 달려갔다.

"몸부림치지 못하게 꽉 잡아요!"

"아이고, 사모님 제발 가만히 좀 계셔 보세요!"

비명을 지르는 사내아이를 억지로 차에 태운 또 다른 아저씨가 소리쳤다.

"박사님, 도련님은 제가 모시고 먼저 가겠습니다."

"그래요, 빨리 가요. 난 사모님 진정시키고 경과 좀 지켜본 다음에 갈 테니까. 그런데 노다 군도 충격을 많이 받은 것 같은데, 괜찮겠어요?"

"모르겠습니다. 하지만 여기서 일단 빨리 벗어나는 것이 급선무일 것 같습니다. 차는 곧 다시 보내겠습니다. 그럼 수고해 주십시오, 박사님."

그 길로 아이를 태운 검은색 차는 빠르게 철문을 빠져나와 산 밑으로 내려갔다. 남은 세 명의 어른은 여전히 발광하는 아줌마 옆에 붙어 있었다. 예쁜 아줌마의 발광은 한참만에야 진정되었다. 건장한 아저씨가 죽은 듯이 축 늘어진 예쁜 아줌마를 들쳐업고 집으로 들어갔다. 그 뒤로 통통한 아줌마와 박사님이라는 아저씨가 부리나케 따라 들어갔다.

소란이 잠잠해지기 무섭게 나도 얼른 산을 내려왔다. 놀란 가슴이 진정이 되지 않았다. 그날 밤 나는 잠을 한 숨도 자지 못했다. 놀라기도 했거니와 너무 무서웠기 때문이다.

아주 짧은 순간이었지만, 비명을 지르던 남자아이와 눈이 딱 마주친 것 같았다. 어쩌면 나의 착각이었을지도 모르겠다. 하지만 나는 겁에 질린 남자아이의 커다란 눈동자와 틀림없이 눈이 딱 마주친 것 같았다. 그 순간, 남자아이의 커다란 눈이 더욱 커다래졌으니까.

나는 꼼짝 없이 들켰다고 생각했었다. 남자아이가 수풀 속에 내가 숨어 있었다고 고자질할 것 같았다. 그래서 이틀 동안 집 안에만 틀어박혀 있었다. 건장한 아저씨가 나를 잡으러 올 것만 같아서. 그런데 이상하게도 아무 일도 벌어지지 않았다. 그래서 나는 아무래도 내가 착각한 거라고 생각했었다. 한데 지금은 잘 모르겠다. 내가 착각했던 것이 맞는지 아니면 남자아이가 나를 보고도 입을 다문 것인지.

어쨌든 그 뒤로 나는 두 번 다시는 산에 올라가지 않았다.

내가 다시 뒷산에 올라간 것은 그로부터 4년이 지난 어느 날이었다. 고등학생이 된 언니와 함께 서울로 전학을 가기 위해서 큰아버지 댁으로 언니와 나만 둘이 서울로 가게 된 전날 밤.

그 당시의 이층집은 1년 전부터 폐허처럼 버려져 있었다. 1년 전 늦은 가을, 영구차 한 대가 산으로 올라간 뒤부터 말이다.

마을 사람들은 드디어 미친 할배가 죽었나 보다고 수런거렸다. 하지만 나는 알고 있었다. 누군가 죽었다면, 그건 미친 할배가 아니라 천사처럼 예쁘던 불쌍한 아줌마일 거라는 것을. 무슨 이유에선지 괜히 눈물이 나왔더랬다.

영구차가 왔던 날 이후로 일주일에 한 번씩 나타나던 검은색 승용차도 더 이상은 마을에 나타나지 않았다. 뒷산에 사람이 더 이상 사람이 살지 않게 된 것은 그때부터였다. 그럼에도 뒷산은 여전히 출입이 금지된 상태였다.

미친 할배가 죽었다는 소문에 뒤늦게 용기가 생긴 호석이 오빠와 태환이 등 사내 놈 몇 명이 어른들 몰래 뒷산을 오르락내리락하고는 했다. 그러고는 저희들끼리 대단한 일을 한 양 자랑질을 해대고는 했다. 하지만 나는 그 무리에 끼지 않았다. 아무도 없는 그곳에 더 이상은 올라가 보고 싶지 않았다.

하지만 서울로 떠나기 전날 밤에는 올라가 보지 않을 수가 없었다. 나만이 알고 있는 어린 날의 추억과 비밀이 간직되어 있는 곳이었으니까.

푸릇하던 공터의 잔디는 잡초로 무성해져 있었다. 철문은 녹이 슬어 있었고 그림처럼 예쁘던 뾰족 지붕의 새하얀 이층집은 비바람에 방치된 채 폐허처럼 변해 있었다. 깊은 밤, 불빛 하나 없는 산속에 버려져 있는 집은 당장이라도 귀신이 튀어나올 듯 을씨년스러웠다.

나는 그날 처음으로 수풀 속에 숨지 않은 채 녹슨 철문까지 다가가 보았다. 하나 철문 안으로는 들어갈 수 없었다. 철문이 굵은 쇠줄과 커다란 자물쇠로 잠겨 있었기 때문이다. 나는 녹슨 철문 너머에서 흉물스러워진 이층집을 하염없이 바라보기만 했었다.

철저히 방치된 산처럼, 폐허가 된 이층집처럼 그 아줌마 역시 죽어서도 여전히 철저히 숨겨지고 버려진 것만 같아서 괜스레 가슴이 아팠다. 딱 한 번 봤던 그 요정 왕자님처럼 예쁘게 생긴 남자아이도 더 이상은 볼 수 없겠지, 하는 생각에 마음이 울적해지기도 했었다.

이렇게 될 줄 알았으면, 그 아줌마가 죽기 전에 용기를 내어 한 번 더 올라와 볼걸, 하는 후회도 들었더랬다.

그렇게 나는 폐허처럼 버려진 그곳에 나의 유년시절의 비밀과 추억을 함께 묻고 천천히 산을 내려왔다.

나는 지금도 그 집에 살던 사람들이 누구였으며, 예쁜 아줌마가 누구였는지 이름조차 알지 못한다. 그 예쁜 아줌마가 왜 미쳐버렸는지, 천사와도 같은 얼굴로 왜 끔찍하게 닭 피를 먹으며 살아야만 했는지, 왜 죽었는지 그리고 그 인형처럼 예쁘고 신비롭던 남자아이는 누구고, 어떻게 되었는지 어느 것 하나 속 시원히 알지 못한다.

그리고 나는 서울로 올라간 직후부터 그들을 까맣게 잊고 살았었다. 갑자기 바뀐 환경에 적응해야만 했고, 지고는 못 사는 유별난 성격 탓에 미친 듯이 공부에 매달려야 했기 때문이다. 덕분에 서울 학교로 전학 간 후 몇 달 뒤에 보란 듯이 전교 1등을 차지하기도 했고, 내 자랑 같지만 그 뒤로는 단 한 번도 1등을 빼앗긴 적이 없다. 나는 시골 촌뜨기라고 우습게 보던 아이들에게 지고 싶지 않았다. 그 아이들보다 좋은 대학에 들어가기 위해서 정신없이 앞만 보고 달려왔다. 뒤돌아볼 여유 같은 것은 없었다.

나는 경주마였다. 무조건 1등을 하기 위해서 미친 듯이 앞만 보고 달리는 경주마.

그러나 그 모든 것을 내려놓고 고향으로 혼자 내려온 지금. 그들을 까맣게 잊고 살았던 것이 무색할 만큼 과거의 기억들이 하나도 빠짐없이 생생하게 다 떠오른다.

무모하도록 용감하고 당돌했던 유년 시절의 나. 그런 나에게 환상과도 같았던, 막연한 동경과 호기심을 불러 일으켰던 예쁜 아줌마. 그 아줌마와 나누던 나 혼자만의 비밀스런 유대감. 그리고…… 딱 한 번이었지만 지금도 생생히 기억나는 남자아이의 그 눈빛, 비현실적이던 외모, 충격과도 같았던 섬뜩한 두려움.

그 모든 것들이 어제 일처럼 생생하게 기억이 난다. 동시에 마치 오래전 꿨던 꿈인 것처럼 아득하게 느껴지기도 한다.

지금 나는 뒷산의 초입에 서 있다. 하늘을 뒤엎듯이 빽빽하게 자라난 나무들 사이로 회색빛 길이 길게 나 있다. 그 앞에는 여전히 '입산금지. 사유지이므로 외부인의 출입을 금함. 이를 위반할 시에는 누구를 막론하고 민, 형사상의 책임이 따름'이라는 커다란 경고판이 위압적으로 세워져 있다.

하지만 나는 위협적인 경고 문구가 조금도 무섭지 않다. 아이러니하게도 그 뒤로는 중턱까지 길게 난 회색빛 길이, 바람에 흔들리는 무성한 나뭇잎들이 반갑다며, 어서 다시 들어와 보라고 오히려 나를 유혹하듯 손짓하고 있는 것 같다.

나는 그 유혹의 손짓에 화답하듯 빙긋이 미소 지었다.

"안녕. 그동안 잘 있었니? 나…… 돌아왔어."

1장

　"야야, 연지야. 아이고, 내 야 또 이라고 있을 줄 알았다. 니 자꾸 그카고 있다가는 참말로 더위병 걸리가 큰일난데이."

　삐걱거리는 문소리와 함께 구수한 사투리가 들려왔다. 굳이 눈 뜨고 보지도 않아도 누군지 알 수 있었다. 이 작은 마을에서 경상도 사투리를 쓰는 분은 태환이 할머니가 유일하니까. 연지는 아직 잠이 덜 깬 무거운 눈꺼풀을 느리게 들어올렸다. 검게 탄 얼굴에 주름이 자글자글한 태환이 할머니가 못마땅한 눈빛으로 그녀를 내려다보고 있었다.

　"아, 할머니, 오셨어요?"

　연지는 평상에 누워 있던 몸을 뭉그적거리며 일으켰다. 전신이 땀으로 축축이 젖어 있었다. 대체 몇 시간이나 잔걸까. 언뜻 가늠이 되지 않았다. 11시쯤 느지막이 일어나 시원한 생수 한 잔과 블랙커피 한 잔으로 대충 아침 겸 점심을 때우고 마당에 나와 평상에 누워버렸던 것까지는 기억이 난다. 그러다 깜박 잠이 들었었나 보다.

하늘을 힐끗 올려다보았다. 중천 높이 떠올라 작열하던 태양이 한풀 꺾여 뉘엿뉘엿 서산 너머로 넘어가고 있었다. 못해도 오후 네다섯 시는 족히 넘지 않았을까 싶다.

7월에 들어서고부터는 무더위가 기승을 부리고 있었다. 어찌나 푹푹 쪄대는지, 가만있어도 땀이 줄줄 흘러내렸다. 숨이 턱턱 막혀 꼼짝을 할 수가 없다. 병든 닭처럼 꾸벅꾸벅 조는 것 외에는. 뭐, 사실 딱히 할 일이 없기도 하지만. 애초에 그러려고 내려오기도 했고 말이다. 그래도 가끔은 그녀 스스로도 이래도 되나 싶을 만큼 연지는 매일 잠만 퍼 자며 허송세월을 보내고 있었다.

그래서 마을 어른들은 그녀가 엄청난 중병에라도 걸려 내려온 줄 아신다. 왜 안 그렇겠나. 사지육신 멀쩡한 젊은 애가, 그것도 꽤 좋은 대학에 다니던 애가 갑자기 혼자 덜렁 내려와 허구한 날 병든 닭처럼 잠만 퍼 자고 있는데.

처음에는 그런 게 아니라고, 그냥 잠시 쉬러 내려온 것뿐이라고 말씀드렸지만, 이제는 입이 아파서 그런 말도 하지 않는다. 마을 어른들이 혀를 끌끌 차시며 '어렸을 땐 장군감이었던 애가 어째 이렇게 됐느냐'며 딱하게 바라보시면 그냥 씨익 웃고 만다.

그나마 다행인 건 가뜩이나 몇 가구 안 되던 이 작은 마을에 남은 사람들이 별로 없다는 점이었다. 젊은 사람들은 죄 서울로,

큰 도시로 빠져나가고 할아버지, 할머니 몇 분밖에 남지 않았다.

말이 양평이지. 양평 제일 끄트머리에, 그것도 큰길에서 한참 벗어난 외진 마을. 이곳만 세상에서 비켜난 듯 고즈넉하다 못해 텅 비어버린 것 같다.

때문인지, 마을 어른들은 그녀만 보면 안됐다, 딱하다 하시면서도 속으로는 은근히 그녀를 반기시는 눈치다. '늙은이들만 모여 사는 곳에 그래도 젊은 아가 오니까 사람 사는 곳 같고 좋기는 좋네' 하시면서 틈날 때마다 이것저것 챙겨주신다.

특히, 그중에서도 그녀를 유독 친손녀처럼 살뜰히 챙겨주시는 분은 단연 태환이 할머니시다. 괄괄한 성격에 말씀은 투박하게 하셔도 속정은 어느 누구보다도 깊은 분이시다. 예전부터 집안끼리도 가장 사이가 좋고 그녀를 보면 어렸을 때의 당신이 생각난다면서 연지를 유독 예뻐해 주셨다.

2년 전에 아빠가 췌장암으로 돌아가셨을 때에도 혼자 된 엄마한테 가장 많은 힘과 위로가 되어주신 분도 바로 태환이 할머니였다. 그 후로 두 분은 친 모녀지간처럼 각별하게 지내셨다. 1년 전, 언니와 그녀가 엄마를 서울로 모셔갈 때도 엄마는 할머니를 많이 걱정했었다.

"나까지 가버리면 누가 할머니 말벗을 해드리니. 외롭고 적적하실 텐데. 태환이네가 때마다 내려오기는 하지만, 휴우, 난 그게 제일 걱정이다."

연지가 휴학하고 고향 집에 내려가 있겠다고 했을 때도 아마 태환이 할머니가 안 계셨다면 선뜻 허락하지 않으셨을 것이다. 뭐, 엄마가 끝까지 허락을 하지 않았어도 그녀는 제 뜻대로 짐 싸들고 내려왔을 테지만 말이다.

지금이야 어울리지도 않는 마음의 병이 생겨 맥을 못 쓰고 있지만, 그녀가 누구인가. 독종, 악바리 피연지였다. 엄마든 누구든 그녀가 한번 마음먹으면 세상 어느 누구도 그녀의 고집을 꺾지 못한다.

"니 밥은 묵고 이카고 누워 자고 있는 기가."

"그럼요. 지금 시간이 몇 신데요."

연지는 슬쩍 시선을 돌려 마루 벽에 걸려 있는 시계를 쳐다보았다. 시계바늘이 5시 50분을 막 넘어가고 있었다.

'우와, 시간이 벌써 저렇게 됐어? 대체 몇 시간을 잔 거야.'

태양은 뜨겁고 날은 덥고, 할 일은 없고. 물 먹은 솜처럼 축 늘어져 잠깐 눈만 감고 있겠다고 한 게 내리 네다섯 시간을 자버렸다. 작열하는 태양이 한창 기승을 부리는 이 삼복더위에, 그늘 하나 없는 평상에 철퍼덕 누워서 말이다.

'그러니 온몸이 땀범벅이지. 으, 따가워.'

살갗도 다 까졌는지 민소매 티와 핫팬츠에 가려져 있는 곳 외에는 온몸이 다 불에 덴 듯 벌겋게 익어 있었다. 가뜩이나 검댕이라고 놀림 받는 까무잡잡한 피부가 여기에 내려온 지 보름 만에 완전히 숯검정이 되어버렸다. 원체 까무잡잡한 피부색이라서 더 이상 까매질 일도 없을 거라고 생각했었는데, 완전 오산이었다. 그녀 스스로도 거울을 볼 때마다 깜짝깜짝 놀라고는 한다. 이게 웬 아프리카 흑인인가 싶어서.

"할머니, 텃밭에 갔다가 오시는 길이세요? 왜요, 저 또 뭐 주시려고요? 이번에는 뭔데요? 감자? 고구마? 상추?"

"으이구, 이놈의 가스나. 지는 천 날 만 날 쳐 자빠 자면서 노상 이 늙은 할미만 부려먹을라 칸다. 얌통머리 없는 년 같으니라고."

연지가 헤죽거리며 부스스 산발이 된 머리를 긁적거렸다.

"헤헤, 죄송합니다. 그런데 그건 할머니 탓도 있다고요, 뭐. 제가 저번에 따라가서 돕는다고 했더니 할머니가 얼씬도 못 하게 하셨잖아요."

"그기야 도움이 안 될 게 빤하니까 글켔지. 가뜩이나 아파가 쉬러 내려왔다는 아를. 그켔다가 밭에서 쓰러져 버리믄 그 뒷감당을 우째 하라꼬. 됐다. 앓느니 죽지."

그녀보다 몇 배는 더 까맣게 탄 얼굴에 주름까지 자글자글한 할머니가 애처럼 눈을 흘기며 입술을 비죽거렸다. 연지는 할머니가 내미는 소쿠리를 받아들며 눈을 휘둥그레 떴다.

"와, 뭘 또 이렇게 많이 가지고 오셨어요. 엊그제 주신 것도 아직 좀 남았는데. 감사히 먹겠습니다."

연지는 활짝 웃으며 살뜰히 인사를 챙겼다.

"그런데 매번 이렇게 얻어만 먹어서 어떡하죠? 할머니, 진짜 제가 좀 도와드릴 일 없어요? 저, 뭐든 다 잘할 자신 있는데."

"됐다. 내 정신 좀 봐라. 야야, 니 퍼뜩 내 따라나서라. 니 어메 전화 왔다."

감자와 옥수수 등이 가득 든 소쿠리를 마루에 내려놓던 연지가 미간을 살짝 찌푸렸다. 나지막한 한숨이 절로 흘러나왔다. 잘 지내고 있으니 걱정 말라고, 전화 좀 그만 하라고 한 게 바로 엊그제건만. 그새를 못 참고 또 전화라니.

물론 엄마의 마음을 이해 못 하는 것은 아니다. 걱정도 되고 미안도 하고 그러시겠지. 그래도 이제 그만 좀 하셨으면 좋겠다. 졸업하기 전에, 꿈을…… 포기하기 전에 처음이자 마지막으로 딱 한 학기만 세상만사 다 잊고 내 마음대로 푹 쉬고 싶다는데, 그 부탁 하나를 못 들어주나.

제발 날 좀 가만 내버려 뒀으면 좋겠어.

지금은 엄마의 마음을 이해하기 보다는 귀찮다는 생각밖에는 들지 않는다. 안 되겠다. 오늘은 정말 이판사판. 괜찮다는데도 계속 전화를 해서 귀찮게 하면 아무도 모르는 곳으로 훌쩍 떠나 버리겠다고 협박이라도 하던가 해야지. 연지는 신경질적으로 아랫입술을 잘근거리며 태환이 할머니를 따라 나섰다.

빈 집이 많아 한적하다 못해 을씨년스럽게 느껴질 만큼 조용한 골목을 지나 할머니 댁에 도착했다. 할머니는 수화기를 그녀한테 건네주고 부엌으로 들어가셨다.

"여보세요."

[연지야, 엄마야.]

"어, 또 왜?"

목소리가 절로 퉁명스럽게 흘러나왔다.

[왜긴, 너 잘 있나 걱정되서 전화했지.]

"잘 있다니까. 엊그제도 통화했잖아."

빈말이라도 엄마와 언니는 잘 지내고 있느냐는 말은 나오지 않았다. 교수의 꿈을 포기하기로 한 것은 어느 누구의 강요가 아닌 그녀 자신의 결정이면서도 지금 그녀는 어린애처럼 투정을 부리고 있었다. 퉁명스러운 딸의 음성에 주춤거리던 엄마가 먼저 언니의 안부를 전해왔다.

[연서 요즘에 정말 공부 열심히 해. 이번엔 어떻게든 꼭 합격하겠다고 결심이 아주 대단하다. 에휴, 진작 그렇게 정신 차리고 공부했으면 얼마나 좋아. 그랬으면 너도 네가 좋아하는 공부 계속할 수 있고, 휴학도 하지 않았을 텐데.]

"……"

[어쨌든 연지야, 기왕 너 그렇게 휴학도 했고, 복학해도 졸업하려면 1년은 더 다녀야 하니까 대학원 문제는 다시 천천히 생각해 보자. 엄마는 정말 괜찮아. 너희들 뒷바라지하는 거 하나도 안 힘들어. 다른 것도 아니고 공부하는 자식들 뒷바라지하는 게 뭐가 힘들어.]

아, 또 시작됐다. 이미 다 결론난 일을 엄마는 지겹지도 않은 모양이다. 매번 같은 얘기, 같은 푸념, 같은 공염불.

[거기다 네 언니가 이번에 합격만 하면 2, 3년만 더 고생하면 되는데 뭐. 그럼 네 언니도 검사님 돼서 돈 벌어올 텐데 뭐가 문제야. 굳이 네가 돈 안 벌어도 우리 세 식구 충분히 살 수 있어. 허리띠 조금만 더 졸라매면 되는데 뭐. 네 언니도 그러더라. 이번

에는 꼭 합격해서 너 대학원도 보내주고 교수될 때까지 제가 뒷바라지 다 하겠다고. 그러니까 연지야, 기왕 거기 내려간 김에 푹 쉬고 올라와서 우리 다시 생각해 보자, 응?]

"엄마."

[어?]

"엄마는 지겹지도 않아? 매번 같은 얘기 반복하는 거?"

[연지야…….]

"난 지겨워. 지겨워서 아주 돌아버릴 것 같아. 그게 싫어서 여기까지 내려왔는데, 어떻게 하루건너 한 번씩 전화해서 계속 그래? 그만 좀 해. 내가 엄마 이럴까 봐 일부러 핸드폰도 다 죽이고 내려왔는데 엄마도 참, 정말 너무한다."

두 눈을 질끈 감았다 뜬 연지는 준비했던 말을 망설임 없이 입 밖으로 내뱉었다.

"엄마가 계속 이러면 나, 내일이라도 당장 아무도 모르는 곳으로 떠나 버릴 거야. 그럼 몇 달이 아니라 1년이고 2년이고 아무 곳에나 틀어박혀서 연락도 하지 않을 거야. 빈말 아니야. 내 성격 알지?"

한번 한다면 기필코 해내고야 마는 독종, 피연지. 그녀의 고집은 어느 누구도 꺾을 수 없었다. 그런 그녀의 성격을 어느 누구보다도 잘 아는 엄마가 이번에는 대체 왜 이러는지 모르겠다. 미안하고 속상해서 그런다는 것은 알지만 그녀로서는 그마저도 귀찮을 뿐이었다.

그녀라고 어디 그런 결정을 쉽게 했겠나. S대를 포기하고 4년 장학금을 주겠다는 Y대 영어영문학과를 선택한 순간부터 그녀의 꿈은 오직 대학교수, 그거 하나뿐이었다. 지난 3년 내내 밤잠 안 자고 코피 흘려가며 과외와 학원 알바를 하면서도 과 수석을 한 번 놓치지 않았을 만큼 죽어라고 공부한 이유도 모두 그 때문이었다. 그녀는 시간이 아까워서 MT는 물론 그 흔한 미팅이나 연애도 한 번 해본 적이 없었다.

그런데 4학년에 되어서야 그 모든 것이 부질없는 노력이었다는 것을 뒤늦게 깨달았다. 아빠가 돌아가시고 더욱 기울어진 집안 형편. 자그마한 반찬 가게로 힘들게 생계를 꾸려 가시는 엄마. 그럼에도 불구하고 사법고시가 폐지되기 전에 합격해야 한다며 사법고시에 목매고 있는 언니.

그것만으로도 연지가 꿈을 포기할 만한 필요충분조건이긴 했지만, 그녀가 그런 마음먹게 된 결정적인 이유는 따로 있었다.

그녀가 아무리 힘들게 대학원에 진학해서 석, 박사 학위까지 딴다고 하더라도 요즘 세상에 박사가 어디 한둘인가. 박사 학위까지 따고도 일자리를 구하지 못해 놀고먹는 백수가 세고 센 게 현실이었다. 운 좋게 강단에 설 기회를 잡아도 기껏해야 보따리 장수. 요즘에는 돈 없고 빽 없으면 교수도 못 된다.

그런데 그녀는 돈도 없고, 빽도 없고 박사 학위라고 해봐야 달랑 국내 학위가 전부일 것이 아닌가. 그녀한테 학원 알바 자리를 알선해 준 스타강사 대호 선배의 뼈아픈 충고가 아니더라도 그녀도 그 더럽고 치사한 현실을 진작부터 잘 알고 있었다.

그래서 고민에 고민을 거듭한 끝에 대호 선배의 제안을 받아들이기로 했다. 졸업 후 대호 선배가 있는 대한 영어학원의 토익 강사로 들어가기로. 대호 선배 말처럼 그 또한 흔치 않은 기회였다. 대호 선배가 그 학원의 간판 스타 강사인 덕분이기도 했고, 선배 덕분에 초등학생 대상으로 한 타임 뛰었던 알바 강의가 나름 꽤 인기를 얻었던 탓에 원장까지 그녀를 좋게 봐준 덕분이기도 했다.

그녀 혼자 꾸준히 공부해 온 공부법이 꽤 센세이션 했던 모양이다. 대호 선배는 그녀가 그 공부법을 조금만 더 체계적으로 개발하면 자신을 이을 스타 강사가 될 수 있을 거라고 장담하기도 했다. 자신처럼 억대 연봉을 자랑하는 스타 강사가 될 수 있을 거라고 말이다. 괜한 허풍이 아니라 그녀도 그 정도는 자신 있었다. 그래서 고민 끝에 선배의 제안을 받아들였다.

그런데 막상 그렇게 결정을 내리고 나자 모든 것이 허탈해져 버렸다. 나는 왜, 무엇을 위해서 그토록 앞만 보고 악착같이 살아온 걸까. 왜 나만 내 꿈을 포기해야 하나. 누구보다 잘할 자신이 있는데, 언니보다 내가 더 공부를 잘하는데, 내가 더 똑똑한데, 내가 왜!

빌어먹을 현실! 빌어먹을 피연서! 아니…… 사실은 빌어먹을 피연지였다.

그때부터였다. 연지가 모든 일에 염증을 느끼며 무기력증에 빠져든 것은. 학교에도 가기 싫어졌고 책 한 권도 보기 힘들어졌다. 밥도 안 먹고 이틀 내내 잠만 잔 적도 있었다.

그러다 그 일이 벌어졌다.

얼마나 무섭고 두려웠는지 모른다. 이러다가는 정말 내가 무슨 짓을 저지를지 모르겠구나 싶었다. 내가 이렇게 한심하고 약해빠진 인간이었나, 심한 자괴감도 들었더랬다.

병원에서는 스트레스성 우울증이라고 했다. 맙소사, 고작 꿈 하나 포기한 것 가지고 우울증이라니!

이러다가는 죽도 밥도 안 되겠다는 생각에 연지는 그날 바로 학교로 달려가 휴학계를 냈다. 과외하는 학생의 부모님과 대호 선배, 학원에도 개인적인 사정이 생겨서 한 학기만 알바를 쉬겠다고 양해를 구했다. 그리고 엄마와 언니한테는 일방적으로 통보했다.

"나 한 학기 휴학할 거야. 이미 휴학계 제출했어."
"뭐? 갑자기 그게 무슨 소리야? 이제 1년만 더 다니면 졸업인데, 휴학이라니. 대학원 준비하고 있는 거 아니었어? 왜 그래, 무슨 일 있니?"

연지는 그날 처음으로 엄마와 언니한테 대호 선배한테 졸업 후 스카우트 제안을 받았다는 사실과 자신의 결정을 통보했다.

"난 이미 마음 굳혔어. 그러니까 거기에 대해선 더 이상 왈가왈부하지 마. 내가 다 알아서 심사숙고해서 내린 결정이니까. 그래서 휴학계도 낸 거야. 생각해 보니까 그동안 한 번도 맘 놓고 쉬어본 적이 없더라고. 졸업하고 취업하면 앞으로는 더욱 바빠질 텐데, 그 전에 나도 한번 아무것도 안 하고 푹 쉬어보려고."

엄마와 언니는 너무 놀라서 한동안 아무 말도 하지 못했다.

"그리고 나, 내일 양평 시골집으로 내려갈 거야. 거기서 몇 달 푹 쉬다 올게."

엄마와 언니는 얘가 갑자기 왜 이러나, 정신 차리라며 한바탕 난리를 쳤다. 하도 외진 마을의 허름한 집이라서 헐값에라도 팔리지 않아 할 수 없이 버려두듯 1년 가까이 비워둔 집에 그녀 혼자 내려가서 뭘 어떻게 지내겠다는 거냐고 말이다.

하나 결국에는 그녀의 고집에 엄마, 언니 모두 두 손을 들고 말았다. 연지가 왜 대학원 진학을 포기하고 돈을 벌겠다고 결심한 것인지, 그 이유를 모르지 않기에 엄마와 언니는 그저 미안하다며 눈물만 뚝뚝 흘렸다.

그게 보름 전이었다. 이곳에 내려온 뒤 다행히 연지는 마음의 안정을 되찾았다. 물론 여전히 속에서는 불뚝불뚝 뜨거운 것이 치밀어 오르고 무언가에 대한 울분이 가시질 않는다. 그러나 자신의 결정을 결코 후회는 하지 않는다.

어쨌든 어느 누구의 강요가 아닌, 그녀 스스로가 내린 결정 아닌가. 누구를 원망하고 자시고 할 문제가 아닌 것이다. 그녀가 원해서 현실에 굴복하고 타협한 것일 뿐.

대신 그녀는 자신에게 몇 달이라는 귀한 시간을 선물했다. 연지는 그 몇 달을 오로지 자신만을 위해 살아볼 생각이다. 어느 누구에게도 구애받지 않고, 엄마, 언니, 미래 모두 다 잊고 오로지 현재의 자신만을 위해서.

자고 싶으면 자고, 먹고 싶으면 먹고. 그렇게 단 몇 달만이라도 제 멋대로 내키는 대로 살아볼 거다.

지금으로선 그거면 충분하다.

연지는 울먹이는 엄마에게서 '알았다. 앞으로는 전화하지 않을게'라는 대답을 기어코 얻어냈다. 대신 그녀가 일주일에 한 번씩 안부 전화를 해주기로 약속했다. 그 정도라면 그녀도 크게 귀찮지는 않을 것 같았다. 수화기를 내려놓는 연지의 입술 끝에 자조적인 쓴웃음이 걸렸다.

역시 자신답다는 생각이 들었다.

'기어코 엄마를 또 울려놓고 선심 쓰듯 그 정도는 해주겠다, 이거냐? 훗, 독하고 못된 계집애.'

"전화 다 했나."

연지는 등 뒤에서 불쑥 들려온 할머니의 음성에 흠칫 놀라 뒤를 돌아보았다. 알루미늄 대접을 든 할머니가 마루로 나오고 계셨다. 연지는 얼른 쓴웃음을 지우고 빙긋 미소 지었다.

"네, 감사히 잘 썼습니다. 할머니, 그럼 전 이만 갈게요. 저녁, 맛있게 드세요."

꾸벅 인사를 하고 마당으로 내려서려는데, 할머니가 그녀의 팔목을 잡고 다시 마루에 앉혔다.

"어데 가노. 이기 붙이고 가라."

연지는 고개를 갸웃거리며 대접 안을 들여다보았다. 강판에 간 감자가 자작하게 담겨 있었다. 할머니가 목침을 끌어다 앞에 놓고 탁탁 두드렸다.

"여 엎드려 봐라. 볕에 그을려 따가운 데는 이기 직방이다. 말만 한 가스나가 글케 살갗이 다 벌겋게 벗겨져 우야노. 어데 아파가 잠이나 온전히 자긋나. 뭐 하노. 퍼뜩 안 눕고."

할머니는 주름진 눈을 부라렸다. 연지는 잠시 망설이다가 주섬주섬 할머니 앞에 길게 엎드렸다. 서늘해진 가슴 한 구석이 따스해지는 것 같았다. 철퍼덕. 예고도 없이 발갛게 익은 어깨에 차가운 감자가 얹혀졌다. 으, 절로 부르르 몸서리가 쳐졌다.

"아, 차가워."

"호들갑떨지 말고 가만있어라. 아까븐 거 다 떨어진다."

덤으로 등짝도 아프지 않게 찰싹, 얻어맞았다. 연지는 괜히 '아야!' 하고 엄살을 부렸다.

"쯧쯧, 아주 지대로 익었네. 이 정도로 익었으믄 자다가도 아파가 퍼뜩 깼을 긴데."

조용히 간 감자를 붙여주시던 할머니가 또 다시 혀를 끌끌 찼다.

"근디 와 이케 말랐노. 어째 올 적보다 더 마른 것 같다. 풀때기만 묵어서 그란가? 니 고기 좀 묵을래. 할미가 낼 장에 갈 긴데, 고기 좀 사다주까."

잠을 그렇게 많이 잤는데도 또다시 가물가물 잠이 쏟아지려고 했다. 연지는 스르르 눈을 감고 작게 중얼거렸다.

"아니요. 저 고기 안 좋아해요. 전 고기보다 채소나 과일이 훨씬 더 맛있어요."

"그카니까 이케 말랐지. 사람이 너무 고기만 묵어도 안 되지만서도 가끔은 고기도 묵어주고 그케야 된다. 사람이 풀만 묵고 어케 사노. 염소 새끼도 아이고. 니가 염소 새낀 줄 아나."

누구 할머니 아니랄까 봐, 태환이와 똑같은 말씀을 하신다. 연지는 키득거렸다.

"태환이도 툭하면 그러는데. 이제 보니까 태환이가 그런 말 하는 거, 다 할머니한테 배운 거구나?"

"태환이도 그카드나. 니 염소 새끼라꼬?"

"네. 걔는 항상 그래요. 저번에 휴가 나왔을 때도 자기는 무조건 고기 먹어야 된다고 끌고 가서는 나보고 깨작거린다고 어찌나 구박을 해대던지. 네가 염소 새끼냐? 팍팍 좀 먹어. 맨날 그런다니까요."

할머니도 큭큭, 웃음을 터뜨렸다.

"우리 강아지가 고기를 좋아하기는 엄청스레 좋아허지. 어렸을 적부텀 밥상에 생선이든 뭐든 고기 한 점이 안 올라오믄 입이 댓 발 나와가 잘 묵지도 않았다. 그긴 딱 지 할아부지인기라. 갸 할아부지도 그랬거든. 그란 놈이 군대 가가 입에 맞지도 않는 풀때기나 묵음서 을매나 고생을 하겠노. 그케서 그란가. 저번에 휴가 나왔다꼬 내려왔는데, 아가 아주 얼굴이 많이 상했더라고. 살도 을매나 많이 빠졌는지 볼이 홀쭉해가 삐쩍 꼴았더라. 내사마 속상해 죽겠다."

그 거구가요? 할머니, 걔가 아무리 눈에 넣어도 안 아픈 손자라지만 그건 아닙니다. 살이 빠지기는 했지만 그건 삐쩍 곯은 게 아니라 그냥 슬림해진 거죠. 걔 군대 가서 완전히 용 된 거라니까요.

태환이는 중학교 때까지만 해도 그녀보다 키도 작고 몸집도 작았다. 그런데 몇 년 뒤 걔네 집도 서울로 올라와서 고등학생이 되어 다시 만났을 땐, 우와! 몰라볼 정도로 거구가 되어 있었다. 어느 날 갑자기 키가 크기 시작하더니 한 달 만에 10㎝씩 자라고는 했단다. 그렇게 순식간에 180㎝를 찍더니 몇 달 안 돼 185㎝를 찍고, 그러고는 바로 190㎝까지 훌쩍 자라 버렸단다.

그런데도 살이 빠지기는커녕 녀석은 몸집까지 계속 풍선처럼 부풀어 말 그대로 거대한 곰이 되어버렸다. 고3때 최고 정점을 찍었는데, 아마 그땐 모르긴 몰라도 100㎏이 훌쩍 넘지 않았을까 싶다. 보는 사람마저 질려서 숨이 턱턱 막힐 지경이었다.

그러던 놈이 대학에 들어가고 나서 살이 조금 빠졌다. 하나 그 엄청난 거구의 살들이 어디 금세 빠지겠나. 군대에 입대하기 전까지도 녀석은 계속 거구의 불곰이었다.

그런데 가끔 휴가 나올 때마다 살이 제법 빠졌다 싶더니, 몇 달 전에 봤을 땐 피둥피둥하던 살들이 다 사라지고 완전히 다른 사람이 되어 있었다. 군에 있는 2년 동안 몸 하나는 제대로 만들어서 나오겠다더니, 괜히 해본 말이 아니었나 보다. 족히 20㎏은 빠지지 않았을까 싶다. 어쨌든 지금은 완전히 환골탈태해서 운동으로 다져진 건장한 신체를 자랑하는 훈남에 몸짱으로 거듭났다.

그러니 딱 보기 좋을 만큼 살이 빠진 거지, 할머니 말씀대로 삐쩍 꼴은 것은 절대 아니란 말씀. 과장이 심하셔도 너무 심하시다.

"두어 달 있으믄 제대한다는데 어미헌테 야그해가 보약이나 한 첩 해 묵이라꼬 혀야지. 내사 울 태환이 건강이 제일 걱정인기라."

"두 달이요? 태환이 9월에 제대해요?"

"그칸다 카데."

와, 벌써 그렇게 됐나? 그러고 보니 저번에 봤을 때 여름에 말년 휴가 나오고 나면 바로 제대한다, 뭐 그런 얘기를 했던 것 같기는 하다. 세월이 빠르긴 참 빠르다. 녀석이 입대한다고 술 처먹고 징징 짰던 게 엊그제 같은데.

'그럼 바로 복학하겠네.'

태환이는 대학교 2학년 한 학기만 다니고 바로 자원입대를 했었다. 어차피 갈 거라면 빨리 다녀와서 빡세게 공부하는 게 낫다고 말이다. 똑똑한 놈이니 제 딴에는 심사숙고해서 내린 결정이었을 것이다. 하나 연지는 지금도 녀석의 결정이 옳았다고 생각하지 않는다.

졸업 후의 목표가 대기업 취업이라면 모를까. 검사가 목표인 놈이 무슨. 녀석이 경영학과에 입학한 것도 S대에 로스쿨이 설립되고 법학과가 폐지된 바람에 할 수 없이 경영학과를 선택한 거지, 가고 싶어서 간 학과가 아니지 않은가. 태환이가 S대 경영학과에 입학한 것은 오로지 졸업 후 로스쿨에 진학하기 위해서였다. S대학 출신에 S대학 로스쿨 출신이라는 엘리트 코스를 확실하게 밟기 위해서.

그러면서도 태환이는 졸업 때까지 사시가 폐지 안 될지도 모르니 사시 준비도 따로 할 거라고 했다. 미친놈. 그럴 거면 연서 언니처럼 허접해도 법대가 아직 남아 있는 대학에 진학할 것이지 왜 사서 고생인지 모르겠다.

한 번은 'S대 간판이 그렇게 달고 싶냐?'고 빈정거렸더니, 녀석은 피식 웃으며 이렇게 말했다.

"그래, S대 간판 달고 싶어서 환장했다. 됐냐? 그리고 네가 안 간다니까 나라도 네 한을 풀어줘야 될 거 아니야. 나는 피연지는 당연히 S대에 갈 줄 알았는데. 아깝다. 솔직히 말해봐. 너도 무진장 아쉽지? 이제라도 생각 바꿔보는 게 어때? 수시 아니더라도 너라면 충분히……."

그러면서 은근히 염장을 질러대는데, 녀석의 덩치가 조금만 작았어도 아주 아작을 내버렸을 것이다. 썩을 놈. 어렸을 땐 쬐끄만 게 완전 내 밥이었는데. 덩치가 커지더니 간도 배 밖으로 나와서는 느물느물, 완전 재수, 밥맛이었다.

그녀가 눈물을 머금고 포기한 대학을 녀석은 제대 후 복학해서 뻐기고 다닐 것을 생각하니, 새삼 속이 부글부글 끓는다. 더욱이 그녀는 출구 없는 미로에 갇힌 듯 난데없는 무기력증에 빠져 허우적거리고 있는데 녀석은 외모까지 환골탈태해서 활개를 치고 다닐 것을 생각하니…….

'끙. 아니야. 더 이상 생각하지 말자. 녀석이 어쩌든 말든 나랑은 무슨 상관이라고. 생각해 봐야 스트레스만 받지, 뭐. 지금은 그저 아무 생각 없이 푹 쉬는 게 중요해. 그러려고 내려온 거잖아. 후우. 후우. 나는 괜찮다, 괜찮다. 나는 지금 이보 전진을 위한 일보 후퇴를 한 것뿐이다. 고로 나는 괜찮다. 평온하다.'

연지는 속으로 중얼중얼, 기도문을 외우듯 고시랑거렸다. 그러자 신기하게도 부글거리던 속이 가라앉고 잠이 다시 솔솔 오기 시작했다.

그때였다. 엄청난 배기량을 자랑하는 차 소리가 우렁차게 들려온 것은. 할머니가 깜짝 놀라 소리쳤다.

"아이고, 무시라. 내사마 저놈의 차 때문에 제명에 못 죽을끼라. 기차화통을 삶아 처묵었지 싶다."

선잠에 빠져 있던 연지도 흠칫 놀라 깨어났다.

"그러게요. 뭔 소리가 저렇게 커요? 누구네 차예요?"

연지는 동그래진 눈을 깜박거리며 고개를 갸웃거렸다. 잠결에 얼핏 들었지만, 트럭 소리는 절대 아니었다. 머플러가 엄청 큰 승용차 소리였다. 노인 분들만 사는 이 작은 마을에 그런 차를 모는 사람은 없을 텐데. 아니, 이 마을에는 트럭이든 승용차든 차 자체가 없었다. 그런데 대체 누구네 차지?

그녀의 의문은 바로 풀렸다.

"어데 차긴, 저그 뒷산에 사는 사람 차지."

그녀의 눈이 튀어나올 듯 번쩍 떠졌다.

'뒷…… 산?'

처음에는 잘못 들은 줄 알았다. 커다래진 눈만 끔벅거렸다. 잠시 후, 마른침을 꿀꺽 삼키고 입술을 달싹거렸다.

"어, 어디라고요?"

"저그 뒷산 말이다."

그녀의 심장박동이 조금씩 빨라지기 시작했다.

"거기에…… 누가 다시 살아요? 비어 있지 않았어요?"

"니는 온 지 얼마 안 되가 잘 몰랐재. 거 누가 드가 산 지 좀 됐다. 1년인가. 그래, 한 그쯤 됐을기다."

연지의 어깨와 등에 간 감자를 모두 붙여준 할머니는 부채질을 해주며 옛이야기 들려주듯 두런두런 말씀하셨다.

"아이고, 한동안 난리도 아이었지. 집채만 한 공사 차들이 나타나드만 하루에도 수십 번씩 산을 오르내리고 요란법석을 떨었지. 그카드만 한 몇 달 뒤에 공사가 다 끝났는지 싹 빠져나가데. 그카고 며칠 뒤에 저 차 겉지도 않은 시커먼 게 요란한 소리를 내문서 산으로 쌩허니 달려가데. 얼매나 놀랐던지 아직도 가슴이 벌렁벌렁하다 아이가."

할머니는 그런 건 생전 처음 보셨다면서 연신 혀를 내둘렀다.

"그래서요? 차주인은 보, 보셨어요?"

그녀의 목소리는 어느새 콱 잠겨 있었다. 살갗을 뚫고 튀어나올 듯 점점 세차게 뛰어대는 심장 탓이었다.

"어데. 그 드가 사는 사람덜이 언제 우덜이랑 왕래한 적이 있드나. 코빼기는커녕 머리카락 한 올 본 적이 없다. 산 근처로는 얼씬도 몬하게 허는데 볼 요량이 없지. 안 그렇겠나. 지들만 저케 며칠에 한 번씩 쌩허니 내려왔다가 다시 쌩허니 올라가고 예전부 텀 그랬다 아이가. 기억 안 나나?"

"기억나요."

할머니의 목소리가 조금 더 투박해졌다. 산에 사는 사람들의 행태가 영 못마땅하신 모양이었다.

"그때나 지금이나 똑같다. 아이다. 지금 드가 사는 넘들이 예전 그 넘들보다 더하다."

"왜요? 무슨 일이 있었어요?"

"하모. 일도 큰일이 있었지. 그때 사람 죽어나간 다음에 저그가 10년 가까이 비어 있었잖나. 삼통 암도 오덜 않고 혀서 할마시들이 드가 산나물도 캐고 버섯도 캐고 그켔다 아이가. 근데 그 요상한 차 주인이 갑자기 나타나 살기 시작하믄서 또 암도 들어오지 말라고 하는기다. 근데 기태 할미가 산에 들어가서 나물과 버섯을 조금 캤다고 변호사라는 사람이 경찰까지 데리고 나타나서 기태 할미를 잡아가고 생난리를 폈다 아이가."

할머니는 고개를 절레절레 흔들었다.

"남의 땅에 함부로 들어와가 나물이랑 버섯을 캤다고 도둑으로 모는데, 시상에. 그란 게 우데 있노. 천지 삐깔에 널린 게 나물이랑 버섯인데. 그기 좀 캤다꼬 도둑이라니. 하이고, 내 시상천지에 글케 야박하고 드러운 꼴은 첨 봤다. 그때 이후로는 우덜모두 그 짝으로는 오줌도 안 눈다. 아주 상종 몬할 독한 인간들인기라."

그러면서 할머니는 혹시나 하는 마음에 낮은 목소리로 신신당부하셨다.

"그니까 니도 혹여라도 저그 산에 올라갈 생각은 꿈에도 허지 말그래이. 똥이 어데 무서버가 피하나. 더러버서 피하지. 알긋나."

연지는 '네' 하고 순순히 대답했다. 하지만 머릿속은 온통 딴생각뿐이었다. 지금 산에 살고 있는 사람의 행태가 이전에 살던 사람과 똑같다는 말을 들은 직후부터는 할머니의 말씀을 제대로 듣고 있지도 않았다.

'뒷산에 사람이 다시 산다고? 대체 누굴까. 어떤 사람일까. 어떤 사람이기에 예전의 그 아줌마와 같은 패턴으로 살고 있다는 걸까. 혹시⋯⋯ 예전에 영구차에 실려 갔다는 사람이 그 아줌마가 아니었던 것은 아닐까? 실은 아직 살아 있는 거 아닐까? 그렇다면 그 아줌마가 다시 돌아온 것은 아닐까?'

의문은 꼬리에 꼬리를 물고 계속 이어졌다. 그러는 와중에도 그녀의 심장은 미친 듯이 계속 뛰어댔다. 극심한 무기력증에 빠져 있던 심장이 모처럼 살아 숨 쉬듯 팔딱거리기 시작한 것이다. 전신에 알 수 없는 전율까지 흘러내렸다.

잠기운이 완전히 달아난 그녀의 까만 눈동자가 자연스럽게 뒷산으로 향했다. 불타는 듯한 붉은 노을에 휩싸인 뒷산을 올려다보는 연지의 두 눈이 간만에 생기를 되찾고 반짝거렸다.

2장

끼이익.

자정이 가까운 시간. 파란 지붕의 낡은 대문이 조심스럽게 열렸다가 닫혔다. 마을 사람들 대부분이 깊은 잠에 빠져든 조용한 골목길을 누군가 발소리를 죽여 빠르게 뛰어갔다. 꾸벅꾸벅 졸고 있던 개 한 마리가 흠칫 놀라 깨어나 컹컹 짖어댔다.

아닌 밤중의 불청객처럼 누렁이의 밤잠을 설치게 만든 이는 다름 아닌 연지였다. 연지는 뒷산에 다시 살기 시작했다는 사람이 누구인지 궁금해서 도저히 참을 수가 없었다. 어제 쌩하니 마을을 빠져나갔던 차량이 두 시간 전에 돌아왔으니, 지금 올라가면 '그 누구'가 누구인지 볼 수 있을 터였다.

연지는 혹여 사람들 눈에 띌까 자세를 바짝 낮추고 담벼락을 따라 빠르게 움직였다. 집이나 커다란 나무의 그림자에 숨어 뒷산까지 다다르는 것은 일도 아니었다. 어렸을 때 해봤던 가락이 있어서 새삼스럽지도 않았다. 유년 시절의 기억이 새록새록 떠올라 오히려 흥분되는 것이 간만에 재미있고 짜릿했다.

마치 까마득히 기억도 잘 나지 않는 열한 살 그때로 되돌아간 것만 같았다.

산 밑에 다다른 그녀는 뒤를 힐끔 되돌아보고 성큼 산으로 들어섰다. 멀끔하게 포장된 오르막길을 오를 것인가, 아니면 예전처럼 수풀을 헤치고 산을 오를 것인가, 잠시 망설이기는 했다. 결론은 반반이었다.

연지는 도로 가까운 산길을 오르다가 지치면 재빨리 주변을 살피고 도로를 거슬러 올라갔다. 그러다 저 멀리 나무 위에 CCTV로 의심되는 물체가 보이면 잽싸게 산으로 들어가 숨었다. 그러고는 또 한참을 올라갔다.

보름 전보다 훨씬 좋아지기는 했다지만, 이미 한 번 바닥으로 떨어졌던 체력은 좀체 돌아올 줄 모르고 여전했다. 그녀는 쉬이 지쳤다. 중턱의 반도 다다르지 못했는데, 숨이 목 끝까지 차올라 허덕거렸다. 그나마 다행인 건 예나 지금이나 밤눈 하나는 기가 막히게 밝다는 점이었다.

컴컴한 산속을 달빛 하나에 의지한 채 오르는데도 별반 어려움이 없었다. 예전보다 올라가는 속도가 현저히 느리기는 했으나 어쨌든 꾸역꾸역 올라갈 수는 있었다. 산짐승이 갑자기 훅 튀어나올지도 모른다는 두려움 같은 것도 없었다. 이 야트막한 산에는 멧돼지 같은 위험한 산짐승은 없었다. 그러니 무서울 것이 조금도 없었다.

산새는 여전히 많았다. 그녀가 수풀을 헤치고 걸음을 내디딜 때마다 갑작스런 불청객에 놀란 산새들이 푸드덕 하늘로 날아올랐다. 그때마다 연지는 깜짝 놀라 검은 하늘을 노려보았다.

'쉿! 조용히 해!'

새들의 부산스런 움직임에 이층집에 사는 사람들이 수상쩍게 생각하고 나와볼지도 모른다는 생각에 조바심이 들었다. 연지는 그들이 부디 그렇게 예민하지 않기만을 바랄 뿐이었다.

그렇게 한참을 쉬다 걷다를 반복한 끝에 마침내 중턱에 다다랐다. 두 눈이 휘둥그레졌다. 분지처럼 널따란 공터는 언제 방치되어 있었냐는 듯이 깨끗하게 손질되어 있었다.

우후죽순처럼 자라나 있던 잡초는 다 사라지고 푸릇한 잔디가 융단처럼 깔려 있었다. 녹슬었던 철문도 완전히 새 것으로 교체되어 있었다. 2미터는 족히 넘고도 남을 것 같은 높은 철문이 예전보다 훨씬 많은 공간을 차지하고 빙 둘러쳐져 있었다. 중간 중간에 그로테스크한 문양까지 달린 검은색 철문은 그 모습만으로도 위협적이었다. 때문에 그 맨 위에 하나 건너 하나씩 달려 있는 간접 조명등마저 괜스레 그녀를 지켜보는 듯 위협적으로 느껴졌다.

동화책에 나오는 것 같던 뾰족지붕의 새하얀 이층집은 아쉽게도 사라지고 없었다. 대신 그 자리에는 처음 보는 독특한 형태의 검은 건물이 웅장하게 세워져 있었다.

언뜻 봐선 건물 같아 보이지도 않았다. 그저 도심의 높은 빌딩

들 앞에 세워져 있는 커다란 조형물 같았다. 그것은 타원형의 형태를 띠고 있었다. 그 거대한 타원형의 원구는 하나도 아니고 두 개였다. 하나는 밑에, 또 하나는 그 위에 반쯤 걸치듯 얹혀 있었다. 맨 위에는 태양열 판으로 짐작되는 직사각형의 거대한 판이 비스듬히 세워져 있었다.

연지는 반쯤은 실망하고 반쯤은 감탄했다. 당연히 있을 거라고 생각했던 뾰족지붕 집이 없어진 것은 안타깝고 실망스러웠지만, 실험적인 예술작품처럼 독특한 형태의 구조물에는 순수한 감탄이 터져 나왔다.

'대체 어떤 사람이 이 외진 산속에 저런 건물을 지었을까.'

아무도 볼 수 없는 곳에 저런 근사한 건물이 들어서 있다는 것이 믿기지 않았다. 연지는 수풀에 몸을 감춘 채 조금 더 가까이 다가갔다.

그로테스크한 철문 너머의 너른 정원에는 아무도 나와 있지 않았다. 웬만한 학교 운동장만큼 너른 정원에는 아까 동구 밖 나무 뒤에 숨어 훔쳐봤던 검은색 스포츠카만 한쪽 구석에 덩그러니 세워져 있을 뿐이었다.

'저 차가 저기 서 있는 걸 보면 누군가 지금 저 집에 있다는 말인데. 설마 밤새 집에 틀어박혀 나오지 않을 생각은 아니겠지?'

그럼 저 차가 돌아오기를 기다렸다가 몰래 올라온 보람이 없지 않은가. 예전 예쁜 아줌마는 이 시간이면 밖에 나와 춤을 췄었는데, 지금 저기에 사는 사람한테는 그런 취미는 없는 모양이었다.

'그럼 역시 그때 그 아줌마는 아니라는 건가?'

에이씨. 어쨌든 이대로라면 완전 낭패였다. 아쉽지만 이대로 포기하고 내려가야 하나, 아니면 조금 더 기다려 봐야 하나. 연지는 잠시 망설였다.

'아니야. 기왕 올라온 거, 조금만 더 기다려 보자.'

연지는 빨리 결정을 내리고 조금 더 유심히 집 주변을 살폈다. 귀를 쫑긋 세우고 모든 감각을 곤두세웠다. 예민해진 살갗에 땀 방울이 조르륵 떨어졌다. 혹시 몰라 이곳에 내려올 때 챙겨온 검은색 가을 점퍼를 입고 올라온 탓에 온몸은 이미 땀범벅이었다.

그나마 야트막해도 산은 산인지라 아래보다 기온이 낮다는 것이 천만다행이었다. 뭐, 그래봐야 30도를 육박하는 열대야에서 간신히 벗어난 수준밖에는 되지 않지만. 그래도 그게 어디인가. 점퍼 안에는 브래지어 하나밖에 입지 않았다. 그래도 이 무더운 밤에 긴 팔 점퍼와 긴 바지라니. 산속이 아니었다면 진작 제풀에 더위를 먹고 쓰러지고 말았으리라.

연지는 소매로 이마에서 뚝뚝 떨어지는 땀방울을 닦으면서 수풀 속에 웅크리고 앉아 꼼짝도 하지 않았다.

그렇게 얼마나 있었을까. 어디선가 희미하게 물소리가 들렸다.

'뭐지?'

연지는 청각을 좀 더 곤두세웠다.

찰박, 찰박.

물소리가 조금 더 선명하게 들려왔다. 그녀의 짐작이 맞는다면, 단순한 물소리가 아니라 누군가 물을 찰박거리며 가지고 노는 소리 같았다. 연지는 크지도 않은 눈을 동그랗게 뜨고 빠르게 깜박거렸다.

'이건 분명히 물장구치는 소린데, 이상하다. 이 근처에 개울 같은 건 없…… 아! 혹시 연못 같은 것도 새로 만든 건가?'

우와, 그렇다면 정말 대박이다.

'그런데 대체 어디서 나는 소리지?'

아무래도 건물 뒤편인 것 같았다. 연지는 잠시 망설이다가 재빨리 움직였다. 다행히 울창한 나무와 수풀은 공터 주변을 빙 두르고 있어 뒷마당까지 간다고 해도 들킬 염려는 없었다. 더욱이 건물 뒤라면 정상으로 향하는 산등성이까지 우뚝 솟아 있기 때문에 몸을 숨기기에는 안성맞춤이었다. 뒷마당에 누군가가 있다고 하더라도 들킬 염려는 없다, 이 말이었다.

뒷마당이 가까워질수록 찰박거리며 물을 가르는 소리가 점점 더 크게 들려왔다. 그에 따라 그녀의 심장박동도 점점 가팔라지면서 쿵쿵, 세차게 뛰어댔다. 연지는 최대한 인기척이 나지 않도록 조심하며 천천히 다가갔다.

공터를 반 이상 빙 돌아가서야 겨우 뒷마당에 다다랐다. 숨죽여 걸으면서도 연지는 연방 집 쪽을 힐끔거리며 경계를 늦추지 않았다. 뒷마당에서 찰박거리는 사람 말고 집에서 또 누군가 나올지도 몰랐다. 하나 찰박거리는 사람 외에 다른 사람은 없는지 다행히 다른 곳은 고요하기만 했다.

뒷마당에 다다른 연지의 입이 다시 한 번 크게 벌어졌다. 앞의 정원만큼은 아니어도 뒷마당 역시 생각했던 것보다 엄청 넓었다. 그곳에는 앞의 정원보다 뭔가가 꽤 많았다. 우선 나선형의 긴 계단이 2층에서부터 바닥까지 완만한 곡선을 그리며 길게 뻗어 있었고, 그 중간쯤에는 1층 뒷문과 이어진 긴 지붕이 맞은편 철문을 따라 뒷마당 끝까지 다리처럼 쭉 이어져 있었다. 그 다리처럼 긴 지붕을 지탱하고 있는 둥근 기둥들이 일정한 간격을 두고 듬성듬성 서 있었다. 그 지붕 아래, 집과 뒷마당 끝의 중간 지점쯤에 기다란 테이블과 윙 체어 같은 것도 하나 놓여 있었다.

그러나 그중에서 가장 대박인 것은 뭐니 뭐니 해도 단연 너른 마당 한복판에 떡하니 자리를 차지하고 있는 기다란 수영장이었다. 그녀가 막연히 대박이라고 생각했던 연못도 아닌, 그보다 오만 배는 더 대박인, 무려 수영장이 말이다!

문제의 찰박거리는 물소리는 당연히 그 수영장에서 들려오고 있었다. 누군가 수영을 하고 있는 것이 틀림없었다. 찰박거리는 물소리가 들려올 때마다 놀라울 정도로 하얗고 긴 팔이 수면 위로 솟아올랐다가 사라지고는 했다.

팔만 봐서는 여자인지, 남자인지 알 수 없었다. 힘찬 움직임과 긴 팔 길이를 봤을 때 '남자인가?' 싶기도 했지만, 남자라고 하기에는 피부색이 지나칠 정도로 하얗고 두께 또한 상당히 얇았다.

'대체 어떤 사람일까?'

호기심이 최고조로 끓어올랐다. 연지는 저도 모르게 탄성이 터져 나올까 입을 꼭 막고, 긴 수영장을 힘차게 오가는 새하얀 팔을 따라 눈동자를 굴렸다. 여자 같기도 하고 남자 같기도 한 긴 팔의 주인공은 지치지도 않는지 끊임없이 끝과 끝을 오갔다.

그렇게 한참을 힘차게 물살을 가르던 새하얀 팔의 움직임이 마침내 서서히 느려지기 시작했다. 방향을 틀어 가장자리를 향해 이동했다. 드디어 수영을 마치고 밖으로 나오려는 모양이었다. 호기심과 기대감에 긴장감까지 더해져 입안이 바짝 말라왔다.

새하얗고 긴 양팔이 수면 밖으로 나와 바닥을 짚었다. 물에 젖은 자그마한 머리통도 솟구치듯 물 위로 스윽 올라왔다. 그리고 이내 너른 어깨가 보이는가 싶더니…….

차르륵.

너른 어깨에 비해 너무 말랐다 싶을 만큼 늘씬하고 새하얀 등이 수면 위로 모습을 드러냈다. 그리고 이내 탱탱하고 탄력적인 하얀 엉덩이가 수면 위로 모습을 드러내고, 긴 다리가 바닥을 짚었다. 자, 잠깐! 새하얀 엉덩이……?

'헉!'

연지는 속으로 비명을 삼켰다. 그렇다. 새하얀 엉덩이의 그 누군가는…… 실오라기 하나 걸치지 않은 알몸이었다! 그리고 그 알몸은 호리호리하고 가늘지만 틀림없는 남자의 몸이었다!

척 봐도 180㎝는 우습게 넘고도 남을 만큼 기다란 기럭지에 호리호리 말랐으나 어깨는 장거리 수영선수처럼 떡 벌어져 있었다. 수영으로 다져진 역삼각형의 상체는 군살 하나 없이 자잘한 근육으로 꽉 짜여져 있었다. 그리고 허리에 착 달라붙어 있는 자그마한 엉덩이와 아찔하도록 길고 긴 다리까지.

그것은 결코 여자의 몸일 수가 없었다. 그것이 아무리 예술작품처럼 경이로울 만큼 아름답다고 해도, 그 아름다운 육체를 감싸고 있는 피부가 제 아무리 눈부시도록 새하얗다고 해도 그것은 틀림없는 남자의 몸이었다.

때문에 연지는 연타석으로 두 번이나 경악하도록 놀라고 말았다. 첫 번째는 눈앞에 드러난 새하얀 몸이 도저히 현실이라고는 믿을 수 없을 만큼 너무 너무 예쁘다는 사실에 놀랐고, 두 번째는 바로 그 아름다운 육체가 아무것도 걸치지 않은 젊은 남자의 나체라는 사실 때문에 경악했다.

멋모르던 꼬마였을 때에는 사내놈들과 냇가로 우르르 몰려가 발가벗고 같이 멱도 감았더랬다. 그러나 중학교 때 서울로 유학을 간 이후로는 남자, 그것도 다 큰 남자의 알몸을 실제로 목도하는 것이 이번에 처음이었다. 그것도 생각지도 못했던 이런 곳에서 도둑처럼 벌거벗은 남자를 훔쳐보게 되다니, 맙소사! 당황한 와중에도 연지의 얼굴은 순수한 부끄러움에 화끈 달아올랐다.

당연히 눈을 질끈 감고 시선을 돌려야 했다. 그런데 아름다운 남자의 알몸에서 도저히 시선을 뗄 수가 없었다. 입안뿐만 아니라 목 안까지 까맣게 탄 듯 바싹 말라왔다. 심장은 이미 주체할 수 없을 만큼 미친 듯이 뛰어대고 있었다.

그러다 문득 자신이 뭘 하고 있는 건가, 라는 자각이 뒤늦게 들었다.

'뭐야. 마치 관음증 환자 같잖아. 젠장.'

그제야 연지는 화들짝 놀라 황급히 시선을 내리깔았다. 그러나 1초도 안 돼 다시 시선을 들어 남자를 빤히 훔쳐보았다. 남자는 긴 지붕 아래의 테이블로 천천히 걸어가고 있었다. 물기에 젖은 남자의 새하얀 몸은 불빛에 수정처럼 반짝거렸다. 그 반짝거리는 미끈한 몸과 완벽하게 올라붙은 탱탱한 엉덩이 그리고 아찔하도록 긴 다리의 움직임이 어찌나 근사하고 우아하기까지 한지, 저도 모르게 순수한 감탄이 연달아 터져 나왔다.

'우와, 진짜 예쁘다. 진짜 사람 맞아? 얼굴은 어떻게 생겼을까? 얼굴까지 저렇게 예쁘면 완전 대박일 텐데.'

저런 환상적인 몸매의 소유자라면 최소한 얼굴은 원빈 급은 되어줘야 되는 것 아닌가. 그렇지 않다면, 완전 대 실망일 터였다.

'얼굴 좀 보여주라. 그렇지, 조금만. 돌아, 돌아, 돌아.'

연지는 자신도 모르게 손에 땀을 쥐고 속으로 중얼거렸다. 그러나 남자는 야박하게도 얼굴을 보여주지 않았다. 테이블에 있던 타월로 대충 몸의 물기를 닦고는 긴 가운을 걸쳐 입었다. 아름답고 새하얀 몸이 검은색 가운 속으로 사라지는 것이 안타까워 연지는 또 저도 모르게 속으로 '제기랄' 욕설까지 터뜨렸다.

한데 남자는 그것으로도 모자라 가운에 달린 후드까지 깊이 뒤집어썼다. 때문에 남자가 몸을 돌려 집을 향해 걸어가는데도 남자의 얼굴은커녕 코끝 하나 볼 수가 없었다.

남자는 그대로 저벅저벅 걸어 집으로 들어가 버렸다.

탁. 삐빅.

육중한 문이 닫히고 자동으로 잠기는 소리가 들려왔다. 그러고도 연지는 한참이 지나도록 커다래진 눈만 끔벅거리며 꼼짝도 하지 못했다. 그저 남자를 삼켜 버린 검은색 건물만 멍하니 바라보고 있을 뿐이었다. 거의 숨도 쉬지 못했다.

그러다 불현듯 정신을 차렸다. 휘둥그레진 눈을 빠르게 깜박거렸다. 마치 눈뜨고 잠들었던 것만 같았다. 연지는 멍하니 자신의 뺨을 세게 꼬집어봤다.

"아야."

아프다. 그것도 더럽게 아프다. 흠, 이렇게 아픈 걸 보니 꿈은 아니었나 보다. 하긴, 꿈이라고 하기에는 벌거벗고 눈앞에 어슬 렁거리던 남자의 모습이 너무도 생생했다. 현실이라고 하기에는 지나치게 현실감이 떨어지기는 했지만.

열한 살 때, 내기 때문에 몰래 올라왔다가 천사처럼 예쁜 아줌 마를 봤을 때도, 그 아줌마가 미친 사람이라는 것을 알았을 때 도 이 정도로 놀라지는 않았던 것 같다. 비명을 내지르던 남자아 이와 눈이 마주쳤을 때도······.

아! 그러고 보니 혹시······.

"저 남자, 그때의 그 남자아이가 아닐까?"

그러고 보니 그때의 그 남자아이도 피부색이 눈부시도록 하얗 고 팔다리가 엄청 가늘고 길쭉길쭉했다. 그 아이가 그대로 컸 다면 방금 본 그 남자처럼 딱 그렇게 크지 않았을까 싶었다. 연지 는 호기심과 기대감에 부풀어 마른침을 꿀꺽 삼켰다.

남자의 얼굴을 못 본 것이 너무도 아쉬웠다.

"몇 살쯤 됐을까?"

그나저나 저렇게 젊고 기가 막히게 아름다운 사람이 왜 이런 외진 산속에 틀어박혀 사는 걸까. 예전의 그 예쁜 아줌마야 정신 이상자라서 그랬다고 하지만 저 남자는 왜?

"아, 그럼 혹시 저 남자도?"

정신병도 유전이 된다는 말을 어디서 들은 것 같기는 하다. 예전의 그 두 사람이 그녀의 짐작대로 모자지간이 맞는다면, 그리고 저 남자가 그때의 그 남자아이가 맞는다면, 유전의 가능성도 배제할 수는 없을 것 같았다.

아, 그렇다면 정말 안타까운 일이 아닐 수 없다. 저토록 아름다운 사람이—얼굴은 아직 못 봤지만—, 어쨌든 저 젊은 나이에 정신이상일지도 모른다니. 쯧쯧. 참으로 딱하고 아쉬운(?) 일이 아닐 수 없었다.

"아니야. 아직 확실한 건 아무것도 없잖아. 미쳤다는 증거가 어디 있어? 수영만 잘하고 멀쩡해 보이는고만. 뭐, 젊은 사람이 이런 곳에 1년 가까이 혼자 틀어박혀 산다는 게 엄청 수상쩍기는 하지만."

연지는 콧잔등을 찡긋거리며 고시랑거렸다. 슥, 시선을 돌려 이층집이라고 하기에는 너무도 웅장하고 독특한 집을 바라보았다. 어쨌든 오늘 올라온 소기의 목적은 달성했다. 여기에 어떤 사람이 다시 들어와 살고 있는지는 알아냈으니 말이다.

"저 남자가 어떤 사람인지, 정말 미친 사람인지 아닌지는 차차 알아가면 되지, 뭐."

궁금한 건 절대 못 참고, 한 번 한다면 기어코 해내야지만 직성이 풀리는 피연지의 악바리 근성에 모처럼 제대로 발동이 걸리는 순간이었다.

해가 지고 산속에 깊은 어둠이 내려앉자, 높은 철문 위에 설치되어 있는 간접 조명등들이 일제히 켜지며 사방을 환히 밝혔다.

그제야 태양이 떠 있던 낮 동안 꼭꼭 잠겨 있던 현관문이 비로소 '삐걱' 하고 열렸다. 남자가 천천히 밖으로 걸어 나왔다. 한 시간 전에 외출했다가 돌아온 탓인지, 남자는 무척 피곤해 보였다. 파리한 안색은 평소보다 배는 더 창백하게 굳어 있었다.

남자는 평소와 달리 수영장으로 향하지 않았다. 대신 양주병 하나를 들고선 너른 정원을 하염없이 거닐고 또 거닐었다. 깊은 밤, 산속이지만 여전히 무더운 여름밤임에도 불구하고 남자는 덥지도 않은지 짙은 색 카디건을 걸치고 있었다.

남자는 무언가 골똘히 사색에 잠긴 듯 한참을 느릿느릿 걷고 또 걸을 뿐이었다. 그러다 본인도 덥긴 더운지 카디건을 벗어 귀찮다는 듯 잔디 위로 아무렇게나 휙 던져 버렸다. 그렇게 또 한참을 걸었다. 그러다 문득 걸음을 멈추고 바닥에 털썩 주저앉았다. 검은 민소매 티 위로 드러난 살결이 눈부시도록 하얗게 빛났다.

바닥에 털썩 앉은 남자는 내내 손에 들고 있던 양주병을 눈높이로 번쩍 들어올렸다. 희뿌연 달빛과 사방의 간접 조명 불빛에 길고 둥근 갈색 병이 반짝 빛을 발했다.

남자는 그것이 무슨 역겨운 것이라도 되는 양 한참을 노려보았다. 그러다 돌연 키득거리며 웃었다. 적막하리만치 고요한 산속에 남자의 메마른 웃음소리가 서걱거리며 울려 퍼졌다. 그 메마른 웃음소리는 섬뜩하도록 차갑고 다른 한편으로는 가슴 한쪽이 선득하게 내려앉을 만큼 처연하게 들리기도 했다.

연지는 흠칫 놀랐다. 지난 일주일 밤 내내 이곳에 올라와 그를 몰래 훔쳐봤지만, 남자가 어떤 식으로든지 간에 감정을 드러내는 모습을 오늘 처음 보았다. 물론 남자의 음성도 지금 처음 들었다. 엄밀히 따지면 음성이 아니라 짧은 조소에 불과했지만. 어쨌든 그마저도 오늘에서야 처음 듣는 것이었다.

남자는 진짜 살아 있는 사람이 맞나 싶을 만큼 과묵하고 표정 또한 무(無), 그 자체였다.

연지는 두 번째 날 운 좋게 남자의 얼굴을 볼 수 있었다. 혹시나 하는 생각으로 첫날보다 일찍 서둘러 미리 올라와 기다리고 있었던 덕분이었다. 남자는 그녀의 바람대로 12시 10분쯤에 뒷마당으로 나와주었다. 첫날밤과 마찬가지로 검은색 가운에 후드를 푹 뒤집어 쓴 채였다.

남자는 가운을 벗어 타월과 함께 테이블에 훅 집어 던지고 천천히 뒤돌아섰다. 맙소사! 그날도 남자는 첫날과 마찬가지로 실오라기 하나 걸치지 않은 상태였다. 연지는 재빨리 양손으로 얼굴을 가렸다. 하지만 가증(?)스럽게도 양손의 검지와 중지는 활짝 벌어져 있는 상태였다. 질끈 감았던 눈도 어느새 하나도 놓치지 않겠다는 양 호기심에 번들거리고 있었다.

커다랗고 새하얀 발부터 천천히 위로 거슬러 올라간 눈동자는 미끈한 종아리를 거쳐 탄탄한 허벅지로 올라갈수록 점점 더 커다래지며 흥분에 차 번들거렸더랬다. 그러다 마침내 그곳에 다다라서는…… 속으로 '꺄악!' 비명을 내질렀다. 튀어나올 듯이 커다래진 눈은…… 당연히 감지 않았다. 감기는커녕 눈도 깜박이지 않고 그곳에서 한동안 시선을 떼지 못했다.

나도 내가 그렇게 뻔뻔하고 밝히는 애인지 그때 처음 알았다.

그러다 가까스로 정신을 차리고 황급히 시선을 들어올렸다. 그토록 궁금해하던 남자의 얼굴을 마침내 볼 수 있게 된 기회를 놓쳐서는 안 된다는 자각이 뒤늦게 든 까닭이었다.

아!

연지는 난생처음 남자의 그곳을 본 충격보다 더 큰 충격에 빠져 한동안 헤어 나오지 못했다. 그만큼 남자의 얼굴은 '충격!' 그 자체였다.

단순히 잘생겼다, 아름답다는 말로는 부족했다. 아니, 세상의 그 어떤 말로도 남자의 그 신비로운 아름다움을 제대로 표현할 수 없을 것 같았다. 그저 '우와!'라는 감탄사를 연발하는 것밖에는 달리 표현할 길이 없었다.

눈, 코, 입 달린 건 다 똑같은데, 왜 저 남자만 저토록 아름다운지, 그 점이 되레 불가사의할 정도였다. 어디가 어떻게 그렇게 경이롭더냐고 물어본다면 '이거다' 하고 딱 꼬집어 말할 수는 없었다. 웬만한 여배우보다 더 작고 새하얀 갸름한 얼굴에 수려한 이마, 그린 듯한 짙은 눈썹, 서양인들처럼 움푹 들어간 눈과 우뚝 솟은 우아한 코, 살짝 얇은 듯한 입술. 굳이 설명하자면 그렇게밖에는 설명할 수가 없는데, 그 정도로는 반삭의 머리를 하고도 충격적일 만큼 아름다운 남자의 외모를 십 분의 일도 제대로 설명할 수가 없었다.

그렇다고 남자가 여자처럼 예쁘게 생겼느냐 하면 그건 또 아니었다. 충격적일 만큼 예쁜데 그렇다고 마냥 여자처럼 예쁘기만 것은 아니고, 날카로운 남성미를 풍기기는 하는데 또 마냥 남성적으로 생긴 것도 아니었다. 그걸 뭐라고 설명해야 하나. 중성미? 아, 그것도 아닌데. 모르겠다. 어쨌든 무어라 형언할 수 없을 만큼 남자는 엄청 신비롭고 아름다웠다.

　도저히 나와 같은 사람이라고 생각할 수 없을 만큼.

　한마디로 남자는 인간이 아닌 그 이상의 어떤 초월적인 존재 같았다. 그런데 가만 생각해 보니, 남자가 그렇게 보이는 까닭은 비단 그 아름다운 외모만은 아닌 듯싶었다.

　처음에는 무엇 때문인지 알지 못했다. 그런데 하루, 이틀 계속 보다보니 무엇 때문인지, 그 이유를 조금씩 알 것 같았다.

　남자의 아름다운 얼굴에는 표정이라는 것이 전혀 없었다. 감정이라는 것 자체가 없는 사람 같았다. 두 시간 가까이 쉬지 않고 수영을 하고서도 힘든 내색은커녕 미간 한 번 찌푸리는 것을 보지 못했다. 혼잣말을 중얼거리는 것도 이상하기는 하지만, 그래도 1년 넘게 산속에 혼자 살다보면 외로워서라도 혼잣말 정도는 할 법하건만 남자는 입도 벙긋하지 않았다. 벙긋이 뭔가, 미소 한 번, 한숨 한 번을 내쉰 적이 없었다.

　남자는 사이보그처럼 늘 같은 무표정으로 같은 시간에 나와 두 시간 가까이 수영을 하고는 집으로 들어갈 뿐이었다. 때문에 연지는 남자가 사이보그나 혹은 초월적인 어떤 미지의 생물체가 아닐까 하는 말도 안 되는 상상까지 했더랬다.

그런데 지금, 그런 남자가 처음으로 감정이라는 것을 드러내고 메마른 웃음을 흘린 것이다. 그것만으로도 연지는 너무 놀라 숨을 제대로 쉴 수 없었다.

처음으로 남자에게서 어떤 감정들이 느껴졌다. 텅 빈 고통과 지독한 쓸쓸함, 처연한 울분 같은 것들이.

남자는 손에 든 병을 한참 동안 노려보다가 마침내 어떤 결심이라도 선 듯 병을 입으로 가져가 벌컥벌컥 마시기 시작했다. 무슨 술을 저렇게 물처럼 마시나. 엄청 독할 텐데. 연지는 다른 의미로 깜짝 놀랐다.

'그만 좀 마시지. 저러다 큰일 나겠네.'

연지는 미간을 찌푸리고 걱정스러운 시선으로 남자를 훔쳐보았다. 남자는 앉은 자리에서 독한 양주 한 병을 모두 비울 심산인지, 숨도 쉬지 않고 연신 들이켰다. 본인도 꽤 괴로운지, 마른 몸이 몇 번 꿀럭거리며 들썩거렸다.

퍽! 챙그랑.

기어코 한 병을 깨끗이 비운 남자가 빈 술병을 힘껏 내던졌다. 한참을 날아간 양주병이 바닥으로 곤두박질치며 '퍽!' 하고 깨졌다. 흠칫 놀란 연지의 두 눈이 휘둥그레졌다. 남자는 보이지 않는 무언가와 싸우듯이 허공의 어딘가를 노려보며 부들부들 떨었다.

안 그래도 창백할 정도로 새하얀 얼굴은 백짓장처럼 아예 하얗게 질려 있었다. 그녀가 늘 경탄해 마지않던 수려한 미간은 무참하게 일그러져 있었고, 움푹 들어간 긴 눈매는 격정에 휩싸인 듯 부들부들 떨리고 있었다. 다소 신경질적으로 보이는 얇은 입술은 터져 나오려는 비명을 참으려는 듯 악다물려 있었다.

연지는 소스라치게 놀랐다.

'갑자기 왜 저러지? 무슨 안 좋은 일이라도 있었나?'

그러나 그 다음에 벌어진 일에 비하면 그 정도는 놀랄 일도 아니었다. 남자가 콱 짓눌린 듯한 음성으로 무어라 중얼거리기 시작했다.

「미친 새끼. 괴롭냐? 왜, 뭐가 괴로워. 이 정도는 이미 다 예상하고 각오했던 일 아니었어? 그러라고 보내준 거였잖아. 그런데 이제 와서 새삼……. 나가 죽어라, 이 미친 새끼야.」

놀랍게도 남자는 영어로 중얼거렸다. 때문에 연지는 남자가 뭐라고 하는지 처음에는 잘 알아듣지 못했다. 그러다 불현듯 그것이 영어였다는 것을 깨닫고 '어머!' 하며 귀를 쫑긋 세웠다.

'웬 영어? 한국말을 못 하나?'

순간 연지는 뜬금없게도 자신이 영어영문학을 전공한 것이 천만다행이라는 생각이 들었다.

누군가를 향한 남자의 분노에 찬 웅얼거림은 계속 이어졌다.

「사실은 좋아하지도 않았으면서. 그냥 옆에 있으니까, 귀찮아서, 익숙해서 받아줬던 것뿐이면서……. 그런데도 걔가 딴 놈 찾아 갔다니까 속이 뒤틀려? 아쉬워? 후후, 미친 새끼. 사실은 걔가 결혼을 하든 말든 관심도 없으면서. 걔 생각 따위, 해본 적도 없으면서. ……너, 걔 때문에 이러는 거 아니잖아. 네 자신 때문에 이러는 거잖아. 네 꼬락서니가 한심해서, 억울해서…… 미치도록 무섭고 외로워서……. 후후후. 미친놈. 그래봐야 넌 이미 끝났어. 그것도 아주 오래전에 끝나 버렸지. 너란 놈은 영원히 여기서 벗어날 수 없어. 최노다, 넌 이미 죽었다. 아니, 아예 태어나지 말았어야 할 저주받은 운명이라고. 정신 차려.」

커다란 눈을 끔벅거리며 괴로워하는 남자를 훔쳐보는 연지의 검은색 눈동자에 이채가 어렸다.

'결혼? 방금 결혼이라고 한 거 맞지? 사귀던 여자가 다른 남자랑 결혼이라도 했나? 그래서 저러는 거야? 그게 너무 괴로워서?'

우와, 저 남자도 사랑도 하고, 그 사랑했던 사람한테 실연당해 괴로워할 줄 아는 사람이긴 했던 모양이다. 그런데 저주받은 운명은 뭐고, 이미 죽었다는 말은 또 뭔가. 그리고 방금, '최노다'라고 한 거 맞지?

역시 저 남자가 예전의 그 남자아이가 맞나 보다. 그녀의 기억이 맞는다면, 예전에 비명을 지르는 남자아이를 업고 차로 달려가던 아저씨가 분명 그 아이를 가리켜 '노다 군'이라고 했었다.

'역시 내 짐작이 맞았어.'

그런데 기분이 왜 이러지? 제 짐작이 맞았고, 남자도 실은 괴로워할 줄 아는 감정이 있는 사람이었다는 사실에 기분이 좋아져야 함에도 불구하고, 이상하게 가슴 한쪽이 욱신거렸다. 마치 그녀 자신이 짝사랑하던 남자로부터 실연이라도 당한 것처럼.

'내가 왜 이러지?'

연지는 제 풀에 흠칫 놀라 욱신거리는 왼쪽 가슴을 움켜잡았다. 쿵쿵, 뛰어대는 심장이 살갗을 뚫고 튀어나올 것만 같았다.

허공을 향해 울분에 찬 고백을 늘어놓던 남자는 이젠 또 뭐가 웃긴지 키득거리며 웃기 시작했다.

「큭큭. 가관이다. 도저히 눈 뜨고는 봐줄 수가 없네. 비겁한 새끼. 최노다, 왜 이렇게 못나게 굴어. 설마 벌써 진짜 미쳐 버린 거냐? 그래? 그런 거야? 큭큭, 큭큭큭.」

남자는 그렇게 한참을 키득거리며 웃었다. 아니, 그건 웃는 게 아니었다. 남자는…… 울고 있었다. 절규하듯 비통하게.

「젠장, 그럼 난 그동안 대체 뭘 한 거냐. 미치지만 않게 해달라고 아등바등. 어차피 이렇게 될 줄 처음부터 알고 있었으면서. ……후우. 아니다. 차라리 잘된 건지도 몰라. 지겹잖아, 이렇게 사는 거. 실은 그만하고 싶잖아. ……정말 이젠 그만하고 싶다. 신물이 나. 이대로 그냥 끝나 버렸으면…….」

중얼거리던 남자는 잔디에 벌렁 누워버렸다. 그러고는 무언가를 기다리듯 두 눈을 감은 채 미동도 하지 않았다. 연지의 심장이 불안하게 엇박자로 쿵쿵 뛰어댔다. '끝나 버렸으면……'이라고 나지막이 읊조리던 남자의 마지막 말이 그녀의 팽팽해진 신경 줄을 잡아채고 놓아주지 않았다.

'끝나? 뭘? 설마 죽고 싶다, 뭐 그런 의미는 아니겠지?'

심장이 철렁 내려앉았다.

'설마, 아닐 거야. 저 봐, 그냥 가만히 누워만 있는데, 뭐. 저 남자 말대로 이 산속에 혼자 틀어박혀 사는 게 너무 힘들어서, 괴로워서 그냥 한번 해본 말일 거야.'

그러면서도 연지는 정말 남자가 어떻게 되는 건 아닐까, 왠지 겁이 났다. 죽고 싶어 할 만큼 고통스러워하는 남자의 어두운 내면을 본 것만 같아서 마음이 아팠다. 얄궂게 욱신거리던 가슴이 다른 의미로 울컥대며 고통을 호소해 왔다. 괴로워하는 남자를 어떻게든 도와주고 싶은데, 도와줄 수 있는 방법도 없고. 그럴 수도 없는 자신의 입장이 안타깝고 서글프기도 했다. 뭐가 뭔지도 모르겠는 이 상황이, 자신의 마음이 혼란스럽기만 했다.

그때였다. 꼼짝 않고 죽은 듯이 누워만 있던 남자가 갑자기 '윽!' 신음을 터뜨리며 전신을 뒤틀고 경련을 일으키기 시작했다.

"으으, 으으으……."

연지는 소스라치게 놀라 저도 모르게 웅크리고 있던 몸을 반쯤 벌떡 일으켰다. 남자는 전기에 감전이라도 된 듯 전신을 뒤틀며 떨고 있었다. 뻣뻣하게 굳어 뒤틀린 몸, 목 졸린 사람의 비명처럼, 죽어가는 짐승처럼 연방 흘러나오는 끔찍한 신음 소리. 일순, 연지의 전신도 충격으로 뻣뻣하게 굳어버렸다. 뭐가 어떻게 된 건지, 남자가 갑자기 왜 저러는지 알 수 없었다. 그저 놀랍고 무서울 뿐이었다.

'갑자기 왜, 왜 저러지? 뭐가 어떻게 된 거야!'

순간, 그녀의 뇌리로 '간질'이라는 단어가 휙 스쳐 지나갔다. 언젠가 영화에서 본 간질 환자의 발작하는 모습이 딱 저랬던 것 같았다.

"헉! 지, 진짜 간질 발작인 거야?"

3장

연지는 두 번 생각할 겨를도 없이 수풀 밖으로 뛰어 나갔다. 진짜 간질 발작이 맞는다면 저러다 숨이 막혀 죽을 수도 있다! 살려야 한다는 생각 외에는 아무 생각도 나지 않았다.

"이봐요, 이봐요!"

철문으로 달려가며 정신없이 소리쳤다. 비명처럼 터져 나온 갈라진 음성이 제 목소리 같지 않았다. 아니, 연지는 자신이 비명처럼 소리를 지르고 있다는 것조차 인식하지 못하고 있었다.

"이봐요, 정신 차려요!"

덜컹덜컹.

출입구로 달려간 연지는 철문을 세차게 잡아당겼다. 그러나 단단히 잠겨 있는 문은 아무리 세차게 밀고 당겨봐도 꿈쩍도 하지 않았다.

"젠장!"

안 되겠다. 이 방법으로는 절대 안으로 들어갈 수가 없겠다. 그럼 어떡하지? 어떻게 안으로 들어가지? 남자는 금방이라도 죽을 것처럼 뻣뻣하게 굳어 사지를 뒤틀며 미친 듯이 경련을 일으키고 있는데, 자신은 그것을 빤히 보면서도 도와주기는커녕 들어갈 수도 없다니! 애가 타서 그녀가 더욱 미칠 것 같았다. 정면에서 본 남자의 입에서는 허연 거품까지 흘러나오고 있었다. 맙소사! 진짜 간질이 맞긴 맞는 모양이었다.

"아, 어떻게 해."

언젠가 들은 적이 있다. 간질 환자의 발작이 계속 되면 생명이 위험할 수도 있다고, 저 거품에 기도가 막혀 죽을 수도 있다고 말이다. 그 전에 숨이 막히지 않도록 고개를 옆으로 돌려주고 주변의 위험한 것들을 치워야 한다고 했던 것 같다. 그리고 119에 전화를 해야 하는데, 젠장! 지금 그녀는 핸드폰도 없고 이 빌어먹을 철문에 막혀 안으로 들어갈 수도 없었다.

"아아, 저러다 진짜 죽으면 어떻게 해. 이봐요, 정신 좀 차려봐요!"

기겁한 연지는 발을 동동거리며 애타게 소리만 질러댔다. 지금 그녀의 머릿속에는 자신의 존재를 들키면 안 된다는 생각 따위는 아예 있지도 않았다. 사람이 죽어가는 위급한 상황에서 이런저런 다른 생각을 할 새가 어디 있나. 오로지 더 늦기 전에 저 남자를 살려야 한다는 생각밖에는 나지 않았다.

무섭고 두렵고, 답답하고 애가 타서 미칠 것 같았다. 뜻대로 되지 않는 상황에 급기야 눈물까지 줄줄 흘러내리기 시작했다. 연지는 열리지 않는 철문을 미친 듯이 잡아당기며 소리쳤다.

"아아! 제발 좀 열리란 말이야!"

순간, 뿌옇게 흐려진 시야로 철문의 그로테스크한 문양들이 들어왔다. 연지는 커다래진 눈을 끔벅거리다가 고개를 획 쳐들고 하늘 끝까지 닿을 듯 높이 솟아 있는 철문 끝을 올려다보았다. 그러고는 여전히 사지를 뒤틀며 경련하고 있는 남자를 바라보았다. 연지는 바르르 떨리는 목소리로 중얼거렸다.

"내가 할 수 있을까? ……해보자. 다른 방법이 없잖아."

연지는 손등으로 눈물을 슥 닦아냈다. 이를 악물고 철문을 단단히 그러잡았다. 가장 밑에 있는 그로테스크한 문양부터 하나씩 밟고 높다란 철문을 오르기 시작했다.

꼬마였을 때 그녀는 나무타기 선수였다. 호석이 오빠도 그녀의 상대가 되지 못했다. 그러니 이쯤은 문제도 아닐 터였다. 예전보다 몸이 많이 약해지긴 했으나 여기 내려와 푹 쉬는 동안 기력을 많이 회복했다. 아이러니하지만 매일 밤 이 산을 오르내린 덕분이기도 했다. 그러니까 할 수 있을 거다. 아니, 반드시 해내야만 한다.

연지는 이를 악물고 필사적으로 철문을 올라갔다. 중간 위까지 올라가자 더 이상 발을 디딜 문양이 없었다. 때문에 몇 번 미끄러질 뻔한 위험한 순간이 있기도 했다. 그래도 연지는 악착같이 매달려 어찌어찌 간신히 맨 위까지 올라가는 데에 성공했다.

역시! 그녀가 누구인가. 어렸을 때부터 모두가 혀를 내두르는 독종, 악바리 피연지였다.

"헉헉. 아이고, 힘들어. 저기요, 잠깐만 기다려요. 이제 다 됐어요. 내가 금방 가서 도와줄 테니까 조금만 더 참아봐요. 알았죠? 죽으면 안 돼요."

위기의 상황에서는 누구나 영웅이 될 수 있다더니. 연지는 고래고래 소리를 지르면서도 어느덧 초인적인 힘을 발휘해 높다란 철문을 아슬아슬하게 넘어가고 있었다. 철문을 철봉처럼 잡고 몸을 밑으로 쭉 미끄러뜨렸다. 그러고는 '하나, 둘, 셋!' 하고 바닥으로 풀쩍 뛰어 내렸다.

"윽!"

제기랄! 순간 발목을 접질렸는지, 왼쪽 발목에 시큰한 통증이 일었다. 그러나 연지는 통증이 이는 발목을 살필 새도 없이 절룩거리며 경련하고 있는 남자를 향해 허겁지겁 달려갔다.

"이봐요, 정신 좀 차려봐요!"

사색이 된 연지는 미친 듯이 소리치며 머리를 쥐어짰다.

"후후, 침착해. 지금은 소리나 치고 있을 때가 아니야. 생각을 좀 해보라고, 생각을. 어, 그러니까 이럴 땐 우선……."

연지는 알고 있던 기초 상식을 총동원해 급한 대로 일단 경련을 일으키는 남자의 뒤틀린 몸을 반듯하게 눕혔다. 그러나 그 또한 쉽지는 않았다. 아무리 말랐어도 남자는 남자. 게다가 그녀보다 못해도 20㎝는 족히 크고도 남는 성인 남자였다. 그런 남자가 사지를 뒤틀며 몸부림을 치고 있는데 반듯하게 눕힌다는 것은 말처럼 쉬운 일이 아니었다.

그래도 어찌어찌 간신히 남자를 바로 눕히는 데 성공했다.

"후우, 됐다. 자, 그럼 이제……."

연지는 숨 돌릴 새도 없이 화급히 손을 뻗어 남자의 얼굴을 모로 돌렸다. 더럽다는 생각도 못한 채 남자의 입에서 거품을 열심히 치워냈다.

"됐어. 자, 그럼 이제 또 뭐 해야 되지? 치울 물건들은 없으니까 이것만 하면 되나? 아니야, 또 뭔가 다른 게 있을 텐데. 뭐지? 뭐였더라?"

하지만 간질 환자가 발작을 일으켰을 때, 반듯하게 눕힌 뒤 얼굴을 옆으로 돌려줘야 한다는 것 말고는 딱히 더 생각나는 것이 없었다. 아, 맞다. 119, 119를 불러야지.

연지는 황급히 검은색 점퍼와 바지 주머니를 뒤적였다. 그러나 서울 집에 두고 온 핸드폰이, 그것도 이미 한 달 전에 죽여 버린 핸드폰이 주머니 안에 있을 턱이 없었다.

"제기랄!"

다급한 마음에 연지는 망설일 새도 없이 남자의 바지 주머니를 더듬거렸다. 그러나 거기도 텅 비어 있기는 마찬가지였다. 그럼 남은 방법은 저 거대한 조형물 같은 집으로 들어가 전화를 거는 수밖에는 없는데…….

"설마 이 남자 집에도 전화가 없는 건 아니겠지?"

에라, 모르겠다. 일단 한번 들어가 보자. 연지는 자리에서 벌떡 일어났다. 그런데 그녀가 몸을 돌리기도 전에 놀랍게도 남자가 그녀의 발목을 '턱!' 움켜잡았다. 소스라치게 놀란 그녀의 입에서 비명이 터져 나왔다.

"꺄악!"

"으으……."

기겁한 연지는 남자를 휙 돌아보았다. 남자는 여전히 눈을 까뒤집고 금방이라도 죽을 듯 발작을 하는 중이었다. 그런데 대체 무슨 정신으로 그녀의 발목을 낚아챈 걸까. 무의식적으로 아무거나 움켜잡은 건가? 살기 위해서 본능적으로 동아줄이라도 잡는 심정으로?

연지가 바들바들 떨리는 목소리로 애원하듯 말했다.

"아, 알았어요. 잠깐만요. 나, 어디 안 가요. 살려줄게요. 그런데 그러려면 빨리 119를 불러야 돼요. 그러니까 이거 좀 놔 봐요. 네? 으, 아파."

하필 남자가 죽어라고 움켜잡고 있는 발목은 방금 접질린 왼쪽 발목이었다. 가뜩이나 아파 죽겠는데 어찌나 세게 잡고 있는지, 눈물까지 줄줄 흘러내렸다. 그러나 남자는 아무리 떠밀고 통사정을 해도 놓아줄 생각을 하지 않았다. 발작을 하고 있는 와중에도 힘 하나는 엄청 셌다. 결국 연지는 그 옆에 철퍼덕 주저앉아 펑펑 울음을 터뜨렸다.

"미치겠네. 여기서 같이 죽자는 거야, 뭐야. 이봐요, 이거 좀 놔봐요, 에? 제발 좀 놓으라고, 이 사람아!"

고양이는 호기심에 죽는다더니, 그 말이 맞긴 맞는 모양이다. 도둑고양이처럼 몰래 올라와 남자를 훔쳐본 주제에 발작을 일으킨 남자를 도와준답시고 앞뒤 분간 못하고 필사적으로 넘어와서는 오도 가도 못하고 붙잡혀 버렸으니 말이다. 그가 아니라 그녀가 먼저 발목이 두 동강 나서 죽을 것 같았다.

그러면서도 연지는 남자가 발작하다가 고개를 바로 돌릴라치면 부리나케 손을 뻗어 남자의 얼굴을 다시 모로 돌려주었다. 그렇게 5분여가 흘러갔다.

그러자 천만다행으로 사지를 뒤틀던 남자의 발작이 마침내 서서히 진정되기 시작했다. 훌렁 뒤로 까뒤집혀 있던 눈꺼풀이 파르르 떨리며 천천히 밑으로 내려갔다. 그와 동시에 죽을 듯이 헐떡거리던 남자의 호흡도 조금씩 가라앉기 시작했다. 연지는 커다래진 눈을 깜박거리며 떨리는 목소리로 물었다.

"어? 이봐요. 이제 좀 괜찮아요? 정, 정신이 좀 들어요?"

남자는 아무 말이 없었다. 발작만 가라앉았을 뿐 의식은 아직 돌아오지 못한 모양이었다. 뒤틀려 있던 사지가 축 늘어진다 싶더니, 남자는 이내 까무룩 정신을 잃고 말았다.

덜컥 겁이 난 연지가 사색이 되어 중얼거렸다.

"뭐, 뭐야. 돼 또 저래. 설마 저대로 죽어버리는 것은 아니겠지?"

연지는 벌벌 떨리는 손을 앞으로 뻗었다. 남자의 우뚝한 코끝에 갖다 댔다. 희미하기는 하지만 남자는 분명히 숨을 쉬고 있었다. 규칙적으로 손등에 닿는 숨결이 뜨거웠다.

"후우, 다행이다. 죽지는 않을 모양이네."

아무래도 발작 뒤에 잠시 의식을 잃은 모양이다.

"그, 그럼 이제 다 끝난 건가? 그래도 병원에는 데려가 봐야 되는 거 아니야?"

연지는 기절한 남자의 눈치를 살피며 여전히 자신의 왼쪽 발목을 꽉 움켜쥐고 있는 기다란 손가락으로 손을 뻗었다. 발목을 비틀며 손가락들을 떼어내려고 했다. 한데 기절한 와중에도 힘이 어찌나 센지, 그녀의 힘으로는 손가락 하나 떼어내는 것도 힘들었다. 결국 연지는 몇 번의 시도 끝에 포기해 버렸다.

"이 씨, 삐쩍 말라서는 뭔 힘이 이렇게 세. 설마 기절한 척하고 있는 거 아니야?"

연지는 눈을 부라리며 남자의 얼굴을 유심히 살폈다. 많이 안정을 되찾은 고른 숨과 긴 속눈썹 하나 흔들리지 않는 기척을 보아 의식을 잃은 것만은 분명한 듯싶었다. 그런데 왜 남의 발목을 죽어라고 잡고는 안 놔주는 건가. 아무래도 남자가 좀 더 깊은 잠에 빠져 들어 제풀에 힘이 빠질 때까지 기다려야 될 성싶었다.

"빌어먹을. 이젠 나도 몰라. 어쨌든 난 할 만큼 했어. 잘못되면 이제부턴 다 당신 책임이라고."

결국 연지도 그 자리에 털썩 주저앉아 버렸다.

그나저나 언제까지 이렇게 잡혀 있어야 되는 걸까. 남자가 정신을 차리기 전에 여기를 빠져나가야 되는데. 절로 한숨이 터져 나왔다. 그러다 슬쩍 시선을 돌려 기절한 것인지, 잠든 것인지 모를 남자의 얼굴을 새삼 내려다보았다. 그제야 남자의 몸에서 독한 술 냄새가 진동한다는 것도 깨달았다. 연지는 혀를 끌끌 찼다.

"그러게 아무리 괴로워도 그렇지. 간질 환자가 술은 왜 마셔. 그것도 겁도 없이 한 병을 통째로. 죽으려고 작정을 하지 않고서야…… . 아!"

문득 남자가 울부짖던 절규가 떠올랐다.

"정말 이젠 그만하고 싶다. 신물이 나. 이대로 그냥 끝나 버렸으면…… ."

"혹시 일부러 죽으려고 그런 거야?"

황망해하던 그녀의 양 미간에 주름이 옴팡지게 그어졌다.

"미쳤어. 아무리 그래도 그렇지. 죽기는 왜 죽어? 아무리 힘들어도 죽을 용기로 어떻게든 살 생각을 해야지."

불현듯 자신의 몇 달 전 모습이 뇌리를 스쳐 지나갔다. 그녀 생애에 가장 무서웠던 바로 그 순간이. 그때처럼 섬뜩했던 공포가 새삼 등골을 타고 흘러내렸다. 연지는 바르르 떨리는 입술을 꽉 깨물었다. 시선을 돌리고 어둑한 어둠을 오랫동안 응시했다. 부릅뜬 검은 눈동자가 불안하게 흔들렸다.

한참 뒤, 연지의 입술 사이로 헛웃음이 흘러나왔다.

피식.

이래서 인생사 새옹지마, 한 치 앞도 모르는 것이 인생이라는 말이 있나 보다. 누가 알았겠나. 천하의 피연지가 우울증에 걸려 그런 끔찍한 짓을 저지를 뻔했었다는 것을. 그리고 도망치듯 이곳으로 내려와서 산속에 사는 의문의 남자를 밤마다 훔쳐보게 될지 누가 알았겠는가. 더욱이 지금의 이 상황이란……. 생각할수록 기가 막히고 어이가 없었다.

다행히 남자는 정말 깊이 잠든 듯 고른 숨을 내쉬고 있었다. 덕분에 기겁했던 그녀의 가슴도 점차 진정되어 갔다. 어둠을 응시하던 시선을 내려 남자를 내려다보았다.

다시 한 번 낮은 한숨과 함께 헛웃음이 흘러나왔다.

"홋, 예쁘긴 진짜 더럽게 예쁘게 생겼네. 가까이서 보니까 훨씬 더 예쁘다."

방금 전 발작하는 모습을 봤는데도, 심지어 벙긋 벌어진 입술 사이에 허연 거품이 몽골몽골 맺혀 있는데도 불구하고 남자는 여전히 비현실적일 정도로 무척 아름다웠다.

특히 저 피부색. 무슨 남자가 아니, 사람의 피부색이 어쩜 저토록 하얗고 투명할 수 있을까. 무슨 다 큰 성인 남자가 턱에 수염도 안 나는지, 진짜 말 그대로 잡티 하나 없는 뽀얀 백옥 피부였다. 살짝만 건드려도 손끝에 하얀 분가루가 묻어나올 것만 같았다. 그녀로서는 죽었다 깨어나도 절대 가질 수 없는 피부색이었다.

뭐, 피부색만 그러하겠나. 생긴 것도 그렇지.

멀리서 봤을 땐 잘 안 보여서 몰랐는데, 우와. 속눈썹도 진짜 길고 풍성하다. 마치 인조 속눈썹을 잔뜩 붙여놓은 것 같았다. 약간의 과장을 보태면 광대뼈에 거의 닿게 생겼다. 거기다가 뷰러로 집기까지 했나. 끝이 근사하게 싹 말려 올라가 있기까지 해서 완전 인형이 따로 없었다.

그리고 움푹 들어간 눈은 생각보다 훨씬 더 끝이 길었다. 오똑한 코는 잘하면 베이게 생겼다. 조각가가 아무리 심혈을 기울여 조각을 한다고 해도 저 정도로 완벽하게 빚지는 못할 듯싶었다.

그리고 저 입술은…….

"흐음."

그녀의 미간이 못마땅한 듯 찌푸려졌다.

"아무래도 저 거품은 좀 아니지?"

죽은 듯이 잠들어 있는 남자의 기척을 슬쩍 살핀 뒤, 연지는 소매 끝으로 남자의 입가에 묻어 있는 거품을 살살 닦아냈다.

"흠, 역시. 이게 훨씬 낫네."

연지는 제가 그린 명작을 감상하듯 흡족하게 고개를 끄덕였다. 그러다가 문득 제가 지금 뭘 하고 있나 하는 생각이 들었다. 또 다시 헛웃음을 흘러 나왔다.

"참나, 진짜 미치겠네. 피연지, 너 지금 뭐 하고 있는 거니."

연지는 고개를 절레절레 가로저으며 마른세수를 했다. 얼굴이 온통 땀범벅이었다. 질끈 올려 묶어 놓았던 머리카락도 죄 헝클어져 있었다. 보나마나 몰골이 말이 아닐 터였다. 보는 사람은 없어도 만약 누군가 이 상황을 보게 된다면, 미녀가 이 남자고 야수가 그녀인 줄 알겠다.

아무리 좋게 말해도 그녀는 절대 예쁘게 생긴 얼굴이 아니다. 그렇다고 못생긴 건 아니었다. 그저 이도저도 아닌 평범하기 짝이 없는 얼굴. 딱 그거였다. 가끔은 이렇게 생길 바에는 차라리 못생겨도 개성 있게 생겼으면 더 좋지 않을까, 그런 생각이 들기도 했다. 그럼 적어도 인상 하나는 강렬할 테니까.

그런데 이건 뭐. 개성 없이 깡마른 밋밋한 얼굴에 피부색마저 까무잡잡해서는, 빈말로도 예쁘다, 귀엽다는 말은 절대 나오지 않는다. 그나마 봐줄 만한 건 167㎝의 작지 않은 키와 꽤 쓸 만한 머리 정도? 그런 그녀를 보고 태환이는 늘 이렇게 말하고는 했다.

"그러고 보면 신은 참 공평한 거야. 그래도 너한테는 키하고 머리는 허락해 줬잖아. 그마저도 없었어봐라. 넌 진짜 인생 고달팠을 거다. 거기다가 성깔은 또 좀 지랄 맞아? 그 극성맞고 독하고 못된 성깔에 머리까지 나빴으면 넌 아마 진즉에 제풀에 못 살고 돌아버렸을 거다. 그러니까 모쪼록 신한테 감사하는 마음으로 살아라, 알았냐?"

썩을 놈. 하여튼 그놈의 새끼는 하는 말마다 밉상이었다. 저는 잘났으면 얼마나 잘났다고.

"웃기고 있어. 야, 김태환이, 네가 아무리 환골탈태했어도 이 남자에 비하면 너도 푹 퍼진 아메바 수준이야. 이거 왜 이래."

녀석한테도 이 남자를 한번 보여줘야 되는데, 그럴 수 없다는 것이 천추의 한이었다. 이 남자 앞에서는 그놈이나 자신이나 도긴개긴, 찌그러진 밤탱이인 것은 똑같을 테니 말이다.

그나저나 이 남자는 정말 이대로 둬도 괜찮은 건지 모르겠다. 자신은 또 언제까지 이러고 발목 잡혀 있어야 되는 건지도 모르겠고.

"에이씨, 몰라. 저도 힘 빠지면 놓겠지. 설마 밤새 저러고 있겠어? 조금만 더 기다려 보자."

연지도 뒤로 벌렁 누워버렸다. 갑자기 혼비백산해서 힘을 많이 썼더니, 다친 발목뿐만 아니라 온몸이 다 두들겨 맞은 듯이 욱신거리는 것 같았다. 에구구, 절로 앓는 소리가 흘러나왔다.

어쨌든 천만다행이었다. 위험한 순간은 간신히 넘긴 것 같다.

방금 전에는 정말 죽을 만큼 무서웠다. 아무리 세상 무서운 것 없는 독종 피연지라지만, 멀쩡하던 사람이 갑자기 눈앞에서 눈을 까뒤집고 전신을 떨며 꼴딱 넘어가는데, 어찌 무섭지 않았겠는가. 살다 살다 그렇게 무서운 적은 태어나서 두 번째였다.

연지는 남자를 바라보았다.

"최노다 씨, 어떤 사연이 있는 건지는 모르겠지만, 당신도 참 딱한 사람이네요."

정신분열증 엄마에, 본인은 간질병이라니.

"그래서 당신도 이곳에 들어와서 숨어 사는 거예요? 간질병을 숨기기 위해서? 아님 당신 엄마처럼 미쳐 버릴까 봐?"

그래도 밤마다 열심히 수영도 하면서 꿋꿋이 버티며 살려고 노력 중이었던 것 같은데. 스스로를 자책하고 비관하며 양주 한 병을 해치워 버린 것을 보면 필경 뭔 일이 터지긴 크게 터진 모양이다.

"사랑하던 여자가 진짜 떠난 거예요? 그래서 차라리 죽어버리겠다, 마음먹은 거예요? 너무 힘들어서, 괴로워서? 그렇다면 당신 참, 바보 같은 사람이네요."

사랑 그까짓 게 뭐라고.

연지는 이날 이때까지 사랑이라는 것을 한 번도 해본 적이 없었다. 고등학교, 대학 때도 미팅 한 번, 연애 한 번을 해본 적이 없었다. 어렸을 때부터 사내놈들과 노상 어울려 다니며 대장 노릇을 해왔던지라 남자에 대한 환상은 고사하고 관심조차 없었다. 공부든 뭐든 1등, 성공에만 혈안이 되어 있었던 탓에 이성 따위에 한눈 팔 여력도 없었다.

아니, 실은 다 그럴싸한 변명에 지나지 않을지도 모르겠다. 어쩌면 그녀는 남을 사랑하기에는 자기 자신을 너무 사랑했던 것인지도 모른다. 지나친 자신감과 자기애가 오히려 독이 되어 그녀 스스로를 그 안에 가둬놓고 죽어라고 채찍질만 해댔었다.

그래서 그녀는 이성간의 절절한 사랑 같은 것을 모른다. 불같은 사랑, 그 사람이 아니면 안 되는 사랑, 희생도 불사하는 사랑 같은 거. 그녀는 그런 사랑은 영화나 소설에나 등장하는 판타지라고 생각한다. 그런 사랑은 현실에서는 결코 존재하지 않는다고 생각하는 쪽이다. 그녀는 그런 자신을 유별난 염세주의자라고도 생각하지 않는다. 그저 지극히 이성적인 현실주의자일 뿐.

그런데 이 남자한테는 왜 자꾸 끌리는 걸까…….

남자를 바라보는 그녀의 눈동자가 혼란스러운 듯 흔들렸다. 정상 속도를 찾아가던 심박동이 다시 쿵쿵, 엇박자로 뛰어대기 시작했다.

"아, 몰라. 그냥 무료하던 차에 흥밋거리가 생겨서 유난을 떤 것뿐이야. 그리고 죽어가는 사람, 못 본 척할 수가 없어서 뛰어든 것뿐이고. 하여튼 이놈의 성격이 문제라니까."

연지는 세차게 고개를 가로저었다. 남자는 여전히 그녀의 왼쪽 발목을 으스러져라 움켜쥐고 있었다. 깊이 잠든 남자를 깨우지 않도록 조심하며 다시 한 번 발목을 빼내기 위해 힘을 써봤지만 이번에도 여지없이 실패로 돌아갔다. 기절하듯 잠들어 있으면서도 뭔 힘이 그렇게 센지 모르겠다. 보기에는 힘 하나 없는 약골인 것 같은데 꼴에 남자라고 힘은 엄청 세다.

"맘대로 해라. 나야말로 힘들어 돌아가시겠다."

어차피 지금은 힘도 다 빠지고, 더욱이 이 다리로는 내려가기도 힘들 텐데, 힘을 비축하는 의미로다가 나도 조금만 쉬지, 뭐.

연지는 캄캄한 하늘에 반짝이는 별을 올려다보며 한숨을 푹 내쉬었다. 후덥지근한 기온에 간간이 불어오는 바람. 고즈넉한 산속의 캄캄한 밤하늘. 쌕쌕, 옆에서 들려오는 규칙적이고 낮은 숨소리. 긴장이 풀려서 그런지, 의식까지 노곤해지기 시작했다. 천근만근 무거워진 눈꺼풀도 자꾸만 내려앉았다.

"자면 안 돼. 저 사람이 깨기 전에 여길 빠져나가야 된다고. ……그런데 하아, 너무 졸리다."

연지는 늘어지게 하품을 하며 게슴츠레해진 눈으로 남자를 유심히 살폈다. 아무래도 빨리 깰 것 같아 보이지는 않았다. 저대로라면 업어가도 모를 만큼 깊이 잠드는 것도 시간문제일 듯싶었다. 그럼 그때 다리를 빼고 줘도 새도 모르게 내려가면 되리라.

"그래, 그게 좋겠다. 그럼 나도 그때까지만……."

잠깐 눈만 감고 있자. 눈꺼풀이 천근만근 너무 무거워서 도저히 눈을 뜨고 있을 수가 없었다. 느리게 끔벅거리던 눈꺼풀이 이내 스르르 내려왔다. 그녀가 불분명한 발음으로 웅얼거렸다.

"절대 자면 절대 안 돼. 알지? 그럼, 난 지금 자는 게 아니야. 그냥 잠깐 눈만 감고 있는 거라고……. 후우."

그렇게 웅얼거리던 그녀의 음성도 어느새 서서히 작아지더니, 툭 끊겨 버렸다. 잠시 후, 그녀의 벌어진 입에서도 남자 못지않은 고른 숨결이 쌕쌕 흘러나오기 시작했다.

미동도 하지 않던 수려한 미간이 꿈틀, 움직였다. 투명하도록 창백한 뺨에 긴 그림자를 드리우고 있던 풍성한 속눈썹도 파르르 흔들렸다. 꿈틀거리던 미간에 깊은 주름이 지어진다 싶더니 파르르 떨리던 속눈썹이 천천히 위로 올라갔다. 그 사이로 초점 없이 흐릿한 눈동자가 서서히 모습을 드러냈다.

일반적인 동양인의 눈동자보다 색소가 한참이나 모자란 듯 옅은 빛깔을 띤 갈색 눈동자는 유리알처럼 텅 비어 있었다. 그래서 한층 더 깊고 신비로워 보이는지도 몰랐다. 그러나 그 눈동자는 먼 어딘가를 헤매듯 텅 비어 있을 뿐이었다.

몇 번의 깜박임 끝에 카메라의 조리개처럼 활짝 열려 있던 동공이 수축되었다. 그제야 흐릿했던 초점이 돌아왔다. 노다는 천장 대신 눈앞에 펼쳐져 있는 검푸른 새벽하늘을 바라보며 멍하니 생각했다.

'하…… 늘? 하늘이 어떻게……'

노다는 눈동자만 천천히 돌려 주변을 살폈다. 그제야 노다는 자신이 집 안의 침실이 아닌 밖에 나와 있음을 깨달았다.

'설마, 밤새 여기에 쓰러져 있었던 건가.'

발작…… 이라도 일어났었나 보다. 욱하는 마음에 어디 한 번 될 대로 되라는 심정으로 술 한 병을 통째로 들이켰던 것까지는 기억이 난다. 그런데 그 다음은 완벽한 암전. 아무것도 기억이 나지 않는다.

피식, 절로 쓴웃음이 흘러나왔다.

'미친놈.'

진짜 죽을 생각이었던 건가. 그럼 술을 마실 게 아니라 칼로 손목을 긋든가, 뱃속에 쑤셔 넣든가 했어야지. 고작 발작 정도로 이 질긴 목숨이 끊어질 거라고 생각했던 거라면, 자신은 정말 구제불능인 천하에 둘도 없는 머저리일 터였다.

아니, 그보다 실은 죽을 용기도 없는 한심한 겁쟁이인지도.

아니, 그것도 아니다. 그는 그 둘 다였다.

한심하고 멍청한 머저리인 겁쟁이.

"거기다 이기적이고 뒤틀린 미친 새끼이기도 하지."

겨울이었다면 얼마나 좋았을까. 그럼, 원하던 대로 확 뒈져 버렸을지도 모르는데. 쓸모없어진 광견처럼 길거리에 버려져서 입에 거품을 문 채 꽁꽁 얼어서 말이다. 아니지. 겨울이었다면, 약삭빠른 겁쟁이가 애초에 밖에 나와 술을 마시는 짓거리를 했을

리가 없다. 따뜻한 집 안에 틀어박혀 입으로만 죽겠다, 그만하자, 실천도 하지 못할 헛소리나 지껄였을 것이다. 그러고는 어떻게든 살아보겠다고 아등바등 시간 맞춰 주사를 놓고, 운동이나 또 죽어라고 했겠지.

지난겨울에…… 그러했던 것처럼 말이다.

"후후."

노다는 스스로를 향해 신랄한 비소를 흘렸다. 지독한 후회와 자괴감이 밀려왔다. 그 또한 익숙한 일이었다. 노다는 눈을 다시 감고 손등으로 시야를 가리려고 했다. 아무것도 보고 싶지 않았다.

그런데 그럴 수 없었다. 손끝에 말랑한 무언가가 걸린 탓이었다. 흠칫 놀란 노다는 감았던 눈을 번쩍 떴다.

"뭐지?"

고개를 휙 돌려 손끝에 걸린 무언가를 돌아보았다. 그러나 그는 그것을 돌아보기 전부터 본능적으로 알고 있었다. 그것이 단순한 무생물의 물건이나 물체가 아닌, 뜨거운 피가 흐르고 있는 어떤 생물이라는 것을. 손끝에 느껴진 그것은 분명 살아 숨 쉬는 생명체의 따스한 체온이었다.

그러나 막연하게 본능적으로 느낀 깨달음과 그것의 존재를 실제로 눈으로 확인하는 것과는 하늘과 땅만큼이나 엄청나게 큰 차이가 있었다. 그것이 시야에 들어온 순간, 노다는 뒤통수를 불시에 세게 얻어맞은 듯 커다란 충격에 휩싸였다.

저도 모르게 흠칫 놀라 뒤로 물러나며 전신이 **뻣뻣**하게 굳어

버릴 만큼.

"뭐, 뭐야. 저게 대체……."

경악에 찬 그의 음성이 비명처럼 터져 나왔다. 노다는 그것의 실체를 제 눈으로 직접 보고 있으면서도 그것이 허상인지, 꿈인지 알 수 없었다. 현실이라고는 도저히 믿어지지 않았다.

그도 그럴 것이 그것은 이곳에 있어서 안 되는, 아니, 있을 수가 없는 그 어떤 것이었다.

사람이었다!

그것도 소녀처럼 가녀린 몸을 한 여자!

노다는 한동안 정신을 차릴 수가 없었다. 그답지 않게 휘둥그레진 눈으로 여자를 멍하니 바라보며 부들부들 떨기만 했다. 순간적으로 머릿속이 하얗게 비어버렸다. 그는 몇 분간 눈도 깜박이지 못하고, 숨도 쉬지 못했다. 하얗게 비어버린 머릿속으로 이런저런 의문들만 빠르게 스쳐 갔다.

이게 다 어떻게 된 일인가! 저 여자는 대체 누구인가. 대체 누구이기에 감히 나만의 영역을 침범한 것인가!

심지어 여자는 황당하게도 깊이 잠들어 있었다. 어느 누구도 함부로 올라올 수 없는 이 산에, 그것도 높다란 철문까지 철통처럼 막혀 있는 그의 집 정원에 퍼질러 누워 제집에 온 것처럼 색색, 코까지 골며 잠들어 있었다.

노다는 순간적으로 자신이 어젯밤에 문단속을 제대로 하지 않았던 건가 싶어서 벌떡 일어나 정문으로 달려가 보기까지 했다. 하나 철문은 단단히 닫혀 있었다. 열렸던 흔적 또한 없었다. 일단 그가 보기에는 그랬다.

노다는 다시 제자리로 돌아왔다. 여자 앞에 우뚝 서서 태아처럼 몸을 웅크리고 잠들어 있는 여자를 내려다보았다.

이 여자는 어떻게 여기 들어온 걸까. 하늘에서 뚝 떨어지지 않았음에야 어떻게……?

'아니. 지금 중요한 것은 그게 아니다. 이 여자가 여길 어떻게 들어왔는지 하는 것은 나중 문제야.'

중요한 것은 웬 정체 모를 여자가 그의 영역을 함부로 침범했다는 사실이었다. 충격으로 기능이 정지됐던 이성이 서서히 제자리로 돌아오기 시작했다. 노다는 날카로운 시선으로 잠들어 있는 여자를 머리에서부터 발끝까지 찬찬히 훑어 내렸다.

얼굴을 온통 뒤덮고 있는 긴 머리카락 때문에 얼굴은 보이지 않았다. 그러나 얼굴 따위 굳이 확인할 필요가 없었다. 단 한 번도 본 적 없는 낯선 여자인 것만은 분명하니까.

태아처럼 웅크리고 있는 몸은 소녀처럼 가늘고 길었다. 그리고 이 무더운 여름날에 어울리지도 않는 점퍼 차림이었다. 검은색 머리, 검은색 점퍼, 검은색 바지, 검은색 운동화. 여자는 머리부터 발끝까지 온통 검은색 일색이었다. 깊은 밤, 어둠에 몸을 숨기기 딱 알맞은 복장이었다.

문득 여자의 정체가 의심스러워졌다.

'혹시 도둑인가?'

설마, 그럴 리는 없겠지. 세상에 어떤 정신 나간 도둑이 남의 집에 몰래 들어와 잠이나 퍼 자고 있단 말인가. 그것도 바로 주인

옆에서 말이다. 미치지 않고서야 그럴 리는 없었다. 더욱이 여기가 어디인가. 시내에서 한참 떨어진 외진 마을에, 그것도 산속이었다. 도둑이 이런 곳까지 기어 들어올 리가 없었다.

'그럼 뭐지? 그냥 정신 나간 미친 여자인가?'

아주 잠깐, '오형수가 보낸 여자인가?' 하는 생각이 들기도 했다. 처음부터 줄기차게 집안일을 해줄 사람이 한 사람 정도는 필요하지 않느냐는 얘기를 지겹도록 해댔었으니까. 하지만 노다는 이내 고개를 가로저었다. 그의 허락도 없이 누군가를 보낼 생각이었다면, 오형수 본인이든 김 변호사든 이 비서든 그에게 미리 연락을 했을 터였다. 하나 그는 그런 연락 따위, 받은 적이 없었다. 일하는 사람 따위 필요 없다는 의사도 매번 확실하게 전달했었고.

그러니 그쪽은 아닐 터였다.

그렇다면 대체 이 여자는 누구인가. 누구이기에 감히 그의 허락도 없이 그만의 영역을 침범했단 말인가!

날카로운 신경 줄이 팽팽하게 당겨졌다. 당황했던 속내를 뚫고 차가운 분노가 치밀어 올랐다. 차가운 분노로 응축된 눈동자가 칼날처럼 실쭉 가늘어졌다. 차가운 분노가 끓어오를수록 싸늘하게 식은 창백한 얼굴에서는 표정이 점점 사라졌다.

그가 힐끗 시선을 들어 청빛으로 물들어가는 하늘을 올려다보았다. 머지않아 해가 떠오를 터였다. 시간이 얼마 없었다.

노다는 지체 없이 성큼성큼 집으로 걸어갔다.

툭툭.

"……나."

누군가 어깨를 흔들며 깨우는 것 같았다. 연지는 인상을 쓰고 몸을 더욱 동글게 말았다.

툭툭.

"일어나라고."

어깨가 조금 더 세게 흔들렸다. 낯선 중저음도 들려왔다. 서릿발처럼 차가운 음성은 처음 듣는 낯선 남자의 목소리였다. 발음 또한 한국어에 서툰 외국인인 듯 다소 어눌했다. 때문에 연지는 '뭐지? 누구지?' 싶으면서도 꿈이라고만 생각했다. 그녀가 아는 한 10여 가구밖에 안 되는 작은 마을에 젊은 남자라고는 한 명도 없었다. 더구나 젊은 외국인 남자라니. 그런데 젊은 외국인 남자가 자신의 집에 들어와 그녀를 깨운다고? 말도 안 되는 일이었다.

'꿈이야, 꿈.'

아무래도 어젯밤에 뒷산에 사는 남자 때문에 혼비백산해서 난리를 쳤더니만 별 희한한 꿈을 다 꾼다 싶었다. 빈말이 아니라 자고 있으면서도 피곤해 죽을 것 같았다. 한데서 잔 것처럼 온몸이 배기고 뼈마디는 욱신거리는 게 손가락 하나 까닥할 힘이 없었다. 오늘은 세상없어도 온 종일 잠이나 자야겠다.

'그나저나 남자는 이제 좀 괜찮아졌을까? 에이, 몰라. 괜찮겠

지, 뭐. 난 할 만큼 했어. 아우, 피곤해. 잠이나 더 자자.'

연지는 웅크린 몸을 더욱 옹송그렸다.

그런데 바로 다음 순간. 아닌 밤중에 홍두깨도 유분수지. 난데없는 발길질에 등짝이 세게 걷어 채였다. 절로 '악!' 하는 비명이 터져 나오며 두 눈이 번쩍 떠졌다.

"꺄악! 뭐, 뭐, 뭐야……!"

아주 잠깐, '지붕이라도 무너졌나?' 싶기도 했다. 소스라치게 놀란 연지는 벌떡 일어나 앉았다. 휘둥그레진 눈으로 사방을 둘러보았다. 정말 집이 무너진 건가 싶어서.

어? 그런데 이게 어떻게 된 일이지?

보여야 할 것들이 보이지 않는다. 벽도 없고 천장도 없었다. 그냥 뻥 트여 있었다.

'설마, 진짜 집이 무너진 거야?'

휘둥그레진 눈에 경악과 두려움이 스쳤다. 연지는 손등으로 눈을 비비며 다시 한 번 주변을 돌아보았다. 그제야 아슴푸레한 어둠 속에 묻혀 있는 주변이 하나둘 눈에 들어오기 시작했다. 넓은 잔디밭, 저 멀리 보이는 높다란 철문, 그 너머로 빙 둘러쳐져 있는 울창한 나무와 수풀들.

'뭐야, 여기가 대체…… 어디지?'

황망한 와중에도 자신이 있는 곳이 집이 아니라는 것은 알겠다. 야외였다. 그것도 어느 깊은 산…….

'잠깐, 산이라고?'

휘둥그레진 눈을 좀 더 부릅떴다.

'혹시 내가 아직 뒷산에 있는 거야?'

문득 뇌리를 스친 황당한 생각에 연지는 기겁하며 재빨리 고개를 돌려 뒤를 돌아보았다. 순간, 그녀의 입에서 경악에 찬 비명이 터져 나왔다.

"으악!"

너무 놀라서 다른 것은 눈에 들어오지도 않았다. 눈앞에 사신처럼 우뚝 서 있는 기다란 검은 인영밖에는. 장승처럼 기다란 그것은 그녀를 무섭게 굽어보고 있었다. 낫 대신 활 같은 것을 한 손에 든 채. 그리고 그 뾰족한 끝은 정확히 그녀를 향해 있었다.

아직 잠의 수렁에서 완전히 빠져나오지 못한 연지의 눈에 그것은 어느 모로 보나 공포영화에서나 보던 사신의 모습, 딱 그것이었다. 기겁한 연지는 저도 모르게 엉덩이를 밀며 후다닥 뒤로 도망쳤다. 너무 놀라고 무서워서 일어나 도망칠 엄두는 아예 나지도 않았다. 삽시간에 온몸이 뻣뻣하게 굳어버렸다.

"움직이지 마."

사신이 명령했다. 어눌한 발음이지만 음의 고저가 없어서 되레 더욱 무섭고 두렵게 느껴지는 음성이었다. 전신에 소름이 돋았다.

"한 발만 더 움직여 봐. 그럼 평생 한쪽 다리를 절게 될 거다."

뭐, 뭐라고?

"일어나."

두렵고 황망한 와중에도 연지는 본능적으로 사신의 말을 따르지 않으면 위험할 것이라는 것을 직감했다. 하여 그녀도 어떻게

든 일어나고 싶었다. 그러나 일어나기는커녕 손가락 하나 꼼짝할 수가 없었다. 전신이 공포에 마비되어 뻣뻣하게 굳어버린 탓이었다.

연지는 벌벌 떨며 가쁜 숨만 몰아쉬었다. 그때였다. 사신의 등 뒤에 우뚝 솟아 있는 기하학적인 형태의 건물의 검은 실루엣이 시야에 잡힌 것은. 연지는 그것이 무엇인지 단박에 알아보았다. 튀어나올 듯이 커다래진 눈이 빠르게 깜박거렸다.

'저, 저건……!'

뒷산에 사는 남자의 집이 분명했다. 그렇다면 여기가 진짜 뒷산이라는 말인가. 내가 아직 이곳에 머물러 있다는 말인가. 왜, 어떻게!

그제야 지난밤의 일들이 하나둘 떠오르기 시작했다. 평소와 달리 감정을 드러내고 괴로워하다가 술을 마시고 갑자기 발작을 일으켰던 남자. 그 모습이 너무 놀라서 저도 모르게 발목을 접질 려가면서 철문을 뛰어 넘어왔던 자신. 그리고…… 간신히 진정된 남자 옆에서 잠시 눈을 감았던 것까지 모두.

'헉! 설마…… 나 그대로 자버렸던 거야? 미쳤어!'

연지는 속으로 자신에게 소리쳤다. 그렇다면 저 앞에 있는 저 것은 사신이 아니라 그 남자일 터였다. 그 사실을 깨달은 순간, 연지의 몸이 사시나무처럼 떨리기 시작했다. 온몸의 피가 빠져나 가는 것 같았다. 눈앞의 저 시커먼 인영이 사신이 아니라 사람이 라는 것을 알았음에도 안심이 되기는커녕 더 큰 두려움에 빠지고 말았다. 연지는 비명이 터져 나오려는 입을 손으로 틀어막았다.

남자가 소름 끼치도록 음산한 음성으로 다시 한 번 말했다.

"일어나라고 한 말 안 들려? 일어나!"

채찍처럼 날아든 매서운 음성에 굳었던 몸이 먼저 알아서 반응했다. 저도 모르게 벌떡 일어났다. 연지는 두려움에 찬 시선으로 검푸른 어둠에 묻혀 있는 남자를 올려다보았다. 어두운 밤을 밝히던 철문 위의 간접조명 등은 언제 다 꺼졌는지, 사방은 희뿌연 어둠 속에 묻혀 있었다. 때문에 대여섯 발자국 앞에 떨어져 있는 남자의 얼굴조차 자세히 보이지 않았다.

그저 남자가 자신을 죽일 듯이 차갑게 노려보고 있다는 사실만이 피부가 따갑도록 느껴질 뿐이었다. 작지만 활처럼 생긴 것의 뾰족한 끝은 여전히 그녀를 향해 있었다. 남자가 손가락 하나만 까딱하면 당장이라도 발사된 화살촉이 그녀의 몸 어딘가를 꿰뚫어 버릴 것만 같았다.

사시나무처럼 떨리는 등줄기로 차가운 식은땀이 주르륵 흘러내렸다.

4장

남자가 뾰족한 활 끝을 까닥거리며 명령했다.

"움직여."

아까는 움직이지 말라더니, 지금은 또 움직이란다. 왜, 대체
어디로? 되묻고 싶었지만 입이 얼어붙어 되물을 수 없었다. 까딱
거린 화살 끝은 뒤편의 집을 가리키고 있었다. 연지는 뻣뻣하게
굳은 몸을 간신히 움직여 남자가 가리키는 방향으로 천천히 이동
했다. 접질린 왼쪽 발목 탓에 제대로 걸을 수가 없었다. 발을 디
딜 때마다 날카로운 통증이 뒤따랐다. 접질리기는 제대로 접질렸
나 보다. 보나마나 퉁퉁 부어 있을 터였다.

"윽."

절로 신음이 흘러나왔다. 두려움과는 다른 의미로 식은땀이

주륵 흘러내렸다. 연지는 아랫입술을 꽉 깨물었다. 고통 덕분에 좋은 점도 있었다. 너무 아파서 정신이 번쩍 났으니까.

'내가 왜 이 꼴을 당하고 있어야 하지? 내가 누구 때문에 다쳤는데, 저 남자가 지금 저렇게 멀쩡히 살아 있는 게 다 누구 덕인데! 그런데 자초지종도 물어보지도 않고 다짜고짜 사람한테 흉기를 들이대?'

생각이 거기에까지 미치자 두렵고 황당했던 마음 대신 억울하고 분하다는 생각이 불끈 치솟았다. 두려움에 떨던 눈동자가 자존감을 회복하고 단단하게 뭉쳤다. 악다문 입술 사이에 고통스런 신음 대신 씨근덕거리는 거친 숨결이 흘러나왔다.

절룩거리며 현관 즈음에 다다르자 뒤따라오던 남자가 명령했다.

"거기 서."

일단은 남자의 지시대로 현관 옆에 멈춰 섰다. 남자는 그녀를 지나쳐 현관 위의 기다란 차양 밑으로 들어갔다. 남자가 다시 명령했다.

"돌아서서 그 자리에 앉아."

연지는 남자를 향해 돌아서기는 했지만 앉지는 않았다. 차양 때문에 더욱 짙은 어둠 속으로 들어간 남자를 대충 똑바로 쳐다보았다. 보이지는 않아도 남자도 그녀를 매섭게 노려보고 있다는 것을 알 수 있었다. 남자가 싸늘한 음성으로 다시 명령했다.

"앉아."

"됐어요. 이게 더 편해요."

상황 설명을 하고 오해가 풀리면 어차피 금방 가게 될 거, 굳이 힘들게 앉았다가 일어나고 싶지 않았다. 차라리 오른쪽 발에 체중을 지탱하고 서 있는 편이 훨씬 낫지.

다행히 남자도 더 이상은 앉으라고 강요하지 않았다. 남자도 앉네, 마네로 쓸데없는 신경전은 벌이고 싶지 않은 모양이었다. 대신 남자는 바로 단도직입적으로 물어왔다.

"정체가 뭐야. 여긴 어떻게 들어왔지?"

연지는 기다렸다는 듯이 대답했다.

"일단 사과 먼저 할게요. 상황이 어찌 되었든 남의 집에 함부로 들어와서 잠까지 잔 것은 내 잘못이니까. 그쪽이 새벽에 일어나 얼마나 놀라고 당황했을지, 충분히 이해는 해요. 별의별 생각이 다 들었을 거예요. 도둑인가 싶기도 했을 거고, 미친 여자인가 싶기도 했겠죠. 내가 그쪽이라도 그랬을 거예요."

연지는 남자가 뭐라고 하기 전에 얼른 다음 말을 이었다.

"하지만 아무리 그렇다고 해도 자초지종도 물어보지 않고 다짜고짜 그런 흉기를 들이대고 위협하는 건 너무 심한 것 아닌가요? 내가 그쪽의 생명의 은인이기라도 하면 어쩌려고 그래요?"

노다의 한쪽 눈썹이 휙 치켜 올라갔다. 그러거나 말거나. 연지는 자신이 할 말만 쭉 이어나갔다.

"일단 내 소개부터 할게요. 내 이름은 피연지예요. 요 밑의 마을에 살고 있어요. 원래는 서울에 사는데 개인적인 사정 때문에 얼마 전에 혼자 내려와 살고 있어요. 여기가 내가 태어나고 자란 고향이거든요."

굳이 이런 얘기까지 할 필요가 있을까 싶긴 하지만 지금의 이 황당한 상황을 설명하려면 귀찮아도 밝힐 건 밝혀둬야 할 것 같았다. 그리고 최대한 솔직하고 차분하게 얘기하는 거다.

"그래서 나도 여기가 예전부터 외부인의 출입이 금지된 곳이라는 건 잘 알고 있었어요. 그쪽이 와서 살기 시작한 훨씬 이전부터 계속 그랬으니까. 그런데 우리 집이 서울로 이사 가기 한 이태 전부터는 계속 비어 있었거든요? 그래서 이번에 내려왔을 때도 당연히 그런 줄 알았어요. 그런데 태환이 할, 아니 그러니까 마을 어르신 한 분이 그러시더라고요. 한 일 년 전부터 사람이 다시 들어와 살기 시작했다고."

연지는 남자의 기척을 살피며 마저 말을 이었다.

"그 말씀을 듣고 나니까 되게 궁금하더라고요. 예전에도 그랬는데, 대체 어떤 사람들이 살고 있을까. 왜 그 사람들은 아무도 산에 못 올라가게 하고 자기들끼리만 두문분출, 산속에 살고 있는 걸까. 그래서 어젯밤에 한 번 올라와 본 거예요. 너무 궁금해서. 내가 원래 궁금한 건 절대 못 참는 성격이거든요."

연지는 대수롭지 않다는 듯이 어깨를 으쓱거렸다.

"그런데 그쪽을 딱 본 거예요. 이런 외진 산속에 이렇게 근사한 집을 지어놓고 사는 그쪽을요. 생각했던 것보다 너무 젊고 멀쩡한 사람이라서 솔직히 좀 많이 놀랐어요. 더구나 저기에 앉아서 혼자 술을 마시고 있는데, 뭐라고 그럴까. 왠지 아슬아슬해 보이더라고요. 많이 쓸쓸해 보이기도 하고. 그래서 바로 내려갈까 하다가 조금 더 지켜보기로 했죠."

자, 이제부터가 중요하다. 연지는 마른침을 꿀꺽 삼켰다.

"그런데 그쪽이 갑자기 쓰러져서 막 발작을 하는 거예요. 얼마나 놀랐는지 몰라요. 저러다 뭔 일 생기는 거 아닌가, 큰일 나겠다 싶었죠. 한데 집에서는 아무도 나와보지 않는 거예요. 같이 사는 사람이 있으면 당연히 뛰쳐나와 볼 텐데, 이상하다 싶었죠. 혼자 사나? 그럼 정말 저렇게 혼자 내버려 뒀다가는 큰일 나겠구나, 그런 생각도 들었고요."

그녀의 얘기를 듣고는 있는 것인지 아닌지 남자는 마냥 조용하기만 했다. 그러던 남자 쪽에서 비로소 반응을 보였다. 그녀가 '발작'이라는 단어를 입에 올린 순간, 너른 어깨가 흠칫 떨리며 굳은 것이다.

됐다! 드디어 남자가 낚였다(?)는 생각에 연지는 보다 신중하게 말을 골랐다.

"그래서 어떡해요. 나라도 가서 도와야겠다 싶었죠. 그런데 철문이 닫혀 있어서 도저히 들어갈 수가 없는 거예요. 괜찮으냐, 정신 차리라고 아무리 소리쳐도 반응이 없고. 다시 봤더니 그쪽은 이미 입에 그…… 거품까지 물고 의식을 완전히 잃었더라고요. 그래서 어쩔 수 없이 저 철문을 기를 쓰고 넘어왔어요. 물론 나도 이러다 나중에 도둑으로 오해받는 건 아닌가, 그런 걱정이 들기는 했어요. 그 바람에 발목이 크게 접질리기도 했고요. 하지만 어떡해요. 눈앞에서 사람이 금방이라도 죽을 듯이 발작을 일으키고 있는데, 일단은 사람 먼저 살리고 봐야지."

그래서 자신이 허겁지겁 달려가 서툴게나마 응급조치를 해줬다, 그러니까 금세 발작이 가라앉고 제대로 숨을 쉬더라는 얘기를 흔연스레 쭉 늘어놓았다.

"그러고 나니까 그쪽도 엄청 지쳤는지 기절한 듯이 바로 잠이 들더라고요. 천만다행이다 싶었죠. 그래서 안심하고 돌아가려는데, 그쪽이 내 발목을 잡고 안 놔주는 거예요. 기절하듯 잠든 사람이 뭔 힘이 그렇게 센지. 아무리 용을 쓰고 빼내려고 해도 안 되는 거 있죠. 그래서 어떡해요. 그쪽이 힘이 빠져 놔줄 때까지 기다릴 수밖에. 그래서 그때까지만 잠깐 눈만 감고 있을 생각이 었는데……."

연지는 잠시 말을 멈추고 남자의 눈치를 슬쩍 살폈다. 도톰한 입술을 비죽거리며 떨떠름하게 말했다.

"참나. 긴장이 풀려서 그랬나. 나도 그만 깜박 잠이 들어버렸나 봐요."

연지는 스스로 생각해도 기가 막힌다는 듯 고개를 절레절레 흔들며 혼잣말처럼 중얼거렸다.

"아무리 위급한 상황이었어도 그렇지. 어쨌든 남의 집에 허락도 없이 들어간 건데, 어떻게 거기서 태평하게 잠을 잘 생각을 다하냐. 내가 생각해도 진짜 어이가 없네."

연지는 피식 헛웃음을 흘렸다. 그러고는 시선을 들어 얼굴도 보이지 않는 남자를 빤히 올려다보았다.

"자, 어쨌든 여기까지가 그쪽이 궁금해하는 일의 모든 전말이에요. 믿기 힘들겠지만, 지금 내가 한 말은 모두 사실이고 빼거나 더한 건 아무것도 없어요. 고로 결과적으로 보자면 그쪽이 그런 위험한 흉기로 날 위협하면서 죄인 추궁하듯이 몰아붙일 입장이나 상황은 절대로 아니라는, 뭐 그런 말이죠."

고맙다고 엎드려 절 받는 것까지는 바라지도 않는다. 그래도 이건 정말 아니지 않나. 연지는 손을 내밀어 손목을 좌우로 까딱거렸다.

"그러니까 그 위험한 장난감은 이제 그만 치워주시죠. 내가 뭐 굳이 고맙다는 인사를 받으려고 그쪽을 도와준 건 아니었지만, 그래도 그쪽이 그런 걸 들고 막 위협을 하니까 솔직히 기분이 좋지는 않네요. 왠지 물에 빠진 사람 구해줬더니 보따리 내놓으라는 것 같기도 하고."

미간을 슬쩍 찌푸린 연지가 고개를 갸웃 기울였다.

"그런데 말이에요. 정말 궁금해서 그러는데, 어젯밤 일이 정말 하나도 기억이 안 나요? 무의식중에라도 누군가 날 도와준 것 같다, 뭐 그런 기억 같은 거 말이에요. 발작하면 원래 그렇게 기억이 하나도 안 나나? 거 참, 신기하네."

말은 그렇게 하면서도 연지도 진작부터 남자가 전혀 기억하지 못할 것이라고는 대충 예상하고 있었다. 영화나 드라마에서 보면 대개 그러니까. 왜 영화나 드라마를 보면 간질 환자가 발작이 일어난 뒤 한참 만에 깨어나 '어머, 내가 또?' 하고 놀라는 장면이 나오지 않나. 그런 장면을 볼 때마다 '정말 기억이 하나도 안 날까?' 하는 의문이 생겼었는데, 저 남자를 보니 정말 그런 모양이었다.

하여 연지도 남자가 단박에 오해를 풀고 자신의 말을 믿어줄 거라고는 기대하지 않았다. 하나 사람이 이만큼 얘기를 했으면 아무리 믿기 힘들어도 최소한 저 살벌한 흉기는 내려놓을 것이라고 생각했다. 그리고 '그 말이 참이냐, 네가 정말 나를 구해준 거냐'고 미심쩍은 부분을 되물을 것이라고 생각했다.

그런데 웬걸. 남자는 여전히 요지부동이었다. 가타부타 말 한마디 하지 않고, 그녀를 겨냥하고 있는 활을 거두려고도 하지 않았다. 뿐만 아니라 남자에게서 풍겨오는 적대감만 오히려 더욱 짙어진 듯싶었다.

연지는 못내 당황했다.

'어라, 이게 아닌데.'

아무래도 한국어에 서툰 것 같은데, 그래서 자신의 말을 제대로 알아듣지 못한 건가? 그런 의문도 살짝 들었다. 그런데 그것도 아니었나 보다. 한참 뒤에 비로소 입을 뗀 남자가 한층 더 음산해진 음성으로 이렇게 씹어뱉듯이 말했으니까.

"그러니까 네가 내 생명의 은인이다? 그러니 살려줘서 고맙다고 절이라도 해라, 이건가?"

발음은 영 아니어도 알아듣기는 다 알아듣는 모양이다. 그나마 다행이다 싶기는 한데, 그런데도 저런다고? 연지는 뜨악해진 얼굴로 빠르게 눈을 깜박거렸다.

"아니, 말하자면 그렇다는 거지, 굳이 뭐 절까지야. 내 말은 그냥 평화롭게 대화로 해결하자, 그런 거죠."

연지는 마른침을 꿀꺽 삼켰다. 갑자기 기온이 쑥 내려간 것처럼 온몸에 오소소 한기가 들었다. 남자가 발산하는 기운이 한층 더 살벌하고 음산해진 탓이었다.

'왜 저래? 내가 뭐라고 그랬다고. 혹시 내가 무슨 말실수라도 했나?'

연지는 재빨리 머릿속으로 방금 자신이 한 말들을 되돌려 봤다. 그런데 아무리 생각해 봐도 딱히 남자의 심기를 건드릴 말을 한 기억은 없……

'아, 혹시 그거 때문에 저러는 거야? 자기가 발작하는 걸 내가 봤다고?'

이해할 수는 없지만 아무래도 그 때문인 듯싶었다. 심증이 가는 건 그것밖에 없었다. 기가 막혔다. 한편으로는 뒤늦게 '아차!' 싶기도 했다. 만약 발작 때문에 남자가 세상을 등지고 여기 들어와 혼자 살고 있는 거라면, 난데없이 나타난 생면부지의 여자가 그 꼴을 봤다는 것이 절대 반가울 리는 없을 테니까.

'흠, 그 말은 살짝 뺄 걸 그랬나?'

하지만 어쩌나. 그걸 빼면 지금의 이 황당한 상황을 도저히 설명할 길이 없는데. 만약 그걸 빼고 단순한 호기심으로 저 높은 철문을 타고 넘어왔다가 얼떨결에 잠들었다고 한다면, 그거야말로 말도 안 되는 얘기일 터였다. 정신 나간 미친 여자나 도둑으로 몰려도 할 말이 없을 터였다.

'젠장. 그러니까 왜 멍청하게 잠이 들어선. 아니, 그보다 뭐 얼마나 대단한 구경거리 났다고 밤마다 뻔질나게 올라와선 결국 이 사달을 만드니, 이 밥통아!'

하물며 그랬으면 남자가 어찌 되든 말든 숨죽이고 구경이나 할 것이지, 뭔 열성이 뻗쳤다고 뛰쳐나가가지고는! 하여튼 그놈의 오지랖과 극성맞은 성격이 문제였다. 한동안 잠잠하다 싶더니, 그새 또 발동이 걸려서는 제 발등을 제가 찍었다.

'으, 진짜 미쳐 버리겠네.'

연지는 제 머리카락을 쥐어뜯어 버리고 싶었다. 그래도 용케 꾹 참고 내색은 하지 않았다. 기왕지사 이렇게 된 거, 이제 와서 후회하면 뭐하나. 죽이 되든 밥이 되든 끝까지 초지일관 뻔뻔하고 당당하게 밀고 나가는 수밖에.

연지는 부러 턱을 바짝 치켜들고 당당하게 남자 쪽을 쳐다보았다. 따지고 보면 그녀가 겁먹을 이유는 없었다. 잘못한 게 있어야 겁을 먹지. 잘못한 것이라고 해봐야 남의 사유지에 허락 없이 무단 침입한 거, 그것밖에 더 있나. 기태네 할머니 경우처럼 벌금을 물라고 하면 까짓 거, 물면 그만이었다.

변태 스토커처럼 밤마다 몰래 올라와 벌거벗고 수영하는 남자를 훔쳐본 것은…… 입이 열 개라도 변명할 말이 나쁜 짓이기는 했다. 하지만 그렇다고 저 남자한테 해를 입힌 것도 아니고, 무엇보다 저 남자는 그 사실을 모른다. 그녀가 자진해서 실토하지 않는 이상, 저 남자는 물론 어느 누구도 알 턱이 없는 것이다. 그러니까 괜히 쫄거나 겁먹을 필요가 없었다.

'쫄지 마, 피연지. 이럴수록 대차게 더 세게 나가야 돼.'

호랑이한테 잡혀가도 정신만 똑바로 차리면 된다고 했다. 이제부턴 남자의 반응을 보고 그에 맞춰 대응만 하자. 어쩌면 승기는 내가 잡고 있는지도 모른다. '발작'. 아무래도 그것이 남자의 최고 약점인 듯싶으니 말이다.

그렇게 생각하자, 오소소 들었던 한기도 싹 사라지는 것 같았다. 덕분에 어둠 속에 숨어 있는 남자가 피식, 소름끼치는 싸늘한 헛웃음을 날리는데도 그다지 무섭다는 생각이 들지 않았다.

"우습군. 남의 사유지를 불법으로 침배한 침입자 주제에."

연지는 피식, 웃음을 흘렸다. 금방 결심한 것도 잊은 채 또 제 성질을 참지 못하고 톡 지적 질을 했다.

"침배가 아니라 침범이겠죠. 한국말, 잘 못하나 봐요? 발음도 영 어눌하고. 어디 외국에서 살다가 왔어요? 교포예요?"

노다의 미간이 와그작 일그러졌다. 뭐 저런 당돌하고 뻔뻔한 여자가 다 있나. 처음엔 잔뜩 겁먹어선 어쩔 줄 몰라 하더니, 이젠 아주 뻔뻔하기가 하늘을 찌른다. 생긴 건 볼품없이 삐쩍 마른, 그것도 까맣게 탄 멸치처럼 생겨선 하는 말마다 그의 심기를 건드린다.

특히, 저 눈.

여자는 기껏해야 십대 후반으로밖에 보이지 않았다. 키만 껑충하니 클 뿐, 발육이 덜 된 삐쩍 마른 몸에 화장기 하나 없이 땀이 찌든 까무잡잡한 얼굴이 딱 그랬다. 입고 있는 허접데기 같은 허름한 옷도 그랬고.

그런 철부지 애송이 주제에 눈빛 하나는 놀라우리만치 당돌하고 맹랑하기 그지없었다. 처음에는 쩔쩔매더니, 이제는 그 앞에서도 주눅 하나 들지 않는다. 그를 빤히 쳐다보는 까만 눈동자에는 스스로에 대한 자긍심과 오기, 고집 같은 것들이 가득 차 있었다.

그렇다고 여느 십대 문제아들처럼 반항심으로 똘똘 뭉쳐 있는 가 하면, 그런 건 또 아니었다. 좋게 말하면 총기와 자존감으로 가득 차 있는 보기 드문 눈빛이었고, 나쁘게 말하면 어린 게 벌써 되바라져선 욕심과 독기로 똘똘 뭉친 맹랑한 눈빛이었다. 물론 그의 평가는 절대적으로 후자에 가까웠다.

그는 저런 눈빛을 가진 사람이 어떤 부류의 인간인지 잘 안다. 그가 아는 어떤 사람도 한때는 저런 눈빛을 하고 있었으니까. 저런 눈빛을 가지고 있는 사람은 결코 쉬이 만족하거나 포기하고 멈추는 법을 모른다. 자신이 원하는 것을 이루기 위해서는 수단과 방법을 가리지 않는다. 그러고는 제 자신이 망가지는 줄도 모르고 오로지 그 목표만을 향해 맹목적으로 달려간다. 그리고 그것을 쟁취하면 더 높은 것을 향해 또다시 달려간다.

경주마.

그런 사람은 경주마와 다름없었다. 오로지 한 곳만을 바라보고, 그곳을 향해 제 폐가 다 터지도록 스스로를 채찍질하며 달리고 또 달려가는 경주마 말이다. 그리고 그 경주마는 제 안의 내장이 다 파열되어 더 이상 손 써볼 수 없는 지경이 되어서야 겨우 달리기를 멈춘다. 그것도 스스로가 원해서가 아니라 형편없이 망가져서 더 이상 달릴 수 없게 되어서야 비로소. 그러고는 찬 바닥에 쓰러져 후회를 한다.

나는 왜 무엇을 위해 죽어라고 앞만 보고 달려온 걸까. 어차피 이렇게 쓰러져 피 흘리며 죽어갈 것을.

더 이상 달릴 수 없는 경주마는 그렇게 쓸쓸히 버려져서 홀로 죽어간다. 저 스스로는 죽고 싶어도 죽을 수 없는 지옥의 시간 속에서 그렇게 서서히……

지금 눈앞에 서 있는 저 맹랑한 침입자도 그와 같은 경주마의 눈빛을 가지고 있었다. 때문에 노다는 눈앞에 있는 여자한테 필요 이상의 분노를 느끼고 있었다. 무엇보다 제 멋대로 그의 영역에 난입한 것도 용서할 수가 없는데, 그가 발작하는 모습까지 죄 지켜봤다지 않는가.

'빌어먹을!'

용서할 수가 없었다.

부드득, 이가 갈렸다.

그런데 더 큰 문제는 바로 그것 때문에 저 맹랑한 아이를 경찰에 넘기는 것만으로 단순히 처리할 수 없게 되어버렸다는 점이었다. 성깔이 보통내기가 아닌 아이였다. 경찰 앞에서도 겁먹거나 기죽을 아이가 아니었다. 되레 억울하다며 오만 얘기를 다 하고도 남을 아이였다.

그러고는 여기저기에 떠벌리고 다니겠지.

우리 집 뒷산에 어떤 남자가 사는데, 그 남자가 말이야, 블라블라블라.

생각만으로도 골이 지끈거리고 신물이 넘어오려고 했다. 노다는 이를 부드득 갈며 바지 뒷주머니에서 핸드폰을 꺼냈다. 상대방은 벨이 한 번 울리기 무섭게 바로 전화를 받았다. 노다는 거두절미하고 필요한 용건만 말했다.

「어디까지 오셨습니까. ……아니, 됐습니다. 경찰은 관두고 변호사님만 오십시오. ……그런 게 아니라 일이 좀 복잡하게 됐습니다. 변호사님 선에서 조용히 처리해야 될 것 같습니다. 자세한 건 오시면 말씀드리죠. ……네, 서둘러주세요. ……곧 날이 밝을 겁니다. 그럼.」

시간을 확인하고 전화를 끊는데, 맹랑한 침입자가 또 톡 끼어들었다.

"경찰도 불렀었어요? 어머, 웬일이야. 왜, 정신 나간 멍청한 도둑이 날 잡아가쇼, 하고 내 집 마당에 늘어져 자고 있으니까 현행범으로 빨리 잡아가라고요? 쳇. 진짜 웃긴다."

기가 차 헛웃음을 터뜨리는 연지를 노려보는 노다의 눈매가 일순 놀라움으로 흔들렸다.

'영어를…… 알아들어?'

여자가 영어를 알아들을 줄은 생각지도 못했다. 총기 어린 눈빛이나 말하는 품새를 보아 머리 회전이 빠른 보통내기가 아니라는 것 정도는 진작 알아봤다. 그러나 도심에서 한참 떨어진 이런 외진 시골 마을에 사는 아이가 영어까지 할 줄이야. 더구나 그의 말을 알아들을 정도라면 꽤 수준급이라는 말일 터. 솔직히 의외였다.

'혹시 Police라는 단어로 얼떨결에 때려 맞춘 거 아닐까?'

하나 그에 대한 의문은 바로 풀렸다. 빼딱하게 서서 가슴 앞으로 팔짱까지 척 낀 연지가 그를 빤히 바라보며 이렇게 말했기 때문이었다.

"그런데 왜 갑자기 생각이 바뀌었어요? 방금 댁 변호사한테 경찰은 됐으니까 당신만 빨리 와라, 그렇게 말한 거 맞죠? 일이 복잡해졌으니까 와서 조용히 처리하라고. 왜요? 그래도 내가 댁 목숨을 살려줬다니까 경찰까지 부르는 것은 너무 심하다는 생각이라도 드셨나?"

연지를 바라보는 노다의 눈동자에 이채가 어렸다. 더불어 그녀의 정체에 대한 의문 역시 조금 더 깊어졌다.

"난 아무래도 상관없는데. 우리나라 경찰이 아무리 무능하다고 해도 내가 진짜 도둑인지 아닌지, 그거 하나 못 알아내겠어요? 지난밤 여기에서 있었던 일을 하나도 빼지 않고 자세히 다 설명하면 그깟 오해야 금방 다 풀릴 텐데요, 뭐. 오히려 경찰들도 장한 일 했다고 칭찬해 주지 않을까요? 더구나 나는 전과도 없고 신원도 확실하니까. 그렇지 않더라도 기껏해야 사유지 불법 침입으로 벌금이나 훈방만으로 끝날걸요? 내가 누구처럼 이 산의 귀한 나물이나 버섯을 불법 채취한 것도 아니고, 그쪽 물건을 훔친 것도 아니니까. 그런데 왜 굳이…… 아!"

연지는 이제야 감이 잡힌다는 듯 일부러 길게 탄성을 흘렸다.

"혹시 그것 때문에 그래요? 내가 어젯밤에 그쪽이 발작하는 걸 다 봐서? 그래서 경찰을 부르면 내가 그 사실을 여기저기 막 떠들고 다닐까 봐? 방금 전에 일이 복잡해졌다고 한 말, 그런 뜻으로 한 말 맞죠?"

연지는 짐짓 이해한다는 듯 고개를 끄덕거렸다.

"하긴 무슨 사연인지는 몰라도 은둔자처럼 세상을 등지고 혼자 산속에 틀어박혀 살고 있는 사람이니까, 내가 막 떠들고 다니면 그쪽 입장이 좀 곤란해지기는 하겠네요."

어깨를 으쓱인 연지는 고개를 까닥 기울이고 남자 쪽을 빤히 쳐다보았다.

"그래서 그쪽이 직접 경찰을 부를 수도 있었는데 굳이 번거롭게 변호사를 불러서 경찰을 데려오라고 한 거고, 그런데 이제 보니 문제가 시끄러워질 것 같으니까 경찰은 됐고, 변호사만 빨리 와서 조용히 문제를 해결해라, 그런 거 맞죠?"

연지는 도톰한 입술 꼬리를 씨익 말아 올렸다.

역시 그의 예상이 틀리지 않았다. 여자는 경주마 중에서도 매우 영악하고 교활한 경주마였다. 어리다고 결코 만만하게 볼 상대가 아닌 것이다. 그래봐야 겁대가리 상실한 애송이에, 불법침입자에 불과하지만, 여자의 말대로 그가 곤란해지는 것 또한 사실이기는 했다.

노다의 눈빛이 보다 칼날처럼 날카로워졌다.

연지는 더 이상 남자가 무섭지 않았다. 송곳처럼 찔러대는 날카로운 시선이나 굳이 감추려고도 하지 않는 그녀를 향한 싸늘한 적대감. 특히 여전히 그녀를 향해 있는 저놈의 망할 흉기는 살벌하기 그지없었으나, 웬일인지 남자 자체는 더 이상 무섭지 않았다.

근거는 없지만, 남자가 정말 자신에게 저것을 쏠 것이라는 생각은 들지 않았다. 쏘려면 진작 쐈겠지. 그리고 그녀를 정말 어떻게 할 생각이었다면 깨우기 전에 결박을 하든 어쩌든 했을 것이다. 그러나 남자는 그녀의 신체에 어떠한 직접적인 위해도 가하지 않았다. 발로 차서 깨운 것이 전부였다. 그러고는 그녀와 닿기라도 하면 큰일이라도 나는 사람처럼 멀리 떨어져—심지어 저 혼자 어둑한 차양 밑으로 들어가 모습을 감춰 버리기까지 했지— 저것으로 위협만 하고 있을 뿐이었다.

그녀가 보기에 그것은 누군가를 해칠 목적이 아니라 스스로를 방어하기 위해서인 듯싶었다.

그녀의 생각이 맞는다면, 남자는 고슴도치처럼 까칠하고 음산한 게 수상쩍기는 해도 위험한 사람은 아닌 듯싶었다. 남자를 더 이상 자극하지 않고 이 간격만 계속 유지한다면 말이다. 연지는 자신의 판단을 믿었다.

연지는 떨떠름한 표정으로 혼잣말처럼 중얼거렸다.

"그렇게 몸도 안 좋은 사람이 술은 왜 마셔. 그놈의 술만 안 마셨으면 저나 나나 이렇게 번거로운 일도 없었을 거 아니야."

연지는 한숨을 폭 내쉬고 선심 쓰듯이 말했다.

"좋아요. 기왕 이렇게 된 거, 그쪽 변호사가 올 때까지 한번 기다려 봅시다. 어차피 그쪽은 그 전에 날 여기서 순순히 내보내 줄 생각은 없는 것 같으니까. 어쨌든 변호사쯤 되는 양반이면 최소한 그쪽보다는 말이 통하겠죠."

그러면서 연지는 부러 그 들으라는 듯 혼잣말로 크게 고시랑거렸다.

111

"에이씨. 그럼 난 변호사 올 때까지 맥없이 기다려야 되는 거야? 변호사 오면 했던 얘기 또 하고, 이런저런 실랑이까지 벌여야 되고? 으, 진짜. 괜히 엄한 일이 끼어들어서 이게 다 뭐하는 짓인지 모르겠네. 이래서 아무나 함부로 도와줘선 안 된다는 말이 있는 거야. 기껏 내 몸 다쳐가면서까지 도와줬더니, 고맙다는 말은 못 들을망정 이게 무슨 꼴이람. 참나. 기가 막혀서 말이 다 안 나오네."

한참을 고시랑거리던 연지는 '에라, 모르겠다' 하면서 바닥에 철퍼덕 주저앉았다.

"그럼 그쪽 변호사 올 때까지 나는 좀 앉아 있을게요. 발이 너무 아파서 더 이상 서 있질 못하겠네요."

연지는 내친 김에 바짓단을 걷어 다친 발목이나 살폈다. 예상대로 왼쪽 발목이 퉁퉁 부어 있었다. 거기다 밤새 누구한테 꽉 잡혀 있었던 탓에 커다란 손자국까지 그대로 시퍼런 멍이 들어 있었다. 한눈에 봐도 보통 심각해 보이는 것이 아니었다. 살짝 만져 보았다. 윽, 더럽게 아프다.

"아야. 설마 뼈가 부러진 건 아니겠지?"

이를 악물고 발목을 한 번 살살 돌려보았다. 발목을 돌릴 때마다 날카로운 통증이 일기는 했지만 다행히 뼈가 부러진 것 같지는 않았다. 인대도 제발 무사했으면 좋겠다. 인대가 늘어나기라도 했으면 꼼짝 없이 반 깁스를 해야 될 텐데, 이 삼복더위에 그걸 어떻게 하고 있나. 어쨌든 내려가는 대로 병원 가서 엑스레이나 찍어 봐야겠다.

후우, 그나저나 이 다리를 하고 산이나 내려갈 수 있을지 모르겠다.

"안 되면 할 수 없지. 엉덩이로 밀고 살살 내려가는 수밖에."

연지는 남자 따위는 더 이상 안중에도 없다는 듯 발목만 열심히 살피는 척했다. 그러나 사실 모든 신경은 남자에게 초 집중되어 있었다. 굳이 눈으로 보지 않아도 남자의 날카로운 시선이 그녀의 손을 따라 퉁퉁 부은 발목에 꽂혀 있다는 것을 알 수 있었다. 특히 제 손 자국이 분명할 시퍼런 멍 자국에 집중적으로 고정되어 있었다.

'어때, 내 말이 맞지? 이젠 내 말이 좀 믿기냐? 자, 너도 눈이 있으면 잘 보라고. 내가 너 때문에 이렇게 됐다니까. 이 시퍼런 멍 자국 보여? 네가 밤새 잡고 있어서 이렇게 된 거라고. 알았어?'

연지는 연신 속으로 고시랑거리며 일부러 남자한테 잘 보이도록 발을 더욱 앞으로 내밀었다.

배은망덕한 남자의 눈에도 그녀의 발목 상태가 꽤나 심각해 보였는지, 남자는 입을 꾹 다문 채 그녀의 발목만 죽어라고 바라보고 있었다. 슬쩍 곁눈질로 보니, 그녀를 겨냥하고 있는 활도 어느새 슬쩍 밑으로 내린 상태였다.

치, 그래도 양심은 있는 모양이다. 아니면 이 다리로는 그녀가 도망치지 못할 거라고 내심 안심한 탓이려나?

어쨌든 덕분에 그녀도 '적반하장도 유분수지, 뭐 저런 놈이 다 있나' 하고 울컥거리던 화가 조금 가라앉았다. 대신 다른 의미로 남자의 존재가 좀 더 강하게 느껴지기 시작했다. 구석이 찌그러져 있던 호기심이 다시 발딱 고개를 치켜들었다.

저 남자의 정체는 정말 뭘까. 그녀를 도둑이나 미친 여자로 오해했다고 해도 그렇지, 저 혼자 힘으로도 충분히 제압할 수 있는 삐쩍 마른 여자애 하나 어쩌지 못하고, 뭣 때문에 저토록 기겁해선 과민반응을 보이고 난리일까. 숨기고 싶은 비밀이 뭐 그리 많을까. 대체 어떤 사연이 있는 걸까.

그러면서 남자에 대한 걱정도 은근슬쩍 고개를 쳐들었다.

'어젯밤에는 많이 심각해 보였었는데, 이젠 정말 괜찮아진 건가? 병원에는 안 가 봐도 되나? 진짜 간질병인가?'

그녀의 머릿속은 어느새 남자에 대한 생각과 의문들로 가득 차 버렸다.

그렇게 얼마나 있었을까.

검푸른 새벽 기운이 물러가고 서서히 주변이 밝아지기 시작했다. 드디어 태양이 고개를 드밀기 시작한 것이다. 맞은편 끄트머리 정문 쪽에서부터 환한 빛이 잉크 물 번지듯이 서서히 밀려들어왔다.

순간 흠칫, 긴장한 남자가 주춤 뒤로 물러났다. 연지는 고개를 갸웃거렸다.

'어라, 저건 또 무슨 시추에이션? 거 참, 이상하네.'

그때였다. 공터 저 끝에서 검은색 세단 한 대가 모습을 드러냈다. 빠르게 달려온 세단은 정문 앞에서 일단 멈춰 섰다. 운전석에서 누군가 황급히 뛰어 내렸다. 언뜻 봐도 4, 50대로 보이는 중년 남자였다. 남자가 불렀다는 변호사인 모양이었다.

차에서 내린 변호사는 현관 앞에 오도카니 쭈그리고 앉아 있는 그녀를 발견하고는 꽤나 놀란 듯, 우뚝 걸음을 멈췄다. 그러다 번뜩 정신을 차린 듯 황급히 정문으로 달려갔다. 보안패널의 잠금을 해제하고 커다란 정문 양쪽을 활짝 밀어 열었다.

검은색 세단이 빠르게 정원 안으로 들어왔다. 변호사는 다시 차에서 내려 활짝 열려 있는 정문을 닫고 다시 차에 올랐다. 그러고는 현관 앞까지 빠른 속도로 달려왔다. 차에서 내린 변호사는 차양 그늘 아래 깊숙이 묻혀 있는 남자를 향해 곧장 달려갔다. 그녀 앞을 지나치며 연지를 힐끗 쳐다보기는 했다.

연지도 시선을 들어 새로이 등장한 중년 남자를 힐끗 올려다보았다.

변호사와 눈이 마주쳤다. 심각하게 굳은 근엄한 표정과는 달리 당황한 것이 역력한 눈빛이었다. 남자에게서 침입자를 잡았다는 말만 들었지, 그 침입자가 가녀린 몸집의 젊은 여자라는 얘기는 듣지 못한 모양이었다. 연지는 그런 변호사한테 싱긋 웃어주려다가 그냥 어깨만 으쓱이고 말았다.

변호사가 그녀를 휙 지나쳐갔다. 등 뒤에서 딱딱하게 굳은 중년 남자의 음성이 들려왔다.

「괜찮습니까?」

「괜찮습니다. 이런 일로 이른 시간에 와달라고 해서 죄송합니다.」

「아닙니다. 이게 내 일인데요. 신경 쓰지 말아요. 그런데 아까 말한 침입자라는 게…….」

역시 남자는 한국말이 서툰 모양이었다. 두 사람은 당연하다는 듯이 영어로 대화를 나눴다. 변호사가 그녀를 힐끔거리는 게 느껴졌다.

「네, 맞습니다. 그런데 문제가 생겼습니다.」

남자의 목소리가 갑자기 낮아졌다. 영어를 알아듣는 그녀 탓인 듯싶었다. 때문에 둘이 무슨 말을 나누는지 하나도 들리지 않았다. 두 사람은 한참 동안 속닥거리며 이야기를 주고받았다. 그녀로서도 뭐, 크게 궁금하지는 않았다. 보나마나 그녀가 해준 어젯밤 이야기일 테니까. 남자는 기억도 못 하는 발작 후의 이야기 말이다.

마침내 비밀 얘기가 다 끝났는지, 변호사의 진중한 음성이 조금 커졌다.

「무슨 말인지 알겠습니다. 이제부턴 내가 알아서 처리하죠. 노다 군은 아무 걱정 말고 빨리 안으로 들어가요. 그런데 안 박사는 정말 안 불러도 되겠습니까?」

「안 박사님을 부를 정도는 아닙니다. 그럼, 부탁합니다, 김 변호사님.」

삐비빅. 도어락 소리가 났다. 그러고는 이내 딸깍, 문 열리는 소리가 나고 남자는 그대로 집으로 들어가 버렸다. 연지의 미간이 슬쩍 일그러졌다. 어이없지만, 남자가 낯선 남자한테 그녀를 넘기고는 나 몰라라 하고 들어가 버린 것 같아서 기분이 언짢았다. 어차피 낯선 건 이놈이나, 저놈이나 마찬가지인데 어이없게도 그런 기분이 들었다.

변호사가 그녀에게 다가왔다.

"피연지 씨? 저분한테 본인의 이름이 피연지라고 했다는데, 맞나요?"

연지는 시선을 들어 변호사를 올려다보았다. 재빨리 전신을 슥, 스캔했다. 딱 봐도 엄청 냉철하고 깐깐해 보이는 게 상대하기 쉽지 않겠다는 느낌이 들었다. 이른 새벽에 갑자기 불려왔음에도 불구하고 변호사는 삼복더위 따위는 우습다는 듯 고급 슈트에 넥타이까지 완벽하게 매고 있었다. 2:8 가르마의 희끗희끗한 머리 역시 머리카락 한 올 흐트러짐이 없었다. 전화 한 통에 자다 깨서 급하게 달려온 사람이라고는 도저히 생각할 수 없는 모습이었다.

어느 모로 보나 성공한 변호사의 전형 같은 모습.

경륜과 권위가 철철 흘러넘치는 분위기에, 날렵한 은테 안경 너머로 그녀를 내려다보는 눈빛도 무척이나 날카로웠다. 태환이 할머니가 일전에 얘기했던 찔러도 피 한 방울 나올 것 같지 않았다는 상종 못할 독한 인간이라는 변호사가 바로 이 사람이 아니었을까 싶었다.

연지는 새삼 허리를 곧추세우고 바짝 긴장했다.

피연지, 정신 바짝 차려.

"네, 맞아요. 제가 피연지예요."

"나는 저분의 법정 대리인인 김진수 변호사라고 합니다. 피연지 씨, 당신은 지금 무척 곤란한 상황에 처해 있습니다. 알고 있습니까?"

울창한 나무 위까지 솟아오른 태양이 사방을 환하게 밝혔다. 햇빛에 반사된 변호사의 안경이 번쩍 빛을 발했다. 마른침을 꿀꺽 삼킨 연지는 슬그머니 주먹을 그러쥐었다.

"글쎄요. 일단 그렇다고 치고, 그래서 뭘 어쩌자는 거죠?"

연지는 이를 악물고 떨리는 속내를 감췄다.

"우선 피연지 씨가 왜, 어떤 이유로 자정이 지난 늦은 시간에 이곳에 몰래 무단 침입했는지, 그 얘기부터 들어보죠. 참고로 피연지 씨의 어젯밤 행동은 사유지 무단침입에 주거침입절도 미수죄에 해당한다는 것을 미리 밝혀두겠습니다. 특히 주거침입절도 미수죄는 꽤 심각한 사안입니다. 훔친 물건이 없다고 해도요."

뭐라는 거야! 연지의 눈가가 파르르 떨렸다.

"만취해서 남의 집에 들어가서 자는 경우도 모두 법적으로는 주거침입절도 미수죄에 해당합니다. 초범이라면 당사자 간의 합의나 훈방조치로 끝날 수도 있지만, 동종 전과의 이력이 있거나 합의가 되지 않는다면 구속까지도 갈 수 있는 위중한 범죄라는 사실을 미리 말해두겠습니다."

변호사는 잠시 말을 멈추고 미간을 슬쩍 찌푸렸다.

"피연지 씨의 주장대로 그쪽이 아무리 저분의 생명을 구했다고 해도 피연지 씨가 위법을 저질렀다는 사실만은 변함이 없습니다. 그것은 위법한 행위가 이미 벌어진 이후에 발생한 일일 뿐이니까요. 물론 그것이 사실이라면 무척 고마운 일이기는 합니다. 하나 그 또한 정상참작이 될 사안일 뿐입니다. 그러니 모쪼록 숨

김없이 사실대로 말해주길 바랍니다. 내가 피연지 씨의 말을 믿고 그쪽 입장을 납득하고 이해할 수 있도록 말이에요. 자, 그럼 시작해 볼까요?"

그 순간 연지의 뇌리에 스친 생각은 오직 한 가지뿐이었다.

'젠장! 잘못 걸렸다.'

할머니가 이 사람을 가리켜 왜 상종 못할 독종이라고 했는지 알 것 같았다. 그러나 그녀가 누구인가. 미리 겁먹고 졸아들려는 스스로를 호되게 질책하며 연지는 변호사의 날카로운 눈을 똑바로 응시했다.

이대로 당하고 있지만은 않겠다, 지지 않겠다는 투지가 스멀스멀 타올랐다.

"이런, 변호사님의 말씀을 들으니까 제가 엄청나게 큰 죄를 지은 것 같네요. 참나. 좋아요. 시작해 보죠. 나야 숨길 건 하나도 없으니까. 어디서부터 얘기할까요?"

노다가 되바라진 맹랑한 눈빛이라고 폄하했던 그녀의 총기 어린 까만 눈동자가 반짝 빛을 발했다.

5장

연지는 몇 번의 치열한 공방 끝에 전날 밤 일과 남자에 대해서 함구하겠다는 것과 두 번 다시는 산에 얼씬거리지 않겠다는 각서를 쓰고서야 간신히 변호사에게서 풀려날 수 있었다.

물론 각서만으로 끝난 것은 아니었다. 그것으로도 모자라 변호사는 그녀의 집까지 따라 내려왔다. 집과 신분증을 확인하고 서울 집 주소와 연락처까지 적어갔다. 심지어 각서는 공증까지 받아야 된다면서 그녀를 시내에 있는 공증 사무실에까지 데리고 갔다.

연지는 속이 부글부글 끓었지만 일단은 합의한 대로 순순히 따랐다. 속으로는 코웃음을 치면서.

'주거침입절도 미수죄? 웃기도 있네.'

남자가 전화로 변호사 선에서 조용히 처리하자고 말하는 것을 들었던 순간부터 결국에는 일이 이렇게 될 줄 예상하고 있었다. 그래서 변호사가 주거침입절도 미수죄를 들먹이면 잔뜩 겁을 주는데도 화가 나기는 했지만, 겁먹지는 않았다. 그저 어디까지 가나 두고 보자 싶었다.

변호사는 전문적인 법률 용어와 위법 사실을 들먹이며 그녀를 계속 압박해 댔다. 그 앞에서 연지가 아무리 논리정연하게 반박을 한다고 해도 말 그대로 위법 사실이 있는 이상, 도의를 따지고 인정에 호소하는 것 외의 모양새는 될 수 없었다.

연지는 구차하게 인정 따위에 호소하고 싶지 않았다. 법 운운하는 변호사의 유창한 말이 전부 그럴싸한 말장난일 뿐이라는 것도 알고 있었고. 어차피 고소 따위 할 생각이 없는 사람들 아닌가. 그녀를 잔뜩 겁먹게 만들어서 자신들이 원하는 대로 이런저런 각서를 쓰게 만들기 위해서일 뿐. 그 속셈을 누가 모를까봐? 연지는 변호사의 속내일랑 모르는 척 장단에 대충 맞춰주기만 했다.

막판에 연지가 슬쩍 겁먹은 척까지 하자, 변호사는 자신의 뜻대로 됐다고 생각했는지, 선심 쓰는 척 각서를 요구해 왔다. 두 번 다시는 산에 얼씬거리지 않겠다는 것과 전날 밤 일과 남자에 대해서 함구하겠다는 내용의 각서.

역시 그녀의 짐작이 맞았다. 하여 연지는 억울하다며 맹렬하게 언쟁을 벌이다가 못 이기는 척 합의를 봤다. 실상 그녀도 애초에 일을 크게 벌이고 싶은 생각도—따지고 보면 그녀도 잘한 건 없으니까—, 남자에 대해서 떠벌리고 다닐 생각도 없었다.

그러니 원래는 법대로 할 생각이었는데 한창 때의 젊은 사람 앞날을 생각해서 이쯤에서 봐주는 것을 고맙게 생각하고 합의 내용을 준수하라며 선심 쓰는 척하는 변호사 장단에 맞춰 각서를 써줬다.

어차피 그녀가 원하고 예상한 대로 흘러가는 판국에 굳이 끝까지 네가 옳네, 내가 옳네 하며 언쟁을 벌일 필요가 어디 있나. 그녀가 결코 만만한 상대가 아니라는 것만 인식시켰으면 됐다. 그리고 그녀가 아무리 영악해도 결국 이런저런 법 앞에선 잔뜩 겁먹고 위축되는 철부지 애송이라고 안심시켜 줄 필요도 있었다. 물론 겉으로만 그럴 뿐, 속으로는 이를 부드득 갈고 있었지만.

적반하장, 싸가지 없는 남자와 변호사도 그렇지만 연지는 무엇보다 스스로에게 화가 나가 견딜 수가 없었다. 어떤 놈인지도 모르고 그럴싸한 겉모습에 홀려서 화를 자초한 스스로에게.

'으, 어쨌든 피연지 성깔 진짜 많이 죽었다.'

되도 않는 우울증에 걸리기 전이었으면 변호사가 제 아무리 살벌하게 법을 들먹이며 몰아붙였어도, 결국에는 큰 변고 없이 넘어갈 것이라는 것을 예상한 바였어도 각서? 그 따위 것, 국물도 없었을 것이다. 눈에 빤히 보이는 협박질에 넘어갈 그녀가 아니란 말씀. 예전 같았으면 기를 쓰고 기필코……

어? 그러고 보니 언제부턴가 문제의 무기력증이 싹 사라져 버린 것 같다. 요 근래 딴 데 정신이 팔려서 약도 거의 챙겨먹지 않았는데 만사 귀찮고 우울하기만 하던 증세가 싹 사라져 버렸다.

병든 닭처럼 꾸벅꾸벅 졸기만 했던 것이 언제였는지 기억도 잘 나지 않는다.

역시 마음의 병은 약으로 고치는 게 아니라는 말이 맞는가 보다. 환경을 바꾸고 뜻대로 되지 않는 현실과 고민에서 멀리 떨어져 전혀 다른 것에 관심을 쏟다보니 놀랍도록 상태가 많이 좋아졌다.

'그렇게 생각하면 내가 남자한테 되레 도움을 받은 셈인가?'

어이는 없었지만, 그렇게 생각하자 마음이 좀 더 너그러워진 측면도 없지 않아 있었다. 사태를 직시하고 치고 빠질 때를 아는 현명함이나 처세술이 한층 더 늘어난 것 같아서 내심 뿌듯하기도 했고 말이다.

그녀를 집으로, 시내 공증사무실로 끌고 다니는 변호사 덕분에 좋은 점도 하나 있었다. 힘 하나 안 들이고 편안하게 차를 타고 산도 내려오고 시내까지 나올 수도 있었으니까. 어차피 병원에 가려면 시내까지 나와야 하지 않았나. 혼자 아픈 다리를 질질 끌고 버스를 두 번이나 갈아타고 나왔으면 고생만 죽어라고 했을 것이다.

공증사무실에는 어떤 남자가 미리 와서 그녀와 변호사를 기다리고 있었다. 변호사와 비슷한 연배로 보이는 중년 남자였다. 그 사람 역시 무더운 여름에도 불구하고 멀끔한 정장 차림이었는데, 그는 자신을 남자의 비서라고 소개했다.

"나는 최노다 씨의 비서인 이문균이라고 해요. 변호사님을 통해서 피연지 양에 대한 얘기는 얼추 전해 들었습니다. 우리 노다 군한테 큰 도움을 줬다고요. 젊은 아가씨가 그러기가 쉽지 않았을 텐데, 정말 고마워요. 그리고 미안합니다. 이런 번거로운 일을 겪게 해서."

이 비서라는 사람은 진심으로 고맙고 미안한 듯 안타까운 표정으로 따스하게 미소 지었다. 어라, 이건 또 뭔가. 의외였다. 당연했지만 당사자에게도 듣지 못했던 뒤늦은 진심 어린 감사 인사에 그녀가 되레 내심 당황스러웠다. 이 사람들이 지금 나를 두고 Good Guy, Bad Guy 놀이라고 하고 있는 건가, 살짝 의심스럽기도 했다.

해서 연지는 이 비서라는 사람이 아무리 사람 좋은 얼굴로 웃으며 악수를 청해도 그 손을 잡지 않았다. 그냥 이 사람은 또 뭔가, 무슨 수작인가 하는 눈빛으로 빤히 쳐다보기만 했다.

이 비서는 민망해진 오른손을 거두며 이해한다는 듯 씁쓸하게 미소 지었다.

"정말 미안해요. 하지만 우리한테도 이럴 수밖에 없는 이유가 있다는 것을 이해해 줬으면 좋겠네요. 사람한테는 누구나 피치 못할 사정이라는 것이 있으니까요."

피치 못할 사정? 그러니까 그게 대체 뭐냐고!

이 비서가 변호사를 향해 가볍게 목례를 취했다.

"변호사님, 수고하셨습니다. 남은 일은 제가 차질 없도록 처리하겠습니다. 저한테 맡기고 이만 돌아가시죠."

"후, 다행이네요. 안 그래도 생각보다 시간이 너무 오래 걸려서 큰일이다 싶었는데. 그럼 이 비서가 마저 수고해 줘요. 자, 여기 서류."

변호사는 이 비서한테 서류를 넘겨주고는 그녀는 본 체 만 체 쌩하니 돌아서 부리나케 차를 타고 가버렸다. '뭐야?' 하고 뜨악하게 뒤를 돌아보는 그녀를 향해 이 비서가 부드러운 목소리로 말했다.

"이 사람들이 다 뭐 하는 짓인가 싶어서 어리둥절하죠? 이해해 줘요. 변호사님은 워낙 바쁘신 분이라서 그만 서울로 올라가 보셔야 돼요. 그래서 남은 일은 내가 맡아서 진행할 겁니다. 피연지 양한테도 그 편이 더 좋을 거예요. 아무래도 내가 변호사님보다는 편할 테니까. 자, 그럼 공증부터 받으러 가죠. 아참, 발목이 크게 다쳤다고 하던데, 괜찮아요? 걸을 수 있겠어요?"

이 비서가 그녀를 부축하기 위해서 얼른 손을 내밀었다. 연지는 몸을 뒤로 물려 그 손을 피했다.

"됐습니다. 혼자 걸을 수 있어요."

이 비서는 딸뻘밖에 안 되는 어린 여자의 냉담한 거절에도 불쾌해하기는커녕 걱정 어린 눈빛으로 연지를 바라보기만 했다. 연지는 슬쩍 시선을 들어 이 비서를 바라보았다.

보아하니 이 비서라는 사람은 싸가지 없는 남자나 변호사와는 다른 사람 같기는 했다.

'내가 좀 심했나?'

살짝 미안한 마음이 들었다.

'아니야. 그래봐야 다 한통속일 텐데, 뭐. 그 남자 비서라잖아. 미안해할 것 없어.'

연지는 속으로 비아냥거렸다.

'쳇. 그 젊은 나이에 제 아버지뻘 되는 어른들을 변호사다, 비서다 해서 쭉 거느리고 전화 한 통으로 마음대로 불러내다니. 대단한 인사 나셨네. 대체 정체가 뭐야? 재벌 3세라도 되시나?'

알면 알수록, 생각하면 할수록 정말 의문투성이인 남자였다. 그래도 이번 일로 확실하게 알았다. 최노다인지 뭔지, 절대 상종 못할 고약한 인간이라는 것을.

재수 없는 인간.

연지는 절룩거리며 이 비서를 지나쳐 먼저 건물로 들어갔다.

공증을 마치고 나오기 무섭게 연지는 '이제 다 끝난 거죠?'하고 휙 돌아서 가려고 했다. 그런데 이 비서가 황급히 그녀의 팔을 잡고 고개를 가로저었다.

"아니요. 아직 안 끝났습니다."

"또 뭐가 남았는데요?"

절로 신경질적인 목소리가 터져 나갔다.

"병원에 가야죠."

일순 연지의 표정이 뜨악해졌다.

"노다 군이 신신당부했습니다. 공증 일이 다 끝나면 연지 양을 병원에 꼭 모시고 가서 진찰을 받게 하라고요. 전후 사정이야 어찌 됐든 노다 군 때문에 다친 것 아닙니까. 그러니까 우리한테도 책임이 있습니다. 실은 공증 받기 전에 병원부터 데려갔어야 하는 건데, 그 점도 무척 미안하게 생각해요."

뭐야, 이 사람들. 병 주고 약주고. 지금 사람 가지고 장난해?

"됐습니다. 병원에 가든 어쩌든 제가 알아서 할 테니까 신경 끄시죠. 이젠 그쪽 분들하고는 어떤 식으로든지 간에 엮이고 싶지 않습니다. 안녕히 가세요."

연지는 고개를 까닥거리고는 잡힌 팔을 휙 빼내려고 했다. 그런데 이웃집 아저씨처럼 자상하기만 하던 이 비서가 갑자기 강경 모드로 바뀌어 그녀의 팔을 놔주지 않았다.

"그럴 수 없어요. 지금 연지 양의 기분이 어떨지, 충분히 이해합니다. 기껏 도와줬더니 이게 다 뭐 하는 짓인가. 상종 못할 인간들이로구나 싶겠죠. 그 점에 대해서는 입이 열 개라도 할 말이 없어요. 하지만 그렇다고 연지 양을 이대로 혼자 보낼 수는 없어요. 이해해 달라는 것도 아니고 다른 의도가 있는 것도 아닙니다. 그저 앞의 일과는 별개로 도의상 우리가 책임져야 할 부분은 책임을 지겠다, 이겁니다. 어차피 병원에 가야 하잖아요. 그리고 그 다리로 혼자 집에는 어떻게 가려고요. 치료 다 끝나면 집까지 안전하게 데려다 줄게요."

"됐다고요. 제가 알아서 한다니까요."

다소 짜증스럽게 말한 연지는 이 비서를 똑바로 바라보았다.

"이 비서님이라고 하셨나요? 솔직히 저, 이 비서님한테는 어떤 감정도 없어요. 최노다라는 사람이 시키는 대로 일을 하실 뿐이고, 또 그 사람이나 아까 그 변호사와는 달리 좋은 분 같기도 하니까요. 하지만 그렇다고 병원까지 같이 가고 싶은 생각은 없습니다."

그녀의 미간에 작은 홈이 파였다.

"제 기분이 어떨지 이해한다고 하셨나요? 미안하고 또 고맙다고도 하셨죠? 그럼 이 팔, 놓으세요. 책임감이든 뭐든 그쪽 분들의 도움, 제가 필요 없습니다."

"정말 마음이 많이 상한 모양이군요. 하긴 왜 안 그렇겠어요. 그 마음, 다 이해합니다. 정말 미안해요. 진심으로 내가 대신 사과할게요."

이 비서는 행인들이 다 보는 대낮 거리 한복판에서 딸뻘밖에 안 되는 그녀에게 허리를 깊숙이 숙여 재차 사과했다. 그러자 마음이 불편해진 것은 되레 그녀 쪽이었다. 아버지뻘의 어른이 너무나 정중하게 죄인처럼 굽히고 들어오니, 영 당황스러운 게 어쩔 줄 모르겠다. 맘먹은 대로 이 비서님이 사과할 게 뭐가 있느냐고, 그만 하시라고 매몰차게 말하고 돌아서야 되는데, 도통 입이 떨어지질 않았다.

급기야 이 비서는 허리를 깊숙이 숙인 채 통사정을 해왔다.

"연지 양, 제발 이렇게 부탁합니다. 거절하지 말아줘요."

지나가는 사람들이 무슨 일인가 싶어 두 사람을 연신 힐끔거렸다. 연지는 엄청 난처하고 곤혹스러웠다. 이 비서가 아까 그 변호사처럼 강경하고 고압적인 자세로 나왔다면 남들이 보든 말든 그녀도 망설임 없이 대차게 나갔을 것이다. 그런데 아버지뻘의 어른이 당혹스러울 만큼 저자세로 통사정을 해오니, 그럴 수도 없고. 뾰족했던 마음이 일순 약해져 버렸다.

이분은 또 무슨 죄인가 싶기도 하고.

머리도 피도 안 마른, 싸가지 없는 놈의 비서로 일하느라 이분도 고생이 참 많겠다 싶었다. 순간 그녀의 뇌리로 어떤 기억이 빠르게 스쳐 지나갔다. 소년이었던 남자를 처음 봤을 때의 오래전 기억. 당시 남자는 정신이상자인 예쁜 아줌마가 발작을 일으키자 충격을 받아 비명을 내질렀고, 어떤 아저씨가 그런 남자를 황급히 둘러업고 차에 태워 산을 내려갔었다.

'혹시 그때의 그 아저씨가 바로 이 아저씨일까?'

비명을 내지르는 인형 같은 남자아이한테 온 신경이 쏠려 있었던 탓에 안타깝게도 그 아저씨의 얼굴까지는 기억이 잘 나지 않는다. 하지만 왠지 그때의 그 아저씨가 바로 이 비서라는 이 사람일지도 모른다는 생각이 자꾸만 들었다.

그래서일까? 자신을 굽어보는 인자한 얼굴이 낯설게 느껴지지 않았다. 평생 고생만 하시다가 돌아가신 아빠의 얼굴도 자꾸만 눈앞에 얼비쳤다. 힘들게 재배한 무기농 작물을 하나라도 더 팔기 위해서 굽실거리던 아빠. 게다가 방금 그러지 않았나. 싸가지가 신신당부했다고. 말이 신신당부지, 필경 이래라 저래라 하는 일방적인 명령이었을 것이다.

'나 때문에 괜히 이 아저씨 입장만 난처해지는 거 아니야? 가뜩이나 한참이나 어린 놈 비위를 맞춰가며 돈 벌어 먹고 사는 게 쉽지는 않을 텐데.'

그렇게 생각하자 마냥 싫다고 거부하기가 힘들어졌다.

'으, 난 왜 이렇게 착해 빠진 거야.'

피연지보고 누가 독종이라고 그랬나. 제 자신에게만 혹독하고 엄하게 굴 뿐, 정작 힘없고 약한 사람이 당하거나 곤경에 처한 것을 보면 그냥 지나치지 못하는 게 바로 그녀였다. 알고 보면 순 맹탕에 여린 마음의 소유자라는 말씀. 때문에 말로는 독하고 못 되게 굴어도 언니한테 매번 양보하고 손해 보는 것은 항상 그녀였다.

이번에도 여지없이 오지랖 넓은 여린 마음이 작동하기 시작했다. 연지는 후우, 낮은 한숨을 흘렸다. 한 번 숙인 허리를 도통 펼 생각을 하지 않는 이 비서의 뒤통수에서 시선을 돌리며 짜증스럽게 중얼거렸다.

"알았으니까 그만하세요."

그제야 이 비서가 깊숙이 숙이고 있던 허리를 들어 그녀를 바라보았다.

"연지 양을 병원에 데리고 갈 수 있도록 허락해 주는 겁니까?"

연지는 한숨을 푹 내쉬며 마지못해 고개를 끄덕거렸다. 순간, 연지를 바라보는 이 비서의 눈빛에 묘한 이채가 어렸다.

'재미있는 아가씨야. 묘한 매력이 있어.'

특히 그녀의 눈빛이 마음에 들었다. 드높은 자긍심과 고집, 총기로 똘똘 뭉친 보기 드문 눈빛이었다. 지나치게 영악한 듯싶기도 하지만, 흰자위와 경계가 뚜렷한 까만 동공은 유리처럼 맑고도 투명했다. 그 속에는 순수하고 여린 마음도 깊숙이 깃들어 있었다. 이 비서의 눈에는 연지가 감추고자 하는 여린 심성이 번연히 다 보였다.

'스물세 살이라고 했나?'

아직 한참 어린 나이. 하지만 대학 4학년이라면—더욱이 알아본 바에 의하면 집안 형편도 그다지 좋은 편이 아니었다— 때가 묻을 만큼 묻을 나이이기도 했다. 그런데 그가 보기에 이 아가씨는 사뭇 달랐다. 40여 분밖에 되지 않는 짧은 시간 동안 자신을 대하는 연지의 태도만 봐도 알 수 있었다.

고집스레 입을 꾹 다문 채 쌀쌀맞게 대하고는 있지만, 결코 건방지게 행동하거나 무례를 범하지는 않는다. 당당한 눈빛으로 제 할 말은 다 하지만, 사람과 어른에 대한 예는 벗어나지 않는다. 기본적인 품성이 바르고 따뜻한 사람인 듯싶었다.

이 비서는 단박에 연지가 마음에 들었다. 아무래도 조금 더 지켜보긴 해야겠지만.

이 비서의 눈빛에 깃든 이채가 조금 더 깊어졌다.

병원에서 엑스레이를 찍고 반 깁스를 하고 물리치료를 받는 동안, 이 비서는 그녀의 진짜 보호자라도 되는 양 한시도 떨어지지 않고 살갑게 이런 저런 것들을 챙겨주었다.

검사 결과, 인대만 조금 늘어났을 뿐 뼈가 부러진 것은 아니라는 진단을 받았다. 천만다행이었다. 그래도 2주 정도는 반 깁스를 해야 한다고 했다. 이 비서는 연지보다 더 심각해진 얼굴로 한숨을 푹 내쉬었다.

"큰일이군요. 이 무더운 날씨에 깁스까지 하고 힘들어서 어쩐답니까."

의사가 대수롭지 않다는 투로 말했다.

"그래도 반 깁스라서 많이 답답하고 불편하지는 않을 겁니다. 정 불편하다 싶으면 벗어놨다가 다시 감으면 되니까요. 그리고 뼈가 부러진 것도 아니고 인대가 많이 늘어난 것도 아니라서 보기에만 그렇지, 이 정도면 그렇게 심각한 것도 아니에요."

의사는 이삼일 후에 부기가 가라앉고 통증도 어느 정도 가시면 살살 움직이는 데에 큰 지장은 없을 거라고 했다.

"소염진통제를 처방해 드릴 테니까 하루 세 번 잊지 말고 꼭 드시고, 당분간은 매일 물리치료를 받으러 오세요."

연지가 슬쩍 미간을 찌푸리고 말했다.

"매일 와서 치료받는 건 못 해요. 여기서 집이 꽤 멀거든요. 물리치료는 오늘만 받을게요. 아, 그리고 제가 먹는 약이 하나 있는데요."

연지는 보호자처럼 뒤에 서 있는 이 비서를 힐끔 쳐다보고 낮은 목소리로 말했다.

"레메론을 복용하고 있어요. 그런데 소염진통제를 같이 먹어도 괜찮나요?"

의사가 안경 너머로 그녀를 힐끔 쳐다보았다.

"레메론을 복용하고 있다고요?"

"네."

이 비서가 흠칫 놀라 연지를 내려다보았다.

'레메론이라면 항우울제인데, 이 아가씨가 왜? 당당하게 할 말은 다 하는 아가씨라서 우울증에 걸릴 일은 없을 것 같은데 이상하군.'

이 비서는 고개를 갸웃거렸다. 의사가 짐짓 심각한 표정으로 고개를 가로저었다.

"흠, 그럼 소염진통제를 처방하는 것은 곤란하겠군요. 아무래도 중복 투여는 위험하니까. 그래도 당분간은 통증이 심해서 먹어야 할 텐데. 염증도 빨리 가라앉혀야 되고, 이를 어쩐다?"

"통증은 괜찮아요. 저, 아픈 건 잘 참아요. 그런데 염증은……아무래도 소염제를 안 먹으면 오래가겠죠?"

"그렇죠. 그래도 무리해서 약을 중복으로 먹을 수는 없으니까 경구용 대신 파스로 대체합시다. 소염진통 기능이 있는 파스를 수시로 붙여주세요. 이틀 정도는 냉찜질을 계속 해주고요. 냉찜질을 계속 해주면 염증이 억제되거든요. 그 후로는 온찜질을 병행해서 꾸준하게 해주세요. 물리치료라도 매일 받으면 좋은데 집이 멀어서 그것도 안 된다니까, 거 참. 어쨌든 내가 지금 말한 거 잊지 말고, 가장 좋은 것은 발목에 무리가 가지 않도록 되도록 걷지 않고 푹 쉬는 겁니다. 그러면 상태가 그리 심한 게 아니니까 일주일 정도만 지나도 많이 좋아질 겁니다."

연지는 의자에서 일어나 의사한테 꾸벅 인사를 하고 진찰실을 나왔다. 이 비서가 냉큼 달려와 그녀를 부축했다. 괜찮다고 하려다가 귀찮아서 그냥 내버려 뒀다. 연지는 그렇게 이 비서의 부축을 받으며 물리치료실과 석고실을 오갔다.

반 깁스를 하고 원무과로 가서 계산을 하려고 하는데, 이 비서가 계산은 이미 다 끝났다며 그녀를 밖으로 이끌었다. 연지가 인상을 팍 쓰고 물었다.

"이 비서님이 계산을 다 하셨다고요?"

"네."

"왜요?"

"그야 중간에 계속 해야 했으니까요. 그리고 앞서도 말했지만 연지 양이 다친 건 노다 군을 돕느라 그런 거니까 우리 책임이라고요. 당연한 거니까 신경 쓰지 말아요."

연지가 걸음을 우뚝 멈추고 이 비서를 빤히 올려다보았다.

"이 비서님. 제가 이 비서님하고 같이 병원에 온 건 하도 간곡하게 부탁을 하시니까, 저 때문에 괜히 입장이 난처해지실까 봐, 그래서 할 수 없이 같이 오자고 한 거지 병원비 내시라고 그런 거 아니었습니다. 저도 아까 분명하게 말씀드렸잖아요. 그쪽 분들의 책임감 운운하는 도움 같은 거, 필요 없다고요. 제가 싫다니까요."

"연지 양."

"보다 분명하게 말씀드리자면 그 각서가 아니더라도 저야말로 그쪽 분들하고 연관된 일, 기억에서 싹 다 지워 버리고 싶어요. 한마디로 후회막급이다, 이 말입니다. 이 비서님 입장 생각해서 여기까지 같이 왔으면 된 거잖아요. 더 이상은 제가 싫어요. 제 병원비는 제가 냅니다. 병원비, 얼마 드셨어요?

연지의 입매가 고집스럽게 꽉 다물렸다. 한 치도 물러서지 않을 것 같은 당찬 기세에 이 비서는 한숨을 폭 내쉬고 마지못해 얼마가 들었다고 순순히 대답했다. 연지는 그 자리에서 그만큼의 돈을 지갑에서 꺼내 건넸다. 이 비서는 마지못해 그 돈을 받았다.

집까지는 무사히 데려다 줘야만 마음이 놓일 것 같다는 이 비서의 간곡한 청에 연지도 그것만은 마다하지 않았다. 이 비서는 편히 앉으라며 앞좌석을 바짝 당기고 그녀를 뒷자리에 앉혔다.

연지는 어깨를 으쓱이고 너른 뒷좌석에 편히 앉았다. 집까지 오는 내내 두 사람은 서로 아무 말도 하지 않았다.

집 앞에 도착하자, 이 비서가 부리나케 내려 차에서 내리는 연지를 부축해 집으로 들어갔다. 몇 걸음 안 되는 좁은 마당을 지나 그녀를 마루에 앉히고 이 비서는 냉큼 뒤돌아 차로 달려갔다. 잠시 후 돌아온 그의 손에는 커다란 쇼핑백이 두 개나 들려 있었다.

"그게 다 뭐예요?"

연지가 미심쩍은 눈빛으로 마루 한쪽에 놓이는 쇼핑백들을 쳐다보았다.

"별거 아니에요. 찜질팩하고 파스 몇 개 샀어요. 언짢게 생각하지 말고 이것만은 그냥 좀 받아줘요. 그럼 연지 양, 부디 몸조리 잘해요. 이번 일은 정말 고맙고 또 미안했습니다. 그럼."

"필요 없다니까요. 저기요, 이 비서님, 이 비서님!"

연지가 부리나케 쇼핑백을 들고 절룩거리며 따라 나갔지만, 이미 이 비서의 차는 저 멀리 뒷산으로 빠르게 달려가고 있는 참이었다.

"뭐야. 진짜 이상한 사람들이야. 이럴 거면 처음부터 고맙다, 그런데 이런저런 사정이 있으니까 남자에 대한 일은 함구해 달라고 부탁을 하지. 이랬다저랬다. 사람 바꿔가면서 장난하는 것도 아니고, 법 운운하면서 협박질 할 때는 언제고, 참나."

연지는 눈을 흘겨 멀어지는 차 꽁무니를 한동안 노려보다가 휙 돌아 집으로 들어갔다. 쇼핑백은 마루에 아무렇게나 도로 휙 던져 버렸다. 칭칭 동여맨 압박 붕대를 풀고 절룩거리며 욕실로 들어갔다. 땀에 찌든 몸으로 거의 1박2일을 보냈더니, 무엇보다 샤워가 간절했다. 옷을 훌훌 벗어던지고 차가운 물을 뒤집어썼다.

"아, 시원해."

이제야 좀 살 것 같았다. 손바닥에 샴푸를 잔뜩 담아 머리를 감으며 웅얼거렸다.

"내가 두 번 다시는 댁들하고 상종을 하나 봐라. 특히, 그 최노다 뭔지 하는 싸가지. 얼굴만 반반하면 뭐해. 성질은 지랄 맞고 괴팍하기만 한데. 으이구, 얼굴이 아깝다, 얼굴이. 귀신은 뭐하나 몰라. 그런 새끼 안 잡아가고."

연지는 연신 씨근덕거리며 북북 손가락을 움직여 머리에 거품을 냈다.

이튿날. 해가 중천에 떠서야 느지막이 일어난 연지는 절룩거리며 부엌으로 향했다. 시원한 냉수를 한 잔 들이켜고 냉찜질을 해주라는 의사의 권고가 생각나서 냉동실을 열어보았다. 얼려놓은 얼음이 몇 개 없었다. 얼음 케이스를 꺼내 물을 받으려다가 어제 마루에 대충 던져놓은 쇼핑백이 생각났다.

잠시 망설이던 연지는 어깨를 으쓱이고 얼음 케이스를 싱크대에 내려놓았다.

"그래, 물건이 무슨 죄냐. 기왕 이렇게 된 거, 알차게 써주자."

기껏해야 팩과 파스 몇 개뿐일 것 아닌가. 마루로 나가 구석에 처박아놓은 쇼핑백을 열어보았다.

쇼핑백에는 핫 팩으로도 쓸 수 있는 커다란 고무주머니가 두 개, 워머처럼 발목에 신을 수 있는 전용 아이스 팩이 다섯 개, 아이스 팩과 마찬가지로 워머처럼 신을 수 있는 발목 전용 찜질기가 두 개, 그리고 언뜻 봐도 서른 장은 되고 남을 파스가 한가득 들어 있었다.

"뭐가 이렇게 많아. 몇 개 안 된다더니, 이게 몇 개밖에 안 되는 거야? 돈 많다고 자랑하는 거야, 뭐야. 병 주고 약 주고, 아주 지대로고만. 쳇."

연지는 입술을 비죽거리며 고시랑거렸다. 그러다 물건들 틈에 끼어 있는 무언가를 발견하고 동작을 움찔 멈췄다. 새하얀 편지 봉투였다.

"이건 또 뭐야. ……설마? 에이, 아니겠지."

순간적으로 뇌리에 빳빳한 지폐 뭉치가 휙 스쳐 갔지만 연지는 설마 하며 고개를 가로저었다. 하나 직감적으로 기분이 싸하게 가라앉는 것은 어찌할 수 없었다. 연지는 눈을 가늘게 뜨고 봉투를 열어보았다.

이런, 젠장!

혹시나? 했던 그녀의 불길한 예감이 맞았다. 봉투 안에는 백만 원 권 수표 여러 장이 들어 있었다. 하나, 둘, 셋……. 그것도 한두 장도 아닌 총 다섯 장이었다. 맨 앞에는 반으로 반듯하게 접힌 메모지 한 장도 들어 있었다. 메모지에는 이렇게 적혀 있었다.

미연지 양,
이번 일은 피차 무척 유감스럽고 불미스러운 일이었습니다.

그래도 상호 원만하게 합의를 하게 되어 다행이라고 생각합니다. 그런 만큼 합의한 사항을 잘 준수해 줄 것이라고 믿습니다. 두 번 다시는 동일한 일로 얼굴 붉히는 일은 없었으면 좋겠습니다.

그리고 그것과는 별개로 피연지 양에게 큰 도움도 받았습니다.

고마워요.

이것은 그 고마움에 대한 자그마한 성의의 표시입니다.

모쪼록 몸조리 잘해서 빨리 완쾌되기를 바랍니다.

이문균

"하!"

절로 실소가 터져 나왔다.

"뭐야, 그러니까 이걸 사례금이라고 준 거야? 아니면 입막음 조?"

아니, 내용으로 보자면 그 둘 다인 듯싶었다. 합의 운운하며 잘 준수해 줄 것이라고 믿는다고 쓰여 있는 것을 보면 말이다.

"와, 이 사람들이 진짜, 사람을 어떻게 보고!"

진짜 웃기는 사람들이다. 살다 살다 이런 황당한 경우는 또 처음 당한다. 그나마 이 비서라는 분은 좋은 사람이겠거니, 했던 생각이 한달음에 싹 사라져 버렸다.

"그러니까 이 돈 받고 알아서 입 다물고 조용히 살아라, 이거지? 우린 이만큼 할 만큼 했다. 그런데도 네가 합의한 내용을 어기고 나불대고 다니면 네 인생도 피곤해질 거다, 이거 그런 뜻 맞지?"

연지는 이를 앙다물고 고개를 휙 돌려 뒷산을 노려보았다. 빳빳한 수표들이 그녀의 손아귀에 와그작 구겨졌다.

열흘 뒤. 정오 넘어 느지막이 일어난 연지는 평소와 달리 아점을 든든히 챙겨먹고 4시쯤 집을 나섰다.

지난 열흘 내내 집에서 꼼짝 않고 뭉기고 앉아 부지런히 냉, 온을 오가며 찜질을 해준 덕분에 왼쪽 발목은 몰라보게 많이 좋아졌다. 시퍼렇던 멍은 보랏빛으로 색이 옅어지기만 했을 뿐 여전했지만, 부기는 거의 다 가라앉았다. 반 깁스를 하고 걷는데 별반 큰 어려움이 없었다. 천천히 걸으면 조금 절룩거리는 해도 통증이 거의 없었다.

그래도 혹시 몰라 할머니가 주신 지팡이도 잊지 않고 챙겨 나왔다. 더위가 한창 기승을 부릴 시간은 피했지만 그래도 혹시 몰라 반팔에 반바지, 거기다 따가운 햇살을 막기 위해 스냅백까지 꼼꼼하게 썼다. 연지는 한 손에 자그마한 봉투를 꼭 쥐고 거침없이 뒷산으로 향했다.

누가 보든 말든 신경도 쓰지 않았다. 이전처럼 길도 없는 산길을 선택하지도 않았다. 중턱까지 뻥 뚫려 있는 포장도로로 성큼 들어섰다. 많이 좋아졌다고는 하지만, 이삼십 분은 족히 올라가야 하는 오르막을 오른다는 것은 분명 아직까지는 무리일지 몰랐다. 하지만 더 이상은 기다릴 수 없었다. 이제껏 꾹 참고 기다린 것도 많이 참은 거였다. 다소 힘들어도 천천히 쉬다 걷다를 반복하며 올라가다 보면, 그까짓 거 못 오를 것도 없다 싶었다. 가파른 산길도 아니고 평평한 포장도로인데 뭐.

연지는 최대한 왼발에 무리가 가지 않도록 조심하며 걸었다. 통증이 좀 심해진다 싶으면 지체 없이 걸음을 멈추고 앉아서 쉬었다. 그러다가 괜찮아졌다 싶으면 다시 일어나 걸었다. 최대한 얇게 입었는데도 땀이 비 오듯이 쏟아졌다. 얇은 반팔 티가 금세 흠뻑 젖어 등에 찰싹 달라붙었다. 그나마 산이라서 후덥지근한 바람이라도 간간이 불어와 주어 천만다행이었다. 연지는 산바람에 땀을 식히며 계속 걸었다.

수시로 쉬다 걷다를 반복한 탓에 예상대로 한 시간은 족히 걸린 것 같았다. 그래도 어찌어찌 중턱까지 오르는 데는 간신히 성공했다. 해는 아직 기울지 않고 하늘 높이 떠 있었다. 공터의 반 이상을 빙 두르고 있는 높다란 철문과 특이한 형태의 시커먼 건물이 햇살을 받아 번쩍거리고 있었다.

확실히 밤에 보던 것과는 느낌이 달랐다. 웅장한 모습이 위협적이긴 해도 이전처럼 음산해 보이지는 않았다. 사방은 여전히 쥐 죽은 듯이 고요했다.

연지는 눈을 가늘게 뜨고 한참 동안 철문 너머의 웅장한 건물을 노려보았다. 후우. 숨을 크게 들이마시고 당당하게 철문으로 걸어갔다. 철문은 당연하다는 듯이 단단히 닫혀 있었다. 그 또한 예상했던 터라 입술을 비죽이고는 벨을 찾아 주변을 두리번거렸다. 변호사든, 이 비서든 올 사람이 있으니 벨 정도는 있지 않을까 싶었다.

그런데 웬걸. 벨로 보이는 것이 전혀 없었다. 아마도 다들 일전의 변호사처럼 직접 비밀번호를 입력하고 여기를 드나드나 보다.

"에이씨, 이럼 곤란한데."

계획에 약간의 차질이 생겼다. 어쩐다?

"어쩌긴. 할 수 없지."

연지는 손으로 철문을 팡팡 두드렸다.

"저기요, 최노다 씨! 나, 피연지예요. 저번에 그쪽이 도둑으로 몰았던 사람! 기억하죠? 용건이 있어서 왔으니까 잠깐만 나와봐요!"

목청을 키워 고래고래 소리쳤다. 한 열댓 번은 소리쳤을 거다. 그런데도 아무도 없는 듯 안에서는 아무런 반응이 없었다. 쥐 죽은 듯이 조용하기만 했다.

"뭐야, 혹시 집에 없는 거 아니야?"

그럴 리가. 어제 오늘, 남자가 타고 다니는 시커먼 스포츠카가 이 산을 내려오는 것을 보지 못했다. 저 봐라. 그것을 입증하듯 정원 한구석에 바로 그 스포츠카가 버젓이 세워져 있지 않은가. 남자는 틀림없이 지금 저 집 안에 있을 터였다.

"그런데 사람이 이렇게 고래고래 소리를 지르는데도 나와보지 않는다, 이거지? 혹시 문틈으로 빼꼼 내다보고 기겁해선 또 변호사를 부르는 거 아니야? 그래, 불러. 오라고 그래. 변호사든 누구든 나도 할 말이 있어서 왔으니까. 까짓 거 기다리지, 뭐. 누가 오든 빨리만 와라."

연지는 철문을 '쾅!' 내려치고는 잔디밭에 철퍼덕 엉덩이를 깔고 앉았다. 남자가 집밖으로 나오든 변호사나 이 비서가 부리나케 달려오든 부디 해 지기 전까지만 와라, 바라느니 오직 그것뿐이었다. 컴컴해지면 내려가기가 정말 난감해질 테니 말이다.

연지는 손에 쥔 봉투를 꽉 움켜쥐고 텅 빈 듯 조용한 집만 무섭게 노려보았다.

그렇게 얼마나 있었을까.

하늘 높이 떠 있던 태양이 어느덧 뉘엿뉘엿 서쪽으로 기울며 파랗던 하늘이 붉게 물들기 시작했다. 더불어 파릇한 나무와 수풀들도 점차 붉게 물들어갔다.

"와, 예쁘다."

붉게 물들어가는 하늘을 올려다보며 순수한 감탄을 터뜨리던 연지는 번뜩 정신을 차렸다. 산에는 어둠이 빨리 찾아온다. 해가 지기 시작했으니 곧 사방이 컴컴해질 터였다. 그런데 최노다는 물론 변호사든 이 비서든 통 나타날 생각을 하지 않았다.

"에이씨, 뭐야. 기껏 올라왔더니."

아무래도 날을 잘못 잡은 모양이다. 아니, 날을 잘못 잡은 게 아니라 어쩌면 시간을 잘못 잡은 걸지도. 연지는 한껏 미심쩍은 눈빛으로 검붉게 물들어가는 거대한 건물을 노려보았다. 일전에 현관 앞까지 빠르게 밀려오는 햇빛에 움찔 전신을 굳히고 뒤로 성큼 물러나던 남자의 움직임이 새삼 기억이 났다.

"햇빛에 닿으면 안 되기라도 하는 건가? 그래서 낮에는 집 안에만 콕 틀어박혀 있다가 밤만 되면 어슬렁거리고 나오는 거야?"

진짜 그런 거라면…….

"웃겨. 지가 무슨 뱀파이어라고."

연지는 기가 막혀 헛웃음을 터뜨렸다. 어쨌든 하나부터 열까지 죄 수상쩍고 이상한 사람인 것만은 분명했다. 그나저나 이제 어쩐다? 날이 어두워지기 전에 내려갔다가 밤에 다시 올라와? 아니, 어차피 밤에 다시 올라올 거라면 굳이 힘들게 내려갈 필요가 어디 있나.

"그래, 기왕 올라온 거 좀 더 기다려 보지, 뭐. 힘들게 뭐 하러 왔다 갔다 해."

조금만 더 기다리면 곧 사방이 으슥해질 터였다. 그럼 저도 곧 나오겠지. 밤에만 움직일 수 있는 뱀파이어든 뭐든 말이다.

"무슨 말도 안 되는. 현실에 그런 게 어디 있어."

어쨌든 밤이 되면 남자가 집 밖으로 나올 것이라고 연지는 확신했다. 그러니 조금만 더 기다리면 된다. 그럼 이 빌어먹을 돈을 그 잘난 면상에 확 뿌려 던져 버리고 욕이나 한바탕 실컷 해주고 내려가자. 그 전에 변호사든 이 비서든 누가 와도 마찬가지였다. 연지는 하얀 봉투를 더욱 세게 그러잡았다.

예상대로 사방은 이내 빠르게 컴컴해졌다. 말 그대로 칠흑 같은 어둠이었다. 이젠 됐겠지 싶어 연지는 엉덩이를 털고 자리에서 벌떡 일어났다. 다시 철문을 세차게 두드렸다.

"저기요! 최노다 씨, 할 말이 있어서 왔다니까요! 잠깐만 나와 봐요! 나, 피연지예요, 피연지! 댁 살려줬더니 도둑으로 몰아서 그쪽 변호사가 각서까지 쓰게 한 바로 그 사람! 기억하죠! 내가 그 건으로 할 말이 있으니까 잠깐 나와봐요!"

철컹철컹. 연지는 철문을 두드리고 잡아당기며 계속 소리쳤다. 그러자 화답하듯 철문 위의 간접조명 등들이 마법처럼 번쩍하고 일제히 불을 밝혔다. 흠칫 놀란 연지는 머리 위의 불을 힐끔 올려다보며 마른침을 꿀꺽 삼켰다.

드디어 남자 쪽에서 반응을 보인 것이다. 연지는 남자가 곧 모습을 드러낼 것이라고 예상했다. 아니, 기대했다. 제발 나와라, 나와라, 나와라.

그러고도 또 몇 십 분이 속절없이 흘러갔다. 그러다 한참만에야 드디어 커다란 현관문이 삐이꺽 하고 열렸다. 그 사이로 삐쩍 마른 기다란 검은 인영이 모습을 드러냈다. 남자였다. 최노다, 그 남자가 틀림없었다! 그런데 남자는 그 자리에서 한참 동안 꼼짝도 하지 않았다.

연지의 가슴이 미친 듯이 빠르게 뛰어댔다. 숨이 턱 끝까지 차올라 숨을 쉴 수 없을 정도였다. 연지는 가까스로 가쁜 숨을 가다듬고 크게 소리쳤다.

"거기, 최노다 씨 맞죠? 나, 피연지예요. 내가 누군지 기억하죠? 저번 일로 내가 긴히 할 말이 있어서 찾아왔으니까 잠깐만 좀 봅시다. 잠깐이면 돼요."

"……"

"아, 거 참, 진짜 이상한 사람이네. 악연이든 불청객이든 어쨌든 이젠 피차 모르는 사이도 아니고, 사람이 할 말이 있어서 찾아왔다는데 뭘 그렇게 몸을 사리고 그런답니까? 진짜 무슨 죽을

죄라도 졌나. 어이, 이봐요. 난 댁이 그러든 말든 일절 관심 없으니까 걱정 말고 이리 좀 와봐요. 내가 그쪽한테 확실하게 해둘 말이 있어서 그래요."

그러나 남자는 여전히 묵묵부답이었다.

"갑자기 입이 얼어붙기라도 했나, 왜 저래? 지금 나 복장 터져 죽으라고 일부러 그러는 겁니까? 나랑 말 섞기가 그렇게 싫어요? 쳇, 누군 안 그런 줄 아나. 이봐요, 나도 댁 같은 사람하고 상대하기 싫거든요? 그쪽처럼 배은망덕하고 싸가지 없는 사람하고는 나도 말 섞기 싫다고요. 그런데도 내가 오죽하면 이 아픈 다리를 끌고 여기까지 올라왔겠어요? 다 그럴 만하니까 죽어라고 올라와서 몇 시간 동안이나 기다린 것 아닙니까! 그러니까 빨리 좀 와봐요. 목 아프니까 가까이서 얘기 좀 하자고요."

연지는 손을 번쩍 들어 가까이 오라고 손목을 까닥거렸다. 그럼에도 남자는 질리게도 요지부동이었다. 참다못한 연지가 꽥 소리를 지르며 다른 손에 들고 있던 봉투를 마구 흔들었다.

"이거 때문에 그래요, 이거! 누굴 거지발싸개로 아나. 기껏 하자는 대로 합의 다 해주고 각서에 공증까지 해줬더니만, 이 따위 돈으로 사람을 우롱해? 누가 댁들 무서워서 그랬는줄 알아? 치사하고 더러워서, 똥 밟았다 싶어서, 귀찮아서 해준 것뿐이라고. 그래도 댁 비서라는 사람은 진심으로 미안하고 고마워하기에 댁들하고는 좀 다른 사람인 줄 알았는데 알고 보니 그것도 아니었더라고. 와, 사람 뒤통수를 이렇게 후려치나? 나, 이딴 돈 필요 없으니까 이거 도로 가져가요. 엉!"

그제야 남자가 천천히 걸어 나왔다. 대여섯 발자국 정도 남겨 놓고 남자가 걸음을 우뚝 멈췄다. 비로소 남자의 얼굴이 희미하게나마 보였다. 빌어먹을! 연지는 속으로 욕설을 내뱉었다. 빌어먹게도 남자는 여전히 숨 막히도록 너무도 근사하고 아름다웠다. 등줄기에 짜릿한 전율이 흐를 만큼.

연지는 저도 모르게 군침을 꿀꺽 삼키고 눈꺼풀을 빠르게 깜박거렸다.

남자의 얼굴에는 변함없이 표정이라는 것이 깃들어 있지 않았다. 서늘하게 침잠한 무(無). 그래서 남자의 투명하도록 새하얀 얼굴은 더욱 신비롭게만 느껴지는지도 몰랐다.

남자가 얇은 입술을 달싹거렸다.

"방금, 뭐라고 했지? 누가, 뭘 줬다고?"

서늘한 중저음의 목소리가 바람처럼 그녀의 귓가로 스며들었다. 아, 남자는 목소리마저 어쩜 저렇게 근사한지 모르겠다. 정나미 떨어지는 삭막한 음성에, 발음까지 어눌한데도 불구하고 울림이 깊은 남자의 음성은 짜증나도록 지적이고 매혹적이었다. 마치 사람들의 넋을 유혹한다는 세이렌의 음성처럼······.

'어머, 내가 왜 이래? 정신 차려.'

연지는 재빨리 고개를 가로저었다.

"이거 말이에요, 이거."

연지는 남자의 무심한 듯 텅 빈 눈동자를 똑바로 올려다보며 손에 들고 있던 하얀 봉투를 흔들었다.

"댁 비서라는 사람이 이걸 나한테 줬다고요."

"이 비서님이?"

"네."

"이 비서님이 너한테 돈을 줬다고?"

남자는 해석 불가능한 외계어라도 들은 사람처럼 같은 말을 반복했다.

'반응이 왜 저래? 설마, 남자는 모르는 일인 거야?'

연지는 미심쩍은 눈빛으로 남자를 바라보았다.

"그렇다니까. 대체 같은 말을 몇 번이나 시키는 거야. 설마, 그쪽은 모르는 일이다 이거예요? 그쪽이 시킨 거 아니었어요?"

남자의 깊은 눈매가 꿈틀거렸다.

"확실한가? 이문균이라는 사람이 너한테 그것을 준 게 확실해?"

"확실하지 않으면 설마 내가 내 돈을 가지고 와서 이 난리를 치겠어요? 그것도 한두 푼도 아니고 무려 오백만 원이나 되는 큰돈을? 내가 미쳤어?"

노다의 눈매가 짜증스럽다는 듯이 일그러졌다. 일전에도 느낀 바지만, 이 여자, 말이 너무 많다. 따따부따, 따따부따. 시끄러워서 골이 다 흔들린다.

평소와 다름없이 정오가 되어서야 겨우 잠들었던 노다는 쟁쟁거리는 시끄러운 목소리와 철문이 덜컹거리는 소음에 어렴풋이 잠에서 깬 참이었다. '잠결에 잘못 들은 건가?' 싶어서 혹시나 하고 나와봤더니, 저 망할 여자가 철문 밖에서 저러고 있었다.

기가 막혔다. 저 망할 여자가 여기는 또 웬일인가. 김 변호사한테 혼쭐이 나고 각서까지 쓰고 끝난 일 아니었나? 그런 식으로 대충 끝낸 것이 영 불안하기는 했지만, 김 변호사와 이 비서가 하도 확실하게 마무리 지었으니 안심해도 된다고 해서 믿었더랬다.

그런데 이게 다 무슨 일인가.

더구나 뭐? 이 비서가 돈을 줬다고?

듣느니 처음 듣는 얘기였다. 그날, 일을 다 마무리했다고 올라와서 얘기할 때도 그런 얘기는 듣지 못했다. 피연지라는 저 여자가 무단 침입한 것은 분명 괘씸한 일이기는 하지만, 자신이 보기에는 당찬 만큼 굉장히 총명하고 바르고 특히, 낯선 남자가 간질 발작을 일으킨 것을 보고 무섭다고 도망치기는커녕 제 몸 다쳐가면서도 달려와 응급처치를 한 것을 보면 요즘 젊은 사람 같지 않은 보기 드문 여자라는 둥 별의별 얘기를 다 해놓고, 이제 보니 그 얘기만 쏙 빼놓고 하지 않았다는 얘기였다.

대체 왜?

이 비서답지 않은 일이었다.

아니, 어쩌면 그거야말로 이 비서다운 일일지도.

노다가 세상을 등지고 이곳에 들어와 칩거한 채 사는 것도, 노다와 오형수, 김 변호사가 일 처리하는 방식도 누구보다 가장 마음에 안 들어 하는 사람이 바로 이문균 비서, 그 사람이니까.

오랜 세월 오형수 밑에서 그의 수족처럼 온갖 궂은일을 도맡아 해왔으면서도 따스한 성품과 올곧음을 잃지 않고 있는 특이한 사람이기도 했다. 그래서 노다가 세상 어느 누구보다도 믿고 따르는 사람이었다.

그런데 그런 사람이 그에게는 일언반구 없이 이런 일을 저질렀다고? 고마운 마음을 돈으로 해결하려고 했단 말인가? 그것만은 그답지 않은 행동이었다.

'이 비서님은 대체 무슨 생각으로 이런 일을 하신 걸까.'

이해할 수가 없었다.

한데 이해할 수 없는 것은 이 비서뿐만이 아니었다. 이 비서는 그렇다고 치고 이 여자는 왜 또 이 난리란 말인가. 돈을 받았으면 받은 거지, 그게 뭐 어떻다고. 어쨌든 돈까지 주고받았으면 그것으로 정말 다 끝난 일이 아닌가.

처음부터 이상한 여자라는 것은 알고 있었지만, 정말 그의 상식으로는 이해 불가능한 이상한 여자였다. 어쨌든 이 망할 여자가 나타난 뒤로 하루도 편한 날이 없었다. 죽음처럼 외롭고 무료했지만 그래도 안전하고 평온했던 그의 일상이 이 삐쩍 마른 여자 하나 때문에 무참히 깨어지고 있었다.

"그래서 그게 어쨌다는 거지? 돈까지 받아 챙겼으면 그것으로 된 것 아닌가? 그래놓고 여길 또 감히 뻔뻔하게 올라와? 잊었나 본데, 넌 분명히 각서를……."

"그놈의 각서, 나도 기억하거든? 그래서 나도 이쪽으로는 침도 뱉지 않을 생각이었는데, 댁들이 이런 걸 함부로 던져놓고 가니까 나도 성질나서 올라온 거 아니냐고!"

"왜? 아, 혹시 돈이 부족했나? 그래서 더 달라고 합박이라도 하려고 올라온 건가? 각서에 쓴 대로 입 다물어줄 테니까 대신 돈이나 더 내놓으라고?"

저게 진짜 보자보자 하니까 사람을 어떻게 보고! 머리끝까지 열이 뻗친 연지가 꽥 소리를 질렀다.

"야! 너, 말이면 다 말인 줄 알아? 사람을 뭘로 보고. 내가 고작 이 따위 돈으로 흥정이나 할 사람으로 보여! 야, 그리고 말을 하려면 제대로 해. 합박이 뭐냐, 합박이. 합박이 아니라 협박이겠지. 말도 제대로 못하는 게 어디서 나쁜 짓만 배워서는. 네가 얼마나 돈이 많고 대단한 사람인지는 몰라도 인생, 그렇게 사는 거 아니다."

연지는 노다의 길쭉한 전신을 위아래로 흘겨보며 말했다.

"각서, 그것도 착각하지 마. 내가 정말 네 변호사의 되도 않는 협박질에 무서워서 그만 걸 써준 줄 알아? 웃기고 있네. 젊디젊은 놈이, 그것도 어디가 아파도 되게 아픈 놈이 이런 산속에 틀어박혀 혼자 사는데, 누구 말마따나 뭔가 피치 못할 사정이라는 것이 있나 보다, 안됐다, 딱하다, 불쌍하다. 그래서 내가 눈 딱 감고 써준 거야."

노다가 아무리 칼날 같은 차가운 눈빛으로 무섭게 쏘아봐도 연지는 조금도 주눅 들지 않았다. 되레 그런 그를 가소롭지도 않다는 듯 비아냥거렸다.

"어차피 나야 네 얘기 같은 거, 다른 사람들한테 떠들 생각 따위는 없었으니까. 난 원체 남의 얘기를 옮기고 다니는 취미 같은 건 없거든. 그래서 기를 쓰고 달려드는 네 변호사가 딱해서 오냐, 알았다, 하고 써준 것뿐이라고. 어이, 내 말, 무슨 얘기인지 제대로 알아듣기는 알아듣니? 왜, 못 알아듣겠으면 영어로 다시 말해줄까?"

노다의 매섭게 벼려진 긴 눈매가 바르르 떨렸다. 저게 진짜! 한
줌도 되지 않는 삐쩍 마른 게 이젠 아주 제대로 실성을 했는지 지
껄이는 말들이 죄 가관도 아니었다. 무엇보다 뭐라고? 딱하고 불
쌍해? 누가 내가?

하!

기가 막혀 말도 안 나온다. 그의 처지가 아무리 비참해졌다고
는 해도 저런 허접한 계집애한테까지 그 따위 말을 들을 정도는
아니지 않은가! 노다는 저도 모르게 주먹을 불끈 움켜쥐었다.

'와, 이렇게 다 퍼붓고 나니 속이 다 후련하다.'

연지는 내친김에 유창한 영어로 계속 퍼부어댔다.

「그쪽이 숨기고 싶어 하는 게 뭔지는 몰라도 자꾸 이런 식으로
나오면 재미없어. 정도껏 해야지. 사람이 참는 데에도 한계가 있
다는 말 몰라? 그쪽 변호사 말본새를 빌리자면 말이야, 참고로
나도 미리 밝혀둘 게 있는데 말이지. 각서, 그거 역으로 생각하
면 네가 뭔가 엄청난 걸 숨기고 여기에 숨어 살고 있다는 것을 증
명하는 증거 자료이기도 하거든? 그러니까 잘 생각해 봐. 그 각서
에, 내가 본 것도 있겠다, 거기다가 네가 해가 뜨는 낮에는 집에
만 꽁꽁 틀어박혀 있다가 밤만 되면 기어나와서 움직인다는 거,
그러니까 이를 테면 뱀파이어처럼 말이야. 뭐 이런 팩트만 몇 가
지 버무려서 내가 그럴싸하게 얘기를 하기 시작하면 말이지, 입
장이 곤란해지는 건 과연 나일까, 아니면 너일까?」

노다의 숨소리가 급격히 잦아들었다. 연지는 턱을 치켜들고 씨

익 입꼬리를 말아 올렸다.

「그래서 내가 곰곰이 생각해 봤는데, 네가 나나 내 심기를 건드리면 좋을 게 하나도 없을 것 같더라고. 어떻게 생각해?」

노다는 부드득 이를 갈며 속으로 뇌까렸다.

'이 비서님도 이젠 나이가 드셔서 사람 보는 안목이 다 됐나 보군. 저런 애가 뭐? 총명하고 바르다고? 요즘 보기 드문 괜찮은 사람이야?'

보기 드문 사람이라는 말, 그거 하나는 맞긴 맞았다. 다만 보기 드물게 괜찮은 사람이 아니라, 보기 드물게 되바라지고 약삭빠른 데다가 겁대가리 상실한 정신 나간 계집애라는 것이 문제일 뿐.

노다는 화가 날수록 냉정해지는 성격답게 감정이 배제된 차가운 목소리로 말했다.

「역시 정상은 아니야. 처음부터 그런 줄 알고는 있었지만, 생각보다 상태가 꽤 심각하군.」

노다도 편하게 영어로 말했다. 상대가 영어에 자신 있다는데— 말하는 것을 보니 자신감을 가질 만도 하고— 굳이 힘들게 한국어로 얘기할 필요성을 느끼지 못했다. 더구나 벌써 두 번이나 저 정신 나간 발칙한 계집애한테 틀린 단어를 지적받았다. 자존심이 은근히 상했다.

「그래서 요점이 뭔가. 돈 때문에 자존심이 상했다는 건가, 아니면 액수가 작아서 불만이라는 건가. 그도 아니면 너야말로 되도 않는 협박질로 다른 더 큰 무엇을 요구할 것이 있어서 올라온 건가. 따따부따 시끄럽게 굴지 말고 할 말이 있으면 요점만 빨리 말하고 꺼져.」

연지는 아랫입술을 지그시 깨물었다.

「더 큰 무엇? 하, 진짜 너 같은 부류의 인간들은 말이 안 통하는구나. 그래, 내가 너한테 바라는 게 따로 있다고 치자. 그럼 내가 그것을 요구하면 들어줄 의향은 있고?」

「일단 들어보고 결정하지.」

「아하, 너 혼자서는 결정도 못하는 모양이구나? 변호사하고 상의라도 해야 하나 보지? 쯧쯧. 각서를 보니까 나이도 나보다 서너 살은 위던데, 그 나이 처먹도록 혼자 결정도 못하고, 사사건건 변호사다, 비서다. 혼자서 할 줄 아는 건 아무것도 없나 보지? 아이고, 그런 사람이 이런 산속에서는 어떻게 혼자 산대? 그야말로 신기한 일이네요.」

노다는 거듭된 연지의 비아냥거림에도 흥분하지 않았다. 보다 냉담해진 음성으로 차갑게 단 한 마디만 했을 뿐이었다.

「요점.」

상대가 냉철하고 차갑게 나오자 흥분한 연지도 아차 싶어 재빨리 정신을 가다듬었다.

'아, 나도 원래 이렇게 흥분해서 막 소리치는 타입은 아닌데.'

아무리 저 남자 때문에 분통이 터졌어도 필요 이상으로 너무 많이 흥분해 버렸다. 연지는 후후, 숨을 가다듬었다. 거친 숨이 상당히 가라앉자 눈을 가늘게 뜨고 그를 노려보았다.

「처음에는 이 돈만 그쪽한테 던져주고 욕이나 한바탕 실컷 해주고 내려갈 생각이었는데 그쪽하고 얘기하다 보니 생각이 바뀌었어. 그것만으로는 안 되겠다고.」

연지는 뒤로 한 걸음 물러나 가슴 앞으로 팔짱을 꼈다.

「이제라도 그쪽한테 진심으로 미안하다는 사과를 꼭 받아야겠어.」

노다의 한쪽 눈썹이 힐끗, 위로 치켜 올라갔다.

「뭐?」

「다른 건 필요 없어. 고마웠다는 인사 따위도 필요 없고. 내가 요구하는 건 그쪽의 진심 어린 사과뿐이야. 그때 일, 전후좌우 사정도 모른 채 당신 멋대로 오해하고 도둑으로 몰아서 미안하다, 일을 이 따위로밖에 처리하지 못해서 그 또한 진심으로 미안하다. 그렇게 진심으로 나한테 사과하라고.」

이 여자가 대체 지금 뭐라고 그러는 거야!

흠칫 떠진 노다의 눈매가 와그작 일그러졌다.

연지가 당당히 그를 바라보며 요구했다.

「왜, 그것도 당신 변호사와 상의를 해야 하나? 그게 아니라면, 진심을 다해 사과해. 지금 당장.」

황망함에 흔들리는 노다의 갈색 눈동자와 오늘만은 절대 이대로 물러서지 않겠다는 의지로 반짝거리는 연지의 까만 눈동자가 허공을 사이에 두고 파바박, 스파크를 일으키며 부딪쳤다.

6장

제정신이 아닌 여자였다. 사과를 하라니, 대체 뭘 사과하라는 말인가. 차라리 그때 제멋대로 응급조치를 해준 것에 대해서 고맙다고 말하라고 한다면, 백 번 양보해서 해줄까 말까 하는 마음이 쬐끔 들지도 모르겠다.

그런데 뭐가 어쩌고 어째?

사과아아?

당치도 않은 헛소리였다.

「정신 나간 소리는 집어치우고 그만 꺼져.」

노다는 미련 없이 몸을 돌렸다. 상대할 가치도 없는 것 때문에 괜한 시간만 낭비했다. 주체할 수 없을 정도로 남아도는 게 시간이기는 하지만, 그래도 멍하니 시간을 죽이는 한이 있어도 저런 정신 나간 계집애를 상대할 시간 따위는 없었다.

그런데 등 뒤에서 그 정신 나간 계집애가 피식 웃으며 그의 성질을 또 건드렸다.

「끝까지 그렇게 나오시겠다? 그럼 결국 곤란해지는 건 그쪽일 텐데, 정말 후회하지 않겠어?」

연지는 부러 한숨을 크게 내쉬었다.

「후우, 난 정말 남의 얘기 옮기고 다니고 그런 사람 아닌데. 한데 그쪽이 계속 그런 식으로 나오면 나도 성질이 보통 아닌 사람이라서 욱하면 나도 내가 어디로 튈지 모른단 말이지. 나 같으면 남자답게 깔끔하게 미안하다, 사과하고 깨끗하게 일 마무리하겠고만. 왜 굳이 일을 복잡하게 만들려고 하는지 모르겠네. 말 한마디로 천 냥 빚을 갚는다는 말도 모르나? 멍청한 거야, 뭐야.」

혈압이 빠직 치솟았지만 노다는 상대할 가치도 없다, 꾹 참고 내처 걸음을 옮겼다. 그러나 그 다음에 들려온 중얼거림에는 걸음을 멈출 수밖에 없었다.

「하긴 그러니까 기억을 못 하지. 난 딱 보니 바로 알아보겠던데 기억력도 엄청 나쁜가 봐.」

노다가 스윽, 뒤를 돌아보았다.

「뭐라고 했지?」

연지는 깜짝 놀란 듯 눈을 동그랗게 떴다.

「뭐가?」

「방금 지껄인 얘기 말이야.」

「내가 뭐라고 했는데?」

노다의 관자놀이에 굵은 혈관이 불끈 도드라졌다.

「기억이 어쩌고저쩌고 바로 알아봤다느니 그런 말을 지껄였잖아. 그게 무슨 뜻이야. 뭘 알아봤다는 거지?」

「아, 그거?」

그제야 노다가 무슨 말을 하는지 알겠다는 듯 연지는 부러 말끝을 길게 늘였다. 고개를 삐딱하게 옆으로 기울이고 싱긋 미소지었다.

「왜, 궁금해?」

연지는 오른손 중지를 까딱거리며 철문을 가리켰다.

「그럼 이거 좀 열어봐.」

뭐?

「이거 좀 열어보라고. 철창을 사이에 두고 이러고 있으니까, 감옥에서 면회하고 있는 것 같아서 기분이 별로야. 일단 이거 열고, 우리 허심탄회하게 얘기나 한번 나눠봅시다. 나도 그쪽에 대해서 궁금한 거 되게 많거든. 그러니까 그쪽 궁금한 거 하나, 나 궁금한 거 하나. 거래의 기본은 원래 기브 앤 테이크잖아. 그렇게 하나씩 주고받다 보면 오해든 앙금이든 어쨌든 서로 좀 풀릴 거고 더불어 궁금증도 해소되고, 또 그러다 보면 그쪽도 절로 사과할 맘이 들지 않겠어? 내 생각에는 그게 제일 좋은 방법 같은데, 그쪽 생각은 어때?」

와, 진짜 뭐 저런 게 다 있나. 전생에 말 못 해서 죽은 귀신이라도 붙었나. 말 하나는 입에 기름을 칠한 듯 쉴 새 없이 조잘조잘 뻔뻔하게 잘도 한다. 아무래도 얼굴은 물론 간에도 두꺼운 철판을 깔았나 보다. 간이 배 밖으로 나와도 유분수지. 천둥벌거숭이처럼 겁도 없이 무서운 것을 모른다.

'내가 정말 흉악범이라도 돼서 저를 어쩌면 어쩌려고.'

아무래도 변호사 선에서만 조용히 일을 처리한 것이 잘못이었나 보다. 위협만 할 게 아니라 크로스보우의 매운맛을 한 번 제대로 보여줄 걸 잘못했나 싶은 생각까지 아주 잠깐 들었다. 보통내기가 아닌 줄은 알아봤지만, 저 정도로 겁대가리 상실한 똘아이일 줄이야.

그런 연지가 황당하다 못해 이젠 신기하기까지 한 노다였다. 무엇보다 가장 기가 막힌 것은 기억 운운하는 그녀의 말에 신경줄이 팽팽하게 당겨져 마냥 무시할 수만은 없게 되어버렸다는 점이었다.

'그냥 한 번 해본 말일까?'

되는 대로 아무 말이나 지껄이는 괴상한 여자이니 그럴 수도 있겠다 싶기는 했다. 그런데 진짜 뭔가 있는 것 같다는 느낌이 자꾸만 들었다. 어쨌든 엄청 짜증나고 신경 쓰이는 존재인 것만은 틀림없었다. 으, 내가 어쩌다 저런 괴상한 것하고 엮여서는!

노다는 바지 주머니에 양손을 깊숙이 찔러 넣고 천천히 철문 가까이 다가갔다. 자신의 어깨 높이까지밖에 닿지 않는 여자를 새삼스레 찬찬히 살펴보았다.

스냅백을 대충 눌러쓰고 질끈 묶은 머리를 모자 뒤로 달랑거리고 있는 여자는 변함없이 화장기 하나 없는 맨얼굴이었다. 거기다 이번에는 거리낄 것이 하나도 없다는 듯 삐쩍 마른 몸에 눈에 확 띄는 하얀색의 반팔 면 티에 짙은 남색 반바지를 입고 있었다. 그래서일까. 아무리 봐도 기껏해야 십대 후반으로밖에는 절대 보이지 않았다.

'그런데 스물세 살이나 먹었다고?'

이 비서가 알아본 바에 따르면, 주제에 한국에서 제법 알아주는 명문대 학생이라고 했다. 그것도 4년 장학생으로 수석을 한 번도 놓친 적 없는 우수한 학생이라고. 그런데 갑자기 휴학을 했단다. 그리고 바로 이곳으로 내려온 것 같다고 했다.

가족은 모친과 언니 한 명. 집안 형편은 어려운 것 같다고 했다. 그러고 보면 일전에 저 여자가 한 말 중에 거짓은 없었던 것 같다. 4년 내내 수석을 한 번도 놓친 적 없는 잘나가던 대학생이 졸업을 1년 남짓 앞두고 왜 갑자기 휴학을 하고 이 볼품없는 시골에 혼자 내려와 살고 있는지, 그 이유까지는 알 수 없지만 말이다.

웬만한 일로는 눈 하나 깜짝할 인물이 아닌데.

머리는 좋은지 몰라도 자존심과 고집만 더럽게 높아서는 용기와 만용도 구분하지 못하는 피곤한 여자인 것만은 틀림없었다.

그나마 봐줄 만한 건…… 저 눈, 저 눈빛.

아니다. 봐줄 만하긴 뭘. 제일 신경에 거슬리는 게 바로 저 눈이었다. 볼수록 짜증이 난다.

그런데 나는 왜 저 괴상망측한 여자의 헛소리에 신경을 쓰고 상대해 주고 있는 것일까. 무시해 버리면 그만인 것을……. 설마 저 여자가 정말 뭔가 알고 있을 것이라고 생각하는 건 아니겠지? 그래, 그건 아니다. 그럴 리 없지 않은가. 저까짓 게 어떻게…….

그런데도 왜?

'그렇게 외로웠나? 그래서 저 앞뒤 분간 못 하고 나대는 계집애라도 상대해서 잠시나마 외로움을 잊고 싶은 것인가.'

노다는 속으로 스스로를 향해 비릿한 비소를 흘렸다. 자신을 빤히 올려다보는 당돌한 까만 눈동자를 매섭게 내려다보았다.

「일전에 그런 일을 겪고서도 너는 내가 무섭지 않나?」

연지는 어깨를 으쓱였다.

「전혀. 내가 그쪽을 무서워해야만 하나?」

연지는 '왜?' 하고 반문한 뒤, 말을 이었다.

「그쪽이 또 발작할까 봐? 아니면 그쪽이 또 활 가지고 설칠까 봐? 그도 아니면 법 운운하던 변호사나 공증한 각서 때문에? 미안하지만 난 그딴 거 하나도 안 무서워. 무서웠다면 애초에 여길 또 올라오지도 않았겠지.」

「보기보다 세상을 곱게 살아온 모양이군. 아니면 자신감이 지나치거나 멍청할 정도로 순진한 건지도. 이봐, 난 지금 마음만 먹으면 너를 이 자리에서 쥐도 새도 모르게 영원히 치워 버릴 수도 있어. 잊었나 본데, 지금 이 산에는 너와 나, 단 두 사람밖에는 없거든.」

「그래서?」

「그래서라니. 그렇게 말해줬는데도 상황 판단이 안 돼?」

연지가 피식 헛웃음을 흘렸다.

「상황 판단이 안 되는 게 누구인지 모르겠네. 그쪽 말대로 그쪽이야말로 지나칠 정도로 자신감이 높거나 멍청할 정도로 순진

한 거 아니야?」

저게 또 뭐라고 그러는 거야?

뜨악해하는 노다를 빤히 올려다보며 연지가 찬찬히 설명해 주듯이 말했다.

「잘 생각해 봐. 설마하니 내가 아무런 대책도 없이 여길 올라왔겠어? 그쪽 말대로 그쪽이 욱하는 마음에 날 어떻게 해코지할지도 모르는데? 물론 그쪽이 그 정도로 멍청하거나 이성을 잃을 사람 같아 보이지는 않지만. 어쨌든, 나도 그 정도 최악의 시나리오쯤은 충분히 예상하고 고민한 뒤에 올라왔다, 이거야. 그런데 아무리 생각해 봐도 내가 겁먹을 이유가 하나도 없더라고.」

연지는 말귀 못 알아듣는 어린애를 대하듯 하나하나 친절하게 설명해 주기 시작했다.

「우선, 그쪽이 또 발작을 하면 하는 거지, 내가 겁먹을 이유가 어디 있어? 약속 위배? 그것도 그래. 그쪽에서 먼저 이딴 돈이나 던져 주고 가는 바람에 그것에 항의하기 위해서 나도 어쩔 수 없이 온 거잖아. 그러니까 딱히 약속 위배라고 할 것도 없고 그러니까 변호사가 무서울 이유도 당연히 없지.」

연지는 부러 잠시 말을 멈췄다가 새삼 노다를 위아래로 훑어내렸다.

「남은 문제는 그쪽이 어떻게 나오느냐 하는 건데, 그것도 뭐, 생각해 보니 딱히 고민할 필요가 없더라고. 만에 하나 그쪽이 정말 꼭지가 돌아서 내 신상에 어떤 위해를 가한다고 쳐. 물론 물리적인 힘으로는 내가 그쪽을 당할 재간은 없을 거야. 하지만 그쪽도 바보가 아닌 다음에야 설마 그런 멍청한 짓을 저지르겠어?」

「후우. 이봐, 제발 요점만 간단하게 말할 수 없어?」

「요점만 말하고 있는 거야. 다그치지 마. 그러니까 내 얘기는, 댁 변호사가 우리 집까지 같이 내려와 준 덕분에 내가 산에 올라갔다가 다리도 다치고, 변호사한테 이래저래 시달림을 당했다는 사실을 마을 사람들이 다 알고 있다 이거야. 참고로 그쪽이 일전에 기태네 할머니를 경찰서까지 끌고 가서 괴롭혔던 것 때문에 안 그래도 마을에서는 그쪽과 변호사에 대한 평판이 엄청 안 좋아. 독하고 상종 못할 수상쩍은 사람들이라는 소문이 쫙 나 있지.」

'그래서, 그게 뭐?'라는 듯 노다의 한쪽 눈썹이 휙, 위로 치켜 올라갔다.

「그런데 내가 갑자기 사라져 봐. 그럼 누구한테 가장 먼저 의심의 화살이 향할까? 보나마나 빤한 거 아니야? 그쪽, 즉 이 뒷산으로 향하겠지. 안 그래? 그리고 내입으로 이런 말 하기는 좀 그렇지만 우리 마을 어른들은 모두 나를 친손녀처럼 굉장히 예뻐하시거든? 특히 그중에는 애가 밥은 잘 챙겨먹고 있나, 걱정돼서 매일 나를 살피러 오는 분도 계셔. 그런데 내가 갑자기 없어져 봐. 집에 옷이랑 짐들은 다 있는데 말이야. 그럼 할머니는 나한테 무슨 변고가 생겼나 보다 싶어서 바로 우리 가족이랑 경찰에 신고를 하실 거라고. 그럼 그 다음에는……. 후후, 그건 내가 굳이 설명해 주지 않아도 알겠지?」

연지는 씨익 양쪽 입술 꼬리를 말아 올렸다.

「더구나 그쪽에 대해서 함구하겠다, 어쩐다 하는 각서까지 공증사무실에 떡하니 보관되어 있잖아. 그러니까 그건 따지고 보면 그쪽이 아니라 내 쪽의 보험 증서다, 이 말이야. 덕분에 나는 얼마나 든든한지 몰라. 그리고 한번 잘 생각해 봐. 내가 오늘 여기 올라오면서 과연 집 어딘가에 오늘 내가 무슨 일로 어딜 갈 거다, 하는 단서를 남겨두고 왔을까? 아닐까. 어떻게 생각해?」

연지는 의미심장한 미소를 흘렸다.

「그러니까 우리 피차 더 이상의 불미스러운 일은 만들지 말고 좋게 좋게 말로 해결합시다. 그쪽이 그토록 원하는 대로, 조용히. 오케이?」

멍청할 정도로 순진할지도 모른다는 말은 취소다. 보다보다 이렇게 당돌하고 뻔뻔한 계집애는 처음 본다. 말로는 도저히 이길 수가 없겠다. 이제 보니, 저가 김 변호사를 봐줬다는 말도 영 틀린 말은 아니었구나 싶다. 노다는 속으로 혀를 내두르며 고개를 절레절레 가로저었다.

한편으로는 피식 헛웃음도 흘러나왔다. 분명 귀찮고 짜증나고 괴상한 여자인데, 묘하게 재미있다는 생각도 들었다.

'적어도 저런 애와 있으면 외롭고 심심할 틈은 없겠군.'

무엇보다 저 여자가 무엇을 알고 있는지 알아봐야겠다는 생각도 들었다.

노다는 '어때?' 하는 자신만만한 표정으로 자신을 빤히 올려다보는 연지를 내려다보며 천천히 움직였다. 바지 주머니 깊숙이 찔러 넣고 있던 손을 꺼내 단단히 잠겨 있던 철문을 철커덕 열었다.

뒤로 몇 발자국 물러나며 철문을 잡아 당겼다. 삐쩍 마른 그녀만 간신히 통과할 정도로만 살짝. 그러고는 들어올 자신이 있다면 들어와 보라는 듯 연지를 싸늘하게 내려다보았다.

그러자 흠칫 놀란 것은 되레 연지였다. 자신이 아무리 이런저런 말을 늘어놓았어도 그가 정말 문을 열어줄 거라고는 생각하지 못한 탓이었다. 솔직히 내심 당황스럽고 살짝 무섭기도 했다. 그녀가 한 말이 모두 참이라고 한들, 정말 남자가 그녀를 어찌해 버리기라도 한다면, 그땐 이미 그녀가 골로 간 다음이 아니겠는가.

일전에는 활로 위협만 하고 끝났다지만, 오늘도 저번처럼 무사히 끝나리라는 보장도 없고 말이다. 내가 괜한 말을 해서 화를 자초한 것은 아닌가, 뒤늦은 후회가 밀려오기도 했다.

'처음 결심한 대로 그냥 얼굴에 돈만 확 던져 버리고 가버리는 건데, 에이씨. 너무 멀리 온 거 아니야?'

하나 어쩌겠나. 이미 물은 엎질러졌고, 큰소리까지 탕탕 쳐놨는데. 이제 와서 꼬리를 말고 물러선다는 것은 피연지의 자존심이 절대 허락하지 않는다.

'겁먹을 거 없어. 설마 진짜 무슨 일이 생기겠어?'

저번에 딸들의 사주팔자를 보고 온 엄마가 그랬다. 그녀의 사주에 젊어서 객사할 팔자 같은 것은 없다고. 오히려 남편 운과 자식 운이 엄청 좋고, 중년 이후의 금전, 건강 운까지 무진장 좋다고 했다. 덕분에 떵떵거리고 호의호식하며 살다가 남들 벽에 똥 칠한 거 치울 때까지 오래오래 장수할 팔자라고도 했었다.

그런데 무슨!

점쟁이의 말을 믿는 건 절대 아니다. 하지만 적어도 오늘 밤 변고를 당할 일은 없지 않을까, 그런 생각이 든다. 연지는 마른침을 꿀꺽 삼키고 열린 문틈으로 발을 들이밀었다. 그런데 기왕 열어줄 거면 화끈하게 확 열어줄 것이지. 쩨쩨하게 개미 눈물만큼만 열어줄 것은 또 뭐람.

'쳇, 웃겨.'

연지는 이를 악물고 비좁은 틈으로 어깨까지 들이밀고는 뒤로 확 밀어버렸다. 문을 열어주긴 했지만 그녀가 진짜 들어올 거라고는 생각하지 못한 노다. 살짝 방심하고 있던 탓에 그녀의 힘에 뒤로 휘청 밀려나고 말았다.

「어!」

철컹! 문이 활짝 열렸다. 그 사이로 연지가 포부도 당당하게 척척 들어왔다. 노다는 뒤로 밀려나기는 했지만 철문을 잡고 있던 덕분에 그나마 벌렁 나자빠지는 불상사만은 간신히 면했다. 노다의 얼굴이 황당함과 창피함으로 일순 붉으락푸르락 시뻘겋게 달아올랐다.

저게 진짜!

노다는 기가 막혀 말도 못하고 눈만 부릅뜬 채 그녀를 노려보았다. 새삼스레 정원을 한 번 휘둘러본 연지가 비틀거린 그를 힐끗 쳐다보며 혀를 끌끌 찼다.

"쯧쯧, 남자가 힘이 저렇게 없어서야. 저번에 보니까 손아귀 힘은 엄청나더니, 이제 보니 그것도 별거 아니었나 보네."

「하!」

실로 나오느니 기가 찬 헛웃음뿐이었다.

연지는 자신 때문에 기막혀 하는 노다를 바라보며 속으로 내심 깜짝 놀랐다.

'와, 저 남자도 저런 표정을 짓기는 하는구나.'

기가 막혀 어쩔 줄 몰라 하는 노다의 벙찐 표정과 붉어진 안색을 보니 살짝 귀여워 보이기까지 했다. 순간, 당치도 않게 가슴이 콩닥콩닥 가쁘게 뛰어댔다. 연지는 재빨리 흠흠 헛기침을 했다.

「자, 우선 이거 먼저. 받아요.」

연지는 돈이 든 봉투를 앞으로 내밀었다. 뒤늦게 정신을 차린 노다가 다시 표정을 싸늘하게 굳혔다. 그녀의 등 뒤로 천천히 철문을 닫았다.

철컹.

연지가 저도 모르게 움찔, 어깨를 움츠렸다. 노다의 서늘한 시선이 흠칫한 연지의 어깨를 천천히 훑어 내렸다. 그의 얇은 입술 꼬리가 미세하게 말려 올라갔다. 막상 들어오고 나니 저도 무섭기는 무서운가 보다. 제 딴에는 하나도 무섭지 않은 척하느라 애를 쓰는데 파르르 떨리는 눈 꼬리가 꽤나 재미있었다.

「됐어. 그건 나와는 상관없는 일이야. 이 비서님이 마음대로 한 일이니까. 돌려주고 싶으면 네가 직접 돌려줘.」

「연락처도 모르는데 내가 어떻게 돌려줘. 그쪽 비서라면서. 그러니까 그쪽이…….」

「나와 상관없는 일이라고 했지. 귀찮게 두 번 말하게 하지 마.」

파르르 떨리던 연지의 눈매가 실쭉 가늘어졌다.

「그쪽은 진짜 모르는 일이었어? 진짜 그쪽이 시킨 거 아니야?」

짜증스러운 듯 노다의 긴 눈매가 슬쩍 구겨졌다.

'저 남자는 진짜 모르는 일이었나 본데? 의외네.'

눈동자를 굴리던 연지가 도톰한 입술을 비죽거렸다.

「좋아. 정 그렇다면 내가 직접 돌려주지. 그럼 그분 연락처나 알려줘.」

「내가 왜?」

「그쪽은 상관없는 일이니까 돌려주고 싶으면 내가 직접 돌려주라며.」

「그런데?」

「그런데는 뭐가 그런데야. 그러니까 그분 연락처를 알려달라, 이거지.」

「그러니까 내가 왜?」

와, 진짜! 저거 지금 일부러 저러는 거 맞지?

「왜라니, 당연하잖아! 그쪽 때문에 이렇게 된 건데. 게다가 그분, 그쪽 비서라면서. 그럼 당연히 그분 연락처를 알 거 아니야. 그쪽이 이 돈을 날 주라고 시킨 거든 아니든 상관없이 그쪽 비서라니까 그쪽이 받아서 돌려주면 딱 되겠고만, 그런데 그쪽은 그것도 한사코 싫다고 하니까, 좋다, 내가 직접 돌려주겠다. 그러니까 연락처만 알려달라, 이러는 건데, 그게 그렇게 힘든 얘기야? 왜 자꾸 말꼬리를 잡고 빙빙 돌려.」

「귀찮으니까.」

뭐? 연지는 순간 제 귀를 의심했다. 귀…… 찮아? 연지의 얼굴이 뜨악해졌다.

「난 지금 핸드폰을 안 가지고 있어. 이 비서님의 번호를 기억하고 있지도 않고. 그런데 너한테 그걸 알려주려면 집에 들어가서 핸드폰을 찾고 번호도 찾아봐야 하는데, 내가 왜 너 때문에 그런 귀찮은 일을 해야 하지? 싫어. 돌려주고 싶으면 네 능력껏 찾아서 돌려주든지 말든지 마음대로 해. 사람 귀찮게 하지 말고.」

와, 진짜 뭐 저런 게 다 있냐. 싸가지 없는 괴팍한 놈이라는 것은 진작 알고 있었지만, 저 정도면 정말 국가대표 급이다. 연지는 인상을 팍 쓰고 그를 노려보았다.

그러거나 말거나. 노다는 싸늘하게 굳은 무표정한 얼굴로 그녀를 냉랭하게 굽어보았다.

「물론 오늘 밤 여기를 무사히 나갈 수 있다면 말이지.」

헉! 저건 또 무슨 소린가. 연지의 눈이 빠르게 깜박거렸다.

「네 얘기는 잘 들었어. 나름 타당성이 있는 얘기더군. 하지만 하나만 알고 둘은 모르는 얘기지. 만약 내가 오늘 너를 흔적 없이 해치워 버린다고 하더라도 물증이 없는 이상, 심증만 가지고는 경찰이 아니라 FBI가 온다고 해도 나를 어떻게 할 수는 없어. 물론 이래저래 한동안 귀찮아지기는 하겠지. 하지만 이 집, 이 산 어디에서도 네 흔적을 찾을 수 없다면……」

이번에는 노다가 부러 말끝을 길게 늘이며 씨익, 사악하도록 입술 끝을 말아 올렸다.

「그걸로 끝이야. 그리고 너는…… 영원히 행방불명 상태로 기록만 남게 되겠지. 그럼 나는 더 이상 너 때문에 귀찮을 일도, 시간 낭비할 일도 없어지겠지. 경찰한테 몇 번 시달림을 받는 한이 있더라도 차라리 그 편이 더 낮지 않을까 하는 생각이 드는군.」

연지의 까만 눈동자가 좌우로 흔들렸다. 그제야 연지는 노다가 철문을 등진 채 출구를 가로막고 있다는 사실을 깨달았다. 그녀보다 머리 하나는 더 큰 노다가 불현듯 엄청나게 위협적으로 느껴졌다. 깡마른 체격도 실상은 근육으로 단단히 다져져 있다는 것도 새록새록 기억이 났다.

씨익 말려 올라갔던 노다의 입술꼬리가 서늘하게 내려앉았다. 깊숙이 자리한 갈색 눈동자가 투명한 유리알처럼 반짝거렸다. 그나마 인간답던 얼굴이 다시 싸늘한 인형으로 변해 버렸다.

「들어올 때는 네 발로 걸어 들어왔지만, 나갈 때는 네 마음대로 못 나가. 봐주는 건 한 번으로 족해. 두 번째 기회란 없다. 그러니까 입에서 아무렇게나 터져 나오는 대로 말하기 전에 내 질문에 잘 생각해 보고 대답해야 될 거야.」

삽시간에 주변의 공기가 소름 끼치도록 살벌하게 변했다. 땀에 축축하게 젖은 얇은 옷감을 뚫고 서늘한 바람이 불어왔다. 살갗에 오소소 소름이 돋았다. 연지는 상체를 와락 끌어안고 팔뚝을 쓸어내리고 싶은 것을 간신히 참고 두 주먹을 불끈 움켜쥐었다.

'겁먹지 마. 괜히 해보는 말일 거야. 지가 맘만 먹으면 당장이라도 나를 흔적 없이 없애 버릴 수 있다고? 웃기고 있네! 오냐, 한번 해보자. 그렇다고 네가 내 머리카락 한 올 건드릴 수 있을 것 같아? 어림도 없어!'

삐쩍 마른 여자라고 우습게보지 마라, 이거다. 발목이 아직 다 낫지 않은 것이 마음에 걸리기는 하지만, 그렇다고 순순히 당하고만 있을 피연지가 아니란 말씀! 그 정도 배짱과 자신감이 없었다면 여기에 또 올라오지도 않았다.

연지는 바보처럼 두려움에 발발 떨리는 속내를 뻥 차버리고 어금니를 으드득 깨물었다. 턱을 바짝 치켜들고 가소롭다는 듯이 비웃었다.

"흥! 웃기고 있네. 누가 그 따위 협박에 겁먹을 줄 알아? 당신, 사람 잘못 봤어. 나, 피연지야. 이거 왜 이래. 그리고 두고 보자는 사람치고 무서운 사람 하나도 없더라."

말은 그렇게 해도 속으로 쫄기는 좀 쫄았다. 더 이상 영어로 말할 수 없을 만큼. 그나마 목소리가 발발 떨리지 않는 게 천만다행이었다.

"좋아, 한번 해보자고. 뭘 묻고 싶은 건데? 대체 뭐가 얼마나 궁금하기에 그렇게 살벌하게 나오시고 난리실까?"

연지는 더 이상 골치 아픈 영어로 말하지 않았다. 노다 역시 마찬가지였다. 그녀가 한국어로 말하든 말든 번거롭게 한국어로 말할 필요성을 느끼지 못했다. 두 사람은 서로 편한 대로 한 명은 영어로, 다른 한 명은 한국어로 말하기 시작했다. 그래도 대화를 하는 데에는 아무런 지장이 없었다.

「여기에 다시 올라온 진짜 목적이 뭐야?」

"말했잖아. 지금껏 얘기했고만 그걸 또 하라고? 그쪽이야말로 귀찮게 같은 말 계속 반복시키지 마."

「그럼 방금 전에 한 말은 무슨 뜻이지? 기억 운운했던 말, 말이야. 뭘 바로 알아봤다는 거지?」

"한 번에 하나씩이라니까. 이번엔 내 차례야. 최노다 씨, 당신 정체가 뭐야?"

노다의 미간이 꿈틀거렸다. 정체가 뭐냐니, 그딴 걸 물어볼 줄은 몰랐다.

「그게 왜 궁금하지?」

"그것도 질문이야? 그럼 내 질문에 먼저 대답하고 물어보는 게 순서 아닌가? 대답 먼저 해."

어떻게 생겨 먹은 애가 한 마디도 안 진다. 겁을 줘도 겁도 안 먹고 바락바락 대드는 게 쌈닭이 따로 없었다. 이제껏 살아오면서 그에게 연지처럼 바락바락 대드는 사람은 처음이었다. 웬만한 여자들도 그의 외모만 보고 헤실거리며 다가왔다가 그의 차가운 눈빛이나 정나미 떨어지는 말 몇 마디에 겁을 집어먹거나 질려서 도망가기가 일쑤였는데 말이다.

아, 딱 한 명. 아무리 무안을 주고 면박을 줘도 끝까지 달라붙어 떨어지지 않는 찰거머리가 한 명 있기는 했다. 결국엔 그녀도 결국에는 질려서 나가떨어지기는 했지만. 그래도 그녀도 저토록 맹랑하게 굴지는 못했다. 맹랑하게 굴기는커녕 그를 제대로 바라보지도 못하고 말 한 마디도 제대로 하지 못했다. 신이나 우상을 숭배하듯 늘 흠모에 가득 찬 시선으로 그를 바라보며 질리도록 졸졸 따라다니기만 했었지.

그러다가 저 혼자 웃고 울고, 애달파하며 제발 자신을 좀 봐달라고 애원하다가 그가 발병하기 무섭게 기겁해서는 줄행랑쳤다. 그러고는 몇 개월 만에 다른 놈을 찾아가 버렸지.

여자란, 아니 사람이란 다 그렇다. 낯선 것은 두렵기 마련이고 힘들고 고달파지는 것은 싫기 마련이다. 자신에게 무엇이 가장 이로울지 찾아가는 것은 당연한 이치. 때문에 노다는 그녀를 원망하지 않는다.

원망은 무슨. 사실 그에게는 그녀를 원망할 자격도 없다. 애초부터 그녀를 사랑하지도 않았으니까. 그가 먼저 제발 눈앞에서 꺼지라고 그녀를 차갑게 잘라 버렸다.

그럼에도 삶에 대한 회의와 고통이 더욱 짙어진 이유는…… 그저 골수 깊숙이 파고든 외로움에 지쳐 버린 탓인지도…….

그런데 발칙한 저 여자와 쓸데없는 헛소리를 주고받고 있는 지금은…… 어쩐 일인지 그나마 외롭다는 생각이 들지 않는다.

'그래서 문을 열어준 것인가. 잠시나마 외로움을 잊고 싶어서? 저 여자의 팔딱거리는 생명력을 조금이라도 더 가까이에서 느끼고 싶어서?'

그런다고 달라질 것은 아무것도 없는데. 그럼에도 불구하고 노다는 지금 이 순간…… 잠시나마 현실을 잊는다. 비참하고 외로운 현실을, 저주받은 운명에 대한 원망을…….

노다는 속으로 쓰디쓴 자조의 웃음을 흘렸다.

「정체라……. 글쎄, 질문 자체가 상당히 모호하고 무례하군. 그러는 넌? 누군가 너한테 정체가 뭐냐고 묻는다면 넌 뭐라고 대답할 거지?」

"그야……."

발끈해서 말해놓고 연지는 선뜻 뒷말을 잇지 못했다. 하긴 누군가 다짜고짜 네 정체가 뭐냐고 묻는다면 뭐라고 대답할 건가. '보다시피 사람이다', '이름이 뭐다'라고 대답한다는 것도 우습고 직업이나 나는 어떤 사람이라고 장황하게 늘어놓는 것 또한 굉장히 우스운 일일 터였다. 또한 그의 말대로 상당히 모호하고 무례한 질문이기도 하고 말이다.

"생각해 보니 그쪽 말에도 일리가 있네. 그럼 질문을 구체적으로 바꾸지. 최노다 씨, 이런 산속에 혼자 들어와 살고 있는 이유가 뭐죠?"

「건강상의 이유라고 해두지.」

"이를 테면 요양 중? 혹시 저번에 발작한 것과 같은 이유?"

「……」

"내가 보기에는 간질, 아니 그러니까 뇌전증 같던데 그럴수록 보호자가 옆에 같이 있어줘야 하는 거 아닌가? 혼자 있을 때 발작이 일어나면 엄청 위험할 텐데."

무엇보다 한창 때의 젊은 사람이 겨우 뇌전증 때문에 세상을 등지고 산속에 틀어박혀 산다는 것을 연지는 선뜻 이해할 수 없었다. 힘들겠지만, 그래도 꿋꿋이 열심히 살아가는 사람들이 얼마나 많은데. 거기다가 그게 뭐 얼마나 큰일이라고 사람을 주변에 얼씬도 못 하게 하고 기겁해선 경계를 하고 그러나. 전염병도 아니고, 성질이 워낙 별스럽고 괴팍하긴 하지만 예전 그 예쁜 아줌마처럼 정말 미친 것 같지도 않은데 말이다. 연지로서는 선뜻 이해하기가 힘들었다.

왠지 다른 더 큰 이유가 있을 것 같았다.

연지는 이 와중에도 노다에 대한 호기심을 멈출 수가 없었다. 기왕 이렇게 된 거, 노다에 대해서 좀 더 확실하게 알아보자는 생각이 들었다.

「넌 원래 그렇게 남의 일에 쓸데없는 관심이 많냐?」

"보통은. 원래 호기심도 많고 궁금한 걸 못 참는 성격이기도 하고. 하지만 항상 그렇지만은 않아. 나 살기도 바빠 죽겠는데, 무슨. 그런데 이번에는 딱히 할 일도 없고, 그쪽이 워낙 유별나고 수상쩍게 구니까 호기심 모드가 제대로 발동한 거지."

「할 일도 없어 심심하던 차에 시간 때우기 좋은 장난감이 생겨서 잘됐다는 투로군.」

"꼭 그렇다는 건 아니지만 그렇다고 또 아니라고는 못 하겠네. 대충 그렇다고 해두지."

노다는 피식 헛웃음을 흘렸다.

'그러니까 내가 너의 심심풀이 땅콩이다? 큭.'

최노다 처지가 어쩌다 저런 여자의 심심풀이 땅콩으로까지 전락했을까. 어이가 없었다. 화가 나기보다는 기가 막혔다. 그러면서도 노다는 그답지 않게 연지를 상대로 계속 말을 주고받았다.

「이젠 내 차례인 것 같군. 말해봐. 아까 한 말, 무슨 뜻이었지?」

한마디도 지지 않고 서슴없이 입을 놀리던 연지의 입술이 일순 꾹 다물어졌다. '어, 그게 그러니까' 하면서 시선을 돌리고 곁눈질로 그를 슬쩍 쳐다보았다. 투명한 유리알처럼 서늘하게 가라앉은 그의 갈색 눈동자와 눈이 딱 마주쳤다. 연지는 냉큼 시선을 피하며 아랫입술을 잘근거렸다.

'에이씨, 그런 식으로 얘기하는 건 아니었는데.'

돌아서는 남자를 돌려세우기 위해서 저도 모르게 부지불식간에 튀어나온 말이었다. 덕분에 그를 돌려세우는 데 성공하긴 했지만—어디 그 뿐인가. 당당히 철문을 밀고 안으로 들어오기까지 했지—, 지금은 여간 곤혹스러운 것이 아니었다.

'이번뿐만이 아니라 사실은 어렸을 때도 몰래 올라와서 훔쳐본 적이 있었다고 사실대로 말하면 보나마나 난리가 날 텐데.'

거기다가 어디 그냥 몰래 훔쳐본 것뿐인가. 저 남자의 어머니가 분명할 정신이상자인 예쁜 아줌마가 발작하는 것도 다 보고, 그 모습에 충격을 받은 저 남자가 비명을 내지르던 것도 다 보지 않았나. 모르긴 몰라도 그녀가 과거 일을 곧이곧대로 이실직고 하면 그땐 정말 저 남자도 가만있을 것 같지는 않았다.

'뭐라고 둘러대지?'

뒤늦게 재빨리 머리를 굴리는데, 노다가 매섭게 한마디 했다.

「경고하는데 거짓말 할 생각은 하지도 마.」

"뭐래, 누, 누가 거짓말을 한다고."

「네가 지금껏 무사한 이유가 그나마 거짓 없이 사실대로 말했기 때문이라는 것을 명심해. 상대가 진실을 말하고 있는지, 거짓을 말하고 있는지는 눈빛만 봐도 알 수 있어. 그러니까 대충 둘러댈 생각 하지 말고 사실대로 말해. 지금도 내 눈에는 네가 뭐라고 둘러댈지 머리를 굴리는 게 다 보여.」

'제기랄.

찔끔한 연지는 속으로 욕설을 내뱉었다.

'에라, 모르겠다. 설마 진짜 죽이기까지 하겠어? 어쨌든 철모르던 시절에 있었던 일이고 주거침입절도 미수죄든 뭐든 공소시효도 이미 다 지났으니까 괜히 쫄 거 없어.'

"괜한 공포 분위기 조성하지 맙시다. 안 그래도 사실대로 다 얘기하려고 했거든?"

연지는 찌릿 눈을 흘기고 흠흠, 목을 가다듬었다.

"나, 사실 그쪽을 이번에 처음 본 거 아니야. 한 12년쯤 됐나? 그때 그쪽을 한 번 본 적이 있어."

의아함에 노다의 얼굴이 옆으로 살짝 기울어졌다.

"그게 그러니까, 내가 서울로 전학가기 한참 전이었는데, 아마 열한 살 때였을 거야."

연지는 주저하며 뒷산에 처음 올라갔던 일을 간략하게 얘기했다. 동네 오빠와 동갑내기 친구와 함께 담력 내기를 하느라 밤 12시에 만나 어른들 몰래 뒷산에 올라갔었다. 그땐 애들 모두 뒷산에 사는 사람이 무서운 나병 할아버지인 줄 알았었다. 그런데 막상 올라가 보니, 애들을 잡아먹는다는 무서운 나병 할아버지는 없고 천사처럼 예쁜 아줌마가 살고 있더라. 한데 안타깝게도 정신이 온전하지 않은지 괴상한 행동을 하고 발작도 하고 그러더라. 친구들은 무서워서 도중에 다 내려갔고 그녀 혼자 그 광경을 다 봤다, 뭐 그런 얘기 말이다.

"무섭긴 엄청 무서웠는데, 그건 어른들한테 들킬까 봐 무서워서 그랬던 거지, 그 예쁜 아줌마가 무서웠던 건 아니었어. 오히려 내 마음이 다 안 좋더라고. 난 그렇게 예쁜 사람을 그때 처음 봤는데, 그런 사람이 어쩌다 저렇게 됐을까, 막 안됐고 딱하고 그랬어. 그래서 엄마, 아빠한테는 물론 친구들한테도 그 아줌마에 대해선 아무 말도 하지 않았어. 이유는, 글쎄. 나도 잘 모르겠어. 그냥 그래야 될 것 같았어. 나도 예쁜 아줌마의 비밀을 지켜 줘야 되겠구나, 뭐 그런 생각이 들었던 것 같기도 하고."

연지는 입술을 비죽이며 어깨를 으쓱거렸다.

"그러다가 그 아줌마가 어떻게 지내나 걱정도 되고, 궁금도 해서 다시 한 번 올라간 적이 있었어. 그런데 그땐 그 예쁜 아줌마랑 그 아줌마를 돌보던 다른 아줌마와 아저씨만 있는 게 아니었어. 양복을 쫙 빼입은 다른 아저씨 두 명하고 그 예쁜 아줌마만큼, 아니 그 아줌마보다 더 하얗고 예쁘게 생긴 남자아이가 한 명 더 있었지."

연지는 곁눈질로 노다를 힐끔 올려다보았다. 안 그래도 밀랍을 뒤집어쓴 듯 무표정하고 싸늘한 얼굴이 얼음장처럼 차갑게 굳어 있었다. 도저히 무슨 생각을 하고 있는 알 수 없는 얼굴이었다. 하지만 그녀를 노려보는 날카로운 눈빛과 한층 더 짙어진 음산한 기운에 남자가 지금 얼마나 분노하고 있는지 충분히 알 것 같았다. 두려움이 왈칵 들며 전신에 소름이 쫙 돋았다.

연지는 마른침을 꿀꺽 삼키고 마저 말을 이었다.

"춤을 추던 아줌마가 또 괴상한 행동을 하기 시작했는데, 남자아이는 그런 광경은 처음 보는 건지, 엄청나게 큰 충격을 받은 듯 하얗게 질려서는 마구 비명을 내지르더라고. 그러자 옆에 있던 아저씨 한 명이 허겁지겁 남자아이를 둘러업고 차에 태워 산을 내려가 버렸지."

연지는 용기를 내어 시퍼런 칼날이 돋아난 남자의 눈을 똑바로 올려다보았다.

"그때의 그 남자아이, 그쪽 맞지? ……아니라고 하지 마. 나 똑똑히 기억하거든. 남자아이를 둘러업은 아저씨가 남자아이한테 '노다 군'이라고 했던 거."

노다의 눈이 실낱처럼 가늘어졌다. 연지를 무섭게 쏘아보았다. 아마 사람을 눈빛만으로도 죽일 수 있다면 연지는 그 자리에서 진작 숨통이 끊어져 죽지 않았을까 싶을 만큼 무섭고 살벌한 눈빛이었다. 그러나 남자는 그녀를 죽일 듯이 쏘아보기만 할 뿐, 아무 말도 하지 않았다.

적지 않은 시간이 흘러갔다.

연지가 용기를 내어 다시 입을 열었다.

"난 그 후로 다시는 산에 안 올라갔어. 몇 해 후에 영구차가 뒷산을 오가고 그 뒤로 뒷산에는 아무도 살지 않게 되었다는 얘기를 들었어도 말이야. 천사처럼 예쁘지만 딱하고 가엾었던 아줌마가 없는 산에는 더 이상 올라가고 싶지 않았거든. 딱 한 번. 서울로 전학가기 전날 밤에만 한 번 올라가 봤지. 폐허처럼 텅 비어 있는 곳일지라도 마지막 인사를 하고 가야 될 것 같아서. 어쨌든 나한테는 특별한 곳이었으니까."

연지는 잠시 말을 멈췄다가 조심스럽게 말을 이었다.

"그리고 내가 뒷산에 더 이상 안 올라가게 된 이유는 그것 외에도 다른 이유가 하나 더 있었어."

꿀꺽, 연지는 마른침을 삼켰다.

"그날 밤, 비명을 지르던 남자아이와 눈이 마주쳤거든."

시리도록 투명하고 차가운 그의 눈을 똑바로 쳐다보았다.

"그래서 무서웠어. 그 남자아이가 내가 산에 몰래 올라가 그 모든 것을 훔쳐봤다고 어른들한테 고자질할까 봐. 그런데 하루가 지나고 이틀이 지나도 아무 일도 일어나지 않았어. 그래서 남자아이와 눈이 마주쳤다고 생각한 것이 나 혼자만의 착각이었나 싶었지. 그런데 12년이 지난 지금 돌이켜 생각해 보면, 글쎄. 나 혼자만의 착각은 아니었을 거라는 생각이 자꾸만 들어. 그래서 내내 궁금했어. 그게 정말 나 혼자만의 착각이었는지 아닌지."

연지가 그의 눈을 깊숙이 응시하며 물었다.

"그쪽의 질문에 대한 내 대답은 여기까지야. 그럼 이번에는 내가 묻지. 최노다 씨, 그쪽은 나를 이번에 처음 봤나요? 12년 전에 소년이었던 그쪽과 눈이 마주쳤다고 생각한 것은 정말 나 혼자만의 착각이었나요?"

노다의 긴 눈매가 좀 더 가늘어졌다. 가라뜬 긴 속눈썹에 갈색 눈동자가 교묘하게 가려졌다.

때문에 연지는 까마득하게 잊고 있던 충격으로 커다랗게 동공이 확장된 갈색 눈동자가 미세하게 흔들리고 있다는 것을 미처 볼 수 없었다.

7장

'그때 봤던 게 이 여자였다고?'

당시 수풀 속에 웅크리고 있는 무언가를 보긴 봤었다. 눈도 마주쳤었다. 하지만 그것이 사람이라고는 생각하지 못했었다. 헛것이거나 짐승일 거라고 생각했었다. 사방이 어둠에 묻혀 있어서 자세히 보이지도 않았지만, 무엇보다 그는 당시 충격과 공포에 휩싸여 거의 제정신이 아니었다.

그가 어렴풋이 기억하고 상상하던 엄마의 모습이란 결코 그런 것이 아니었으니까. 기억도 잘 나지 않는 엄마. 얼마 되지 않는 기억의 편린 몇 개와 사진 한 장으로 엄마라는 존재에 대한 막연한 그리움을 삭여야만 했던 10여 년의 세월들. 그 긴 세월이 흐른 후에 가까스로 만났던 엄마의 모습은 충격과 두려움 그 자체였었다.

그래서 더욱 무서웠더랬다.

헛것을 본 자신이……. 그런 자신도 엄마처럼 미쳐 가는 것은 아닌가 싶어서…….

때문에 그 얘기는 아무에게도 하지 않았었다. 집으로 끌려간 후 이틀 동안은 패닉 상태에 빠져 있었고, 정신을 차렸을 때에는 새로이 알게 된 또 다른 진실과 폭풍처럼 휘몰아친 다른 일들 때문에 짐승이나 헛것을 보았다는 것을 말하고 자시고 할 여유가 없기도 했었다. 사실, 그 후로는 그 일을 까마득하게 잊고 있기도 했다. 그날 밤 짐승이나 헛것을 보았었다는 것을.

또한 그땐 이 비서님도 믿을 수가 없었다. 엄마를 어린 그에게서 뺏어간 사람들 중의 한 명이었을 뿐이니까. 어린 소년이었던 그는 아무도 믿지 않았었다.

그런데 이 여자가 그때 일을 이야기한다. 그가 봤던 것이 귀신도, 짐승도 아닌 본인이었다고. 광기에 차 제정신이 아니던 엄마의 난동을 모두 지켜보았노라고. 그리고 그 여자를 예쁜 아줌마라고 칭한다. 아련한 추억과 막연한 동경, 거기다가 아스라한 안타까움까지 뒤섞인 알 수 없는 눈빛을 하고서.

그 까만 눈동자에는 혐오 따위는 깃들어 있지 않았다.

왜, 어떻게?

정작 아들인 그는 미친 엄마를 끔찍이 두려워하며 혐오하기까지 했었는데…….

노다는 충격과 혼란에 휩싸였다. 발가벗겨진 채 치명적인 치부를 들킨 양 치욕스럽고 당혹스럽기도 했다. 분노도 치밀었다. 동시에 가슴 깊이 묻어두었던 죄책감과 화석이 되어버린 그리움도 새삼스레 고개를 치켜들었다.

부정하고 외면하고 거부하기만 했던 온갖 감정들이 홍수처럼 밀려와 그를 덮쳤다. 급작스레 달려든 그 온갖 감정들로 일순 머릿속이 하얗게 비었다.

노다는 한동안 아무 말도 할 수 없었다. 경악과 혼란에 찬 복잡한 시선으로 눈앞의 여자를 바라보는 것 외에는. 그럴수록 오랜 세월 감정을 감추고 숨기는 데 익숙해져 버린 그의 얼굴은 예리하게 벼려진 칼날처럼 점차 차갑게 굳어갔다.

남자의 살벌한 침묵이 길어질수록 연지는 점점 초조해져 갔다. 입안의 침이 바짝 마르며 온 몸의 신경이 예민하게 곤두섰다. 자신이 왜 느닷없이 옛날 얘기를 꺼냈을까. 뒤늦은 후회도 밀려왔다.

'하지 말걸…….'

아무리 돌아서는 남자를 붙잡기 위해서 저도 모르게 다급하게 튀어나온 말이었을지라도 애초에 기억 운운하는 말을 하는 것이 아니었다. 아무리 남자가 무섭게 다그쳐도, 아무리 남자가 진짜 예전의 그 소년이 맞는지, 자신과 눈이 마주쳤던 것이 맞는지, 그것을 기억하고 있는지 미치도록 궁금했어도 이런 식으로 성급하게 묻는 것이 아니었다.

짜증과 분노일지라도 희미하게나마 감정을 드러내고 있던 남자의 얼굴은 밀랍을 뒤집어쓴 듯 다시 차갑게 굳어버리고 말았다.

어떤 감정도 느껴지지 않는다. 처음 봤을 때처럼 완벽한 무(無)로 돌아가 버렸다. 크리스털처럼 아름답고 투명하도록 하얀 남자의 얼굴은 그저 소름끼치도록 차가울 뿐이었다.

그런 남자 때문일까. 공기의 기운까지 달라져 버렸다. 삼복더위임에도 불구하고 주변의 공기는 마치 시베리아처럼 차갑게 얼어버렸다. 뼛속까지 스며드는 오싹한 한기에 소매 밑으로 드러난 팔뚝에 오소소 소름이 돋았다.

연지는 양팔로 가슴을 끌어안았다. 소름이 돋은 팔뚝을 빠르게 쓸어내렸다. 마른침을 꿀꺽 삼키고, 떨리는 시선을 들어 노다를 힐끔 올려다보았다.

"저기…… 화났어요?"

저도 모르게 존댓말이 터져 나왔다.

「……」

"내가 어렸을 때도 여길 허락 없이 함부로 올라왔었다는 것 때문에? 그래서 그쪽이랑 그쪽의 그…… 분을 봤다는 것 때문에 그래요? 아니면 내가 일전에 여길 처음 올라와 본 거라고 거짓말한 것 때문에 그러나?"

등신. 그걸 말이라고 해? 당연히 그렇겠지. 연지는 입안의 여린 속살을 슬그머니 깨물었다.

"어, 그건…… 이제 와서 이런 말 한다는 게 우습지만, 정식으로 사과할게요. 아무리 오래전 일이고, 멋모르던 꼬맹이 때 일이긴 하지만 어쨌든 잘못은 잘못이었으니까."

연지는 새삼 고개를 꾸벅 숙이고 정식으로 사과했다.

"미안해요. 진심이에요. 그땐 정말 미안했습니다. 그리고 일전에 처음 올라왔던 거라고 거짓말한 것도 미안해요. 그런데 변명 같지만, 그땐 정말 그렇게 말할 수밖에 없었어요. 그쪽이 다짜고짜 활까지 들이대면서 도둑으로 모니까 나도 너무 화도 나고 당황해서……."

끝말을 얼버무리며 발끝으로 바닥을 쿡쿡 찍었다.

"그쪽도 한 번 생각해 봐요. 그쪽이었다면 그런 상황에서 장황하게 중언부언, 옛날 얘기까지 꺼낼 수 있었겠는가. 어쨌든 그래서 지금 사실대로 다 털어놨잖아요. 그러니까 그쪽도 이해를 좀 해줬으면 좋겠는데……."

어떻게 안 되겠니?

연지는 다시 슬쩍 시선을 들어 노다를 살펴보았다.

'흠, 아무래도 좀 힘들겠지? 휴우.'

그래도 가타부타 무슨 말이라도 좀 해줬으면 좋겠다. 차라리 이제 보니 남의 사생활을 염탐하는 고약한 변태 상습범이라고 몰아붙이면서 욕을 퍼붓는 게 더 낫지 않을까 싶을 정도였다. 그런데 이건 뭐, 무슨 생각을 하고 있는지 도통 알 수가 없으니 찔리는 구석이 많은 그녀로서는 숨 쉬기조차 힘들었다.

연지는 연방 그의 눈치를 살피며 마른침만 꼴깍 삼켰다. 그러다 불쑥 이런 생각이 들었다. 어차피 모든 것이 까발려진 판국에 궁금했던 것이나 확실하게 물어보자. 이제 와서 새삼 겁 집어먹고 유야무야 없던 일처럼 뭉갠다는 것도 우습지 않은가, 뭐 그런 생각. 입술을 몇 번이나 달싹인 끝에 연지는 두 눈을 질끈 감고 넌지시 물었다.

"저기, 근데요, 그건 그거고 아까 내가 물어본 거 있잖아요. 나랑 눈 마주쳤던 거 기억하느냐고 물어봤던 거. ⋯⋯혹시 기억해요?"

그러나 남자는 여전히 무섭게 굳은 차가운 얼굴로 무시무시한 냉기만 뿜어댈 뿐, 가타부타 말이 없었다.

그렇게 얼마나 지났을까.

숨 막히는 살벌한 침묵 탓에 숨이 턱 끝까지 차올라 더 이상 참는 것은 무리라고 느껴질 무렵, 차갑게 굳어 있던 남자의 얇은 입술이 보일 듯 말듯 달싹거렸다.

「그때 수풀 속에 숨어 있던 것이 너였다는 말이지.」

고개를 푹 숙인 채 시선만 들어 그를 힐끔거리던 연지의 얼굴이 위로 번쩍 들렸다. 휘둥그레진 눈으로 그를 올려다보았다.

"기억⋯⋯ 하는 거예요? 그럼 그때 정말 나랑 눈이 마주쳤던 게 맞아요? 그쪽도 그때 날 봤었어요?"

「얼마나 자주 올라왔었지?」

예상하지 못한 그의 질문에 연지는 커다래진 눈을 끔벅거렸다.

"에? 어, 그게 그러니까 자주라고 할 것까지는 없고 한두 번 정도? 그쪽하고 눈이 마주쳤을 때가 아마 두 번째였을 거예요. 그리고 그 후로는 나도 무서워서 올라오지 않았다니까요."

'무서웠다라. 그럼 그렇지. 역시 너도 미친 여자가 무서웠⋯⋯.'

"말했었잖아요. 난 그쪽한테 들켰다고, 그쪽이 어른들한테 다고자질할 거라고 생각했었다고요. 그래서 어른들한테 혼날까 봐 엄청 무서웠었어요. 이틀 동안 집 밖으로 나가지 못할 정도로. 그런데 아무 일도 일어나지 않았죠. 어쨌든 천만다행이었어요. 하지만 그 후로는 다시 올라가 볼 엄두가 나지는 않더라고요. 그 불쌍하고 가엾은 예쁜 아줌마가 엄청 궁금하고 또 보고 싶기도 했지만, 그땐 나도 어쩔 수 없는 어린애였으니까."

노다의 깊은 눈매가 흠칫, 꿈틀거렸다.

'무서웠다는 게 그런 뜻이었나? 미친 여자가 무서웠던 게 아니고?'

불쌍하고 가엾은 예쁜 아줌마……. 그 말이 계속 그의 심장을 쿡쿡 찔러댔다.

「어이가 없군. 네 말이 사실이라면 밤마다 쥐새끼 한 마리가 제 마음대로 돌아다니는데도 아무도 그 사실을 몰랐다는 건데 말이야.」

말은 그렇게 하면서도 노다가 진짜 묻고 싶은 말은 따로 있었다. 네가 보았다는 미친 아줌마의 모습은 어떤 것이었나. 대체 어떤 모습이었기에 십여 년이 흐른 지금까지도 네 머릿속에는 아스라한 기억으로 남아 잊지 못하고 있는 것인가.

궁금했다. 그가 알지 못하는 엄마의 다른 모습들이.

더불어 일견 야릇한 희열 같은 것도 느껴졌다.

오형수가 이 같은 사실을 알게 된다면 과연 어떤 반응을 보일까. 아마도 그는 까무러칠 듯이 놀라 미쳐 날뛸지도 모른다. 자신이 그토록 은폐하고 숨기고자 했던 여자의 실체를, 감쪽같이 숨겨왔다고 자부했던 그 모든 일들이 이제 와서 밖으로 새어나갈까 두려워 전전긍긍, 밤잠을 설치지 않을까 싶다.

그 얼굴을 보고 싶다. 가면을 벗어던진 그 위선적인 인간의 적나라한 민낯을.

노다에게 부모란 존재는 두 사람 모두 지독한 그리움과 죄책감, 원망을 품게 하는 애증의 존재들이었다.

'일이 재미있게 돌아가는군.'

연지를 잘만 이용하면 무료하던 그의 일상에 새로운 유희거리가 생길지도 모르겠다는 생각이 불현듯 들었다. 물론 그러자면 그 또한 어느 정도의 귀찮음과 출혈을 감수해야겠지만, 그로 인해 그가 얻을 수 있는 것을 고려한다면 그 정도는 충분히 감당할 가치가 있지 않을까 싶었다.

어차피 그래봐야 여기서 더 비참해질 일도, 고통스러워질 일도 없지 않나. 무엇보다 연지가 보았다는 엄마라는 사람에 대한 모든 것들이 너무도 궁금했다. 어떻게 살았고 어떤 모습이었으며 늘 미쳐 있는 상태였는지, 혹여 제정신이었을 때는 어떠했는지, 괴로워하지는 않았었는지 등등.

그러나 그는 그 무엇도 선뜻 물어볼 수 없었다. 엄마에 대한 것들은 오랜 세월 그에게는 금기였다. 사람에게 습관이란 굉장히 무서운 것이다. 그도 마찬가지였다. 오형수든 이 비서든 어느 누구도 그에게 엄마라는 존재에 대해서 솔직하게 말해준 적이 없었다. 엄마에 대해서 물어볼라 치면 다들 침묵으로 일관하며 낯빛이 무섭게 굳어지고는 했었다.

오죽했으면 그때, 이 비서가 안 박사와 엄마를 방문한다는 통화를 엿듣고 다짜고짜 트렁크에 몰래 타서 여기까지 왔었겠는가. 등신처럼 엄마가 자신을 기억하지 못할까 봐 유일하게 간직하고 있던 사진—네 살 때 엄마와 함께 찍은 사진— 속의 옷과 얼추 비슷하게 차려입기까지 하고서 말이다.

기억 몇 개와 사진으로만 남아 있는 엄마, 그 그리운 엄마를 어떻게든 보고 싶었었다.

하나 그때가 마지막이었다. 그가 엄마에 대한 막연한 그리움을 말이든 행동이든 어떤 식으로든 표출한 것은. 그 후로 그는 몸속에 깊이 잠재되어 있던 병증이 나타나기 전까지 엄마라는 존재에 대해선 그 무엇도 입 밖으로 내뱉은 적이 없었다.

아비라는 작자의 격분과 협박, 애원 그리고 미국으로의 추방. 그리고 새로이 알게 된 두려운 진실. 그에게는 엄마라는 존재뿐만이 아니라 부모의 존재, 그의 태생 모든 것이 철저하게 부정하고 외면해야만 하는 금기였다. 꼬박 스물다섯 해를 그렇게 살았었다.

그리고 2년이 더 흐른 지금도 그 사실에는 변함이 없었다. 그 스스로 절망에 찌들어 남은 생을 포기하고 죽은 줄도 몰랐던 엄마가 비참하게 살았던 이곳을 제 발로 찾아 기어들어 왔음에도 그에게 엄마라는 존재는 여전히 낯설고도 그립고 두려운 존재일 뿐이었다.

하여 그는 그 그리운 이름을 함부로 입 밖으로 내어 부르지 못한다. 함부로 그 존재가 어떠했는지 물어보지 못한다.

'네가 본 그 사람은 어떤 사람이었나. 가엾고 불쌍한 사람이었다고? 어떻게 불쌍했는데? 천사처럼 예쁜 아줌마였다고? 왜, 무엇이 그토록 천사처럼 예쁘고 아름다웠는데? 네가 기억하고 있는 그 사람은 대체 어떤 사람이었나.'

대신 노다는 무감한 어조로 이렇게 말했다.

「너란 사람은 매번 사람을 놀라고 기함하게 만드는군. 하는 말이나 행동마다 모두 너무 상식 밖이라서 머리가 다 어지러울 정도야. 피곤해. ……돌아가라. 너란 사람을 상대하고 있다가는 내가 더 미쳐 버릴 것 같다.」

노다는 넌더리가 난다는 듯 미간을 찌푸렸다. 줄곧 막고 서 있던 철문에서 한 걸음 물러났다. 연지는 순순히 뒤로 물러나 주는 그가 다행이다 싶으면서도 '어? 이게 아닌데' 싶었다. 두 눈을 빠르게 깜박거렸다. 그녀를 진짜 이대로 내쫓아 버릴 심산인 듯 그는 닫았던 철문까지 열었다. 연지는 그의 뒷모습을 올려다보며 아랫입술을 지그시 말아 물었다.

"미안하다고 했잖아요."

주저하며 뒷말을 이었다.

"이러면 아까 약속한 것 하고 말이 다르잖아요."

뒤돌아선 채 그가 피식 낮은 비소를 흘렸다.

「약속? 내가 너와 무슨 약속을 했던가?」

"약속까지는 아니었어도 서로 궁금한 점에 대해서 솔직하게 묻고 대답하기로 한 거 아니었어요? 그래서 내 딴에는 굳이 하지 않아도 될 옛날 얘기까지 다 한 건데, 이제 와서 이러면 안 되죠.

나는 아직 그쪽한테 궁금한 게 많은데. 그리고 이 비서님 연락처도 아직 안 가르쳐 줬잖아요."

「나는 더 이상 궁금한 것도 없고, 할 말도 없어. 그러니까 보내준다고 할 때 얌전히 돌아가. 사람 더 이상 피곤하게 하지 말고. 저번에 김 변호사와 약속한 각서 내용이나 잊지 말고 준수해. 힘들다. 돌아가.」

철문을 연 노다가 그녀를 향해 돌아섰다. 당신 마음대로 이랬다저랬다 하는 게 어디 있느냐고 항의하기 위해 한 발짝 다가선 연지를 향해 손을 뻗었다. 그녀의 마른 어깨를 움켜잡았다. '어?' 하고 흠칫 놀라는 그녀를 강제로 철문 밖으로 떠밀었다.

"아야! 갑자기 왜 이래. 이봐요, 난 약속대로 솔직하게 다 말하고 거기다가 미안하다고 사과하고 상황 설명까지 다 했는데, 이러는 게 어디 있어요. 약속이 틀리잖아, 약속이!"

철문 밖으로 떠밀리기 직전, 연지는 철문을 움켜잡고 버텼다.

"잠깐만요! 내 질문에 아직 대답도 안 했잖아요!"

「나가!」

"이 사람이 진짜! 치사하게 이럴 거예요? 이거 놔봐요, 좀!"

연지가 등을 떠미는 그의 손을 뿌리치며 바락바락 소리쳤다. 그러거나 말거나. 노다는 이대로는 못 간다고 철문을 잡고 버티는 연지를 강제로 휙 떠밀어 버렸다.

젠장! 삐쩍 마른 주제에 힘 하나는 더럽게 세다. 무표정한 얼굴만 보면 별반 힘을 쓰고 있는 것 같지도 않은데, 떠미는 힘이 장난 아니었다. 결국 연지는 노다의 힘에 밀려 맥없이 철문 밖으로 내동댕이쳐지듯 쫓겨났다. '어이쿠!' 하며 휘청거리던 연지가 씩씩거리며 홱 돌아섰다.

"야!"

「가.」

"와, 진짜 웃긴다. 지가 먼저 들어오라고 문 열어줄 때는 언제고, 이제는 사람을 막 개 쫓듯이 쫓아버리냐! 게다가 방금 전까지만 해도 들어올 때는 네 발로 걸어 들어왔지만, 나갈 때는 네 마음대로 못 나간다고 되도 않는 협박까지 해놓고. 무슨 남자가 저렇게 변덕이 죽을 끓는대? 사람이 한 입으로 두말해도 유분수지. 이봐요, 사람이 그러는 거 아닙니다. 아무리 괴팍하고 변덕이 심해도 유분수지, 이러는 건 정말 아니라고!"

「너야말로 분수를 알아. 네가 지금 그런 것을 따질 입장인가? 곱게 돌려보내 주는 걸 고맙게 생각해. 마음 같아서는⋯⋯.」

연지가 눈을 부리라며 턱을 바짝 치켜들었다.

"마음 같아서는 뭐?"

「법이고 뭐고 두 번 다시는 남의 집 훔쳐보고 다니지 못하도록 정신 차릴 때까지 골방에 처박아 두고 싶은 걸 간신히 참고 있는 줄이나 알아.」

"또, 또 협박질! 무슨 사람이 입만 열었다 하면 협박질이냐. 쳇. 이봐요, 이젠 댁이 그러는 거 하나도 안 무섭거든요? 맨날 말로만. 그리고 만에 하나 댁이 그러면 난 가만히 있을 것 같아? 난 이미 그쪽이 어떤 타입인지 파악이 끝났거든? 그런데 그쪽은 내가 아직도 어떤 사람인지 감이 안 잡히나 봐?"

「네가 어떤 사람인데? 네가 여기서 뭘 더 어떻게 할 수 있는데? 아까 말한 대로 수틀리면 각서든 뭐든 무시하고 네가 여기서 예전에 본 것과 나에 대해서 여기저기 말을 퍼뜨리고 다니겠다, 이건가?」

"사람을 어떻게 보고, 누가 그런대? 말했잖아요. 그건 정말 내가 미안했고, 내 사전에 남의 말 옮기고 다니는 취미 같은 건 없다고요. 하지만 그쪽이 방금한 약속을 어기고 이대로 나를 쫓아내 버린다면…… 내일이든 모레든 매일같이 올라와서 그쪽도 약속을 지키라고 귀찮게 할 수는 있다고요."

가라뜬 긴 속눈썹 아래, 노다의 갈색 눈동자가 시리도록 차갑게 반짝거렸다. 하나 변함없는 서늘한 표정과 짙은 그림자가 드리워진 긴 속눈썹 때문에 연지는 그의 눈동자가 반짝거린 것도, 그것이 무엇을 의미하는지도 미처 알아채지 못했다.

그가 고저가 없는 서늘한 음성으로 말했다.

「그럴 수 있다면 재주껏 한번 해보든가. 기대하지.」

"그러니까요, 내 말이 바로……!"

일순 연지는 말을 멈추고 흠칫, 숨을 멈췄다. 커다래진 눈을 깜박거리며 그를 올려다보았다.

'뭐야, 저 말의 의미는……. 설마 나보고 여길 매일 올라오라는 뜻이야? 에이, 설마. 하지만 왠지 저 말의 뉘앙스는…….'

연지는 그를 미심쩍은 눈빛으로 쳐다보았다.

"방금 그 말, 무슨 뜻이에요? 나보고 매일 여길 올라와라, 아니, 올라와도 된다고 말한 거예요?"

「사람 말을 자기 편할 대로 해석하는 능력까지 있군.」

노다는 자신의 상식으로는 그녀라는 사람을 도저히 이해할 수 없다는 듯 고개를 절레절레 가로저었다.

'아닌가?'

뻘쭘해진 연지는 쓴맛을 다시며 어깨를 으쓱거렸다.

'그럼 그렇지. 저 괴팍한 인간이 그런 의미로 말했을 턱이 없지. 에이, 괜히 좋다 말았네.'

슬쩍 눈을 흘기며 뺨을 긁적이는데, 그가 또 알 수 없는 말을 툭 내뱉었다.

「마음대로 생각해. 여길 또 올라오든 말든 네 마음대로 하라고. 하지만 분명히 말해두겠는데, 그 행동에 따른 결과는 오롯이 네 책임이다. 두고 보자는 사람 치고 무서운 사람이 없다고 했었나? 그럼 그것도 한번 두고 보도록 하지. 네가 내 경고를 무시하고 계속 나를 귀찮게 할 경우에 내가 너를 어떻게 할지, 그리고 네가 어떻게 될지 말이야. 생각해 보니 그것도 색다른 재미가 있기는 하겠군.」

연지는 알쏭달쏭했다. 고개를 갸웃거리다가 짜증을 냈다.

"하, 거, 사람 진짜 말 요상하게 하네. 이거면 이거다, 저거면 저거다, 딱 부러지게 말을 해야지. 이것도 아니고 저것도 아니고, 뜨뜻미지근하게 뭐 하자는 겁니까? 꽈배기 먹었어요? 어떻게 사람이 매사 비비 꼬여서는 하는 말마다 애매모호해서 사람을 헷갈리게 한대요?"

연지가 넌지시 떠보듯이 물었다.

"솔직하게 말해봐요. 방금 한 말, 나보고 내일 다시 올라와라, 그런 뜻으로 한 말 맞죠? 실은 그쪽도 나한테 묻고 싶은 말이 더 있는 거죠?

「…….」

"에이, 그럼 그렇다고 솔직하게 말을 해야지. 쯧. 그런데 왜 지금은 안 돼요? 왜, 몸이 또 어디 안 좋아요? 컨디션이 엉망인가? 피곤해요? 아니면 갑자기 머릿속이 정리가 안 돼?"

흠칫한 남자의 눈가가 꿈틀거렸다. 비로소 무표정한 남자의 얼굴에 어떤 식으로든 표정이 다시 되살아난 것이다.

'어라, 저 반응은 또 뭐야. 내 말이 맞나 본데?'

그러나 그것으로 끝이었다. 남자의 얼굴은 다시 밀랍을 뒤집어쓴 듯 무표정해져 버렸다. 그러고는 마치 그녀와는 더 이상 할 말이 없다는 듯 그녀의 코앞에서 철문을 '쾅!' 닫아버렸다. 그에게 들은 마지막 말은 이 말 단 한마디뿐이었다.

「꺼져.」

그러고는 벙쩌 있는 연지를 철문 앞에 내버려 둔 채 성큼성큼 집으로 들어가 버렸다. 뜨악해진 연지는 기가 막혀 콧방귀를 뀌었다.

"하! 뭐야. 왜 말을 하다가 말고 제 멋대로 들어가 버려! 어쩌라고. 계속 오라는 거야, 말라는 거야. 나도 여길 매일 올라올 생각 없거든? 그래도 기왕이면 확실하게 말해주면 좀 좋아? 그럼 지도 편하고 나도 편하겠고만. 그럼 나도 한번 생각해 볼 용의는 있다고. 쳇, 하여튼 성격 진짜 이상한 사람이야."

연지는 씩씩거리며 고시랑거렸다.

그런데 왜 가슴은 두근 반 세근 반, 도근거리는 걸까. 노다가 들어가 버린 집을 바라보는 연지의 까만 눈동자가 묘한 흥분에 차 반짝거렸다.

「그랬군요. ⋯⋯아닙니다. 며칠 전에 그 여자가 돈 봉투를 들고 따지러 왔기에 어떻게 된 일인지 여쭤보려고 전화한 것뿐입니다. ⋯⋯그러게요. 이번에는 이 비서님이 쓸데없는 일을 하신 것 같습니다.」

작업을 마치고 1층으로 내려온 노다는 핸드폰을 다른 손으로 바꿔 들며 주방으로 향했다. 입맛이 없어도 체력이 떨어지는 것을 막기 위해서는 제때 식사를 해줘야만 한다. 탄수화물 함량이 많은 식단 위주의 식사를.

하여 노다는 귀찮아도 반드시 밥을 해서 곡물 위주의 식사를 한다. 따라서 변비에 걸릴 확률이 매우 높기는 하다. 때문에 식이섬유가 많은 채소와 과일, 물도 잊지 말고 많이 섭취해 줘야만 한다.

일주일이나 열흘에 한 번, 안 박사님 병원에 가서 주기적으로 검진과 치료를 받을 때 잊지 않고 장을 봐오는 이유도 그 때문이었다. 하나 채소는 5일 정도가 지나면 시들거나 신선도가 떨어지기 마련이라 나중에는 거의 과일만으로 섬유소를 보충할 수밖에 없었다. 아니나 다를까. 냉장고에는 남은 채소가 별로 없었다.

노다는 남은 채소 중 당근과 브로콜리, 상추 몇 개, 그리고 냉동고에서 한 끼용으로 낱개씩 분류해 놓은 스테이크 한 덩이와 밥 한 덩이를 꺼내 싱크대로 향했다. 전자레인지에 언 고기 한 덩이를 넣고 해동 버튼을 눌렀다.

「그러니까 그 여자한테 아직 연락이 오지는 않았다는 거죠? ……아니, 됐습니다. 신경 쓰지 마십시오. 그럴 일은 없겠지만 그래도 그 여자가 혹시라도 이 비서님 연락처를 알아낸 것은 아닐까 싶어서 연락드린 것뿐이니까요. ……훗, 그렇죠. 그건 불가능하죠.」

채소들을 개수대로 옮기며 쓴웃음을 흘렸다.

「아닙니다. 그러지 마세요. 이 비서님이나 김 변호사가 또 나서면 일만 괜히 더 복잡해질 뿐입니다. ……그렇죠. 만약 또 무슨 일이 생기면 그땐 제 선에서 알아서 처리하겠습니다. ……걱정 마세요. 제가 알아서 합니다.」

[노다 군, 그러지 말고 피연지 양이 다음에 또 찾아오면 제 연락처를 가르쳐 주세요. 그럼 제가 통화를 하든가 만나서 다시 잘 얘기해 보겠습니다. 그 편이 나아요.]

다음 날 바로 올라올 줄 알았던 여자는 사흘이 지나도록 코빼기조차 보이지 않고 있었다. 예상과 다른 여자의 행보에 노다는 그답지 않게 조바심이 생겨 버렸다. 하여 혹시나 하고 이 비서한테 전화를 해본 터였다.

그런데 돈 봉투든 사흘 전 일이든 이 비서는 전혀 모르는 눈치였다. '하지 말걸' 하는 후회가 들었다. 혹여 이 비서가 그 여자를 찾아가기라도 한다면, 자신이 애써 의도한 바가 무산될지도 모른다는 생각에 슬쩍 짜증이 일었다. 개수대를 등지고 기대 선 노다의 미간에 옅은 주름이 잡혔다. 하나 흘러나온 목소리만은 변함없이 무심하고 서늘하기만 했다.

「알겠습니다. 그렇게 하죠.」

노다는 일단 그러마고 대답했다. 하지만 혹시나 하는 마음에 단단히 못을 박아두는 것만은 잊지 않았다.

「하지만 이 비서님도 그 전에 다시 나서서 일을 복잡하게 만드는 일은 하지 않았으면 좋겠습니다. 아시다시피 그 여자, 성격이 보통 아니고 상태도 결코 정상이 아닙니다. 쓸데없는 호기심을 괜히 부추길 필요가 없다, 이 말입니다. 제 말, 무슨 말인지 아시죠?」

[그럼요. 어쨌든 미안해요. 내가 괜한 일을 해서 노다 군만 더 번거롭게 한 것 같군요.]

노다는 빈말이라도 괜찮다는 말은 하지 않았다. 약간의 어색한 침묵이 흐른 후, 이 비서가 나지막한 목소리로 물었다.

[몸은…… 어떻습니까? 안 박사님 말씀으로는 알코올 때문에 일시적인 발작이 일어났을 뿐, 크게 우려할 정도는 아니라고 하던데. 혹시 그 후로 다시 발작이 일어나지는…….]

「않았습니다.」

노다는 딱 잘라 대답했다. 전화 저편에서 안도하는 낮은 한숨 소리가 들려왔다.

[다행이네요. 노다 군이 발작을 일으켰다는 얘기를 듣고 이사장님도 걱정이 이만저만 아니셨습니다. 노다 군이 뭐라고 하든 당장이라도 믿을 만한 사람을 보내라고 어찌나 성화시던지……]

「필요 없다고 몇 번이나 말씀드리지 않았습니까. 보내지 마세요. 그리고 이사장님한테도 확실하게 전달하세요. 간병인 따위는 필요 없다고요. 제발 제 일에 더 이상은 관여하지 말라고요.」

[하지만, 노다 군.]

「이만 끊겠습니다.」

노다는 일방적으로 전화를 끊어버렸다. 핸드폰을 맞은편의 아일랜드 보조 식탁에 휙 던져 버리고 개수대로 몸을 돌렸다.

쏴아아.

그는 물을 틀고 아무 일도 없었다는 듯이 시원하게 쏟아지는 물에 묵묵히 채소를 씻기 시작했다.

혼자만의 식사는 그에겐 숨 쉬는 것처럼 익숙하고 당연한 일이었다. 이곳에 들어오기 훨씬 전부터도, 기억도 나지 않는 유년 시절부터도 줄곧 그래왔다. 일주일에 한 번, 아버지라는 사람과 마주앉아 저녁을 먹는 것이 되레 더욱 불편하고 어색했을 정도였다. 미국에서 살 때도 그는 거의 혼자 식사를 했었다. 학교를 다닐 때도, 일을 할 때도. 누군가와 함께 식사를 한다는 것은 오히려 무척 불편하고 부자연스러운 일이었다.

때문에 아이러니하게도 그는 혼자 식사하는 이 순간만큼은 전혀 외로움 따위를 느끼지 않는다. 그는 조용히 혼자만의 저녁 식사를 마쳤다. 설거지까지 끝낸 노다는 1층 거실을 한가득 채우고 있는 운동기구들을 지나쳐 집 밖으로 나갔다. 본격적인 운동을 시작하기 전에 소화를 시킬 겸 정원이나 가볍게 산책할 생각이었다.

어둑한 어둠이 내려앉은 철문 너머와 달리 정원은 타이머로 작동하는 반 조명등이 환하게 비추고 있어 조금도 어둡지 않았다. 그렇다고 눈부시도록 밝지도, 칠흑처럼 어둡지도 않았다. 적당한 조도, 적당한 온도와 습도. 그에게는 그런 과하지도 덜하지도 않은 적당한 것들이 반드시 필요했다.

병증이 악화되는 것을 막기 위해서는 체계적인 식단과 운동 외에도 1년 365일 적정 체온을 유지하는 것이 반드시 필요했다. 햇빛을 피하는 것과 주기적으로 헤모 주사를 맞아야 하는 것은 기본 중에서도 기본이었다. 언젠가는 그도 헤모 주사만으로는 해결이 안 되어 수혈을 받거나 피를 마셔야만 할 테지만, 아직 그 정도까지는 아니었다.

그는 이틀에 한 번 꼴로 직접 헤모 주사를 투여한다. 때문에 그의 양 팔뚝 안쪽에는 무수히 많은 주사 자국이 늘 상존하고 있었다. 다행히 작은 점보다도 작은 자국들이라서 얼굴을 들이대고 자세히 보지 않는 한 잘 보이지는 않는다. 그래도 노다는 아무리 더워도 긴팔 카디건을 항시 잊지 않고 입는다. 아무도 볼 사람이 없는 외로운 산중이라도 그 자신은 팔뚝 안쪽에 어떤 자국들이 빽빽이 들어차 있는지 알고 있으니까. 샤워를 하거나 수영을 할 때는 어쩔 수 없지만, 평소에는 가급적 그것들을 가린다. 그것들을 보고 있노라면 제 비참한 인생이 실감 나 울적해지고는 하니까. 굳이 그것들을 보며 매순간 스스로를 자학할 필요는 없지 않은가.

밤이 깊었어도 기온은 여전히 후덥지근하고 물기를 잔뜩 머금은 듯 눅눅했다. 산속도 이 정도인데 산 밑은 어떨까. 생각만 해도 진저리가 쳐진다. 한국의 여름 날씨는 지독하도록 뜨겁고 끈적거린다. 이 계절이 빨리 지나갔으면 좋겠다.

적정 온도와 습도가 유지되는 집 안에 하루 종일 있다가 나온 탓인지, 실외의 자연 공기가 보다 뜨겁고 눅눅하게 느껴졌다. 그나마 다행인 것은 깨끗한 자연풍을 마음껏 들이마실 수 있다는 것 정도.

노다는 두 눈을 지그시 감고 폐부 깊숙이 청명한 공기를 들이마셨다. 후덥지근한 기온에 체온이 어느 정도 익숙해졌다 싶을 때까지 몇 번이나 반복해서 숨을 들이마시고 내뱉었다. 보송했던 피부에 벌써 땀방울이 송골송골 맺히기 시작했다.

「후우.」

깊은 숨을 내쉬고 천천히 눈꺼풀을 들어올렸다. 느릿느릿, 너른 정원을 거닐기 시작했다. 천천히 한 바퀴 도는 동안, 그는 지난 사흘간 그래왔던 것처럼 저도 모르게 예리한 시선으로 연신 철문 너머의 수풀을 샅샅이 살폈다.

혹시라도 12년 전이나 얼마 전처럼 그 삐쩍 마른 당돌한 여자가 수풀 어딘가에 숨어 자신을 훔쳐보고 있는 것은 아닐까 싶어서. 그러나 아무리 안력을 돋우어 주변을 샅샅이 살펴봐도 어디에서도 여자의 흔적은 보이지 않았다.

아직인 건가.

「훗.」

나지막한 비소가 흘러나왔다.

하긴 그 여자가 왜 새삼 저 수풀 어딘가에 숨어 자신을 훔쳐보겠는가. 제 입으로 12년 전의 일까지 솔직하게 털어놓은 마당에, 더구나 그 여자 성격이라면 사흘 전처럼 당돌하고 뻔뻔하게 올라와 철문을 두드리면 두드렸지, 예전처럼 수풀 속에 숨어 훔쳐보는 짓 따위는 하지 않을 성 싶었다.

그렇다면 정말 아직이라는 뜻. 여자는 아직까지도 그가 한 말의 의도를 가늠하느라 고개를 갸웃거리고 있는 모양이다. 어렸을 때부터 겁도 없이 온 산을 헤집고 제멋대로 돌아다녔던 것으로도 모자라 김 변호사마저 기가 막혀 할 정도로 당돌하고 영악하게 행동하고 대거리할 때는 언제고, 보면 볼수록 예측불허인 이상한 여자였다.

그런 주제에 사흘 전 밤에는 느닷없이 맹한 소리를 지껄였었지.

"방금 그 말, 무슨 뜻이에요? 나보고 매일 여길 올라와라, 아니, 올라와도 된다고 한 거예요?"

"하, 거, 사람 진짜 말 요상하게 하네. 이거면 이거다, 저거면 저거다, 딱 부러지게 말을 해야지. 이것도 아니고 저것도 아니고, 뜨뜻미지근하게 뭐 하자는 겁니까? 꽈배기 먹었어요? 어떻게 사람이 매사 비비 꼬여서는 하는 말마다 애매모호해서 사람을 헷갈리게 한대요?"

그 정도 얘기해 줬으면 제가 알아서 판단할 것이지, 사람 귀찮게 새삼스레 왜 그런 질문은 하고 난리이던지. 저가 언제부터 남 허락받고 여길 올라왔다고. 그쯤 얘기했으면 당연히 못 말리는 호기심과 제멋대로인 성격에 자극받아서 그 다음 날 바로 씩씩거리며 올라올 줄 알았다. 그런데 여자는 이번만큼은 어울리지 않게 몇 번이나 그의 확답을 요구하고 신중한 척 몸을 사리고 있었다.

번번이 그의 예상과 상식을 벗어나는 이해할 수 없는 여자라는 생각이 새삼스레 들었다.

아니, 따지고 보면 그 여자보다 더욱 이해할 수 없는 것은 그 자신인지도 모르겠다. 뭐가 그리 무섭다고, 등신처럼 위축돼선 묻고 확인하고 싶은 것도 확실하게 물어보지 못하고 말만 괜히 빙빙 돌리다가 일을 더 피곤하게 만들어 버렸다.

여자 말대로 기왕 말 나온 김에 속 시원하게 물어보고 깨끗하게 끝내고 말걸.

뭐가 그리 두렵다고, 뭐가 그리 궁금하다고.

따지고 보면 새삼 궁금해할 것도 없는데.

당시 엄마는, 제정신이 아닌 미친 여자였을 뿐 아닌가. 11년이라는 세월이 흘렀다고 해도 하나밖에 없는 제 자식의 얼굴도 못 알아보고 이름도 기억하지 못하는 정신병자. 그러면서도 엄마라는 여자는 오형수라는 이름만은 정확하게 기억하고 있었다. 심지어 자신을 그 지경으로 만들고, 끝내 참혹하게 버리고 감춰 버린 그 인간을 여전히 '그이'라고 부르며 그리워하고 사랑하고 있었다.

어리석고 멍청하기까지 했다.

그런데 나는 그런 비정하고 멍청한 여자에 대해서 무엇을 더 알고 싶은 걸까. 대체 무엇이 더 남았다고. 기껏해야 이 따위 망할 병과 기구한 운명이나 대물림해 준 여자한테 대체 어떤 미련과 그리움이 더 남았다고······.

그래도 날 낳아준 하나뿐인 엄마라는 것인가.

막상 나도 같은 처지가 되고 보니 이 길을 똑같이 걸었을 엄마에 대한 그리움과 애정, 궁금증이 되살아나기라도 한 것인가.

그도 아니면 그 외롭고 비참했을 엄마의 손을 잡아주지 못했던, 피붙이라고는 하나밖에 없었던 나마저 그분의 존재를 부정하고 외면했던 지난 세월에 대한 뒤늦은 후회와 알량한 죄책감 때문에 아직도 허우적거리고 있는 것인가.

「미친놈. 어리석고 멍청한 건 너도 마찬가지다.」

왜 인정하지 못하는가. 실은 그 모든 것들이 그의 머릿속을 잠식하고 있는 혼란과 고통의 전부라는 것을. 어느 것 하나 아니다, 가볍다 치부하고 뺄 수 없는 유일하고도 거대한 단 하나의 이유.

노다는 시선을 들어 검은 하늘을 올려다보았다. 온갖 혼란스러운 감정들이 어지럽게 뒤섞인 아득한 눈빛으로 검은 하늘에 떠 있는 반달을 망연히 바라보았다.

「당신은…… 어떤 사람이었습니까. 나만큼 비참하고 외로웠나요? 나만큼 그 누군가를 원망하고 그리워했습니까? 당신도 무섭고 두려웠습니까. ……아주 오래전 당신도 이 자리에서 저 달을 올려다봤나요? 당신도…… 당신도…….」

고요한 어둠 속에 그의 처연한 목소리가 나지막하게 울려 펴졌다.

그때였다.

바스락.

수풀을 밟는 조심스러운 발소리.

하늘을 올려다보던 노다의 얼굴이 휙, 소리 나는 방향으로 향했다. 그의 눈이 절룩거리며 천천히 다가오는 길고 가녀린 인영을 발견하고 실낱처럼 가늘어졌다.

여자였다!

비참하고 외롭지만 평온했던 그의 일상을 제멋대로 망가뜨려 놓고 사흘 만에 모습을 나타낸 괘씸하고 당돌한 여자, 피연지.

그의 호흡이 제멋대로 가팔라졌다. 그러다 이내 언제 그랬냐는 듯이 차분하게 가라앉았다. 여자가 우뚝 걸음을 멈췄다. 다가오는 여자를 매섭게 주시하고 있는 그와 눈이 마주친 탓이었다. 숨을 크게 들이켜는지, 여자의 가녀린 어깨가 크게 오르내리는 것이 보였다.

당황한 여자는 속으로 열까지 세는지, 10여 초가 흐른 후 멈췄던 걸음을 다시 천천히 옮기기 시작했다. 불규칙적인 발소리 사이사이에 지팡이가 잔디를 스치는 이질적이 소음이 뒤섞여 들려왔다.

인대가 늘어났다는 여자의 발목 상태는 아직 완쾌되지 못한 모양이었다. 사흘 전이나 지금이나 저런 발로 용케 올라왔구나 싶었다. 무모한 건지, 용감한 건지. 역시 강단 하나는 대단한 여자구나 싶어서 피식, 헛웃음이 흘러나왔다.

여자는 그의 매서운 시선을 피하지도 않았다. 그와 시선을 얽고 그 시선을 되받아치면서 천천히 걸어 철문의 정문 앞까지 걸어왔다. 여자를 따라 노다의 몸도 정문을 향해 서서히 돌아갔다. 여자가 정문 앞에 멈춰 섰을 때 두 사람은 열댓 발자국을 사이에 두고 마주 선 형국이 되었다.

마른침을 꿀꺽 삼킨 연지가 먼저 입을 열었다.

"사흘 전에 최노다 씨가 했던 말 있잖아요. 계속 생각해 봤는데요, 그쪽이 가타부타 확실하게 말하지 않아서 나 편한 대로 해석하고 결론을 내리기로 했어요."

어둠 속에 서 있는 남자를 본 순간, 안 그래도 시끄럽게 쿵쾅거리던 연지의 심장은 아예 미친 듯이 정신없이 뛰어대고 있었다. 그래서 목소리가 엄청 떨릴 거라고 걱정했는데, 천만다행으로 목소리가 생각보다 차분하게 나와주었다. 어김없이 바르르 떨리기는 하지만 이 정도면 다행이었다.

"그쪽이 그때 한 약속을 어기고 나를 쫓아내 버린다면, 매일같이 올라와서 그쪽도 약속을 지키라고 귀찮게 할 수 있다고 했었죠? 그랬더니 그쪽이 그럴 수 있다면 한번 해보라고 했었고요. 그럼 그쪽이 나를 어떻게 하든지, 내가 어떻게 되든지 두고 보는 것도 재미있겠다고요. 그래서 올라왔어요. 나도 그쪽이든 나든 어떻게 되는지 엄청 궁금해졌거든요. 자, 그럼 이제 어떻게 할 거죠?"

노다의 얇은 입술 끝이 보일 듯 말듯 미세하게 말려 올라갔다.

「네가 어떻게 하는가에 달렸지.」

"무슨 뜻이에요?"

「말 그대로.」

또 시작했다. 저놈의 빙빙 돌리는 말버릇! 연지가 짜증스럽게 되받아쳤다.

"제발 뭐든 확실하게 말하면 안 돼요? 이것도 아니고 저것도 아니고 애매모호하게. 사람이 왜 그래요? 원래 말투가 그래요? 아니면 일부러 더 그러는 거예요? 내가 어떻게 나오나 보려고?"

「맘대로 생각해.」

"아우, 답답해. 진짜 대화 나누기 힘든 사람이네. 비비 꼬여선 비밀도 많고 뭐 하나 속 시원하게 말하는 법도 없고."

그런데 화를 내거나 놀라지도 않고 묻는 말에 그럭저럭 순순히 대답하는 것을 보니, 아무래도 그녀의 판단이 틀리지는 않았나 보다. 아니라면 저번처럼 네가 여긴 왜 또 올라왔느냐고 살기를 팍팍 내뿜으면서 무섭게 다그쳤을 테니까.

그러니까 사흘 전의 그 말인 즉슨, '오늘은 내가 너무 피곤하니 그만 돌아가고 내일 올라와서 다시 얘기하자'였다는 뜻. 저 사람도 진짜 피곤하게 산다.

'그럼 그렇다고 톡 까놓고 말할 것이지, 왜 말을 확실하게 못해? 괜히 듣는 사람 머리 복잡하게 말을 비비 꽈서 빙빙 돌리기나 하고 말이야. 하여튼 진짜 웃기고 이상한 사람이야.'

연지는 세모눈을 하고 그를 위아래로 흘겨보았다. 그런데 이건 또 무슨 조화인가. 노다의 속뜻이 그런 뜻이었다는 것을 알게 된 순간, 가슴이 방금 전과는 또 다른 의미로 도근도근 세차게 뛰어 대기 시작했다. 무어라 형언할 수 없는 알싸한 기대감과 흥분이 타닥거리며 전신을 두드렸다.

젠장! 은은한 달빛과 불빛 아래 우두커니 서 있는 남자는…… 여전히 숨 막히도록 아름답고 신비로웠다. 그가 여전히 알 수 없는 위험한 베일을 둘러쓴 괴팍한 성격의 소유자라는 사실 따위는 완전히 잊힐 만큼.

그 신비로울 만큼 아름답고, 위험한 베일을 둘러쓴 괴팍한 남자가 천천히 다가와 그녀 앞에 멈춰 섰다.

딸깍.

철문이 열렸다.

끼이익.

철문을 활짝 열며 남자가 말했다.

「들어와.」

8장

　들어오라고 문까지 활짝 열어줘 놓고 어이없게도 남자는 한 시간 가까이 그녀를 투명인간 취급하며 아무 말도 하지 않았다. 그녀의 존재일랑 까맣게 잊어버린 듯, 정원만 빙빙 돌며 산책이나 해댔다. 말만 빙빙 돌리는 줄 알았더니, 어째 하는 짓도 똑같다.

　그녀를 약 올리려고 작정을 한 것이 아니고서야.

　묘한 흥분과 기대감. 거기다 어찌할 수 없는 긴장감까지 더해져 바짝 굳어 있던 연지도 그쯤 되자 슬슬 부아가 나기 시작했다. 눈동자만 데굴데굴 굴려 설렁설렁 돌아다니는 노다를 살피다가 더 이상 참지 못하고 발끈해 소리쳤다.

　"이봐요! 사람을 불러들였으면 가타부타 말을 해야지, 지금 뭐 하자는 겁니까? 장난해요? 실없이 주변만 빙빙 돌고, 어지러워

죽겠네. 그만 돌아다니고 이리 좀 와봐요."

팔까지 들어 휘휘 손짓을 했건만, 노다는 그녀한테 눈길 한 번 주지 않고 내처 설렁설렁 걸음만 옮길 뿐이었다.

에이씨, 저 사람이 진짜!

목마른 사람이 우물 판다고, 결국 연지가 씩씩거리며 노다에게 먼저 다가갔다.

"이거 봐요, 최노다 씨."

코앞까지 다가가 큰소리로 그를 불렀다. 그럼에도 불구하고 남자는 바지 주머니에 양손을 푹 찔러 넣은 채 그대로 그녀를 휙 지나쳐 가버렸다. 명백한 무시, 완전히 투명인간 취급이었다.

화가 나기보다는 무안하고 황당했다. 연지는 뜨악해진 표정으로 한 발, 두 발 멀어져 가는 길쭉한 남자의 뒷모습을 멍하니 바라보았다. 뭐 하는 짓이냐고 쫓아가 팔을 확 잡아당길까 싶기도 했다. 하나 이내 연지는 생각을 바꿨다.

'오냐, 그렇게 나오겠다 이거지? 좋아, 누가 이기나 한번 해보자고.'

그동안에는 그녀 멋대로 올라온 거였지만 이번만큼은 아니었다. 확실하게 말하지는 않았어도 이번에는 초대(?)까지는 아니지만 어쨌든 남자가 의도한 바임에는 틀림없었다. 묵인된 허락 내지 초대라고나 할까?

그러니 그녀가 성급해할 이유가 없었다. 남자도 뭔가 바라는 것이 있으니 그녀를 끌어들인 것이 아니겠는가. 그 꿍꿍이가 무엇인지는 차차 알아가면 될 터. 그녀도 맘만 먹으면 인내나 끈기,

그 무엇도 어느 누구한테도 지지 않을 자신이 있었다.

'답답하면 지가 먼저 입을 열겠지.'

어쨌든 오늘 올라온 소기의 목적은 달성했다. 지난 사흘간 머리 터지게 고민했던 게 그녀 혼자만의 착각이 아니었다는 것만은 확인했으니까. 다리 아픈 사람을 힘들게 오라 가라 하는 게 괘씸하기는 하지만, 워낙 폐쇄적이고 비밀이 많은 괴팍한 인물이니까 그 정도는 쿨한 그녀가 너그럽게 이해해 주기로 했다. 따지고 보면 그녀가 여길 한두 번 올라와 본 것도 아니고 발목도 많이 나아지고 있으니까 그리 힘든 일도 아니었다.

'운동하는 셈 치지, 뭐.'

더욱이 이 산에 외부인의 출입이 엄격하게 제한된 이래 산 주인의 묵인된 용인 아래 여길 드나들 수 있는 사람은 그녀가 최초이자 유일하지 않을까 싶다. 그 동안에는 매번 들킬까 봐 몰래 오르내렸었는데, 이게 어디인가 싶기도 하고 괜스레 뿌듯해지는 것도 어찌할 수 없었다.

어쨌든 며칠 전까지만 해도 미지의 존재였던 저 남자와 이렇게 떳떳하게 마주서게 될 줄 누가 알았겠는가. 물론 워낙 괴팍하고 변덕이 죽을 끓는 사람이니 갑자기 또 어떻게 돌변할지는 모르겠지만, 일단은 저 남자가 하는 양을 가만히 지켜보는 것도 나쁘지는 않을 성싶었다.

그렇게 생각하자, 조바심치던 심장이 한결 얌전해졌다. 연지는 노다가 하는 양을 빤히 지켜보다가 에라, 모르겠다는 듯 그 자리에 털썩 엉덩이를 깔고 앉았다. 그녀도 그의 존재일랑 깨끗이 무시하고 다친 발목이나 살폈다.

붕대를 풀고 반 깁스를 떼어낸 후 발목을 살살 돌리며 조몰락 조몰락 마사지를 했다. 많이 좋아졌다고는 하지만 아직 오래 걷는 것은 무리였던 듯 살짝 욱신거렸다. 다음에 또 남자의 묵인 아래 올라올 기회가 생긴다면 그땐 필히 잊지 말고 아이스 팩 하나를 챙겨와야겠다. 그때가 발목이 완쾌되기 전이라면 말이다.

노다는 어느새 저도 모르게 걸음을 멈추고 뜨악한 시선으로 그녀를 빤히 지켜보았다. 기가 막혔다. 무슨 여자가 겁이 없어도 저렇게 없는지 모르겠다. 아무리 그가 은연중에 올라오라는 뜻을 내비쳤대도 그렇지. 어쨌거나 지금 여기에는 저하고 나, 단둘밖에 없는데, 내가 악한 마음을 먹고 저를 어떻게 하면 어쩌려고 또 오밤중에 혈혈단신 혼자 올라와서는 제집인 양 저토록 태평하게 앉아 발목이나 조몰락거리고 있는가. 정말 그의 상식으로는 도통 이해할 수 없는 여자였다.

늦게라도 그의 말귀를 제대로 알아듣고 올라와 준 것이 다행이기는 했다. 하지만 저렇게 제집인 양 편하게 앉아 있는 꼴을 보니 은근히 약이 올라 '확 내쫓아 버릴까?' 하는 생각이 들었다.

일견 밤길에 예까지 올라오느라 발목이 꽤나 아팠나 보다, 오죽하면 저럴까 싶어서 아주 쬐끔, 미안하다는 생각이 들기도 했다. 하여튼 이해 불가능한 신기한 여자인 것만은 틀림없었다.

'그러니까 그 어린 나이에도 여기까지 올라와서 어머니를 훔쳐보곤 했겠지.'

기겁해서 도망치기는커녕 되레 안됐다, 불쌍하다 여기며 어이

없는 동경까지 품고서 말이다.

'어쨌든 저 여자도 정상은 아니야.'

저런 여자를 두고 내가 지금 뭐 하는 짓인가. 이게 과연 잘하는 짓인가 하는 회의가 살짝 들었다. 하나 어쩌겠나. 제정신은 아니어도 어머니의 살아생전 모습을 기억하고 그에 대해서 솔직하게 말해줄 여자는 저 여자 하나뿐인 것을.

절로 짙은 한숨이 흘러나왔다. 노다는 멈췄던 걸음을 다시 천천히 옮기기 시작했다. 곁눈질로 그녀를 힐끔거리며 무심한 어투로 말했다.

「Y대학교 영어영문학과 재학 중인 대학생. 입학 당시부터 줄곧 수석을 한 번도 놓친 적 없는 장학생이라고 하더군. 그런데 졸업을 한 해 앞두고 갑자기 휴학을 했다지? 건강상의 이유로 말이야. 보기에는 기아 난민처럼 삐쩍 마른 것 빼고는 오히려 지나칠 정도로 건강하고 혈기왕성해 보이는데, 어디가 아픈 거지?」

흠칫 놀란 연지가 그를 휙 돌아보았다. 남자는 철문 모퉁이 앞의 커다란 나무 앞에 서 있었다.

"그걸 그쪽이 어떻게 알아요? 설마, 내 뒷조사까지 한 거예요?"

「그럼 그 정도도 알아보지 않고 널 순순히 놓아줬을 것 같은가? 남의 사생활이나 훔쳐보고 다니는 쥐새끼를 뭘 믿고. 그나마 네가 한 말과 확인된 사실들이 일치해서 각서 몇 장으로 가볍게 끝났던 거다.」

"뭐야, 그럼 그때 벌써 내 뒷조사를 끝냈던 거란 말이에요? 와, 이 사람들이 진짜 웃긴 사람들이네. 댁들이 뭔데 멋대로 남의 뒷조사를 해요? 무슨 권리로?"

「잊었나 본데, 넌 그때 현행범으로 잡힌 거였어. 그 정도로 끝난 걸 고맙게 생각해. 네가 한 말 중에 사실과 다른 부분이 하나라도 있었거나 이 비서님이 만류하지 않았다면 넌 지금 그 자리에 있지도 못했어.」

하! 연지는 대차게 코웃음을 쳤다.

"웃기고 있네. 그쪽이 먼저 조용히 처리할 생각이었다는 것을 누가 모를까 봐? 그쪽이야말로 잊었나 본데, 그쪽이 변호사랑 통화할 때 나도 그 옆에 같이 있었거든요? 그래서 통화 내용, 나도 다 들었다고요. 기억 안 나요? 내가 영어 할 줄 안다는 거 알고 그쪽이 깜짝 놀랐던 거."

물론 기억한다. 얼마나 놀랐던지. 여자가 통화 내용을 술술 읊기 전까진 단어 몇 개로 대충 때려 맞춘 줄 알았었다. 20여 일도 채 지나지 않은 일이건만, 지금 돌이켜 생각하니 꽤 오래전 일인 듯 까마득하게 여겨진다. 그땐 여자와 다시 이렇게 다시 마주하게 될지 꿈에도 생각하지 못했는데. 김 변호사 선에서 조용히 끝날 줄 알았었다.

만약 그때 이 여자가 12년 전의 그 눈동자의 주인공이었다는 것을 알았다면 어떻게 됐을까. 미친 엄마의 광증을 목도한 유일한 사람이었다는 것을 알았더라면……. 아마 뒷일 같은 것은 생각지도 않고 일단 이 여자를 어딘가에 가둬 버리지 않았을까 싶다. 김 변호사나 이 비서를 부를 생각도 하지 않았을 거다. 그러고는 한참 뒤에 이성을 되찾고는 어떻게 수습해야 할지를 몰라

허둥대다가 일만 더욱 복잡하게 만들지 않았을까 싶다.

그러니 어쩌면 그때 이 여자가 그 사실을 숨겼던 것이 다행이었는지도 모르겠다. 그의 입가에 씁쓸한 미소가 맺혔다가 이내 빠르게 사라졌다.

연지는 그의 입가에 어떤 미소가 스쳐 갔는지도, 그가 지금 어떤 눈빛으로 거대한 나무를 올려다보고 있는지도 알 수 없었다. 그녀가 볼 수 있는 것은 나무를 향해 돌아서 있는 남자의 뒷모습뿐이었으니까.

무엇보다 연지는 자신의 뒷조사까지 일찍이 마쳤었다는 남자의 얘기에 화가 나면서도 적잖이 놀라고 있었다. 어쨌든 남자의 말에 따르면 그날 변호사가 달려오고 각서가 진행됐던 그 짧은 시간 안에 어딘가에선 그녀에 대한 조사가 이미 다 끝났었다는 것 아닌가.

'이 비서란 분이 조사를 했을까?'

아마 그러지 않았을까 싶다. 그 사람이 가장 늦게 나타났고, 또 남자도 방금 이 비서가 만류해서 조용히 처리했던 거라고 했으니까.

'이 사람들, 도대체 정체가 뭐야?'

특히, 최노다라는 저 남자. 젊은 나이임에도 불구하고 대단한 재력가에 힘깨나 쓰는 사람일 거라고는 대충 짐작했지만, 아무렇지 않게 사람 뒷조사까지 시키는 사람일 거라고는 생각하지 못했다. 뒷조사, 그런 건 드라마나 영화에서나 나오는 얘기라고 생각했었는데. 막상 자신이 그런 짓을 당했었다고 생각하니 기분이 꽤 나빴다.

빈정거리는 그녀의 목소리에 절로 뾰족한 날이 섰다.

"이제 보니 그쪽, 생각했던 것보다 엄청 대단한 사람이었나 봐요. 백번 양보해서 그때 상황이 아무리 그럴 만했다고 해도 뒷조사, 그런 거 아무나 하는 거 아니잖아요. 그러니까 정말 궁금해지네. 최노다 씨, 그쪽 정체가 정말 뭡니까?"

「궁금하면 너도 직접 한번 알아봐. 사람 뒷조사하는 거, 생각보다 그다지 어려운 거 아니니까. 돈만 있으면 누구나 손쉽게 할수 있어. 물론 억만금이 있대도 조사 자체가 불가능한 사람도 있기는 하지만.」

"그런 사람이 바로 본인이라는 것처럼 들리네요."

연지는 피식 헛웃음을 흘렸다.

"됐네요. 나는 돈이 썩어 문드러져도 뒤에서 치사하게 남의 뒷조사나 할 생각은 없으니까. 내가 직접 부딪쳐서 알아보면 그만이지. 그래서 기껏 알아보고 궁금해진 게 그게 다예요? 내가 어디가 아파서 휴학했느냐는 거? 첫, 그런데 그건 왜 못 알아내셨을까? 그것도 맘만 먹으면 얼마든지 알아낼 수 있었을 텐데. 알고 보면 그쪽 사람들 조사 능력도 별것 아닌 거 아니에요?"

「굳이 거기까지 알아낼 필요는 느끼지 않았으니까.」

"그런데 지금은 왜 물어보는 거예요? 갑자기 궁금해지기라도 했어요?"

말을 어디서부터 어떻게 시작해야 될지 몰라서. 어머니에 대한 것을 어디서부터 어떻게 물어봐야 될지 알 수가 없어서, 라는 말

대신 그는 어깨를 으쓱거렸다.

「그냥.」

연지는 입술을 이죽거렸다.

"싱겁긴."

눈을 부라리며 남자의 뒷모습을 흘겨보았다. 그런데 그렇게 가만히 보고 있자니, 어쩐지 가슴 한쪽이 아릿해져 왔다. 이유는 그녀 자신도 알 수 없었다. 나무를 올려다보는 남자의 뒷모습이 어딘지 모르게 쓸쓸해 보였다. 세상의 모든 시름을 혼자 짊어지고 세상으로부터 홀로 뚝 떨어진 것처럼…….

"아!"

순간 연지의 입에서 나지막한 탄성이 흘러나왔다. 남자가 바라보고 있는 나무가 무엇인지 뒤늦게 기억이 났다. 과거의 그 가엾고 불쌍한 예쁜 아줌마가 '그이'라고 애타게 부르며 끌어안고 살갗이 벗겨지도록 뺨을 비벼대던 바로 그 나무였다.

남자도 그것을 알고 있기에 저토록 하염없이 나무를 바라보고 있는 것일까? 마른침을 꿀꺽 삼킨 연지는 조심스럽게 입술을 달싹거렸다.

"나도 그 나무에 대해서 알아요. 예전의 그 예쁜 아줌마가 굉장히 좋아했던 나무잖아요. 그죠?"

느른하게 풀어져 있던 남자의 전신에 힘이 바짝 실렸다. 연지는 신중하게 다음 말을 골랐다. 일전의 경험으로 미루어, 남자한테 그 예쁜 아줌마에 대해서 말할 땐 조심해야 한다는 것을 경험한 바였다. 아마 남자가 갑자기 마음을 바꿔서 자신을 이곳으로 다시 부른 이유도 바로 그 예쁜 아줌마 때문일 터였다.

"여기 처음 올라왔을 때, 그분이 그 나무를 끌어안고 있었어요."

'이 나무를? 왜?'

흠칫한 노다는 새삼스런 시선으로 나무를 올려다보았다. 처음 듣는 얘기였다. 어머니가 이 나무를 좋아했었다니……. 그가 폐허가 된 이층집을 허문 뒤 새 집을 짓고 주변을 새로 정비할 때, 이 나무만을 살려뒀던 이유는 사진으로 본 이 굵고 오래된 나무가 그저 보기 좋았기 때문이었다. 다른 이유 따위는 없었다.

그런데 그런 사연이 있었단 말인가.

노다는 귀를 쫑긋 세우고 그녀의 이야기가 이어지기를 기다렸다. 영악한 여자답게 그가 묻지 않았음에도 알아서 어머니에 대한 이야기를 시작해 준 그녀가 고마웠다.

"처음 봤을 때 그분은 여기서 음악도 없이 춤을 추고 계셨어요. 투명하도록 새하얀 피부만큼이나 새하얀 원피스를 입고 꿈꾸듯이 너울너울. 그땐 어려서 그게 어떤 춤인지 몰랐는데, 나중에 돌이켜 생각해 보니까 그분이 추고 있던 게 발레였더라고요. 그렇게 아름답고 근사한 춤은 그때 처음 봤어요. 금방이라도 어깨에서 큰 날개가 나와서 진짜 하늘로 날아갈 것만 같았죠. 춤도, 그분도 정말 아름다웠어요. 진짜 천사나 요정이 아닐까 싶었을 정도로."

'그랬었구나. 어머니는 발레도 잊지 못하고 계셨구나. 그럼 머릿속에서 나만 깨끗이 지워 버렸었다는 얘기인가.'

그렇다면 결국 그는 어머니에게도 환영받지 못했다는 얘기. 하긴 왜 안 그랬겠는가. 원치 않는 임신, 원치 않는 아이였을 테니까. 새삼스러울 것도 없는 사실이었다. 그럼에도 등신처럼 왼쪽 가슴이 욱신거리며 예리한 통증을 호소해 왔다. 나무를 응시하는 그의 눈동자에 시리고도 아픈 고통이 스쳐 지나갔다.

연지는 남자의 굳은 뒷모습을 유심히 살폈다. 뒤를 돌아보지도 않고, 아무 말도 하지 않고 있지만 그가 자신의 이야기를 귀 기울여 듣고 있다는 것만은 확실하게 알 수 있었다. 근거는 없었다. 그냥 그런 느낌이 들었다. 때로는 백 마디의 말이나 행동보다 절로 느껴지는 것이 더욱 정확할 때도 있는 법이다.

그런 그녀의 눈이 비친 남자는…… 울고 있었다.

본인도 인지하고 있지 못하고 있는 사이에 시리도록 아픈 눈물을 속으로 게워내고 있는 것 같았다. 그 시린 아픔이 그녀의 가슴으로 무시로 흘러들어 왔다.

때문에 연지는 더 이상 과거의 예쁜 아줌마에 대한 이야기를 할 수 없었다. 그 다음에 이어진 아줌마의 행동은, 그녀가 기억하고 있는 그 모습들은 지금 속으로 울고 있는 저 남자에게는 너무 가혹할지도 모르니까.

'대체 어떤 사이인 걸까. 아무래도 내 짐작대로 모자지간은 확실한 것 같은데. 그런데 엄마에 대한 기억이 하나도 없는 건가? 그래서 나한테라도 오래전 엄마에 대한 이야기를 듣고 싶어 하는 건가?'

어떤 사연인지는 모르겠으나 그녀의 짐작이 맞는다면, 그 아줌마도, 저 남자도 너무 가엾다. 모친은 정신질환자, 아들은 뇌전병증 환자라니. 무슨 운명이 그리도 기구하단 말인가.

소년이었던 남자를 기억한다. 모친의 광증을 보고 두려움에 떨며 비명을 내지르던 그 모습. 그런데 십 수 년이 흐르고 흘러 본인도 결국 그러한 모친의 삶을 답습하고 있다는 것 아닌가. 그러고는 타인의 입을 통해 어머니의 흔적을 찾아가려는 저 남자의 삶이 너무 애잔하다.

도대체 저 남자의 아버지라는 사람은 어떤 사람일까. 모르긴 몰라도 그분의 속도 썩어 문드러지지 않았을까 싶다. 부인에 이어 한창 나이의 아들까지 저 지경이 되어 산속에 틀어박혔으니 말이다.

그런데 아들까지 아파서 산속에 틀어박혔으면 걱정이 돼서라도 수시로 드나들며 살펴볼 텐데, 남자의 차 이외에 이곳을 드나드는 차를 본 적이 없다.

사이가 나쁜가? 아니면 혹시…… 아버지도 돌아가신 건가? 쯧쯧. 왠지 그럴 것 같다. 남자의 전신에 진득하게 묻어 있는 저 지독한 외로움을 보면 말이다. 사고무친의 외톨이라는 느낌이 강하게 든다. 남자에 대해서 제대로 아는 것도 없는 주제에 너무 과한 추측과 비약인지는 모르겠지만.

"후우."

그녀는 무거운 한숨을 내쉬었다. 남자의 성격이 음산하고 괴팍해진 것도, 세상을 등진 채 외부와 차단된 삶을 고집하는 것도 이제야 어렴풋이나마 이해가 가는 연지였다.

노다는 지그시 감고 있던 눈꺼풀을 천천히 들어올렸다. 아무리 기다려도 여자의 목소리는 더 이상 들려오지 않았다. 갑자기 입을 닫아버린 여자에게선 나지막한 한숨 소리만 간간이 들려올 뿐이었다.

고작 그것뿐이냐고, 더 얘기해 보라고 다그치고 싶었다. 그러나 아교에 붙어버린 듯 입술이 떨어지지 않았다. 예리한 통증을 호소하던 왼쪽 가슴이 무섭게 조여왔다. 숨이 제대로 쉬어지지 않는다. 곧바로 그악스러운 통증이 머릿속으로 전이되었다. 지진이라도 인 듯 머리가 어지러웠다. 통증을 동반한 어지러움에 속까지 메스꺼워졌다.

'제기랄.'

여자가 다시 이야기를 시작한다고 하더라도 이젠 그가 안 되겠다. 얼마나 대단한 이야기를 들었다고 이러나. 등신. 하나 더 이상은 무리였다.

노다는 얼굴에 드러나 있을지 모르는 감정들을 재빨리 익숙하게 감췄다. 천천히 뒤돌아섰다. 여자를 이만 보내야겠다. 이러다 자칫 잘못하면 여자 앞에서 또 험한 꼴을 보이게 될지도 모른다. 그러니 그 전에…….

'헉!'

애써 감정을 감춘 보람도 없이 흠칫 놀란 그의 얼굴에 당황한 기색이 역력하게 드러났다.

저만치 떨어진 곳에 앉아 있는 줄 알았던 여자가 어느새 그의 바로 뒤에 서 있었다. 알 수 없는 눈빛과 표정을 하고서. 심지어 여자의 입가에는 마치 그를 다 이해한다는 양, 힘내라는 양 애잔한 미소까지 지어져 있었다.

그의 갈색 눈동자가 빠르게 흔들렸다. 그 눈동자에 담긴 연지의 모습도 덩달아 함께 흔들렸다. 때문에 미소를 머금은 여자의 도톰한 입술이 바르르 떨리는 것이 그의 눈동자가 흔들리고 있기 때문인지, 아니면 그녀의 입가가 진짜 떨리고 있기 때문인지는 알수 없었다.

뭐 하는 짓이냐고 소리쳐야 했다. 그러나 그의 입술은 여전히 아교에 들러붙어 버린 듯 움직여지지 않았다.

연지도 마찬가지였다. 딱히 무슨 말을 하거나 어떤 행동을 하고자 그에게 다가선 것이 아니었다. 그냥 저절로 몸이 움직여져 버렸다. 왠지 남자를 혼자 내버려 둬서는 안 될 것 같다는 기분. 아무 의미도, 상관도 없는 그녀일지라도 곁에 누군가가 있다는 것을 느끼게 해주고 싶다는 기분이 들 뿐이었다.

주제넘은 생각일지라도 왠지 그래야만 할 것 같았다.

그의 눈이 좀 더 크게 떠졌다. 눈동자가 세차게 흔들렸다. 그녀의 어릿한 미소가 조금 더 깊어졌다. 바르르 떨리는 그녀의 눈빛 역시 조금 더 깊고 애련해졌다. 마치 그의 아픔과 절망, 외로움과 그리움을 이해하고 함께 공명하듯이……

순간, 그로서는 도저히 이해할 수 없는 일이 벌어졌다. 당돌하고 되바라진 경주마의 눈이라고만 생각했던 그 눈빛에서 묘하게 위로받고 있다는 기분이 들어버린 것이다. 여자는 분명 아무 말도 하지 않고 있음에도 불구하고 뇌리 속 어딘가에서 다독이는 듯한 여자의 따스한 음성이 들리는 것 같기도 했다.

> 괜찮아요. 아파하지 말아요. 당신 잘못이 아니에요. 그땐 당신
> 도 어렸잖아요. 당신도 힘들었잖아요. 그러니까 자책하지 말아
> 요. ……외로워하지 말아요.

환청일 터였다. 여자가 아닌, 그의 내면 어딘가에서 제멋대로
지어낸 말일 터였다.

하나 그럼에도 불구하고…… 지금 이 순간, 노다는 눈앞의 여
자에게 위로받고 위안을 받고 있었다. 어이없게도.

노다는 아무 말도 할 수 없었다. 움직일 수도 없었다. 그저 황
망한 충격으로 여자를 멍하니 바라보는 것밖에는 아무것도 할
수 없었다.

두 사람은 아주 오랫동안 그렇게 서로를 마주보고 서 있기만
했다.

아무 말 없이,

그저 떨리는 시선만으로,

스스로도 규명할 수 없는 이해 불가능한 감정들 속에서.

산속에 깊은 어둠이 스며들자 중턱의 너른 분지에 불이 켜졌
다. 한낮동안 조용히 잠들어 있던 주변이 불빛과 함께 깨어나 소

리 없이 기지개를 켰다. 단단히 잠겨 있던 현관문이 열리고 누군가 나와 천천히 정원을 거닐었다.

느릿한 걸음이 어느 한 지점에 다다르자 천천히 멈췄다. 높다란 철문 모퉁이의 거대한 나무 앞. 남자는 그곳에 멈춰 서서 한동안 움직일 줄 몰랐다. 남자의 시선 역시 나무에 못 박힌 듯 한동안 움직이지 않는다.

그러다 서서히 두꺼운 나무 등걸을 비켜 철문 너머의 어둑한 어딘가를 응시했다. 30분이 지나고, 한 시간이 흘러도 남자의 시선은 여전히 그곳을 향하고 있었다. 철문 너머의 어둠을 응시하는 그의 시선은 죽은 듯 고요하기만 했다.

그렇게 또 얼마나 흘렀을까.

잠잠하던 수풀의 검은 실루엣이 불현듯 바스락 흔들렸다. 바람 때문은 아니었다. 죽은 듯이 고요했던 남자의 눈동자에 비로소 생기가 피어났다. 미동도 하지 않던 남자의 오른발이 한 발짝 앞으로 나갔다. 그와 때를 맞춰 흔들린 수풀 속에서 검은 인영이 톡, 모습을 드러냈다.

계속 거닐고 있었던 듯 한 발짝 앞으로 내디뎠던 남자의 움직임이 다시 우뚝 멈췄다. 모습을 드러낸 길고 가녀린 검은 인영이 멈춰 선 그를 향해 천천히 걸어왔다. 그러자 남자 역시 우뚝 멈춰 선 걸음을 다시 움직이기 시작했다. 걷고 있던 방향은 아니었다. 그는 뒤돌아서 바로 옆까지 다가온 검은 인영과 보조를 맞추듯 한 걸음, 두 걸음 한참 전에 걸어온 길을 되짚으며 걸었다.

높다란 철문을 사이에 두고 두 사람은 같은 방향을 향해 걸었

다. 검은 실루엣을 벗어던지고 불빛 아래 모습을 드러낸 여자가
그를 향해 싱긋 미소를 던졌다. 마치 '안녕?' 하고 반갑게 인사하
듯이. 남자는 귀찮다는 듯이 무심한 표정으로 시선을 돌렸다.

그러고는 정문 앞에 다다르자 온종일 꽁꽁 닫아두었던 철문을
여자를 위해 열었다. 당연하다는 듯이 여자가 그가 열어준 철문
을 지나쳐 안으로 들어왔다. 남자는 철문을 다시 걸어 잠갔다.
그리고 그 역시 당연하다는 듯이 앞서 가는 여자를 따라 걸음을
옮겼다.

지난 6일 동안 매일 밤 반복되어 온 과정들. 어느새 두 사람
모두 서로에게 익숙해져 가고 있었다.

노다가 사흘 만에 나타난 연지에게 문을 열어준 날로부터 어
느새 6일이라는 시간이 지났다. 그동안 연지는 매일 밤 당연하
다는 듯이 그를 찾아왔다. 그런 연지를 그 또한 당연하다는 듯이
받아들였다.

그는 더 이상 연지를 밀어내지도, 쫓아내지도 않았다.

그렇다고 그동안 두 사람이 많은 대화를 나눴거나, 친구처럼
스스럼없이 가까워진 것은 아니었다. 그의 어머니에 대한 이야기
를 나눈 것도 6일 전 밤이 처음이자 마지막이었다. 아직까지는
그날이 마지막이었다.

그날 이후로 연지는 예쁜 아줌마에 대한 이야기를 그에게 선
뜻 꺼낼 수가 없었다. 다행히 그도 다그쳐 물어오지 않았다. 그
렇다고 다른 이야기를 하는 것도 아니었다. 그저 말없이 서로를
응시하거나 정원을 산책하는 그를 멀뚱히 앉아 구경하고 그조차

심심해지면 그를 따라서 나란히 걷는 것이 전부였다.

그러다 그가 피곤해 보인다 싶으면 그녀가 알아서 산을 내려갔다. 그럼 그는 정원 어딘가에서 멀어져 가는 그녀를 조용히 지켜만 볼 뿐이었다.

그러는 동안 두 사람 사이에는 묘한 유대감 같은 것이 쌓이기도 했다. 그 때문인지 연지는 이제 몇 시간 내내 말 한 마디 하지 않아도 더 이상 그가 불편하게 여겨지지 않았다. 그는 어쩐지 모르겠지만.

하지만 당연한 듯이 문을 열어주고 그녀가 나란히 옆에서 걸어도 멀리 떨어지지 않는 것을 보면 그 역시 그녀와 별반 다르지 않을 성싶었다. 무엇보다 그의 표정이 한결 편안해진 것 같아서 마음이 놓였다. 물론 겉으로만 보기에 그의 얼굴은 여전히 감정 없는 인형처럼 늘 무표정할 뿐이었지만.

그래도 연지는 느낌적으로 알 수 있었다. 그 서늘하고 무표정하기만 한 그의 눈빛이나 얼굴이 예전보다는 많이 부드러워지고 편해졌다는 것을.

하여 연지는 오늘도 정원 한가운데에 철퍼덕 엉덩이를 깔고 앉아 정원을 천천히 거니는 그를 마음껏 구경한다. 습관처럼 왼쪽 발목을 조몰락거리면서.

다친 발목은 이제 거의 다 나았다. 가끔 찌릿한 통증이 일기는 하지만 더 이상은 절룩거리지도 않고 걷는 데도 아무 이상이 없었다. 그래서 엊그제부터는 반 깁스도 완전히 벗어버렸다. 밤마다 천천히 산을 오르내리는 것 외에는 온종일 집에 콕 틀어박혀 열심히 찜질을 해준 덕분이리라.

이 비서가 사다준 비싼 찜질기 덕을 톡톡히 봤다. 아, 그리고 보니 5백만 원을 아직 돌려주지 못했다. 일전에 남자한테는 연락처 따위, 내가 알아보겠다고 큰소리 탕탕 치기는 했지만 사실 그녀가 이 비서의 연락처를 따로 알아본다는 것은 불가능했다. 하여 매일 밤 얼굴 보고 지내게 된 사이에 대신 전해주면 안 되겠느냐고 가끔 얘기를 꺼내긴 했는데, 남자는 그 점에서만은 여전히 완강했다.

뭐가 그리 귀찮다고. 연락처만이라도 알려달라고 해도 그조차도 마이동풍이었다. 저렇게 쉬지 않고 정원을 몇 바퀴씩이나 돌면서 그 시간에 집에 잠깐 들어가 핸드폰만 몇 번 만지작거리면 될 것을. 필경 일부러 알려주지 않는 것이 틀림없었다.

'이 비서님이랑 내가 연락 주고받으면 안 되는 일이라도 있나. 나 원 참.'

그럴 때 보면 무슨 생각을 하고 있는지, 정말 알다가도 모르겠다. 많이 가까워졌다 싶은데도 그럴 때 보면 아직 아닌가 싶기도 하고. 하여튼 남자는 여전히 비밀이 많은 미지의 존재였다.

그녀의 호기심과 관심을 끊임없이 자극해대는 존재.

이 무어라고 단언할 수 없는 알쏭달쏭한 관계와 밤마다 이곳을 찾아오는 일도 멈추지 못하는 이유도 아마 그 때문일 것이다.

보는 것만으로도 힐링이 되는 저 신비롭고 아름다운 모습을 마음껏 가까이에서 구경할 수 있다는 것도 빼놓을 수 없는 이유 중의 하나였다. 아, 그리고 또 하나. 잠깐 한눈을 팔 때마다 그녀를 주시하는 남자의 시선이 불현듯 느껴지고는 하는데, 그게 또 이 묘한 밤 행을 멈출 수 없는 빼놓을 수 없는 이유 중의 하나였다. 남자의 묘한 시선은 뭐라고 그럴까, 강한 최음제 같기도 하고 중독성이 강한 마약 같기도 했다.

'저 봐, 또!'

연지는 한쪽 뺨을 파고들듯 느껴지는 남자의 시선에 고개를 휙 돌려 노다를 쳐다보았다. 아니나 다를까. 느릿느릿 걷고 있는 남자와 시선이 딱 마주쳤다. 1, 2초간 꽤나 먼 거리를 두고도 두 사람의 시선이 '파바박!' 스파크를 일으키듯 첨예하게 뒤엉켰다. 일순, 철렁 내려앉은 심장이 목 끝까지 튀어 올라 바짝 조여들었다. 조여든 심장이 터질 듯이 쿵쿵 세차게 뛰어댔다.

그러나 그것으로 끝이었다. 남자는 변함없이 우연인 양, 아무 것도 아닌 양 시선을 슥 돌려 버렸다. 그러고는 또 바지 주머니에 양손을 푹 찔러 넣은 채 느릿느릿 걷기만 했다. 연지의 눈매가 실쭉 가늘어졌다.

'안 되겠어. 오늘은 어떻게든 이 애매모호한 관계를 어떤 식으로든 진전시켜야지.'

연지는 엉덩이를 털고 자리에서 벌떡 일어났다. 남자가 곁눈질로 그녀를 힐끔 쳐다보는 것이 느껴졌다. 그를 향해 척척 걸어갔다. 남자의 보폭이 조금 좁아졌다. 자신보다 보폭이 좁은 그녀를 위한 작은 배려. 연지의 입술 끝이 보일 듯 말듯 살짝 말려 올라갔다.

"안 힘들어요? 대체 산책을 몇 시간이나 하는 거예요. 언제부터 나와 있었어요?"

"……."

"매번 느끼는 거지만 운동을 너무 심하게 하는 거 아니에요? 이 정도면 운동이 아니라 노동이다, 노동. 그러니까 그렇게 비쩍 말랐지. 살이 붙을 새가 없겠네."

"누가 누구더러 삐쩍 말랐대. 그러는 넌? 너야말로 삐쩍 말라서 뼈밖에 안 남은 주제에."

며칠 사이에 달라진 점이 또 하나 있다면 바로 이거였다. 어눌한 발음이라도 남자가 다시 한국어로 말하기 시작했다는 것. 왜인지는 모르겠다. 그저 사나흘 전부터 갑자기 한국어로 말하기 시작했으니까. 어쨌든 남자의 심경에 어떤 변화가 일어나고 있다는 것만은 틀림없었다.

연지는 그 이유를 묻지 않았다. 그저 그 또한 조금씩 달라져가는 남자의 세심한 배려인 것 같아 마냥 기분이 좋을 뿐이었다.

"내가요? 키가 커서 보기에만 말라 보이는 거지 실은 하나도 안 말랐어요."

연지는 뻔뻔하게 오리발을 내밀었다.

"한국 여자 본 적 별로 없죠?"

물어본 적도, 남자가 말해준 적도 없었지만 연지는 그가 외국에서 오랫동안 살다 왔을 거라고 거의 확신하고 있었다.

"그래서 한국 여자들을 잘 모르나 본데, 내 나이 또래의 여자들은 대체로 다 이 정도 체격이거든요? 난 표준이라고요, 표준. 그러니까 이건 마른 게 아니라 날씬한 거라고요. 그렇다고 내가 그쪽처럼 열심히 운동해서 몸매 관리하는 건 아니에요. 내 자랑 같지만 내가 워낙 먹어도 살이 안 찌는 축복받은 체질이거든요. 그래서 애들이 날 얼마나 부러워하는데."

한데 얻다 대고 이 날씬한 몸매를 말랐다고 폄하하느냐며 연지는 입술을 비죽거렸다.

"아, 그러셔?"

노다가 기도 안 찬다는 눈빛으로 발육이 덜 되도 한참 덜 된 납작한 가슴을 힐끗 쳐다보았다. 날씬하기는. 저게 날씬한 거면 날씬한 사람은 다 얼어 죽었다. 쇠꼬챙이처럼 삐쩍 말라서는, 어디가 가슴인지 등짝인지도 구분이 안 가는고만. 그나마 키라도 커서 망정이지, 키까지 작았으면 초등학생이라고 오해받아도 할 말이 없게 생겼다.

그런 주제에 입만 살아서는. 어쨌든 저도 여자라고 삐쩍 말랐다는 소리는 듣기 싫은 모양이다. 노다는 피식, 속으로 헛웃음을 흘렸다.

"그럼요. 뭘 잘 알지도 못하면서. 그나저나 운동은 왜 그렇게 열심히 하는 거예요?"

……살려고. 그리고 운동 외에는 달리 할 일이 없어서.

노다는 무심히 정면을 응시하며 어깨를 으쓱거렸다.

"그냥 걷는 게 좋아."

"걷는 건 나도 좋아해요. 평생 뚜벅이로만 살아서 가끔은 지겹기도 하지만. 그래도 걷는 게 몸에는 좋다니까, 버스비도 아끼고 운동도 할 겸 정류장 서너 개 정도 거리는 항상 걸어 다니고는 했어요. 돈도 아끼고 운동도 하고, 일석이조잖아요. 그런데 내가 볼 때 그쪽은 너무 심해요. 과유불급, 운동도 너무 과하면 독이 된다는 말 몰라요?"

어째 한동안 조용하다 싶었다. 저 시끄러운 수다쟁이가 꽤 오래 참는다 싶더니, 그것도 오늘까지가 끝인가 보다. 따따부따, 따따부따. 저렇게 쨍알거리고 싶어서 그동안에는 어떻게 참았는지 모르겠다.

그런데…….

'이것도 생각보다 그리 나쁘지는 않군.'

노다는 또다시 쓴웃음을 지었다. 그녀의 존재만으로도 외로움이 살풋 잦아드는가 싶었던 산자락에 그녀의 쨍알거리는 음성까지 더해지자 그 강도는 한층 더 짙어졌다. 운동이든 뭐든 적당히 해야지, 뭐든 과하면 탈이 나기 마련이라는 둥 어쨌다는 둥 쉴 새 없이 조잘거리는 그녀의 음성을 들으며 노다는 묵묵히 걸음을 옮겼다.

그런데 어느 순간, 그녀의 음성이 뚝 끊겼다. 옆에서 쫄래쫄래 따라오던 움직임도 불현듯 정지했다. 그도 걸음을 멈췄다. 힐끗 그녀를 쳐다보았다. 웬일인지 그녀는 그가 아닌 다른 곳을 보고 있었다. 그녀의 시선을 따라 그도 시선을 옮겼다.

그녀의 시선을 따라간 곳은 예의 그 문제의 나무였다. 어머니가 끌어안고 무척이나 좋아했다는 그 나무. 나무 앞에서 우뚝 걸음을 멈춰 선 그녀는 아련한 시선으로 나무를 올려다보고 있었다. 삽시간에 그의 눈빛과 표정이 달라졌다. 같은 무표정일지라도 보다 날이 선 얼굴에 깃들어 있는 것은 명백한 긴장감. 차갑게 굳어버린 얼굴과 달리 톡 튀어나온 목울대가 한 차례 크게 오르내렸다.

연지가 그를 지나쳐 천천히 나무로 다가갔다. 나무를 향해 오른손을 뻗었다. 그러나 그녀는 바로 나무를 만지지는 못하고 허공에서 몇 차례 망설였다. 그러나 마침내 결심이 선 듯 주먹을 펴고 거친 나무 표면에 손바닥을 가만히 포갰다.

"왜…… 더 이상 묻지 않아요?"

"……."

"내가 여기서 무엇을 더 보았는지, 그분에 대해서 어떤 것을 더 기억하고 있는지 궁금하잖아요. 날 여기에 계속 올라오게 하는 이유, 나한테 문을 열어준 이유, 모두 그것들 때문이잖아요. 그분에 대해서 더 많은 것을 알고 싶어서……."

노다는 아무 대답도 하지 않았다. 하지만 그가 자신의 이야기에 온 신경을 집중하고 있다는 것만은 분명하게 알 수 있었다. 그녀의 모든 감각 역시 등 뒤에 서 있는 그를 향해 오롯이 집중되었다. 연지는 숨을 깊이 들이마셨다. 목소리가 떨리지 않기를 바라며 입술을 달싹거렸다.

최대한 담담하게 끝까지 이야기를 마칠 수 있기를 속으로 간절히 기원하면서.

"그분은 이제껏 내가 본 어떤 사람보다 아름다운 분이었어요."

그쪽을 만나기 전까지는요.

"그분의 얼굴, 춤을 추는 동작 하나하나, 몸짓, 손짓 모든 것이 전부 너무 아름다웠죠. 이 세상 사람이 아닌 것 같을 정도로, 진짜 천사일지도 모르겠다는 생각이 들 정도였어요. 그분은 그렇게 꽤 오랫동안 음악도 없이 춤을 췄어요. 그분만의 세상이 따로 있는 것 같았죠. 그러다 문득 잠에서 깬 듯 춤을 멈췄어요. 그러고는 여기로 날듯이 뛰어왔어요."

"여보! 왜 이제 왔어요. 당신이 오기만을 내가 얼마나 기다렸는데. 흑, 아니, 괜찮아요. 이렇게 와줬으니까 됐어요. 아, 여보, 사랑해요. 사랑해요, 내 사랑."

"그분의 눈에는 이 나무가 사랑하는 사람으로 보였었나 봐요. 춤을 출 때보다도 훨씬 더 행복하고 감격한 얼굴로 이 나무를 끌어안았죠. 뺨을 비비고 입을 맞췄어요. 거친 나무 표면에 여린 살갗이 벗겨져 피가 나는데도 아프지도 않은지 거듭, 거듭……."

때문에 얼마나 놀랐었는지 모른다. 아름다운 꿈이 갑자기 악몽으로 바뀐 듯 겁이 나고 무섭기도 했었다. 새하얀 얼굴과 원피스 자락을 금세 검게 물들이던 핏물들. 어둡고 멀어서 자세히 보이지는 않았지만 그것은 분명 붉은 핏물이었다. 벗겨진 살갗에서 흘러내린 핏물.

그제야 어린 소녀는 천사라고 생각했던 예쁜 아줌마가 제정신이 아닌 미친 사람이라는 사실을 어렴풋이나마 깨달았다. 그래서 엄청 무서웠다. 뒷산에 사는 미친 할배가 애들을 잡아먹는다는 얘기를 갓난쟁이 때부터 귀에 못이 박히도록 들었었다. 해서 얼굴이 일그러진 무서운 할배는 아니어도 저 아줌마도 미친 사람이니까 애들을 잡아먹을지 모른다는 생각에 겁이 왈칵 났다.

"그땐 나도 철부지 어린애였으니까요. 그런데도 이상하게 그 예쁜 아줌마한테서 도저히 시선을 뗄 수 없었어요. 나무를 사람으로 착각하고 뺨이 까져 피가 뚝뚝 흐르는데도 나무에 쉴 새 없이 얼굴을 비비고 입을 맞추며 끌어안고 보고 싶었다고, 그리웠다고, 다시는 자신을 두고 가지 말라며 애원하는 아줌마가 너무 불쌍하고 가엾게 느껴졌었어요."

그 뒤로 바로 기겁한 통통한 아줌마와 건장한 아저씨가 뒤늦게 집에서 뛰쳐나와 예쁜 아줌마를 뜯어말리느라 또 다른 난리가 한바탕 벌어졌었다.

"그분들은 예쁜 아줌마를 나무에서 떨어뜨리기 위해서 안간힘을 쓰며 제발 정신 차리라고 애원을 했어요. 그럴수록 예쁜 아줌마는 나무에서 떨어지지 않기 위해서 더욱 기를 쓰고 발악을 해 댔죠. 나쁜 놈들이 자신을 잡아간다고, 당신에게서 자신을 멀리 떨어뜨려 치워 버리려고 한다고, 도와달라고, 구해달라고, 절대 헤어지지 않을 거라고 비명을 지르면서 애원했어요."

어린 그녀의 눈에도 통통한 아줌마와 건장한 아저씨는 나쁜 사람들 같지 않았다. 통통한 아줌마는 살갗이 다 까져 피를 뚝뚝 흘리는 예쁜 아줌마를 보고 기겁해선 제발 진정하시라며 눈물로 통사정을 하기도 했었다. 나쁜 사람들은커녕 예쁜 아줌마를 도우려는 좋은 사람들 같았다.

그럼에도 불구하고 그녀는 그분들이 예쁜 아줌마를 강제로 끌고 가려는 것을 막고 싶다는 생각이 들더랬다. 그래도 저분들이 나타나기 전까지만 해도 저 정도는 아니었는데. 싫다잖아. 무섭다잖아. 저렇게 싫다는데 가만히 내버려 두면 안 돼? 불쌍해. 자신이라도 뛰쳐나가 예쁜 아줌마를 돕고 싶다는 생각이 들기까지 했었다.

"그런데 꼼짝할 수가 없었어요. 무서웠거든요. 어른들한테 뒷산에 몰래 올라온 걸 들키는 날에는 엄마 아빠한테 엄청나게 혼날 게 빤하니까. 그래서 아저씨가 예쁜 아줌마를 어깨에 둘러메고 집으로 들어가고도 한참이 지나도록, 주변이 다 잠잠해질 때까지 수풀 속에 숨어서 꼼짝도 하지 않았었어요. 그게 내가 여길 처음 올라와서 본 것들의 전부예요."

연지는 바싹 말라 버린 입술을 혀로 축이며 천천히 뒤돌아섰다. 어느 정도 예상했음에도 불구하고 무시무시하게 굳어버린 남자의 뻣뻣한 얼굴을 마주한 순간, 그녀의 심장은 바닥으로 철렁 곤두박질쳤다. 꽉 움켜잡은 손끝 마디마디마다 혈관들이 펄떡거리며 요동쳤다. 그녀를 마주보는 남자의 갈색 눈동자는 무섭도록 시리고 텅 비어 있었다.

그래서 더 무서웠다. 아무것도 담겨 있는 않은, 아니, 그 스스로 모든 감정을 완벽하게 차단시켜 버린 텅 빈 눈동자.

그만할까 싶었다.

하지만 아직 한 가지가 더 남았다.

연지는 사그라지려는 용기를 끌어 모았다.

"그런데 그때 한 가지 이상한 얘기를 들었어요."

어린 그녀로서는 도저히 이해할 수 없었던 이야기. 어른이 된 지금도 그것만은 어떤 이유였는지 잘 이해가 되지 않는다. 그런데 왠지 이 남자는 그 이유를 알고 있을 것 같았다.

"닭 피…… 에 대한 얘기였어요."

무섭게 굳어버린 그의 무표정한 얼굴에 비로소 희미하게나마 어떤 반응이 드러났다. 깊게 파인 긴 눈자락 끝이 꿈틀, 경련을 일으켰다.

역시 이 남자는 그 이유를 알고 있었어.

"그 예쁜 아줌마한테 닭 피를 먹여야 한다고, 그래야 진정이 될 거라고 하더라고요. 서두르라는 아저씨의 호통에 눈물바람이던 아줌마가 부리나케 뒷마당으로 달려갔죠. 잠시 후, 닭 홰치는 소리가 들려왔어요. 그러고는 누군가 부리나케 집으로 달려가는 소리가 들렸고, 이내 사방은 고요해졌어요."

그리고 지금, 그때처럼 두 사람을 둘러싸고 있는 주변의 공기도 쥐 죽은 듯이 고요해졌다. 두 사람은 한동안 서로를 응시한 채 눈도 깜박이지 않았다. 불현듯 멀리서 푸드덕거리는 산새의 날갯짓 소리가 들려왔다. 그 바람에 팽팽하게 당겨져 있던 침묵의 사슬이 '챙!' 하고 깨어졌다.

남자가 뒤로 한 걸음 물러났다. 연지는 그런 그를 따라 무심코 발을 앞으로 내디디려고 했다. 그런데 남자의 서늘하게 침잠한 무감한 음성이 그녀의 움직임을 가로막았다.

"지금까지 얘기한 게 12년 전에 네가 보고 들은 전부인가?"

연지는 고개를 끄덕였다.

"별것도 아닌 얘기였군. 혹시나 했는데, 역시 괜한 시간 낭비였어. 가라. 그리고 더 이상은 올라오지 마. 너하고의 볼일은 이제 다 끝났어."

남자가 냉담하게 몸을 돌렸다. 흠칫 놀란 연지의 눈이 동그래졌다. 저도 모르게 반사적으로 그를 향해 몸을 날렸다. 노다가 한 걸음을 떼기도 전에 그의 팔을 확 낚아챘다.

"잠깐만요!"

전기 충격이라도 받은 듯 흠칫 놀란 노다가 더러운 것을 털어내듯이 그녀의 손을 거칠게 쳐냈다.

「Fuck! 어디다 감히 손을 대!」

남자의 말이 다시 영어로 변했다. 그녀를 노려보는 눈빛 또한 더할 나위 없이 차갑고 음산해졌다. 그럼에도 불구하고 연지는 다시 손을 뻗어 남자의 팔뚝을 움켜잡았다.

"이러는 법이 어디 있어요. 더 이상은 올라오지 말라고요? 나하고의 볼일은 이제 다 끝났다고요?"

「이거 놔!」

"다시 말해봐요. 정말 나 다시는 올라오지 말아요? 그동안 나한테 원했던 건 순전히 그것뿐이었어요? 내가 12년 전에 무엇을 보았는지, 그쪽 어머니에 대해서 얼마나 알고 있는지…… 악!"

남자가 갑자기 무시무시한 힘으로 그녀의 양 팔뚝을 와락 움켜잡았다. 그녀의 입에서 절로 비명이 터져 나왔다.

「방금 뭐라고 했어. 어머니? 누가 그래, 그 여자가 내 어머니라고 누가 그래!」

"당신 어머니 맞잖아! 아니라고 하지 말아요. 나도 그 정도 눈치는 있다고요 게다가 당신하고 그분, 남자 여자라는 것만 빼면 신기할 정도로 똑같이 생겼어. 그리고 지금 너무 혼란스러워서 잠깐 잊었나 본데, 나, 12년 전에 이 자리에서 당신도 봤었어. 당신 어머니가 광증을 일으키는 모습을 보고 무서워서 비명을 지르던 당신을 내 두 눈으로 똑똑히 봤었다고! 당신도 그때 날 봤다며. 그런데도 아니라는 거예요?"

팔뚝을 움켜쥔 손아귀의 악력이 더욱 강해졌다. 살갗을 파고들 듯 무섭게 조여오는 기다란 손가락과 코앞까지 다가온 남자의 무시무시하게 살벌한 눈빛에 연지의 미간이 파르르 떨리며 와그작 일그러졌다.

「아무것도 모르면서 함부로 지껄이지 마. 네가 본 것이 전부인 것 같나? 천만에. 까불지 마.」

"그래요, 내가 봤던 건 당신 말대로 별것 아니었는지도 몰라요. 아무것도 모르면서 내 멋대로 함부로 지껄이는 걸 수도 있고요. 하지만 당신이 궁금해했던 게 바로 그거잖아요. 두려워하면서도 그분에 대한 것을 하나라도 더 알고 싶어서 나를 여기로 부른 거였잖아요. 실은 두려워하면서도 그분을 그리워했으니까, 당신의 어머니니까!"

「너 정말!」

이토록 거침없이 감정을 드러내고 폭발하는 남자는 처음 본다. 때문에 연지는 분노로 이글거리는 그의 시퍼런 눈빛이, 형편없이 일그러져 버린 얼굴이 무서우면서도 한편으로는 반갑고 마음이 놓이기도 했다.

'그래요, 제발 그렇게 다 발산해 버려요. 무조건 억누르고 감추고 숨기지만 말고. 최노다 씨, 나는 당신이…… 궁금하면서도 너무 걱정돼요.'

"뭐가 그렇게 두려운 건데요? 뭐가 그렇게 무서운 건데요? 뭐가 그렇게…… 당신을 아프고 절망하게 만드는 거죠?"

그의 눈동자가 거세게 흔들렸다. 악문 잇새로 거친 숨결이 터져 나왔다.

「닥쳐. 네까짓 게 뭔데, 뭘 안다고 감히…….」

"왜 자꾸 도망치고 숨으려고만 하는 거예요, 왜……."

「이…….」

"난 최노다 씨하고 많이 가까워졌다고 생각했어요. 속내를 모두 드러내 놓을 수 있는 친구까지는 아니어도 나는 우리가 어느 정도는 많이 가까워졌다고 생각했다고요. 많은 말을 나누지는 않았어도, 함께 무언가를 하지는 않았어도 나는 최노다 씨가 한결 편하게 느껴졌어요. 그쪽이 애써 감추고자 하던 감정들이 저절로 느껴지고는 했거든요. 그만큼 최노다 씨도 나한테 마음의 문을 연 거라고 생각했어요."

연지는 분노로 이글거리는 그의 매서운 시선을 피하지 않았다. 간절한 마음으로 그 눈을 똑바로 올려다보았다.

"최노다 씨가 열어주지 않으면 열리지 않는 저 문처럼, 절로 느껴지는 당신의 감정도 최노다 씨가 스스로 열어주지 않았다면 그처럼 자연스럽게 느껴질 리가 없었을 테니까."

일그러진 그의 눈매가 파르르 떨렸다.

"그것도 나 혼자만의 착각이었나요? 그래요? 최노다 씨는 정말 그동안 나한테 어떤 감정도, 아니, 감정까지는 아니어도 좋아요. 그저 보다 편해졌다는 느낌, 그런 것조차 느끼지 못했어요? 정말 나란 애가 싫고 귀찮아 죽겠는데, 당신 어머니 얘기를 듣기 위해서 꾹 참고 봐준 것뿐이었어요?"

「그래, 바로 그거야. 잘 아네. 알면 이제 그만 꺼져.」

"거짓말. 그럼 그동안 매일 내가 오기만을 기다렸던 건 뭐예요? 아니라고 하지 말아요. 당신, 매일 여기 서 있었어. 나무 옆 바로 이 자리. 내가 올라오는 길목이 제일 잘 보이는 바로 이 자리 말이에요."

연지는 아랫입술을 깨물었다.

"처음 몇 번은 우연인가 싶었어요. 그런데 어떻게 매번 그래요? 같은 장소를 지나치는 당신을 어떻게 매일 똑같이 볼 수가 있느냐고요. 물론 당신은 한 번도 가만히 서 있지는 않았어요. 늘 그저 산책하다 우연히 그 자리에서 마주친 듯 걸음을 옮기고 있었죠. 하지만 나는 알고 있었어요. 당신이 그 자리에서 나를 기다리고 있었다는 것을. 그러다가 내가 나타나면 계속 걷고 있었던 듯 걸음을 옮길 뿐이었다는 것도. 최노다 씨가 아닌 척하기에 나도 모른 척했을 뿐이라고요."

그의 목울대가 크게 오르내렸다.

"그리고 나를 힐끔거리며 훔쳐보는 횟수가 점차 늘어갔죠. 내가 최노다 씨를 보지 않고 한눈을 팔고 있을 때만 골라서. 그래서 나, 일부러 고개를 돌리고 딴청 부리는 척한 적도 많아요. 내가 최노다 씨를 훔쳐봤던 것처럼 최노다 씨가 나를 몰래 훔쳐보는 게 기분 좋았거든요."

억지로 끌어올렸던 연지의 미소가 조금 더 깊어졌다.

"그리고 내가 가까이 다가가서 나란히 걷기 시작하면 최노다 씨는 나한테 맞춰 보폭을 줄여주기도 했어요. 무심한 척, 귀찮은 척하면서도 계속 그랬어요. 그제도 어제도 그리고 오늘, 방금 전까지도."

연지는 그의 흔들리는 눈동자를 깊숙이 응시하며 반걸음 가까이 다가갔다. 움찔 놀라기는 했지만 그는 그 이상 뒤로 물러나지는 않았다. 분노로 이글거리던 그의 눈동자에 곤두서 있던 날카로움이 서서히 무뎌져 갔다. 부지불식간에 스며들었던 당혹감이 그만큼 덩치를 키우며 점차 짙어졌다. 그것은 스스로도 알 수 없는 감정에 동요하고 만 두려움을 동반한 당혹감이었다.

"그런데도 나, 정말 이대로 가버릴까요? 가서 다시는 오지 말아요? 나하고의 볼일, 이제 다 끝난 거 맞아요? 최노다 씨, 다시한 번 말해봐요. 최노다 씨가 나하고는 더 이상 볼일 없다, 끝이다, 귀찮으니까 더 이상 올라오지 마라 그러면 나 정말 여기 더이상 안 올라와요. 그쪽에 대한 내 감정이 어떻든 절대로."

일순, 그녀의 팔뚝을 아프도록 조이고 있던 손아귀에서 힘이 빠졌다. 일그러진 그의 눈매가 거세게 꿈틀거렸다. 마치 내면의 상반된 감정들이 치열하게 싸우는 듯 그의 일그러진 입술은 몇 번이나 달싹이려다가 움찔 놀라선 질끈 다물리기를 반복했다.

연지의 내면에서도 치열한 다툼이 벌어지고 있기는 마찬가지였다. 이러다 그가 정말 끝이다, 다시는 올라오지 마라 그러면 어쩌려고 그러느냐고 발을 동동거리는 자아가 소리를 치면 또 다른 자아가 눈을 부라리며 더 크게 소리를 질렀다.

그럼 마는 거지. 뭐가 겁난다고 호들갑이야. 차라리 잘됐어. 어차피 매일 밤 밤이슬 맞아가면서 저 답답한 인간 상대해 주느라고 힘들어 죽겠는데 이참에 나도 깨끗하게 끝내는 거지, 뭐. 여기서 더 질질 끌어봐야 저 까칠하고 비밀투성이인 남자가 뭐 하나 속 시원히 말해줄 리도 없고, 미련? 호기심? 됐다 그래. 그냥 이쯤에서 만족하고 깨끗이 접어. 뭐하러 사서 고생을 하려고 그래? 피곤하게. 피연지, 따지고 보면 너도 환자야. 급성 우울증 환자. 그래서 세상만사 다 잊고 푹 쉬러 내려온 거잖아. 잊었어? 편하게 살자, 응?

마음속에서 속살거리는 얘기들이 모두 맞는 말이기는 했다. 하지만…… 그러고 싶지 않았다. 그녀한테 결정권이 있다면 힘들고 피곤하더라도 이 남자를 매일 보며 한 뼘씩이라도 다가가는 길을 선택하리라. 지금 그녀가 진실로 바라는 것은 오직 그것뿐이었다. 다른 생각은 하고 싶지 않았다.

연지는 숨을 죽인 채 노다가 대답하기만을 기다렸다. 실은 네 말이 다 맞는다고, 나도 네가 필요하다는 말을 해줄 때까지.

그의 입술이 달싹이다가 다시 꾹 다물렸다. 그러곤 다시 또 들썩. 새하얀 목 중앙에 볼록 튀어나온 목울대가 크게 오르내렸다. 그럴 때마다 아름다운 남자의 얼굴은 더욱 엉망으로 구겨졌다.

그러다 마침내 꾹 다물렸던 얇은 입술이 달싹거리며 그 사이로 거칠게 갈라진 목소리가 흘러나왔다.

「후회하게 될 거다.」

무엇을요? 누가요? 내가 아니면 당신이요?

묻고 싶었지만 그녀는 묻지 않았다. 그도 그 점에 대해서는 더 이상 언급하지 않았다.

「난 아무도 믿지 않아. 친구 따위도 필요 없어. 너 아닌 어느 누구라도 나한테는 귀찮고 피곤한 존재일 뿐이야.」

거짓말.

「특히 너란 여자는…… 너무 피곤해. 제멋대로에 당돌하고 말이 너무 많아서 시끄러워. 거기다 망상과 착각도 심하지.」

그래서요?

「다가오지 마. 나에 대해서 더 이상 알려고도 하지 마. 그 어떤 것도 궁금해하지 말고 묻지도 마. 착각은 네 자유지만, 그것이 사실인 양 함부로 지껄이는 것도, 그것을 참아주는 것도 이번이 마지막이다.」

격랑에 흔들리는 돛단배처럼 흔들리던 갈색 눈동자가 서서히 제자리를 찾아 가라앉았다. 일그러졌던 아름다운 얼굴에 드러난 격한 감정들이 서서히 사라져 갔다. 실낱처럼 가늘어진 눈매 사이로 그녀를 쏘아보는 눈빛만 보다 형형해졌다.

그리고 양 팔뚝을 움켜쥐고 있던 손이 천천히 멀어져 갔다. 한 걸음 뒤로 물러난 그가 몸을 돌렸다.

움찔, 그녀의 눈이 떨렸다. 제멋대로 앞으로 뻗어나가려는 손을 안간힘을 다해 그러잡았다. 여린 속살을 꽉 깨물고 소리치고 싶은 것을 간신히 참았다.

'기다려. 아직 끝난 건 아니야. 조금만 더 기다려.'

그녀의 기다림에 화답하듯 돌아선 그의 너른 어깨 너머로 나지막한 음성이 건너왔다.

「그 선만 지킬 자신이 있다면…… 마음대로 해. 굳이 막지는 않을 테니까.」

커다래진 까만 눈동자가 환희로 출렁거렸다. 그러나 연지는 터져 나오려는 환호성을 꾹 참고 단호하게 말했다.

"싫어요."

한 걸음 내디디려는 그의 움직임이 우뚝 멈췄다.

"나도 이제 그렇게는 못 하겠네요. 참고 봐주는 것 같은 그런 말투, 나도 이제 지겨워서 싫다고요. 나도 자존심이 있어요. 최노다 씨한테 꺼져라, 귀찮다, 너한텐 이제 볼일 없다는 말까지 들었는데 고작 그런 말 몇 마디로 내가 다시 여길 올라올 것 같아요? 안 그래도 나만 줄곧 그쪽을 만나러 뻔질나게 올라오는 게 자존심 상해서 죽겠는데. 확실하게 말해줘요. 나, 계속 볼 거예요, 말 거예요?"

「……」

"대답하기 어려워요? 그럼 한 마디만 해요. 최노다 씨한테도 내가…… 필요한가요?"

그의 어깨가 단단하게 굳었다. 낮은 욕설도 들려온 듯싶었다.

「……그래.」

그래, 아직까지는 저 여자가 조금 더 필요할지도 모른다. 잠시 잊고 있었다. 저 여자의 존재는 나보다 오형수에게 더욱 치명적이고 껄끄러운 존재라는 것을. 노다는 애써 그녀가 필요하다는 데에 다른 이유를 갖다 붙였다.

'단지 그것뿐이야. 저 여자가 필요한 이유, 저 여자를 조금 더 참고 봐줘야 하는 이유.'

노다는 멈췄던 걸음을 옮겼다. 집으로 들어갈 때까지 그는 그녀를 돌아보지 않았다. 원하는 대답을 얻은 여자도 다행히 더 이상 그를 귀찮게 하지 않았다.

입을 다물고 있는 여자가 고마웠다.

다시금 쫓아와 그를 돌려세우지 않는 여자가 고마웠다.

그는 지금 자신의 얼굴에 자신이 없었다. 스스로도 무엇인지 규명할 수 없는 당혹감과 절망, 분노 그리고…… 영문을 알 수 없는 낯선 설렘까지. 그 모든 온갖 감정들이 얼굴에 고스란히 드러나 있을 테니까.

처음이었다.

이런 경우, 이런 기분, 이런 자신…….

무더운 여름밤이 깊어가고 있었다.

9장

컨디션이 엉망이다. 특별히 나빠질 만한 이유는 없는데. 아마 아까 샤워하면서 발견한 치아의 변이 때문일 터였다.

잇몸의 구조가 눈에 띄게 변해 버렸다. 그 탓에 송곳니가 한층 더 길게 자라난 것처럼 보인다. 마치 진짜 뱀파이어라도 된 것처럼. 이 추세라면 머지않아 정말 그리 되지 않을까 싶다. 가뜩이나 핏기 없는 창백한 피부에 송곳니까지 삐죽 튀어나온 흉측한 몰골이라니, 생각만 해도 구역질이 나올 것 같다.

물론 새삼스러운 것은 아니다. 병증이 시작될 때 이미 그 정도는 예상하고 있었으니까. 그럼에도 울적해지는 것까지는 어찌할 수가 없다.

쓸모도 없는 설계 도면을 그리는 짓 따위는 그만하고 운동을 하러 내려가야 하는데, 오늘은 그마저도 하기가 싫다. 운동 따위, 열심히 하면 뭐하나. 그래봐야 야금야금 침범해 오는 병증을 막을 길은 없는데. 아무리 죽어라고 노력해 봐야 이 저주받은 운명에서 도망칠 수 있는 방법은 어디에도 없다.

고작해야 병증을 늦추고 악화되는 것을 막는 것이 전부일 뿐.

그래도 미치지 않고 온전한 정신만이라도 유지하려면 체력을 단련해야 하는데…… 만사가 다 귀찮아져 버렸다. 오늘은 머리도 뜻대로 돌아가 주지 않는다.

결국 노다는 PC의 전원을 끄고 자리에서 일어났다. 뉴욕에 있던 설계 사무실을 통째로 옮겨다 놓은 듯 책과 기타 설계 장비들로 가득 찬 2층 거실을 천천히 가로질러 계단을 내려갔다. 일순 핑, 현기증이 일었다.

중심을 잃고 비틀거린 노다는 난간을 붙잡고 두 눈을 질끈 감았다. 젠장. 빈혈이 일어나는 횟수도 점차 잦아지고 있었다. 노다는 가쁜 숨을 몰아쉬며 현기증이 가라앉기를 기다렸다. 다행히 해일처럼 순간적으로 머릿속을 덮친 현기증은 이내 가라앉아 주었다.

「후우, 후우.」

긴 숨을 토해내며 천천히 감았던 눈꺼풀을 들어올렸다. 타원형의 너른 1층 거실을 한가득 채우고 있는 각종 운동기구들이 형체를 잃고 수십 개로 퍼져 보였다. 당황하지 않고 침착하게 눈꺼풀을 여러 번 천천히 깜박거렸다. 그제야 뿌옇게 퍼져 보이던 시야가 선명해졌다.

몸 안의 수분이 모두 날아가 버린 듯 갈증은 한결 더 심해졌다. 노다는 남은 계단을 마저 내려와 뒤편에 있는 주방으로 걸어갔다. 메탈 톤의 삭막해 보이는 주방에는 디근자 형태의 넓은 싱크대와 커다란 양문형 냉장고, 그 외의 각종 주방기기들이 빌트인으로 빈틈없이 구비되어 있었다. 그러나 식탁이나 다른 가구들은 일체 없었다. 얼마 안 되는 음식을 조리하고 그 자리에서 그 혼자 간단히 식사를 마칠 수 있는 아일랜드 보조 식탁과 스툴 하나가 전부였다.

노다는 커다란 유리컵에 물을 가득 담아 벌컥벌컥 들이켰다. 그제야 타는 듯한 갈증이 조금 가시는 듯싶었다. 유리컵을 깨끗이 씻어 식기 건조대에 올리고 주변의 물기를 말끔하게 닦았다. 그는 물끄러미 어둠을 응시했다. 그렇게 한참을 있다가 시선을 돌려 싱크대 위의 전자시계를 쳐다보았다.

11시 43분.

곧 여자가 올 시간이었다.

그의 목울대가 크게 오르내렸다. 갈증이 가신 줄 알았는데 아니었나 보다. 목 안쪽, 깊숙한 곳에서 타는 듯한 갈증이 다시 밀려왔다. 기다렸다는 듯이 죽은 듯 고요하던 심장도 다시 쿵쿵 뛰어대기 시작했다.

괴이하면서도 이젠 어느 정도 익숙해진 증상. 그러나 어느 한편으로는 여전히 낯설고 생경하기만 하다. 그리고 그는 자신의 이러한 작은 변화가 조금도 달갑지가 않다.

특히 오늘 같은 날에는.

그의 수려한 미간에 작은 홈이 파였다. 오늘은 여자를 만나고 싶지가 않다. 오늘은 여자가 오지 않았으면 좋겠다.

'귀찮아.'

그러나 그는 그렇게 중얼거리면서도 어느새 현관을 나서고 있었다.

"오늘 내가 뭘 본 줄 알아요? 하늘다람쥐를 봤어요. 원체 겁도 많고 경계심이 강해서 사람 앞에 모습을 잘 드러내지 않는 녀석인데, 오늘은 어쩐 일인지 길 한가운데에 서서 내가 가까이 다가가도 도망가질 않는 거 있죠."

여자가 또 조잘조잘 쉴 새 없이 재잘대기 시작했다.

"그래서 하마터면 모르고 밟을 뻔했다니까요. 난 정말 그냥 시커먼 얼룩인 줄 알았거든요. 그런데 맙소사. 자세히 보니까 하늘다람쥐더라고요. 그래서 얼마나 놀랐게요. 와, 진짜 예쁘더라."

어둠 속에서도 샛별처럼 반짝거리던 그 커다란 눈동자와 인형처럼 자그마한 몸집이 어찌나 앙증맞고 귀엽던지, 그 앞에 쪼그리고 앉아 그것과 한참동안 눈을 맞추고 이야기를 나누었노라고 여자는 신나게 자랑을 해댔다.

하늘다람쥐 따위가 뭐 얼마나 대단하다고. 그놈이라면 여기에도 가끔 출몰한다. 그놈이나 그나 야행성인 탓에 늦은 밤 겁도 없이 예까지 쪼르르 들어왔다가 그와 눈이 딱 마주치면 기겁해선 꽁지 빠지게 달아나는 녀석들을 본 적이 한두 번이 아니었다.

그런데 이곳 시골 태생이라면서 그까짓 게 뭐가 특별하다고 흥분해서는 저 난리인지. 그렇게 말하는 여자의 눈동자가 그 녀석들보다 몇 배는 더 샛별처럼 쏟아질 듯이 반짝거린다.

노다는 테이블에 엉덩이를 걸치고 길게 기대어 앉아 바로 옆의 윙 체어에 앉아 조잘거리는 여자를 무심한 듯, 재미난 듯 가만히 내려다보았다. 자신이 언제 그녀와 오늘은 만나고 싶지 않다, 그녀가 오지 않았으면 좋겠다고 생각했었냐는 듯이.

두 사람은 지금 뒷마당의 수영장 앞에 나와 있었다. 그가 그녀를 앞쪽의 정원이 아닌 이곳으로 데려온 것은 오늘이 처음이었다. 그녀가 어젯밤 뒷마당 쪽을 힐끔거리면서 '저기에는 뭐가 있어요?'라고 궁금해했기 때문은 결코 아니었다.

그냥 정원만 내내 산책하는 것이 지겨워져서…….

그래, 단지 그뿐이었다. 절대로 뒷마당을 궁금해하는 여자를 위해서가 아니었다. 그저 앞마당이든 뒷마당이든 마당인 것은 매한가지니까, 뒷마당이라고 해서 달리 특별할 것은 없으니까. 그래서…… 그래, 단지 그 때문일 뿐이었다.

5일 전, 자신이 필요한 것인지 아닌지, 그것만 확실하게 대답하라는 여자의 요구에 그가 아무리 '그래'라고 대답했다고 해도, 여자와의 관계 자체가 달라질 것이 하나도 없는 것처럼 이 또한 아무 의미도 없는 일일 뿐이었다.

아마 여자도 그 점만은 확실하게 인지하고 있지 않을까 싶다. 그에게 여자는 어떤 필요성 외에는 아무런 의미도 없는 존재일 뿐이라는 것을. 그와 그녀 사이에는 그 외에는 어떠한 의미도 존재하지 않는다.

……아닌가?

솔직히 이제는 여자가 어떤 사람인지, 무슨 생각을 하고 있는지 잘 모르겠다. 처음에는 바닥까지 훤히 보이는 물속을 들여다보듯 여자가 어떤 부류의 사람인지, 저 자그마한 머릿속에 어떤 앙큼한 생각들이 굴러다니는지 빤히 다 보이는 것 같았는데, 지금은 잘 모르겠다.

대체 어떤 생각으로, 무엇을 바라고 계속 그를 찾아오는 것인지…….

5일 전 그 일이 있고난 직후, 솔직히 그는 연지가 더 이상 오지 않을지도 모른다고 생각했었다. 그런데 그녀는 바로 다음 날 밤, 그의 예상을 깨고 변함없이 그 시간에 모습을 드러냈다. 그러고는 마치 아무 일도 없었다는 듯이 평소처럼 혼자 이런저런 말들을 실컷 떠들다가 내려갔다.

그 다음 날 밤에도, 또 그 다음 날 밤에도.

물론 그를 향한 주체할 수 없는 호기심에 여자가 계속 그를 찾아온다는 것은 그도 잘 알고 있었다. 싫든 좋든 여자 때문에 잠시간의 무료함을 잊는 그처럼 그녀 역시 무료함을 잊게 해줄 유희거리로 그를 계속 찾는 것인지도 모르겠다.

그리고 또 하나.

바보가 아닌 다음에야 그도 알고 있었다. 여자가 자신을 남자로, 흠모의 대상으로 바라보고 있다는 것을. 일전에 여자가 '그쪽에 대한 내 감정이야 어떻든!' 이라고 딱 부러지게 밝히지 않았다고 해도 여자가 자신을 어떻게 보고 있는지는 처음부터 알고 있었다.

서로 불쾌하고 황당하기만 했던 첫 만남. 서로 앙앙거리며 대립하던 그 험악했던 분위기에서도 그를 바라보는 여자의 눈빛에는 그를 향한 막연한 선망과 흠모, 순수한 설렘 같은 것들이 자리하고 있었다. 유년 시절부터 질리도록 보아온 그 눈빛이 여자의 눈빛에도 깃들어 있었다.

그런데 여자는 그런 눈빛을 하고도 더 이상은 다가오지 않는다. 누구처럼 원하는 것을 가지지 못해 안달하지도 않는다. 그렇다고 그를 두려워하거나 어려워하지도 않는다.

그저 그가 쳐 놓은 선 밖에서 딱 저 정도로만 자신의 감정을 솔직하게 드러내고 행동할 뿐이었다. 과하지도 덜하지도 않게. 당돌하고 당당하면서도 여자는 신중하고 조심스럽다. 여자는 그런 식으로 그가 거부하거나 밀어내지 못하도록 생글생글 웃으며 그의 경계심을 조금씩 무너뜨린다.

막무가내에 제멋대로였던 처음과 비교한다면 놀라운 변화였다. 영악했다. 언젠가 했던 말처럼 여자는 그라는 사람에 대한 성향 분석을 이미 다 끝마쳤는지도 모르겠다.

그래서 그는 이제 피연지라는 사람이 어떤 사람인지 잘 모르겠다. 이건가 싶으면 저렇게 행동하고, 저건가 싶으면 또 이렇게 행동한다. 확신이 서지 않는다.

그러나 이것 하나만은 분명하다.

여자와 함께 있는 이 시간이 그 역시 점점 더 편해지고 있다는 것.

재잘거리는 여자의 이야기를 듣고 있노라면 저도 모르게 미소가 지어진다. 별반 웃기지도 않은 이야기인데. 그와는 전혀 상관 없는 그녀의 일상에 대한 하등 무의미한 얘기일 뿐인데. 뿐만 아니라 사실 그녀가 하는 얘기를 귀담아 듣고 있지도 않으면서…… 그럼에도 그는 마음속으로 빙긋이 미소를 짓고 있는 자신을 발견한다.

바로 지금처럼.

어느새 여자의 이야기는 하늘다람쥐에서 예전에 보았다는 영화 얘기로 바뀌어 있었다.

"……그런데 범고래가 조련사인 여자를 덮친 거예요. 여자가 그토록 교감하고 아끼던 범고래였는데. 결국 여자는 그 사고로 양쪽 다리를 다 잃게 됐죠. 여자는 삶의 희망을 잃고 절망해요. 지인들과의 연도 다 끊고 하루하루를 그저 죽지 못해 살아갈 뿐이죠. 그토록 좋아하던 범고래도 보지 못하고 수영도 하지 못해요. 자신의 인생을 앗아간 범고래, 물, 모든 것이 두려울 뿐이었거든요."

그래서?

여자는 왜 갑자기 이런 얘기를 꺼낸 것일까. 그저 수영장의 물을 보니 인상 깊었던 영화가 생각난 것일까? 아니면 그 영화를 빗댄 다른 어떤 이야기를 하고 싶은 것인가. 노다는 설핏 서늘해진 시선으로 연지의 까만 머리통을 내려다보았다.

"그런 여자에게 다시 살아갈 용기와 희망을 가질 수 있게 해준 사람이 바로 아까 말했던 그 남자예요. 사고를 당하기 전에 클럽에서 우연히 만나 도움을 받았던 클럽 경호원, 가난한 무명의 삼류복서요. 어느 날 우연히 그 남자한테 받았던 명함을 발견하고 여자는 충동적으로 그에게 전화를 하죠. 두 사람은 그렇게 다시 만나요. 본능에 충실한 거친 삶을 살아온 삼류복서와 두 다리를 잃고 삶의 희망을 잃어버린 여자의 사랑은 그렇게 시작하죠."

연지는 콧잔등을 찡긋거렸다.

"그 다음에는 서로 오해하고 갈등하고, 그래서 헤어졌다가 불현듯 그게 진짜 사랑이었다는 것을 깨닫고 다시 만나고. 뭐 그런 뻔한 스토리이기는 한데, 이상하게 그 영화는 지루하거나 진부하지 않고 굉장히 특별했어요. 여운이 길게 남는 영화였죠."

"영화를 무척 좋아하는 모양이군."

"좋아하죠. 공부하고 알바 뛰고 그러느라 시간이 없어서 자주 볼 수는 없었지만. 극장 가는 시간도, 돈도 아깝고. 그런데 그 영화는 어쩌다 간만에 PC로 본 거였어요. 아마 그 영화가 내가 최근에 본 마지막 영화일걸요? 그래서 그런가. 벌써 2, 3년이 지났는데도 기억이 생생해요. 그 영화에서 가장 인상 깊었던 장면이 뭐였는지 알아요?"

내가 그걸 어떻게 아나. 그 영화가 뭔지도 모르는데. 필경 '뭐였는데?' 라고 되물어주기를 바라고 물은 말이었을 것이다. 그것을 빤히 알면서도 노다는 부러 까칠하게 말했다.

"몰라. 알고 싶지도 않고. 할 말 있으면 그냥 해. 귀찮게 하지 말고."

연지가 찌릿 눈을 흘겼다. 이으, 하여튼 말 한마디를 곱게 하는 법이 없지. 어쩐 일로 뒷마당까지 선뜻 데리고 오기에 오늘은 좀 다를 줄 알았더니, 웬걸. 여지없다. 쯧. 연지는 혀를 차며 고개를 절레절레 가로저었다. 하긴 언제는 안 그랬나. 연지는 그가 뭐라고 하든 말든 자신이 하고 싶은 말을 흔연스레 이어갔다.

"두 사람이 어쩌다 도심 바로 옆에 있는 바다에 가게 됐는데요. 그런데 알다시피 여자는 걷지를 못하잖아요. 모래 때문에 휠체어도 움직이지 않고. 그래서 남자가 여자를 업고 파라솔 밑으로 데려가요. 여자는 남자가 펴준 휠체어에 앉아서 꼼짝도 하지 못해요. 전신이 바짝 굳어서는 두려움에 찬 시선으로 바다만 하염없이 바라보죠. 그런데 그때, 남자가 문득 이렇게 묻는 거예요. 대수롭지 않게, 아주 당연하다는 듯이 '수영할래?'라고."

그 장면을 처음 봤을 땐 뭐 저런 사람이 다 있나, 했었다. 여자가 왜 걷지를 못하고 어쩌다 사고를 당했는지도 번연히 다 알면서 어떻게 저토록 무심하고 무신경할 수가 있나 싶어서. 영화 속 남자의 캐릭터가 원체 단순 무식하다고 해도 저건 아니다 싶었다.

그런데 그녀가 틀렸더랬다.

"마침내 여자가 용기를 내서 바다에 들어가요. 처음에는 두려움과 공포가 너무 커서 업혀 있는 남자의 등에서 떨어지질 못하죠. 그런데 나중에는 여자가 수영을 하기 시작하는 거예요. 두 다리를 잃었지만 몸이 수영하는 법을 기억하고 있는 거죠. 놀랍지 않아요?"

연지가 그를 슬쩍 올려다보았다. 그녀의 이야기를 듣고 있는 것인지 아닌지. 그의 옆 프로필은 여전히 냉담하고 무심하기만 했다. 연지는 입술을 비죽거렸다.

"난 되게 놀랍던데. 나는 사지육신이 멀쩡한데도 수영을 전혀 못하거든요. 이상하게 물에만 들어가면 완전히 맥주병이 돼서는 꼬르륵 가라앉아 버리더라고요. 그런데 그 여자는……."

아차, 얘기가 산으로 흘러가 버렸다. 흠흠, 연지는 헛기침을 하고 다시 영화 얘기로 돌아갔다.

"어쨌든 그때의 그 여자의 눈빛과 표정이 정말 압권이었어요. 스스로도 놀라고 경악하고, 동시에 벅차오르는 감동에 어찌할 바를 몰라 하죠. 그때부터 여자는 다시 살아나기 시작해요. 비로소 포기했던 삶을 살아갈 용기가 생겨난 거예요."

연지의 시선이 바람에 살랑거리는 푸른 수면으로 향했다. 그녀의 입가에 애잔한 미소가 보스스 피어났다.

"그 후로 여자는 한사코 거부했던 의족을 신고 걷는 연습을 해요. 그리고 그 의족을 신고 자신의 다리와 삶을 앗아갔던 범고래를 찾아가죠. 그 장면도 정말 감동적이었어요. 화면 가득 수족관의 푸른 물이 펼쳐지고 그 한가운데에 의족을 낀 여자의 뒷모습이 우뚝 서 있는 거예요. 그런데 저 멀리서 범고래 한 마리가 그녀를 향해 다가와요. 투명한 유리문을 사이에 두고 여자와 범고래는 다시금 서로 교감하고, 여자는 범고래를 용서하죠. 하아, 정말 감동적이지 않아요?"

그녀의 입에서 나지막한 한숨이 흘러나왔다. 그런데 아름답고 감동적인 분위기에 찬물을 끼얹어도 유분수지. 남자가 냉소를 흘리며 신랄한 어조로 비아냥거렸다.

"꽤 영악하고 현실적인 사람인 줄 알았는데 이제 보니 아직 유아기적 환상을 벗어나지 못한 철부지였군. 정신 차려. 현실에서 그런 일은 절대 벌어지지 않아."

현실은 영화와 다르다. 아름다운 결말, 우연 따위는 존재하지 않는다. 현실은 가혹하고 비참하고 처참할 뿐이었다. 그런데 자신을 그런 시궁창에 빠뜨린 대상과 화해를 한다고? 왜, 대체 왜 그래야 하는데! 어떻게 그리 쉬이 용서할 수 있단 말인가.

당해보지 않은 사람은 모른다. 자신의 잘못도 아닌 일로 부서지고 망가져 하루아침에 모든 것을 잃게 된 사람이 아니고서는. 그 절망 속에서 숨이 붙어 있을 때까지 비참하게 살아가야 되는 사람이 아니고서는 절대로.

노다는 테이블에 기대고 있던 몸을 일으켰다. 그녀를 쳐다보지도 않은 채 냉담하게 말했다.

"쓸데없는 말을 너무 많이 들었더니 머리가 다 지끈거리는군. 피곤해. 돌아가. 쉬어야겠어."

"벌써요? 올라온 지 아직 한 시간도 안 지났는데."

이으그, 저놈의 성질머리 하고는. 저 듣기 싫은 소리 좀 했다고 고새 삐친 것이 틀림없었다. 멀쩡하던 머리가 갑자기 왜 아파? 가만 보면 저 남자야말로 요즘 들어 입만 열었다 하면 온통 거짓말이다.

'유치하기는 누가 유치한데?'

연지는 속으로 고시랑거리며 남자를 따라 벌떡 몸을 일으켰다. 그러고는 짐짓 걱정하는 척하며 가까이 다가갔다. 쫄래쫄래 따라가 측면으로 돌아섰다.

"머리 아파요? 얼마나요, 많이 아파요?"

무심코 남자의 이마를 향해 손을 뻗었다. 순전히 무의식적으로 나온 행동이었다. 정말이다. 그런데 오바를 해도 유분수지. 기겁하듯 뒤로 물러난 남자가 펄쩍 뛰며 그녀의 손을 확 쳐냈다.

"뭐야, 저리 치워! 어!"

부지불식간에 일어난 일이었다. 거칠게 쳐낸 남자의 손짓에 연지의 몸이 순간적으로 중심을 잃고 옆으로 기우뚱 기울어져 버린 것이다. 덩달아 눈앞에 보이는 깜짝 놀란 남자의 얼굴도 기우뚱 기울어졌다. 반사적으로 남자의 손이 그녀를 향해 튀어나오는 것이 어렴풋이 보였다. '어어' 하면서 허우적거리는 그녀의 손끝에 남자의 손끝이 닿았다.

그러나 그 손끝이 그녀의 손을 낚아채기 전에 이미 기울어져 버린 그녀의 몸이 물속으로 첨벙! 빨려 들어가고 말았다.

"꺄악!"

세찬 비명 소리가 터져 나왔다. 충격으로 부릅뜬 시야에 허공으로 한 손을 뻗은 채 경악하고 있는 남자의 얼굴이 보였다. 그러나 그도 잠시뿐이었다. 허우적거리며 발버둥 치는 몸이 물속으로 가라앉으며 눈앞이 뿌옇게 흐려져 버렸다.

"어푸, 사, 살려줘…… 어푸. 난 수영 못…… 어푸, 어푸…… 꼬르륵."

아, 난 결국 이렇게 물에 빠져 죽는 것인가! 숨이…… 쉬어지지 않는다. 숨을 쉬려고 버둥거릴수록 애꿎은 물만 왕창 들어와 폐를 가득 채워 버린다. 이러다 정말 죽을지도 모르겠다는 공포. 연지는 죽을힘을 다해 허우적거리며 수면 너머의 어른거리는 남자의 실루엣을 올려다보았다.

살려줘, 살려줘, 살려줘!

순간, 어른거리던 남자의 실루엣이 눈앞에서 사라졌다. 남자가 정말 그녀를 내버려 두고 어딘가로 가버렸는지, 아니면 공포로 정신이 나가 버려 아무것도 보이지 않게 되어버렸는지 알 수 없었다. 연지는 마냥 두렵고 무서웠다. 발목을 잡아당기는 죽음의 공포에서 도망치기 위해 발버둥 칠 뿐이었다.

그때였다.

허우적거리는 그녀의 손을 무언가 갈고리처럼 움켜쥐고 확 끌어당겼다. 바닥까지 가라앉아 버린 몸이 둥실 떠오르며 강한 힘에 휙 끌려갔다. 연지는 감고 있던 눈을 번쩍 떴다.

이를 악다문 남자의 일그러진 얼굴이 바로 눈앞에 있었다. 번쩍 눈을 뜬 그녀와 눈이 마주치자 남자의 눈도 커다래졌다. 당혹감과 충격에 물든 갈색 눈동자에 일순, 안도의 빛이 빠르게 스쳐 지나갔다.

'도망친 게 아니었어? 날 구하러 와줬어!'

저도 모르게 눈물이 터져 버렸다. 눈물인지, 물인지 알 수 없는 것들이 시야를 온통 가리고 덮쳤다.

"하악! 컥! 어푸!"

수면 위로 끌어올려진 연지는 폐부 가득 들어찼던 물을 토해

내며 가쁜 숨을 터뜨렸다. 그러면서 동시에 허우적거리는 입 속으로 물이 또다시 거침없이 들이닥치기도 했다. 연지는 필사적으로 남자한테 매달렸다.

그런데 젠장! 남자가 자꾸 자신의 손을 쳐냈다. 그러고는 또다시 시야에서 사라져 버렸다.

'안 돼! 가지 마! 날 두고 어딜 가는 거야. 살려줘, 살려달란 말이야!'

무언가에 난데없이 어깨와 목이 틀어 잡혔다. 뒤에서 달려들어 자신의 사지를 꽁꽁 휘어 감는 무언가에 연지는 더 큰 두려움에 빠져 미친 듯이 버둥거렸다. 그러나 그녀는 그 무언가에 끌려 어딘가로 계속 끌려갈 뿐이었다.

"어푸, 어푸! 켁! 사, 사람 살려…… 어푸."

돌연 몸이 허공으로 붕 떠올랐다. 그러고는 이내 딱딱한 바닥으로 내동댕이쳐졌다.

"아악! 킄!"

비명은 터져 나왔지만 아픈 줄도 몰랐다. 연지는 온몸을 뒤틀며 삼켰던 물을 토해냈다. 불쏘시개로 쑤시듯 목구멍이 타는 듯이 아팠다. 심장이 터져 죽을 것만 같았다. 그러나 천만 다행으로 숨은 어떻게든 쉬어졌다. 연지는 연신 켁켁거리며 미친 듯이 숨을 몰아쉬었다.

「헉헉, 이봐, 괜찮아?」

누군가 가쁜 숨을 몰아쉬며 영어로 물어왔다. 그러다 이내 다시 한국어로 바꿔 물어왔다. 차가운 손이 다급하게 얼굴을 부여잡았다.

"이봐, 괜찮아? 괜찮은 거야?"

"컥컥!"

「Fuck! 미치겠네.」

강한 힘에 어깨가 붙들렸다. 온몸이 위아래로 거세게 흔들렸다. 덩달아 뇌수가 소용돌이치며 머릿속까지 마구 흔들렸다. 어지러웠다. 메스꺼웠다. 온몸의 진액이 모두 위로 솟구쳐 튀어나올 것만 같았다.

'하지 마, 그만해. 어지러워. 흔들지 좀 말란 말이야!'

연지는 비명을 내질렀다. 그러나 정작 입 밖으로 가쁘게 터져 나오는 것은 거친 숨과 켁켁거리는 괴로운 신음뿐이었다.

"정신 차려. 이제 괜찮아. 피연지, 진정하고 눈 좀 떠봐. 이제 괜찮으니까 눈 뜨고 날 좀 보란 말이야!"

누구지?

누군지 몰라도 엄청나게 시끄럽다. 고막이 터져 버릴 것 같다. 머릿속이 웅웅 울린다. 그러면서도 연지는 가까스로 눈꺼풀을 들어올렸다. 아직 물속에 있는 듯 뿌옇기만 한 시야. 세상이 온통 물속에 잠긴 듯 뿌옇고 흐릿하기만 했다.

그러다 점차 흩어졌던 영상들이 서서히 하나로 모이기 시작했다. 몇 십 개인지도 모르겠던 영상이 예닐곱 개로, 서너 개로 그러다 마침내 하나로 합쳐졌다.

아!

비로소 그녀를 내려다보며 소리치고 있는 남자의 얼굴이 또렷하게 보였다. 안 그래도 투명하도록 새하얀 얼굴이 창백하게 질려 있었다. 놀라울 정도로 커다래진 갈색 눈동자가 격렬하게 흔들리고 있었다. 앞으로 쏟아져 내린 젖은 머리카락에서 물방울이 뚝뚝 떨어져 내렸다.

"아……."

"이제 정신이 좀 드나? 내가 보여? 내가 누군지 알겠어?"

"……최, 노다……."

남자의 눈이 방금보다 1.5배 정도 한층 더 부릅떠졌다. 흔들리는 갈색 눈동자에 안도인지 뭔지 모를 빛이 빠르게 스쳐 지나갔다.

"하아, 그래, 맞아. 이제 정신이 좀 드는 모양이군."

"컥!"

연지는 다시 몸을 옆으로 뒤틀며 타는 듯한 기침을 해댔다. 남자가 다시 무슨 말인가를 했다. 욕설 같은 것도 들린 듯싶었다. 다음 순간, 연지의 몸은 다시 허공으로 붕 떠올랐다. 그러고는 이내 좌우로 마구 흔들렸다.

'어지러워. 토할 것 같아. 가슴이 타는 것 같아. 목이 너무 아파! 제발 날 좀 가만 내버려 둬.'

연지는 목과 가슴을 움켜잡았다. 다른 손으로는 허공만 긁어내렸다.

띠디디디. 벌컥, 쾅!

날카로운 신호음 뒤로 이런저런 소란스러운 소음들이 귓속을 파고들었다. 그러고는 우왕좌왕하는 움직임이 느껴졌다. 갈피를 잡지 못하고 허둥대던 움직임이 이내 결정을 내린 듯 어딘가로 빠르게 달려갔다.

쿵쿵쿵쿵. 벌컥!

또다시 들려온 소란스러운 소음들. 그러나 소음들은 그것으로 끝이었다. 그녀는 이내 푹신한 어딘가에 조심스럽게 내려졌다. 연지는 본능적으로 몸을 옆으로 굴려 옹송그렸다.

그러고는 암전.

연지는 까무룩 의식을 잃었다.

'……어디지?'

한참만에야 의식을 차린 연지의 뇌리 속에 처음 스친 생각은 바로 그것이었다.

여기가 어디인가 하는 것.

조리개가 망가지기라도 한 듯 초점이 맞지 않는 흐릿한 시야에 보이는 것들은 온통 낯선 것들뿐이었다. 넓고 높다란 사각 천장, 그 천장의 테두리를 따라 불을 밝히고 있는 낮은 조도의 불빛들. 창문도 없는 너른 공간. 그 공간을 헛헛하게 채우고 있는 최소한의 가구들. 블랙과 메탈 톤으로 통일된 그것들은 생전 처음 보는 물건, 풍경이었다.

그러나 멀찍이 떨어져 있는 1인용 소파에 앉아 있는 사람은 낯선 공간과 달리 낯선 이가 아니었다.

그였다.

최노다.

두려움에 찬 시선으로 눈동자만 돌려 방 안을 둘러보다가 천
천히 시선을 내려 노다를 발견한 연지의 눈빛에 안도감과 흠칫
하는 놀람이 동시에 끼쳐 들었다.

팔걸이에 양팔을 올리고 긴 다리를 꼬고 꼿꼿하게 있는 남자
는 잠들어 있었다. 아니, 잠들어 있는 줄 알았다. 그러나 아니었
다. 고개만 살짝 돌렸을 뿐인데도 그녀의 그 작은 기척을 바로 느
끼기라도 했는지, 지그시 감겨 있던 남자의 눈이 바로 번쩍 떠졌
다.

흠칫 놀란 연지의 시선과 고요히 침잠해 있는 남자의 시선이
딱 마주쳤다. 두 사람은 그대로 잠시 굳은 듯이 서로의 눈을 응
시할 뿐이었다.

목과 심장을 태우는 타는 듯한 갈증 때문이었을까. 아니며 덜
컹거리는 심장의 파동 때문이었을까. 연지는 저도 모르게 꿀꺽,
마른침을 삼켰다.

그녀를 고요히 응시하던 그의 깊은 눈매가 실쭉 가늘어졌다.

"드디어 깼어났군."

연지는 눈을 빠르게 깜박거렸다.

"내가 왜…… 쿨럭쿨럭!"

연지는 몇 마디 하지 못하고 연방 마른기침을 했다. 벗겨진 살
갗에 소금을 뿌린 듯 목이 따끔거리고 너무 아팠다. 상체가 절로
위로 들썩거리며 뒤틀렸다. 괴로움에 연지는 입을 막고 연신 기

침을 해댔다.

눈앞에 불쑥 무언가가 내밀어졌다. 눈물방울까지 대롱대롱 걸린 눈으로 그것을 바라보았다. 투명한 크리스털 잔에 그만큼이나 투명한 물이 가득 담겨 있었다. 어느새 다가왔는지, 옆에 선 남자가 그것을 내밀고 있었다.

연지는 그를 힐끔 올려다보고 허겁지겁 그것을 받아 꿀꺽꿀꺽 삼켰다. 그제야 괴로운 기침이 조금 가라앉았다.

"쿨럭. 고, 고마워요."

물 한 잔을 깨끗이 비우자 그가 빈 컵을 가져갔다.

"더 줄까?"

"아니요, 괜찮아요."

연지는 손등으로 입가를 훔치며 그를 힐끔거렸다. 남자는 어깨를 으쓱이고는 빈 컵을 침대 옆 사이드 테이블에 내려놓았다.

"그런데 여기는 어디예요?"

천 년 동안 깊은 잠에 빠져 있다가 깬 사람처럼 그녀의 목소리는 형편없이 쉬어 있었다.

"……"

"혹시, 최노다 씨 침실이에요?"

그는 여전히 묵묵부답이었다. 하지만 남자를 닮은 차갑고 어두운 블랙과 메탈 톤의 가구들 그리고 커다란 침대. 그의 침실이 맞는 듯싶었다.

"그런데 내가 왜……."

"기억 안 나?"

"뭐가요?"

"물에 빠졌던 거."

아, 그제야 어렴풋이 기억이 났다. 어지럽다는 남자의 이마에 무심코 손을 대려다가 그가 그녀의 손을 거칠게 쳐내는 바람에 수영장에 빠지고 말았더랬다. 어렸을 때부터 태환 등과 냇가에서 멱도 감고 물장구를 치고 놀았음에도 불구하고 이상하게 수영만은 완전 젬병이었다.

그래서 물에 빠진 순간, 엄청 무서웠었다. 아니, 단순히 무섭다는 수준을 뛰어넘어 완전히 패닉 상태였었다. 꼼짝 없이 그대로 물에 빠져 죽는 줄 알았다.

그런데 남자가 그녀를 구해줬다. 허우적거리며 물속에 가라앉는 그녀의 손을 낚아채 훅 끌어당기던 그의 얼굴, 정신 차리라며 어깨를 흔들던 창백한 얼굴도 모두 생생하게 기억이 난다.

그러나 그 다음의 일은 전혀 기억이 나지 않는다. 간간이 들려왔던 소음 정도밖에는.

'저 사람이 날 살려줬어!'

그리고 까무룩 정신을 잃었었나 보다.

'그런 날 저 사람이 안고 여기까지 데리고 온 건가? 자신의……
침실로?'

꺄악! 속에서 알 수 없는 비명이 터져 나오며 난데없이 가슴이 쿵쿵, 세차게 뛰기 시작했다. 더불어 온몸의 피도 갑자기 빠르게 돌기 시작했다. 알 수 없는 전율이 등골을 파고들며 손끝까지 짜릿해졌다. 얼굴이 화끈 달아오르는 것이 느껴졌다. 필경 얼굴이 붉게 달아올랐을 터였다.

연지는 얼굴을 푹 숙인 채 중얼거렸다.

"기, 기억나요. ……고마워요."

머리 위에서 낮은 한숨 소리가 들려왔다.

"고마워할 것 없어. 봉의는 아니었지만 어쨌든 내가 쳐서 빠진 거였으니까."

봉의가 아니라 본의겠지. 연지는 속으로 웅얼거리며 흠흠 헛기침을 했다.

"그래도…… 고마운 건 고마운 거죠."

이번만큼은 그의 말실수를 지적질하지 않았다.

"거창하게 생각할 것 없어. 일전에는 네가 날 구해줬던 거라며. 물론 그건 너의 일방적인 주장일 뿐이지만, 어쨌든 그런 셈 치고 그때 일을 갚은 것으로 해."

연지는 슬며시 아랫입술을 말아 물었다. 하여튼 저놈의 싸가지 없는 말본새! 기왕 같은 말이면 좋게 하면 좀 좋은가. 가던 정도 돌아오게 생겼다.

남자가 또 싸가지 없는 차가운 음성으로 툭 물었다. 마치 자신은 전혀 걱정되지도, 궁금하지도 않은데 마지못해 물어봐 준다는 듯이.

"몸은 어때? 이젠 좀 괜찮은 것 같나?"

쳇, 그래, 내가 너한테 뭘 바라겠냐.

"모르겠어요. 괜찮은 것 같기도 하고 아닌 것 같기도 하고. 다른 건 잘 모르겠는데, 목이 너무 아파요. 머리도 좀 어지러운 것 같고."

"놀란 데다가 물을 많이 먹고 기침도 너무 많이 해서 그래. 그
래도 보아하니 걱정할 정도는 아닌 것 같군. 기억도 멀쩡한 것을
보니 머리에도 이상은 없는 것 같고."

낮게 중얼거린 그가 기가 막힌다는 듯이 헛웃음을 쳤다.

"생각할수록 어이가 없군. 여기 시골 출신이라면서 남들 다 수
영 배울 때 뭐하느라고 수영도 안 배웠어? 그 나이에 수영도 못
한다는 게 말이 돼?"

연지가 미간을 찌푸리고 그를 확 째려보았다.

"나보다 나이 훨씬 많은 사람들 중에서도 수영 못 하는 사람들
엄청 많거든요? 그리고 시골 출신이라고 해서 수영쯤은 다 할 줄
알 거라고 생각하는 거, 그런 것도 일종의 다 편견이라고요. 게다
가 여기가 뭐 바닷가인가? 고작해야 무릎까지 오는 냇가가 전부
인데."

"그래도 그렇지. 바다도 아니고 고작 가슴 정도 깊이밖에 안
되는 수영장에서 빠져 죽는다고 난리친다는 게 말이 돼?"

뜨악해진 연지의 눈이 빠르게 깜박거렸다.

"가슴…… 정도 깊이?"

"그래. 나한테 그 정도 되니까 너한테는 조금 더 깊을지는 몰
라도 빠져 죽을 정도의 깊이는 아니라고."

그, 그런 거였어?

안 그래도 홍조가 피어올라 발그레했던 그녀 얼굴이 아예 붉
은 꽃이 핀 듯 화르륵 달아올랐다.

"그, 그럼 그렇다고 얘길 해줬어야죠. 난 그런 줄 몰랐잖아요."

망신도 이런 망신이 없었다. 그런 줄도 모르고 빠져 죽는다고, 살려달라고 그 난리를 피우고 허우적거리다가 정신까지 잃어버렸 었다니. 아우, 창피해. 그렇다고 입 다물고 있기에는 더 창피하 다. 연지는 바락 소리를 질렀다.

"그리고 그런 상황에서 수영 못 하는 사람이라면 누구나 마찬 가지였을걸요? 순간적으로 두려움이 먼저 앞서는데, 이것저것 재고 따지고 생각할 정신이 어디 있어요?"

뒤로 한 걸음 물러난 그가 바지 주머니에 양손을 푹 찔러 넣은 채 귀찮다는 듯 턱만 까딱거렸다.

"쨍알거리는 것을 보니 진짜 말짱해진 모양이군. 그럼 이제 그 만 내 침대에서 일어나 주시지. 나도 좀 쉬어야겠어. 피곤해. 정 신 차렸으면 그만 좀 가라."

힐끗 본 남자의 안색이 파리하니 창백한 게 피곤하긴 엄청 피 곤해 보였다. 연지는 입술을 비죽거리며 마지못해 침대에서 빠져 나왔다. 그런데 무슨 이불을 이렇게 잔뜩 쌓아놨는지 모르겠다. 시트 몇 장은 그녀의 몸에 둘둘 쌓여 있었고, 그 위로 톡톡한 이 불까지 두어 개 얹혀 있었다. 젖었던 머리와 옷은 꾸덕꾸덕 말라 있었다. 대체 시간이 얼마나 지난 걸까.

연지는 침대에서 빠져나오는 자신을 따라 주르륵 흘러내리는 이불과 몸에 돌돌 감겨 있던 시트들을 풀어 엉거주춤 침대 위에 가만히 놓아두고 건너편의 그를 다시 힐끔 쳐다보았다.

어쨌든 남자 덕분에 물에 빠져 죽는 불상사는 면했다. 그리고 모르긴 몰라도 두어 시간은 푹 자지 않았을까 싶다. 젖은 머리카락과 옷이 마른 것을 보면 말이다. 덕분에 죽다 살아난 것치고는 컨디션이 꽤 괜찮았다.

"저기, 나 몇 시간이나 잤어요?"

"두 시간 좀 넘게."

그녀의 짐작이 맞았다. 그런데 그 시간 동안 저 남자는 계속 저기 앉아 날 지켜봤던 것일까? 그녀와 달리 몸이 꽤 찌뿌듯한지, 목을 좌우로 돌리는 것을 보니 왠지 그랬을 것 같다.

왜?

그냥 자신 때문에 물에 빠졌던 것이 미안하고 걱정돼서? 아니면…… 아이 몰라. 연지는 괜스레 쑥스러운 기분이 들었다. 가슴이 조금 더 세차게 콩콩 뛰어댔다.

저 까칠하고 괴팍한 남자가 두 시간이 넘도록 자신을 꼼짝 않고 계속 지켜본 이유가 엄청 궁금하기는 하지만 대놓고 묻지는 않을 생각이었다. 그래봐야 속내가 어떻든 사실대로 대답해 줄 사람이 아니니까. 보나마나 또 부러 정나미 떨어지는 말이나 찍찍 해댈 것이 뻔했다.

그러니 굳이 물어 도근거리는 이 좋은 기분을 상하게 할 게 무에 있나. 그러고 보면 저 남자, 속마음과 달리 괜스레 심통 부리는 꼬마 아이처럼 귀여운 구석이 있다.

그녀의 입가에 슬그머니 미소가 지어졌다. 재빨리 미소를 감추고 깜짝 놀란 척 물었다.

"어머, 그렇게 많이요? 그럼 지금 도대체 몇 시나 된 거예요?"

"4시가 조금 넘었어."

"어머나, 그럼 조금만 더 있으면 해 뜰 시간이잖아. 큰일 났다. 할머니들은 엄청 빨리 일어나시는데. 그 전에 안 들키고 집에 도착하려면 서둘러야겠다. 최노다 씨, 자초지종이야 어떻든 오늘 일은 고마웠어요. 큰 신세 하나 졌네요. 이 원수는 나중에 두고 두고 갚을게요. 나, 가요."

진실로 깜짝 놀란 연지는 후다닥 침실을 뛰어 나갔다가 일순 당황했다. 어디로 가야할지 알 수 없었다. 정면으로 긴 복도가 나있기는 한데, 그리로 가는 것이 맞는지 어떤지 몰라 재빨리 사방을 두리번거렸다.

금세 뒤따라 나온 그가 그녀를 지나치며 말했다.

"따라와."

앞서 가는 남자를 잰걸음으로 따라갔다. 주변을 연방 두리번거리면서. 이내 긴 복도가 끝나고 탁 트인 너른 거실이 모습을 드러냈다. 아니, 거실이라고 하기 보다는 커다란 서재나 사무실이라고 하는 것이 맞는 표현일 터였다.

바닥부터 천장까지 삼면의 벽을 빙 둘러싸고 있는 책장에는 엄청나게 많은 책들이 빽빽하게 꽂혀 있었다. 그 중앙에는 널찍한 책상이 두 개 놓여 있었다. 하나는 모니터가 두 개나 있는 사무용 책상이었고, 다른 하나는 그보다 2배 정도는 더 큰 제도용 테이블이었다. 그 위에는 정체를 알 수 없는 커다란 기계들이 몇 개 놓여 있고, 이런저런 건물 모형들과 설계도면 같은 것들이 잔뜩 펼쳐져 있거나 돌돌 말려 커다란 통에 꽂혀 있었다.

마치 인테리어 내지 설계 사무실을 고대로 옮겨다 놓은 것 같았다.

'이게 다 뭐지?'

깜짝 놀란 연지는 커다래진 눈을 깜박거렸다. 그러나 더 이상 둘러볼 수는 없었다. 복도가 끝나는 지점에 나타난 계단으로 그가 획 몸을 돌려 내려가 버렸기 때문이다. 할 수 없이 연지도 그를 따라 계단을 내려갔다. 호기심에 가득 찬 시선으로 연신 뒤를 돌아보면서.

그러다 연지는 눈앞에 펼쳐지는 또 다른 광경에 다시금 깜짝 놀라고 말았다. 절로 입이 쩍 벌어졌다. 1층은 서재인지 사무실인지 분간이 가지 않은 2층보다 훨씬 더 크고 뻥 트여 있었는데, 그 너른 공간을 온통 차지하고 있는 것은 어이없게도 커다란 각종 운동기구들이었다.

소파나 응접 테이블 같은 가구들은 아예 없었다. 위층 거실이 설계사무실을 통째로 옮겨다 놓은 것 같다면, 1층은 헬스클럽을 통째로 옮겨다 놓은 것만 같았다.

"우와, 이게 다 뭐예요?"

기능별로 양측으로 구분해 놓은 것 같은 운동기구들을 두리번거리면서 연지는 중앙의 긴 통로를 가로질러 현관으로 척척 걸어가는 남자를 향해 물었다. 노다는 뒤도 돌아보지 않은 채 어깨만 으쓱거렸다.

"보면 몰라? 운동기구잖아."

"그러니까요. 무슨 집에 운동기구들이 이렇게나 많아요? 헬스

장이 따로 없네."

연지는 걸음을 멈추고 주변을 휘휘 돌아보았다.

"최노다 씨 이제 보니까 완전히 운동 중독자였구나? 몇 시간씩 걷는 산책에, 수영에 거기다가 이런 헬스 트레이닝까지. 도대체 운동을 하루에 몇 시간이나 하는 거예요? 쯧쯧, 이러니까 피곤하다는 말을 노상 입에 달고 살지."

노다가 짜증스러운 표정으로 그녀를 돌아보았다.

"빨리 와. 서둘러야한다고 하지 않았나?"

"그렇긴 하지만……."

연지는 중얼거리면서 제 자리에서 서서 주변을 빙 둘러보았다. 계단 뒤편으로도 복도가 하나 이어져 있었다. 그 끝으로 보이는 것은…… 언뜻 봐도 주방인 것 같았다. 긴 테이블과 스툴 그리고 은색의 냉장고 문이 살짝 보였다.

'저 남자의 집 안은 이렇게 생겼구나.'

밖에서 보던 것보다 내부는 훨씬 더 크고 높고 넓었다. 그리고 예상치 못했던 물건들로 온통 채워져 있었다. 남자는 해가 떠 있는 동안 온종일 집 안에 틀어박혀 지칠 때까지 운동을 하고 책을 읽고…… 설계를 하는 모양이었다.

설계…….

'취미인 걸까?'

아니, 취미로 하는 것치고는 2층 거실에 있던 물건들은 너무 전문적인 듯싶었다.

'그렇다면, 혹시 여기 틀어박히기 전의 직업이……?'

왠지 그럴 것만 같았다. 건물이나 무언가를 인테리어하고 설계하는 남자. 그러고 보니, 까칠한 남자와 굉장히 잘 어울리는 듯싶다.

그런데 왜 그만두고 산속에 틀어박혀 살고 있을까. 뇌전병증 때문일까? 그리고 왜 햇빛을 보면 안 되는 거지? 왜 남자는 해가 지고 나서야만 바깥출입을 하는 걸까. 태양을, 햇빛을 왜 무서워하는 걸까. 그것을 입증하듯 집 안에는 번듯한 창문 하나가 없었다. 기껏해야 1층 거실 측면을 한가득 채우고 있는 커다란 통 유리창 하나가 전부였다. 그마저도 차양 역할을 하는 불룩 튀어나온 2층 외벽과 정면의 높다란 수풀에 가로막혀 한낮이어도 햇살이 비출 것 같지는 않을 성싶었다. 때문에 건너편 철문에서 이 집을 처음 봤을 땐, 안쪽에 커다란 유리창이 있을 줄은 생각지도 못했었다.

얼떨결에 노다의 집 안 모습을 보게 된 지금, 그에 대한 호기심과 의문들이 그녀의 내면에서 새삼 고개를 발딱 치켜들었다.

"뭐 해, 빨리 와."

어느새 벌써 현관문을 활짝 열고 선 그가 그녀를 재촉했다. 연지는 바로 나가고 싶지 않았다. 조금 더 머물며 이곳저곳을 구경하고 싶었다. 그러나 그가 저렇게 재촉하는데 조금만 더 구경하겠다고 버틸 명분이 없었다. 연지는 할 수 없이 터벅터벅 현관으로 걸어갔다.

다음 기회를 기약하면서.

정원을 가로질러 철문 앞까지 따라 나온 그가 웬일인지 철문을 지나쳐 산 밑으로 곧게 난 길까지 따라 나왔다. 곱게 포장된 길이 시작되는 지점에서 그가 걸음을 멈췄다. 연지는 그를 힐끔 올려 다보았다.

"갈게요. 오늘 일은 정말 고마웠어요."

잠시 주저하던 그가 퉁명스러운 음성으로 말했다.

"……조심해. 넘어지지…… 말고."

그녀의 입가에 다시금 슬그머니 미소가 지어졌다.

'지금 내가 걱정돼서 하는 말 맞지?'

그녀의 반짝거리는 까만 눈동자와 시선이 마주치자 그가 미간을 찌푸리고 귀찮다는 어투로 말했다.

"다 나은 것 같다고 해도 아직 무리할 정도는 아닐 거다. 어쨌든 물에 빠져서 기절까지 했었으니까. 그러니까 촐싹대지 말고 쉬엄쉬엄 천천히 내려가. 괜히 또 멍청하게 뛰어가다가 나 때문에 다쳤네 마네, 그딴 헛소리 하지 말고."

그러면서 그는 등 뒤에서 무언가를 불쑥 내밀었다. '뭐지?' 하는 눈빛으로 내려다본 연지의 눈이 휘둥그레졌다. 그의 손에는 휴대용 랜턴이 하나 들려 있었다. 최근 들어 그녀가 들고 다니던 펜슬 모양의 랜턴보다 훨씬 더 크고 견고해 보였다.

"네 것은 물 먹어서 고장 났을 거야. 이거 가져가."

연지는 그가 내민 랜턴을 선뜻 받지 못했다. 동그래진 눈을 깜박거리며 멀뚱히 쳐다만 볼 뿐이었다. 답답했던지 그가 짜증을 내며 그것을 더욱 앞으로 내밀었다.

"뭐 해, 빨리 받지 않고. 너 걱정돼서 주는 거 아니야. 네가 다

치면 내가 괜히 더 귀찮아질까 봐 주는 거지."

그가 그녀의 손에 랜턴을 억지로 쥐어주고 한 걸음 뒤로 물러났다.

"빨리 가라. 그리고 오늘 밤에는 올 필요 없어. 넌 몰라도 네 몸은 많이 놀랐을 거다. 잠이나 푹 자."

그녀의 대답일랑 기다리지 않고 휙 뒤돌아 성큼 걸어가는 그를 향해 연지가 냉큼 소곤거리듯이 말했다.

"최노다 씨도 푹 자요. 그리고…… 나, 오늘밤에도 올 거예요. 이따 봐요."

흠칫, 걸음을 멈췄던 그가 이내 아무 소리도 못들은 척 내처 걸음을 옮겼다.

아랫입술을 살짝 깨문 연지의 입가에 떨리는 미소가 지어졌다. 그리고 노다의 입가에도 그 자신도 깨닫지 못하는 옅은 미소가 희미하게 어렸다가 사라졌다.

10장

무슨 여자가 뻔뻔해도 저렇게 뻔뻔할 수가 있나.

힘들 테니 푹 자고 올라오지 말라고 했건만. 괜찮다고 부득불제 마음대로 올라와 놓고선 그가 시키는 대로 온종일 잠만 자느라 한 끼도 못 먹어서 배가 등가죽에 붙게 생겼다나 뭐라나. 그러고는 그의 얼굴을 보자마자 배가 고파 죽겠다면서 밥을 내놓으라고 성화였다.

기가 차서 말도 나오지 않는다. 노다는 뭐 저런 게 다 있나 하는 눈빛으로 희귀 동물 보듯이 연지를 빤히 쳐다만 보았다. 그러자 그녀가 또 뼈밖에 없는 배를 부둥켜안고 우는 소리를 해댔다.

"아, 배고파. 하루 종일 먹은 게 없어서 그런가. 눈앞이 핑핑돌고 속이 쓰려서 구역질까지 나려고 하네. 으, 난 저혈압이라서 이러면 위험한데. 뭐라도 빨리 먹어줘야 하는데."

그러니까 왜 쫄쫄 굶은 몸으로 굳이 여기까지 밤늦게 올라와서는 난리냐고. 누가 올라오래? 누가 밥도 먹지 말고 잠만 퍼 자래?

급기야 여자는 진짜 저혈압으로 쓰러지기라도 할 듯, 한 손으로 머리를 부여잡고 휘청거리기까지 했다. 깜짝 놀란 노다는 저도 모르게 손을 뻗어 휘청거리는 연지를 잡았다. 때는 이때다 싶어 그에게 축 늘어지듯이 기댄 연지가 한껏 불쌍한 표정을 짓고 그를 올려다보았다.

"밥…… 식은 밥이라도 좋으니까 한 덩이만 줘요. 나 정말 배고파서 돌아가시기 일보직전이란 말이에요."

이게 진짜! 노다가 어깨에 축 기대오는 연지를 확 쳐냈다. 진짜로 '확!'은 아니고 슬쩍 미는 정도로만.

"그러니까 누가……!"

"아…….."

그러나 그 살짝 미는 강도만으로도 연지는 신음을 흘리며 쓰러질 듯 비틀거렸다. 되레 더욱 깜짝 놀란 노다는 황급히 손을 뻗어 그녀의 어깨를 와락 움켜잡았다. 그 바람에 어깨에만 살짝 기대고 있던 연지가 그의 가슴팍으로 아예 안기듯이 푹 들어와 버렸다.

흠칫. 소스라치게 놀란 노다는 다시금 황급히 연지의 어깨에서 손을 번쩍 떼어냈다. 그러나 차마 그녀를 다시 밀어내지는 못했다. 백기 투항하는 포로처럼 두 손만 번쩍 들어 올린 채 커다래진 눈동자만 데굴데굴 굴렸다. 기겁한 심장이 쿵쿵 엇박자로 뛰어댔다.

그의 가슴에 얼굴을 푹 파묻은 그녀가 힘없이 웅얼거렸다.

"밥…… 배고파……."

으, 진짜 어디서 이런 게 굴러 들어와 가지고는! 돌아버리겠다.

귀찮아, 귀찮아, 귀찮아!

노다는 이를 부드득 갈았다.

"알았어. 알았으니까 일단 좀 떨어져 봐."

"밥……."

"그래, 그놈의 밥 줄 테니까, 떨어져서 제대로 서든지 앉든지 좀 하라고! 그래야 들어가서 먹을 것을 내오든가 말든가 할 것 아니야!"

"먹을 거 있어요?"

후우, 노다는 하늘을 올려다보며 심호흡을 했다.

"몰라. 찾아봐야 돼. 그러니까 맘 바뀌기 전에 적당히 하고 좀 떨어져라."

연지가 고개를 슬쩍 들어 그를 불쌍한 표정으로 올려다보았다.

"고마워요. 그런데 같이 들어가면 안 돼요? 나 정말 너무너무 배고픈데, 뭐라도 당장 먹지 않으면 죽을 것 같다고요. 그런데 최노다 씨가 먹을 만한 거 찾아서 준비해서 나오려면 한참 걸릴 것 아니에요. 그러면 나, 그 전에 혈당 떨어져서 죽을지도 몰라요. 저혈압은 혈당 떨어지면 끝인데. 그러니까 그쪽이 요기할 만한 거 찾을 동안 뭐라도 입에 넣고 기다리게 해줘요."

"안 돼. 여기서 기다려."

"왜요, 어제도 들어갔잖아요. 처음도 아니고만 엄청 까칠하게 구시네. 어젠 지가 먼저 데리고 들어가서 침대에까지 눕혀놓고선."

연지가 치사하다는 듯 눈을 흘기며 고시랑거렸다. 기가 막히다 못해 코가 막힌 노다가 코를 벌렁거리며 눈을 부라렸다.

"어제는 네가 물에 빠져서 죽네 마네 난리를 피우니까 어쩔 수 없이 그랬던 거고! 하지만 지금은……."

와, 내가 왜 얘한테 이런 설명까지 하고 있어야 되는 거야!

"어쨌든 안 돼. 여기서 기다리든 굶어죽든 맘대로……."

"아……."

연지가 다시 휘청거리며 밑으로 쭉 미끄러지려고 했다. 그런 연지를 향해 흠칫 놀란 그의 손이 또 제멋대로 뻗어나갔다. 반사적으로 그녀의 겨드랑이 사이로 팔을 밀어 넣고 등을 감싸듯이 안고 만 노다. 연지가 또다시 그의 가슴에 안기듯이 푹 안겨왔다.

"그냥 좀 빨리 들어가면 안 돼요? 얌전히 있을게요, 네?"

금방이라도 쓰러질 듯 축 늘어져 맥없이 중얼거리면서도 곧 죽어도 같이 들어가게 해달라고 애원하는 연지였다. 때를 맞춰 그녀의 뱃속에서 꼬르륵거리는 소리가 천둥치듯이 커다랗게 울려 퍼졌다.

"으, 배고파. 속 쓰려 죽을 것 같아."

으, 이걸 진짜!

결국 노다는 이를 부득부득 갈면서도 축 늘어진 연지를 부축하듯이 끌어안고 집으로 황급히 뛰듯이 들어갔다.

"어머, 고기까지는 필요 없는데. 그래도 기왕 구운 거니까 감사히 잘 먹을게요. 어머머, 이거 어디 고기예요? 나 원래 고기 안 좋아해서 잘 안 먹는데, 이건 진짜 맛있다. 이렇게 두꺼운데도 입에서 막 살살 녹네. 이거 한우 맞죠, 그죠? 그런데 대체 어느 부위기에 이렇게 부드럽대요?"

노다는 급하게 전자렌지에 따끈하게 데운 밥 한 덩이와 샐러드 한 접시를 싹싹 비운 데 이어 혹시나 해서 구워준 큼지막한 스테이크까지 게 눈 감추듯이 먹어치우고 있는 연지를 매섭게 노려보며 잇새로 씹어뱉듯이 말했다.

"시끄러워. 얌전히 먹기나 해."

연지가 못 말리겠다는 듯이 혀를 끌끌 찼다.

"쯧쯧쯧. 사람이 왜 그러냐. 최노다 씨 성격 까칠한 건 나도 잘 아는데요. 그래도 그러면 안 돼요. 그럼 기껏 좋은 일 하고도 좋은 소리 못 듣는다니까요? 말 좀 곱게 해요."

"너한테 좋은 소리 들을 생각 없어. 빨리 먹고 가기나 해."

"보채지 말아요. 얹힐 것 같으니까."

노다가 으르렁거리든 말든 연지는 부러 보란 듯이 느긋하게 고기 한 점을 입에 쏙 넣고 냠 맛있게 먹기나 했다. 한입 크기로 먹기 좋게 잘라 교도관처럼 팔짱을 끼고 무섭게 지켜보고 서 있는 그에게 먹어보라며 슥 내밀기도 했다.

노다가 눈을 부라렸다.

"안 먹어."

"왜요, 한번 먹어봐요. 얼마나 맛있게. 정말 살살 녹는다니까? 그러지 말고 한입만 먹어봐요, 응?"

"됐어. 안 먹는다고 했잖아. 저리 치워."

그의 눈에서 레이저가 쏟아져 나왔다. 잘하면 저 레이저로 고기도 익힐 수 있겠다. 연지가 입술을 비죽거렸다.

"쳇, 싫음 말고. 평양감사도 저 싫으면 그만이지, 뭐. 나중에 치사하게 혼자 먹었다고 딴소리나 하지 말아요."

그러면서 연지는 그에게 내밀었던 고기를 제 입으로 쏙 집어넣었다. '음, 맛있어' 하면서 오물오물 맛나게 씹었다. 사실 그녀는 이미 배가 가득 차서 더 이상 먹기 힘든 지경이었다. 온종일 굶었더니 고새 위가 졸아들었나 보다. 게 눈 감추듯 밥 한 공기를 뚝딱 해치웠더니 배가 금세 빵빵해졌다. 그런데 거기다가 평소 좋아하지도 않는 두툼한 스테이크까지 어떻게 홀랑 먹어치울 수 있겠는가.

마음 같아서는 정말 그만 먹고 싶었다. 한데 귀찮다고 씩씩거리면서도 고기까지 구워준 그의 성의가 있는데 차마 그만 먹겠다는 소리가 나오지 않았다. 결국 연지는 두툼한 스테이크 한 덩이까지 깨끗이 먹어치우는 데에 성공했다.

'으, 배불러.'

배가 터지다 못해 살짝만 눌러도 목 끝까지 차오른 고기가 입밖으로 튀어나올 것 같았다. 이젠 정말 때려 죽여도 더 이상은 못 먹는다. 그런데 그는 빨리 먹고 꺼지라고 타박할 때는 언제고 어느새 냉장고에서 바나나와 사과를 꺼내 그녀 앞으로 스윽 밀어놓았다.

'후식이다, 이거지?'

생각해 주는 마음은 정말 고맙다. 하지만 이젠 정말 그만. 미안한데 이건 진짜 '노 땡큐'다. 연지는 어색한 미소를 흘리며 바나나와 사과를 그의 앞으로 도로 스윽 밀었다.

"됐어요, 뭐 이렇게까지. 덕분에 시장기는 얼추 해결했으니까 과일은 나중에 집에 가서 먹을게요. 벼룩도 낯짝이 있다는데 이렇게까지 신세질 수는 없죠. 언뜻 보니까 과일도 얼마 남지 않은 것 같은데. 이건 그냥 뒀다가 최노다 씨 먹어요."

넣어둬, 넣어둬.

"난 며칠 뒤에 장 봐와서 신선한 것들 먹을 거야. 그리고 이건 어차피 오래돼서 버리려고 했던 것들이야. 버리는 것보다는 너라도 먹어치우는 게 낫겠다 싶어서 주는 거니까 잔말 말고 그냥 먹어."

뜨악해진 연지가 기가 차서 헛웃음을 쳤다.

"와, 진짜 못됐다. 지는 시들었다고 안 먹는 걸 버리는 셈치고 날 준다 이거예요? 아무리 얻어먹는 처지라지만, 너무했다. 사람을 뭘로 보고! 나도 됐거든요!"

연지는 내친 김에 저만치 밀어낸 사과와 바나나를 들고 요모조모 살폈다.

"오래되긴 뭐가 오래돼. 싱싱해 보이기만 하는구만. 이 아까운 걸 왜 버려? 사람이 아까운 걸 몰라."

그가 그녀의 손에서 과일을 뺏어 그녀 앞에 다시 밀어놓았다.

"그러니까 너나 먹으라고."

저 인간이 진짜!

연지는 스툴에서 훌쩍 뛰어내려 그의 손에서 과일들을 휙 빼앗았다. '어!' 하고 인상을 쓰는 그를 어깨로 툭 밀치고 냉장고를 벌컥 열었다. 과일칸에 과일들을 도로 집어넣으며 고시랑거렸다.

"이 정도면 며칠 더 두고 먹어도 말짱하거든요? 최노다 씨야말로 멀쩡한 거 괜히 버릴 생각 하지 말고 내일 이거나 잊지 말고 꼭 먹어요. 여기에 넣어둘 테니까……."

일순, 그녀의 눈이 흠칫 커졌다. 냉장고 신선칸 안에 질서정연하게 쭉 놓여 있는 자그마한 약병들이 눈에 띈 까닭이었다. 언뜻 봐도 주사용 약병이라는 것을 알겠다. 감기 걸렸을 때 병원에 가면 간호사들이 저런 자그마한 약병에 주사기 바늘을 꽂고 약물을 쭉 빨아들였다가 엉덩이에 주사를 놓는 것을 종종 보고는 했었다. 그러고 보니 그 옆에 한 무더기의 주사기들도 잔뜩 놓여 있었다.

'뭐지?' 싶으면서도 연지는 현명하게 못 본 척 냉장고 문을 닫고 돌아섰다. 그녀는 흠칫 놀랐다. 바로 뒤에 그가 서 있었다. 그는 뭐가 그리 못마땅한지 아름다운 미간을 잔뜩 찌푸리고 그녀를 노려보고 있었다. 연지는 당황한 기색을 감추기 위해서 부러 눈을 부라리며 짐짓 훈계조로 일렀다.

"돈이 아무리 많아도 멀쩡하게 먹을 수 있는 거 버리면 벌 받아요. 이런 거 하나 키우려고 농사꾼들이 얼마나 피땀 흘려 일하는데. 아무리 내 돈 주고 사 먹는 거라고 해도, 막말로 그분들한테 고마움까지는 아니어도 최소한 멀쩡한 거 버리고 그러는 거 아닙니다."

"네가 그걸 어떻게 알아?"

"왜 몰라요? 우리 아빠도 돌아가기 전까지 여기서 무농약 쌈채소들 재배해서 내다 파셨는데. 그래서 나는 어렸을 때부터 우리 부모님이 뙤약볕에서 힘들게 일하시는 걸 봐서 그런지, 밥 한 톨도 함부로 못 버리겠더라고요. 그러니까 최노다 씨도 아까운 음식, 함부로 버릴 생각 하지 말고 썩기 전에 부지런히 잘 찾아 먹어요. 알았죠?"

연지는 슬쩍 눈을 흘기고 그를 휙 지나쳤다. 부지런히 아일랜드 식탁으로 가서 빈 그릇들을 척척 모아들었다. 개수대로 가기 위해서 몸을 돌리는데 그가 그릇들을 휙 빼앗았다.

"어, 이리 줘요. 설거지는 내가 할게요. 고기까지 얻어먹었는데 그 정도는 내가 해야……."

"됐어. 난 누가 내 집에서 함부로 돌아다니는 것도, 누가 내 물건 함부로 만지는 것도 아주 질색이야."

"그래도 내가……."

"됐다니까. 안 그래도 지금 엄청 짜증나 있는 상태니까 같은 말 두 번 반복시키지 마. 쫓겨나기 싫으면 거기 꼼짝 말고 앉아서 얌전히 있기나 해."

그가 으르렁거리며 그녀를 찌릿 째려보았다. 그 기세가 어찌나 사납던지, 연지는 입술을 비죽이며 못 이기는 척 스툴에 냉큼 엉덩이를 걸치고 앉았다. '이제 됐죠?' 하는 표정으로 그를 바라보며 씨익 미소 지었다. 노다가 저걸 죽일 수도 없고, 살릴 수도 없고 짜증나 죽겠다는 듯이 눈을 흘기며 휙 몸을 돌렸다.

그는 저러다 그릇이 닳겠다 싶을 정도로 지나치게 깔끔하게, 그러나 매우 능숙하게 설거지를 했다. 연지는 턱을 괴고 그런 그를 마음껏 감상했다. 예술작품처럼 아름다운 남자가 설거지를 하고 있는 모습은 상당히 이질적이었다. 그러나 매우 흐뭇한 광경이기도 했다.

이유야 어쨌든, 그녀를 위해 상을 차려주고 그녀가 깨끗이 비운 그릇들을 설거지하고 있는 것이 아닌가. 그러고 보니, 얼마 안 되는 그릇과 한 벌밖에 없는 스푼과 포크를 그녀가 사용했다. 매일 삼시 세 끼 그가 사용했을 그것들을.

생각이 거기에까지 미치자, 뒤늦게 뺨이 화르륵 달아올랐다. 괜스레 쑥스러워진 연지는 양손바닥에 얼굴을 파묻고 '꺄악!' 소리 없는 비명을 내질렀다. 손가락 사이를 벌려 근사한 그의 옆 프로필을 몰래 바라보았다.

두근두근.

심장 박동이 1.5배 정도 빨라졌다.

까칠하고 정나미 떨어지는 말에 때로는 무심하다 못해 괴팍하기까지 하지만, 알고 보면 그는 꽤 자상한 구석이 많았다. 귀찮다, 싫다 투덜대면서도 그녀를 위해서 이런저런 배려들을 해준다. 그녀를 위해서 걸음 속도를 늦춰주는 거라든지, 그녀의 이야기에 무심한 듯 귀 기울여 주는 것도 그렇고. 특히, 어제 물에 빠졌을 때는 허둥대며 그녀를 안고 자신의 침대에까지 눕혀줬었다.

'그러고는 내가 깨어날 때까지 지켜보고 있었지.'

그녀가 걱정돼서 주는 게 아니라고, 그녀가 다치면 또 자신의 탓이라느니 뭐라느니 하고 귀찮게 굴까 봐 주는 거라면서 불쑥 건네준 랜턴도 그랬고, 오늘 밤에는 배가 고파서 죽을 것 같다는 그녀의 한마디에 귀찮다고 벅벅 신경질을 내면서도 고기까지 구워줬다. 자신의 물건에 누가 손대는 것이 질색이라는 사람이 자신의 스푼과 포크를 그녀한테 기꺼이 내어주면서까지.

그녀의 두근거리는 심장박동이 조금 더 빨라졌다. 살짝 말아 문 그녀의 입술 끝이 묘한 미소를 머금고 바르르 떨렸다.

그러다 문득 방금 전 본 약병과 주사기들이 빠르게 눈앞을 스쳐 갔다. 바르르 떨리던 미소가 점차 사라졌다.

'그것들은 다 뭐였을까.'

남자가 맞아야 하는 약이라는 것은 알겠다. 그런데 먹는 약도 아니고 주사기로 투여해야만 하는 약이라니……. 주사기까지 잔뜩 구비되어 있는 것을 보면 그 스스로 자신에게 주사를 놓는 모양이었다. 그 사실이 못내 생경하고 낯선 만큼 우려스럽기도 했다.

뇌전증 때문에 필요한 걸까. 아니면 혹시 다른 병이라도 있는 건가. 왠지 그럴 것 같다. 뇌전증 환자 중에 일상생활이 불가능한 사람이 있다는 얘기는 못 들어봤다. 물론 일상생활이 불가능할 만큼 심각한 경우도 있을 수 있지만.

하나 최근의 남자를 보면 그 정도로 증상이 심각해 보이지는 않는다. 예전의 그날 새벽 말고는 발작을 일으킨 적도 없지 않은

가. 더욱이 남자는 햇볕을 두려워한다. 뇌전증에 걸리면 햇볕을 멀리해야 한다는 얘기도 들어본 적이 없다.

그럼 대체 무엇 때문일까. 합병증인가? 심각해진 연지는 곰곰이 생각했다. 아무래도 뇌전증에 대해서 좀 더 자세히 알아봐야겠다고. 그리고 햇볕을 멀리해야 하는 병이 있다면, 그것이 어떤 병인지도 한번 알아봐야겠다 싶었다.

하늘 높이 떠 있던 태양이 서산 너머로 넘어가자 어스름한 땅거미가 내려앉았다. 작은 동네의 집들마다 하나둘 환한 불을 켜기 시작했다.

큰 맘 먹고 모처럼 시내에 나가 노트북도 하나 장만하고 고심 끝에 엊그제 신청했던 인터넷도 새로 개설하느라 온종일 분주했던 연지는 땅거미가 깔리기 무섭게 부리나케 동구 밖으로 뛰어나갔다.

백 년도 더 된 듯 커다란 느티나무 아래의 낡은 평상에 앉아 목을 길게 빼고 뒷산 방향을 힐끔거렸다.

이제 올 때가 됐는데.

낮에 태환이 할머니가 주고 간 찐 옥수수를 만지작거리며 연신 뒷산과 이어진 큰 길만 두리번거렸다.

부아아앙.

드디어 묵직한 머플러 소리를 자랑하는 노다의 차 소리가 들려왔다.

'왔다!'

연지는 냉큼 슬리퍼를 벗고 책상다리를 하고 앉아 비스듬히 몸을 돌렸다. 아까부터 예 나와 앉아 옥수수나 먹고 있었던 듯 먼 산을 바라보며 낮은 허밍이나 룰루랄라 흥얼거렸다.

요란한 차 소리가 부쩍 가까워졌다. 그제야 연지는 '어?' 하고 놀란 듯 고개를 돌려 빠르게 달려오는 차를 돌아보았다. 그도 그녀를 발견했나 보다. 빠르게 달려오던 차의 속도가 주춤 줄어들었다. 연지는 새삼 주변을 살피듯 휘휘 주변을 돌아보았다.

아무도 없다는 것을 확인한 그녀가 대충 그가 있을 운전석 쪽을 바라보며 생긋 미소 지었다. 보일 듯 말 듯 손에 들고 있는 옥수수도 까닥 흔들어 보였다.

마치 '안녕? 어쨌든 오늘도 또 이렇게 보게 됐네요. 지금 나가는 거예요? 잘 갔다 와요' 하고 반갑게 인사하듯이.

주춤, 속도를 줄인 차가 그녀 앞을 천천히 지나갔다. 그러고는 그녀를 지나치기 무섭게 다시 속도를 높여 부아앙 큰길로 빠르게 달려갔다. 연지는 점점 짙어지는 어둠에 녹아들 듯 형체도 불분명한 검은 차체가 멀리 사라져 시야에 더 이상 보이지 않을 때까지 가만히 앉아 있었다. 그러다 요란한 차 소리도 더 이상 들리지 않게 되어서야 평상에서 몸을 일으켰다.

오늘은 그가 보름 만에 외출하는 날이었다. 어젯밤 그는 그 사실을 미리 얘기해 주었더랬다.

"내일은 올라오지 마."

"왜요?"

"외출할 거야."

"아, 장 보러 가는 거예요?"

"……그래. 그러니까 올라오지 말라고. 아마 새벽 늦게 돌아오게 될 거다."

그러면서 그는 자신도 없는 집에 함부로 올라올 생각은 꿈도 꾸지 말라면서 단단히 못을 박았었다. 그럴 생각은 꿈에도 없었지만, 하지 말라면 더 하고 싶어지는 것이 사람 마음 아니던가. 하여 순간, '오호라!' 하는 생각이 잠시 들긴 했었다. 하나 연지는 이내 마음을 바꿔먹었다.

'그래, 그도 없는 집에 군이 올라와서 뭐하겠어. 나도 내일 밤에는 모처럼 편하게 푹 잠이나 자자.'

그래도 막상 오늘은 그를 못 본다고 생각하니 마음이 영 허전한 게 섭섭했다. 하여 부러 그가 지나길 즈음에 맞춰 부리나케 뛰어나온 터였다. 혹시나 그가 창문을 내리고 몰래 눈인사 정도는 해주지 않을까 싶어서.

그런데 웬걸. 얼굴 한 번 보여주지 않고 쌩하니 지나가 버렸다. 치사하게. 그래도 그녀를 발견하고 주춤 속도를 줄여주기는 했다.

피식.

연지는 헛웃음을 터뜨리며 털레털레 집으로 돌아갔다. 낡은

파란 대문 집에 가까워질수록 그녀의 걸음이 빨라졌다.

"아차, 나도 이러고 있을 때가 아니지. 노트북도 새로 장만했겠다, 인터넷도 되겠다. 나도 오늘은 할 일이 많다고."

새로 밥할 시간도 아까워 태환이 할머니가 옥수수와 함께 주고 간 찐 감자와 고구마 등으로 대충 저녁을 때운 연지는 곧장 방으로 들어가 노트북을 끼고 앉았다. 양 손바닥을 비비며 눈을 반짝였다.

"자, 이제부터 한번 시작해 볼까. 뭐부터 검색해 보지? 아, 그래, 뇌전증. 그거부터 찬찬히 알아가 보자."

그날 밤, 파란 대문 집의 불빛은 밤새도록 꺼질 줄 몰랐다.

오늘따라 여자의 행동이 무척 조심스럽다. 제 딴에는 평소와 다름없이 행동한다고 하는 모양인데, 그의 눈에는 여자의 달라진 행동거지가 번연히 다 보였다.

생글생글 웃으며 흔연스레 떠들면서도 그의 얼굴을 꽤나 유심히 살핀다. 그러다 문득 조용하다 싶어서 돌아보면 꽤 심각한 표정으로 무언가 골똘히 생각에 잠겨 있고는 했다.

여자의 신상에 무슨 일이라도 생긴 걸까.

어제 저녁만 해도 동구 밖까지 나와서 시침 뚝 떼고 우연인 양 깜짝 놀라는 척하면서 생글거리며 그를 기다리고 있던 여자인데.

어쩌면 그의 신경이 예민해진 탓인지도 모르겠다.

어젯밤, 기껏 안 박사 병원까지 가놓고서 정작 정기 검진이나 치료를 받지 못했다. 예고도 없이 난데없이 나타난 오형수 탓이었다. 누가 반긴다고, 제멋대로 불쑥 나타나선 그의 속을 온통 뒤집어놓았다.

이젠 그에게 더 이상 신경 쓰지 말라고, 당신이 그토록 원하던 대로 최노다라는 이름이 더 이상 세상에 알려질 일도 없고, 죽은 듯이 살아줄 테니 아무 걱정 하지 말라고, 피차 맘 졸이며 피곤하게 살지 말자고. 그러니 제발, 앞으로는 두 번 다시 서로 얼굴 보지 말고 살자고 그만큼 얘기를 했건만…….

젠장!

그 인간은 또다시 그 위선적이고 이중적인 얼굴로 나타나 제가 피해자인 양, 세상의 시름과 고통은 제가 다 짊어지고 사는 양 일 그러진 얼굴로, 붉어진 눈시울로 그를 내내 뻔뻔하게 바라보았다.

"노다야……. 그동안 잘 지냈니? 저번에…… 발작이 있었다는 얘기는 김 변과 이 비서를 통해서 전해 들었다. 다행히 안 박사 얘기로는 일시적인 것일 뿐, 증상이 악화된 것은 아니라고 하더구나. 네가 워낙 관리를 잘해서 그대로만 쭉 해준다면 우려하던 일은 벌어지지 않을 거고 말이다."

오형수는 차마 가까이 다가오지는 못하고 오열을 참는 듯 떨리는 목소리로 그렇게 잘도 지껄여댔다.

"천만다행이다 싶었다. 그래도 그 얘기를 듣고는 도저히 가만있을 수가 없었다. 내 눈으로 직접 네가 괜찮은지, 네 얼굴을 봐야만 했어. 그래야 조금이나마 마음이 놓일 것 같았다. 그래서 네가 질색하는 줄 알면서도 이렇게 올 수밖에 없었다."

그에게 언질 한 번, 양해 한 번 구하지 않고 제 멋대로 오형수를 불러들인 안 박사는 그의 눈치를 보며 슬금슬금 원장실을 빠져 나가 버렸다.

"노다야, 정말 괜찮은 게냐? 보기에는 안 박사 말대로 괜찮아 보이기는 한다만……. 후우. 그런데 왜 이렇게 말랐니. 못 본 새 더 말랐구나. 안색도 너무 파리하고. 운동을 많이 한다고 들었다. 안 박사 말로는 그 덕분에 증세가 더 이상 악화되지 않는 것 같다고는 하더라. 하지만 그래도 너무 심하게 하는 것 아니냐? 정도껏 해야지, 그렇게 마를 정도로 심하게 하면 되레 몸에 더욱 안 좋은 영향을 끼칠지도 모르……."

「이사장님과는 상관없는 일입니다.」

"노다야……."

「일전에 분명히 말씀드렸습니다. 저한테 더 이상 신경 쓰실 필요 없다고요. 없는 셈 치시라고 말입니다. 어차피 이사장님과 저, 법적으로는 아무 상관 없는 타인 아닙니까. 기껏해야 후견인과 불쌍한 천애고아. 그 이상도 이하도 아니죠.」

노다는 싸늘하게 식은 무심한 얼굴로 다음 말을 이었다.

「물론 좀 더 깊이 들여다보면, 단순한 후견인과 피후견인의 관계라고 하기에는 이사장님이 저한테 너무 과분한 은혜를 베푸셨죠. 이사장님 덕분에 어린 나이에 미국으로 유학 가서 원 없이 공부도 해봤고, 고생 모르고 살다가 이젠 평생 놀고먹으며 살아도 남을 만큼의 큰 재산도 한몫 챙겼으니까요. 하지만 바로 그 때문에 이사장님이 이처럼 남들 몰래 쥐새끼처럼 숨어 저를 만나러 오면 안 된다는 겁니다. 아무리 이사장님 재단의 병원에, 밤늦은 시간이라고 해도 애먼 사람 눈에 띄기라도 하면 어쩌시려고 그럽니까.」

노다는 부러 불문율에 가까운 오형수의 부인 이야기를 입에 올렸다.

「이사장님의 사모님한테도 결국 이러한 수상쩍은 행각이 발각되어 케케묵은 과거까지 다 들통 난 것 아닙니까. 이십 년 넘게 감쪽같이 숨겨온 보람도 없이 말입니다.」

노다는 피식, 입술만 달싹거리는 서늘한 냉소를 흘렸다.

「더욱이 이번에는 국회의원에까지 도전하신다면서요? 그 연세에 대단하십니다. 아직도 이루지 못한 야망이 있다는 것도 놀랍구요. 어쨌든, 그렇다면 더욱 조심하고 자중하셔야죠. 사모님이야 그래도 평생 의지해 온 남편에, 아이들 아버지에, 그동안 쌓은 명성과 앞으로의 더 큰 야망을 위해서 모른 척 묻어두는 쪽을 선택했다지만, 다른 사람들이야 어디 그렇겠습니까. 안 그래도 적도 많으신 분이 이젠 상대 당 경쟁자와 유권자까지 신경 쓰셔야 할 판국인데, 이러다 기자들한테 꼬리라도 밟히면 어쩌시려고 이럽니까.」

해서 총선을 몇 해나 앞둔 3년 전 그날, 뉴욕건축가협회의 최연소 수상자로 '천재 건축가의 등장!'이라는 과장된 기사와 함께 그의 이름이 언론에 오르내리자마자, 오형수의 부인이 득달같이 뉴욕으로 날아와 들이닥쳤던 것이 아닌가.

노부인은 교양 있는 귀부인인 척 거들먹거리며 욕 한 마디, 언성 한 번 높이지 않고도 잔인하게 그의 영혼을 무참하게 난도질했다. 그는 버러지처럼 능멸 당했고 존재 자체를 부정당했다. 그 노부인을 원망하지는 않는다. 따지고 보면 그 노부인도 그나 어머니처럼 오형수의 욕망과 야망에 평생 이용만 당하고 처참하게 배신당한 피해자니까. 하나 그날의 그 끔찍했던 악몽을 노다는 지금도 잊지 못한다.

「그러고 보면 신은 이사장님의 편인가 봅니다. 한 사람은 일찍이 알아서 조용히 죽어줬고, 하나 남은 걸림돌인 저마저 결국이 지경이 되어버렸으니까요. 다 잘된 것 아닙니까. 제 이름이 더 이상 세상이 나올 일도 없어졌고, 제 발로 스스로 산속으로 기어들어가 버렸으니까요. 그러니까 더 이상은 그 어쭙잖은 위선의 가면 따위는 벗어던지고 마음 푹 놓고 뜻대로 사십시오. 이렇게 불쑥불쑥 나타나 대단하신 두 분 원대로 조용히 죽은 듯이 사는 사람, 괜히 건드리지 말라, 이 말입니다.」

"노다야! 내가 너한테 죄 지은 것이 많다는 것은 나도 잘 안다. 이제 와서 내가 어떻게 한들, 가엾은…… 수영이한테나 너한테나 난 그저 죄인일 뿐이라는 것도 잘 알아. 하지만 노다야, 그래도 넌 나의…… ."

「불쌍해서 거둔 피후견인이자 세상에 절대로 밝혀져선 안 되는 골치 아픈 걸림돌이죠.」

"노다야!"

「그래도 저나 되니까 이런 충언도 드릴 수 있는 겁니다. 이사장님이 저나 최수영 씨한테 베푼 은혜가 오죽 컸어야죠. 그렇다고 고마워하실 필요는 없습니다. 그 은혜에 약소하게마나마 보답하는 것뿐이니까요.」

노다는 서늘한 눈빛으로 아버지이나 아버지가 아닌, 태어나 단한 번도 아버지라고 불러본 적 없는 비정한 남자를 조용히 바라보았다.

「아, 그리고 또 하나. 외람되지만 충언 하나만 더 하죠. 과거에 저나 최수영 씨를 돌보던 사람들을 확실하게 정리하신 것처럼 주변 사람들 관리나 방심하지 말고 잘 하십시오. 아시겠지만, 세상에 절대 알려져서는 안 되는 비밀이 밖으로 터져 나오는 경우는 대개 믿었던 측근이나 생각지도 못했던 의외의 변수에서 흘러나오기 마련입니다. 그러니까 이 비서나 김 변호사, 안 박사를 너무 믿지는 마세요. 세상일은 또 모르는 거니까요. 저한테 고마운 사람들일수록 이사장님한테는 항상 주의하고 경계해야 할 가장 위험한 사람들 아닙니까.」

경악한 오형수의 노회한 얼굴이 무참하게 일그러졌다. 노다는 미련 없이 그에게서 몸을 돌렸다. 문을 벌컥 열자, 멀찍이 떨어져 서 있던 안 박사가 기겁해선 달려왔다.

"이사장님, 말씀은 다 끝나신 겁니까?"

안 박사가 방을 빠져 나가려는 그의 팔뚝을 잡아챘다.

"노다 군, 어디 가나."

「놓으십시오.」

"기분이 많이 상했나 보군. 미안해. 하지만 내 입장도 좀 생각해 주게. 이사장님이 오늘은 무슨 일이 있어도 자네를 꼭 만나봐야 한다고 간곡하게 부탁을 하시는데, 내가 어떻게 안 된다고 거절할 수 있었겠나."

물론 그렇겠지. 아무리 내로라하는 대학종합병원 원장이라도 자신의 목줄을 틀어쥐고 있는 재단 이사장의 명령에는 꼼짝할 수 없었을 테니까. 그 정도도 이해 못하는 바는 아니었다. 하나 그렇다고 이런 더러운 기분으로는 도저히 검사든 치료든 받을 수가 없었다. 한시라도 빨리 이 방을, 이 병원을 벗어나야만 했다. 노다는 자신의 팔을 잡고 있는 안 박사의 손을 냉정하게 쳐냈다.

「다음에 다시 오겠습니다.」

"다음에 언제? 그러지 말고 기왕 온 김에 검사도 받고 치료도 받고 가게. 자네 이대로 가면 또 보름 후에나 올 것 아닌가. 그럼 꼬박 한 달이야. 텀이 너무 길어."

「괜찮습니다. 호전은 안 되도 악화되는 것은 일단 멈춘 상태라고 말씀하시지 않았습니까. 그러니 그 정도는 괜찮을 겁니다. 그리고 아시다시피 헤모 주사는 이제 저 혼자서도 충분히 놓을 수 있어요. 걱정 마십시오.」

"알아. 하지만……."

「가겠습니다. 그리고 박사님, 분명히 말씀드리지만 이런 일을 두 번 다시는 만들지 마십시오. 한 번만 더 제가 왔을 때 저 사람이 여기에 있다면, 그땐 안 박사님을 찾는 일도 더 이상은 없을 겁니다. 그럼, 다음에 뵙겠습니다. 죄송합니다.」

노다는 가차 없이 그 방을 빠져나왔다. 뒤에서 당황한 안 박사와 오형수가 다급한 음성으로 그를 불렀지만, 노다는 결코 뒤돌아보지 않았다. 그대로 비상 엘리베이터를 타고 지하 주차장으로 내려갔더랬다.

그러고는 주체할 수 없는 울분과 분노에 휩싸여 정신없이 차를 몰았다. 정신을 차리고 보니 어디인지도 알 수 없는 바닷가에 와 있었다. 다행히 아직 해가 뜨지 않은 새벽녘이었다. 할 수 없이 근처의 허름한 모텔에서 반나절을 묵었다. 커튼을 단단히 쳐놓은 채 해가 뜨고 저무는 것을 멍하니 지켜보았다.

그리고 날이 어둑해지기 무섭게 서울로 올라왔다. 적어놓은 품목대로 빠르게 장을 보고 부리나케 이곳으로 달려왔다. 한적한 마을 어귀로 들어서는 순간부터 울분에 차 있던 마음이 조금씩 풀어졌더랬다.

저절로 커다란 느티나무 아래로 시선이 갔었다. 누군가 앉아 있었다. 그러나 그녀는 아니었다. 백발이 성성한 할아버지 한 분이 평상에 앉아 느긋하게 담배를 태우고 계셨다. 하마터면 충동적으로 포장도로를 벗어나 저 앞의 푸른 대문 집으로 핸들을 꺾을 뻔했다.

왜 그런 어처구니없는 충동이 들었는지는 지금도 잘 모르겠다. 그냥…… 마을 어귀에 들어선 순간부터, 아니 어디인지도 모르는 바닷가의 허름한 모텔 방에 찌그러져 있었을 때부터 그 여자, 피연지가 생각났다.

능청스러운 철면피에 피곤할 정도로 시끄럽고, 발끈했다가 이내 천연덕스럽게 생글거리고 웃는 여자. 키만 껑충하게 큰 빼쩍마른 몸에, 누가 시골 출신 아니랄까 봐 촌스러울 정도로 까무잡잡한 피부를 가진 여자. 새우 눈처럼 쭉 째진 주제에 앙증맞은 하늘다람쥐만큼이나, 아니 그 녀석들보다 몇 배는 더 반짝거리는 까만 눈동자를 가진 그 여자가.

그 총기로 반짝거리는 까만 눈동자가, 쉴 새 없이 재잘거리는 그 목소리가, 그 볼품없는 까무잡잡한 얼굴이…… 불현듯 미치도록 보고 싶어졌더랬다.

그 눈동자를 보면, 그 목소리를 다시 들으면 출구 없는 미로에 갇힌 듯 소용돌이치던 마음 속 분노가 한달음에 봄 눈 녹듯 녹아 버릴 것만 같았다.

적어도 숨은 편하게 쉬어질 것 같았다.

그러나 차마 핸들을 돌릴 수 없었다. 평상에 느긋이 앉아 담배를 피우며 옛 가락을 흥얼거리는 할아버지 때문이었다. 만약 그 자리에 할아버지가 안 계셨다면…… 순간적인 충동에 빠져 핸들을 꺾어버렸을지도 모르겠다.

그러니 그 할아버지가 나와 계셨던 것이 천만다행인지도.

그는 돌아오는 자신의 차 소리를 들은 여자가 곧장 산으로 올라올 것이라고 예상했었다. 그런데 여자는 그의 예상을 깨고 자정이 되어서야 느지막이 설렁설렁 나타났다. 그러고는 평소와 달리 그에게 집중하지 않고 자꾸 딴 생각에 빠져 있었다. 그러다 가끔씩 알 수 없는 묘한 눈빛으로 그를 유심히 살핀다.

처음에는 신경이 아직 예민해져 있는 탓인가 싶었다. 그런데 아무래도 그 탓만은 아닌 듯싶었다.

'저게 뭘 잘못 먹었나, 왜 저래?'

농사꾼들이 피땀 흘려 재배한 건 함부로 버려서는 안 되다고 강론을 펼치더니, 배고프다고 아무거나 주워 먹어서 탈이 난 건 아닐까 하는 의심까지 들었다. 안 그래도 그럴 줄 알고 혹시나 해서 평소보다 배나 많은 식재료들을 잔뜩 사온 터였다.

아! 아니다. 그럴 줄 알았다는 게 일부러 여자와 함께 먹으려고 잔뜩 사왔다는 뜻은 절대로 아니다. 그냥…… 싱싱한 것들이 많아서 이것저것 손에 집히는 대로 사다보니 어쩌다 그렇게 됐을 뿐이었다.

'내가 미쳤어? 저거 먹이려고 그딴 허튼짓을 하게.'

노다는 황급히 머리를 가로저었다. 흠흠, 헛기침을 하고 까칠한 음성으로 툭 내뱉듯이 말했다.

"오늘은 뭐라도 좀 챙겨 먹었어?"

"……."

어쭈, 저거 봐라. 쓸데없는 말을 조잘대더니, 금세 또 딴 생각에 빠져서는 대꾸도 하지 않는다.

"피연지."

"에?"

언성을 조금 높이니, 그제야 여자가 깜짝 놀라 정신을 차렸다.

"뭐라고요? 나 불렀어요?"

"대체 무슨 생각을 그렇게 골똘히 하기에 사람이 불러도 몰라?"

"아, 그냥 좀."

여자가 겸연쩍게 웃으며 머리를 긁적거렸다.

"왜요, 뭐?"

여자가 멀뚱거리는 까만 눈동자로 그를 올려다보았다. 그가 작게 으르렁거렸다.

"됐다. 내가 말을 말지."

"삐쳤어요? 에이, 그렇다고 뭐 그렇게 삐치고 그러나. 하여튼 알고 보면 엄청 쪼잔하고 잘 삐친다니까."

여자가 선심 쓰듯이 말을 덧붙였다.

"알았어요, 미안해요. 됐죠? 그러니까 맘 풀고 다시 말해봐요. 뭐라고 했어요?"

"됐다니까."

"그러지 말고 물어줄 때 순순히 말씀하시지. 응? 응?"

바짝 다가온 연지가 턱 밑까지 얼굴을 들이밀고 그를 빤히 올려다보았다. 까만 눈동자가 아주 반짝반짝 빛이 다 난다.

두근.

일순 어이없게도 그의 왼쪽 가슴이 이상증세를 보였다. 엇박자로 뛰어대며 출렁거렸다. 당황한 노다는 황급히 뒤로 한 걸음 물러났다.

"뭐, 뭐야. 비켜."

연지의 눈이 동그래졌다.

'어라? 이 남자가 웬일로 말을 다 더듬거리지?'

그리고 보니 투명하도록 새하얀 얼굴이 살짝 붉어진 듯싶기도 했다. 하룻밤 외박하고 오더니 어디가 또 안 좋기라도 한 건가? 어머, 혹시 감기 걸린 거 아니야? 걱정이 된 연지가 조금 더 가까이 다가갔다.

"괜찮아요?"

그가 인상을 쓰고 퉁명스레 되물었다.

"뭐가."

"얼굴, 홍조 띤 것처럼 발개요."

흠칫 놀란 노다가 손등으로 얼른 한쪽 뺨을 가렸다. 황급히 얼굴을 모로 돌리고 중얼거렸다.

"발갛긴. 아니야."

"아니에요. 진짜 눈가가 볼그스름하다니까요."

그녀가 그의 얼굴을 따라 고개를 기울이고 손가락질을 했다.

"이것 봐. 어라, 이젠 뺨까지 붉어졌네. 혹시 감기 걸린 거 아니에요?"

"아니라니까."

반걸음씩 자꾸 다가서는 그녀를 피하며 노다는 뒤로 한 걸음 더 물러났다. 그럴수록 연지는 그를 한사코 따라붙으며 한쪽 팔을 잡아당겼다.

"가만히 좀 있어 봐요. 아무래도 열이 있는 것 같아."

연지는 끝내 도망치는 그를 붙잡고 깨금발을 들어 그의 이마에 손등을 갖다 댔다. 그가 흠칫 놀라며 부르르 떨었다.

"이것 봐. 열 있잖아. 다행히 아직 펄펄 끓는 정도는 아니지만 그래도 꽤 뜨거워요. 감기 걸린 거 맞나 봐."

"아니라니까!"

노다는 저도 모르게 꽥 소리쳤다. 그러나 피연지가 누구인가. 그 정도로는 눈도 깜짝하지 않을 그녀였다. 한사코 자신의 손아귀를 벗어나려는 그의 팔뚝을 단단히 부여잡고 아예 집으로 질질 끌고 가기 시작했다.

"애처럼 쓸데없는 고집 좀 그만 부려요. 이럴 때 보면 영락없는 애라니까. 그것도 말 지지리도 안 듣는 말썽쟁이 고집불통. 안 되겠어. 산책이고 뭐고 오늘은 빨리 집에 들어가서 푹 쉬어요. 여름 감기라고 우습게보면 안 돼요. 초장에 잡지 않으면 엄청 고생한다니까."

혹시라도 남자가 앓고 있는 병명이 그녀가 인터넷 검색으로 알아본 그것이 맞는다면…… 감기도 엄청 위험할지 모른다. 그 병에는 스테로이드 성분이 있는 진통제나 해열제도 함부로 먹으면 안 된다니까.

포르피린 병.

햇볕을 쐬면 안 되는 병의 대표적인 것이 바로 그것이었다. 굉장히 희귀한 병이라는데, 대부분이 유전되는 병이라고 했다. 유전? 유전이라는 단어에 흠칫한 연지는 혹시나 하고 과거에 봤던 예쁜 아줌마의 증상까지 한달음에 다다다 검색해 봤다.

광증, 창백한 피부, 닭 피 등등.

그랬더니 아니나 다를까. 역시나 포르피린증이라는 검색 결과가 나왔다.

포르피린증? 이게 뭐지?

듣느니, 처음 듣는 생소한 병명이었다. 연지는 고개를 갸웃거리며 본격적으로 포르피린 병에 대해서 검색하기 시작했었다.

그 결과 알게 된 사실 몇 가지.

포르피린 병이란 적혈구 속의 붉은 색소인 헤모글로빈이 생성되지 않아 생기는 유전병이라고 했다. 그럼 헤모글로빈이란 뭐냐. 그건 몸속에 포르피린이란 것과 철이 착염을 이루고 있는 물질인 헴이라는 단백질 글로빈이 있는데, 그것의 결합으로 이루어진 거란다.

헤모글로빈이라는 용어는 자세히는 몰라도 여기저기서 자주 들어본 용어라서 그리 낯설지는 않았다. 그러나 포르피린, 헴이라는 용어는 무척 생소했다. 연지는 고개를 갸웃거리며 검색 결과를 더욱 열심히 읽어 내려갔다.

그런데 그 생소한 헴이라는 것이 체내에서 합성을 하려면 그 과정에서 여덟 가지의 효소가 필요한데, 그때 선천적 혹은 후천적으로 특정 효소가 부족하게 되면 전구물질이라는 것이 몸에 축적되게 된단다. 그러다 어떤 단계에서 문제가 생기면 포르피린이 헤모글로빈으로 바뀌지 않고 신경 계통이나 간, 피부 등에 과도하게 쌓이게 되는데, 그 때문에 포르피린증이라는 희귀병을 앓게 되는 거란다.

때문에 프르피린증 환자는 뱀파이어처럼 햇빛에 과민 반응을 보인단다. 피부에 쌓인 포르피린이 자외선에 민감하게 반응하기 때문이라는데, 심하면 화상을 입은 것처럼 피부가 벗겨지고 물집도 생긴단다. 그래서 포르피린증 환자는 햇볕을 받으면 안 된다고.

그래서였을까?

도둑으로 몰렸던 그날, 남자는 해가 떠오르기 전부터 현관 차양 아래로 몸을 피했었다. 그리고 해가 본격적으로 떠오르자 흠칫 놀라며 어둠 속으로 더욱 깊이 들어갔었다.

남자가 진짜 포르피린증을 앓고 있는 걸까?

단언할 수는 없었다. 그녀의 눈으로 직접 남자의 피부가 햇빛에 벗겨지거나 물집이 생기는 것을 본 적은 없으니까. 하지만 검색 결과에 주르륵 뜬 증상에 그동안 보아온 남자의 모습이나 행동들을 대입해 봤을 때, 그럴 가능성이 매우 농후했다.

창백하도록 하얀 피부, 햇빛을 피하고 해가 져야만 밖으로 나오는 행동들, 피곤해하는 증상들, 그리고 일전의 발작까지.

단순한 간질이 아니었을지도 모른다. 포르피린증 환자의 증상을 악화시키는 치명적인 요소들 중에는 신경안정제나 진통제 등의 약물뿐 아니라 알코올도 포함되어 있었으니까. 그날 남자는 발작을 일으키기 전에 양주 한 병을 통째로 마셨더랬다.

그리고 방금…… 버럭 소리를 지르는 남자의 입에서 유별나게 길어 보이는 송곳니를 보았다. 잘못 본 건지도 모른다. 하지만 그것을 본 순간, 포르피린증 환자는 구강구조까지 점차 변이되어 송곳니가 진짜 삐죽 자란 듯이 길어 보이게 된다는 문구가 뇌리에 번쩍 떠올랐다. 그래서 과거에는 포르피린증 환자를 진짜 뱀파이어라고 오인하는 경우도 있었단다.

햇볕에 타는 창백한 피부, 밤에만 돌아다니는 야행성, 길어진 송곳니, 헤모글로빈에 산화적 손상을 가하는 성분이 함유된 마늘을 먹지 않는 습성, 자체 생성이 불가능하기 때문에 외부에서 피를 보충해야만 하는 기행. 그런 것들 때문에 많은 이들이 그들을 뱀파이어로 오인했단다.

뱀파이어의 시초라고 알려진 드라큐라 백작도 실은 이 희귀병을 앓고 있었을 거라는 주장도 여러 곳에 포스팅되어 있었다.

무엇보다 과거의 예쁜 아줌마의 경우를 보면 포르피린증이 거의 확실할 듯싶었다. 포르피린증의 주요 증상으로는 복통, 구토·변비, 사지의 동통, 마비, 착란, 히스테리와 급성 발작, 심할 경우에는 정신착란까지 일어날 수 있다는데, 연지가 목도했던 예쁜 아줌마의 모습이 바로 그러했다.

특히, 포르피린증 환자는 체내에서 스스로 헤모글로빈 단백질을 생성할 수가 없어서 외부에서 수혈이나 섭취로 피를 보충해 줘야만 한단다. 하여 과거에는, 아니 지금도 동남아시아의 이 병에 걸린 한 소녀는 닭 피로 연명하고 산다는 기사도 올라와 있었다.

이 외에도 이 희귀병에 대한 글과 관련 기사들은 엄청나게 많았다. 연지는 그것들을 하나도 빠짐없이 모두 읽었다. 어제부터 밤새, 그리고 여기 올라오기 바로 직전까지.

설마? 아니야. 아닐 거야. 하면서도 연지는 그것들을 찾고 읽는 것을 멈출 수 없었다. 아직 확실한 것도 아닌데, 아니 그가 진짜 포르피린증이라는 희귀병을 앓고 있다고 해도 따지고 보면 그녀와는 상관없는 일인데…… 자꾸만 가슴이 먹먹해지면서 눈물까지 왈칵 쏟아져 버렸다.

남자가 불쌍하고 가여웠다. 안타깝고 안쓰러웠다. 겁이 나기도 했다. 만약 그녀의 짐작대로 그가 포르피린증을 앓고 있는 것이 맞는다면, 그도 그의 모친처럼 결국 병증에 육신과 정신까지 지배당해 미쳐 버리면 어떡하나 싶어서. 현대 의학으로도 고칠 수가 없다는데, 병증이 악화되는 것은 억제시킬 수 있어도, 어떤 약으로도 아직까지는 완쾌시킬 수가 없다는데. 저렇게 힘들게 살다가 죽어가는 것 외에 다른 방법은 아직 없다는데.

너무하다. 아직 저렇게 젊은데, 저토록 아름다운데…….

'아니야. 아직 확실한 건 아무것도 없잖아. 아닐 수도 있어. 내가 틀렸을 수도 있다고.'

그런데 손에 만져지는 남자의 팔목이 너무 강파르다. 때문에 어이없게도 또 다시 눈물이 왈칵 쏟아지려고 했다.

연지는 파르르 떨리는 입술을 꽉 깨물었다.

11장

여름 장마가 본격적으로 시작되려는지, 간간이 내리던 비가 연 사흘째 계속 주룩주룩이다. 그나마 그제, 어젯밤에는 자정 즈음 되자 잠시 소강상태로 접어들어 산에 올라가는 데에 큰 무리가 없었는데, 오늘 밤에는 통 그칠 생각을 하지 않는다.

"비 오면 올라오지 마."

어젯밤, 장마가 시작되는 모양이라고 투덜거리는 그녀의 말에 그가 지나치듯 툭 던진 말이었다. '왜요?' 라고 묻지는 않았다. 물어봐야 '네가 다칠까 봐 걱정돼서'라는 솔직한 대답을 해줄 사람이 절대 아니니까. 보나마나 귀찮다는 입에 발린 말이나 중얼거리지 않았을까 싶다.

흥, 그렇다고 누가 그 속을 모를까 봐?

이젠 그녀도 그의 속마음이 겉으로 불뚝거리는 말과 다르다는 것을 안다. 실상 그도 그녀와 함께 있는 시간을 진심으로 편안해하면서 즐기고 있다는 것을. 그녀를 매일 밤 기다리고 있다는 것을.

그래서 연지는 소나기처럼 퍼붓는 빗속을 뚫고 오늘 밤에도 이 길을 오른다. 우산 하나에 랜턴 하나만을 의지한 채. 온종일 내린 비로 축축이 젖어 미끄덩거리는 길을 한 발, 한 발 단단히 디디며 그를 향해 나아간다.

온종일 홀로 외로웠을 그를 만나러, 몹쓸 병마에 무너지지 않기 위해서 스스로를 가둔 채 외로운 사투를 벌이고 있는 가여운 남자를 위로하고 응원하기 위해서. 잠시나마 고통스런 현실을 잊고 옅게나마 미소를 짓게 해주고 싶어서.

그래서 연지는 아무것도 모른 척 주책없는 수다쟁이처럼 쉴 새 없이 재미난 얘기를 재잘거린다. 안 듣는 척하면서도 슬그머니 미소 짓고 있는 그의 얼굴이 보기 좋아서. 며칠 전에 밥을 한 번 얻어먹은 뒤로는 매일 밤 그와 야참도 투덕거리며 나눠먹는다.

싫은 내색을 하고서도 그는 그녀가 집 안을 당연하다는 듯이 마음대로 돌아다녀도 더 이상은 안 된다고 막아서지도 않는다. 질렸다는 듯이 고개를 절레절레 가로저으며 한숨만 푹푹 내쉴 뿐이다.

그러고는 그녀가 낑낑대고 싸들고 온 찐 감자나 고구마를 마지

못한 척 맛나게 먹는다. 어제는 김치도 한 통 싸들고 갔었다. 그는 당연히 맵고 냄새 나는 건 질색이라며 고개를 절레절레 저었다. 코를 막고 쓰레기통에 버리려고까지 했었다.

그러나 그녀가 화를 내며 날름 뺏어와 김치 한 조각을 물에 씻어 한 번만 먹어보라고 감자 위에 척 얹어줬더니, 그것도 마지못한 척 먹어줬다.

"찐 감자에는 김치가 진리라고요. 어때요? 생각보다 맛있죠? 먹을 만하죠?"

물론 그런 그녀의 물음에는 입을 꾹 다물고 묵묵부답이기는 했다. 하지만 그녀가 물에 씻어 건네준 김치를 하나도 남김없이 다 먹었다. '더 씻어줄까요?'라는 말에는 인상을 팍 쓰고 완강한 거부 의사를 보이기는 했지만.

어젯밤부터는 하나밖에 없던 아일랜드 식탁 앞의 의자도 한 개 더 늘어났다. 그가 운동기구에 부착되어 있던 의자 하나를 솜씨 좋게 떼어낸 것으로 기존의 근사한 스툴에 비하면 볼품없었지만, 그와 식탁을 사이에 두고 마주 앉아 무언가를 나눠먹는 데에는 하등 문제가 없었다.

그 생각만 해도 연지는 절로 미소가 지어졌다. 그러곤 이내 눈가가 촉촉하게 젖어버린다. 며칠 전부터 생겨 버린 새로운 현상이다. 그를 떠올리는 것만으로도 일어나 버리는 일종의 자동반사라고나 할까.

그러니 그를 마주하고 있으면 오죽하겠나. 그 사람 앞에서 눈물 따위를 보이면 안 되는데. 그녀가 그의 병명을 대충이나마 짐작하고 있다는 것을 들켜서는 안 되는데. 그런데 그를 보고 있노라면 바보처럼 갑자기 가슴 한편이 콱 막히면서 눈물이 왈칵 쏟아지려고 한다. 해서 난감했던 적이 한두 번이 아니었다.

"오늘은 정말 조심해야지."

연지는 새삼 마음을 단단히 다지며 부지런히 산 위로 걸음을 옮겼다.

"어?"

오르막에 오르고 얼마 되지 않아서였다. 우산을 푹 뒤집어쓰고 랜턴이 비추는 땅만 죽어라고 내려다보며 걷는데, 불현듯 노란 불빛 속으로 커다란 운동화 두 짝이 훅 들어왔다.

추적추적 비까지 내리는 캄캄한 산속. 거기다가 아무나 드나들 수 없는 산길에 갑자기 나타난 커다란 운동화라니! 당연히 연지는 소스라치게 놀랐다. 하지만 이내 연지는 그것이 누구의 것인지 알아챘다.

어제도, 그제도 봤던 그의 운동화니까.

어제까지만 해도 제 주인을 닮아 티끌 하나 없이 새하얗던 운동화는 질척거리는 빗물에 여기저기 시커먼 물을 묻히고 더러워져 있었다. 그 때문이었을까? 아니, 단지 그 때문만은 아니었다.

눈앞에 나타난 운동화가 아무리 낯익은 것이라고 해도, 아무리 그것이 그의 것임을 단박에 알아챘다고 해도 연지는 그것이 진짜 그일 거라고 생각하지 못했다. 여기는 그의 집 앞이 아닌,

아직 초입만 간신히 벗어난 지점일 뿐이니까.

그러니 그일 턱이 없지 않은가.

아무리 한밤중이라고 해도, 그가 집 주변을 떠나 여기까지 내려올 리는 없었다. 그런 일은 절대로…… 아!

기다란 다리를 따라 스르르 얼굴을 들어 올린 그녀의 입에서 외마디 비명과도 같은 짧은 탄성이 터져 나왔다. 눈앞에 드러난 믿을 수 없는 광경에 두 눈이 튀어나올 듯이 변했다.

세상에!

그가…… 맞았다.

절대 그럴 리 없다고 생각했던 그 사람이 커다란 우산을 쓰고 그녀 앞에 우뚝 서 있었다. 무언가에 단단히 화가 나기라도 한 듯 잔뜩 굳은 얼굴을 하고서.

연지는 아무 말도 하지 못했다. 그저 너무 놀라고 믿기지 않아서 벙하니 입만 크게 벌린 채였다. 그녀의 벌어진 입이 점차 더 크게 벌어질수록 그의 미간도 점차 일그러졌다.

"이럴 줄 알았어. 비 오면 올라오지 말라고 했지. 넌 도대체 어떻게 된 애가…… 후우."

낮게 중얼거린 그가 너무 화가 나서 참을 수 없다는 듯 짜증스런 한숨을 내쉬었다. 그런데 왜 그녀의 귀에는 그 목소리가 쑥스러워하고 있는 것처럼 들리는 걸까.

연지는 커다래진 눈을 깜박거리며 멍하니 물었다.

"최노다 씨가 왜……?"

너무 놀란 탓인지, 목소리가 심하게 갈라져 흘러나왔다. 연지는 재빨리 마른침으로 목을 축였다.

"최노다 씨가 여기까진 어쩐 일이에요? 왜 내려왔어요?"

그가 미간을 일그러뜨리고 슬쩍 시선을 피했다. 그러나 모로 돌린 그의 얼굴도, 길게 가라뜬 긴 속눈썹도 당황한 듯 흔들리는 갈색 눈동자를 온전히 가려주지는 못했다.

"무슨 상관이야. 내 산, 내 맘대로 돌아다니지도 못하나?"

"그야 그렇지만…… 최노다 씨 원래 산 아래로는 절대 내려오지 않잖아요. 가끔 장 보러 갈 때만 차 타고 왔다 갔다 할 뿐이지."

"……그냥 산책하다 보니 어쩌다 여기까지 내려온 것뿐이야."

그가 변명하듯 중얼거렸다. 그러다 갑자기 확 짜증을 냈다.

"그러는 넌, 왜 여기 있어."

"새삼스럽게 왜 그래요? 당연히 최노다 씨 보러 가는 길이죠."

"비 오면 오지 말라고 했잖아."

"에이, 이 정도 비는 괜찮아요. 폭우도 아니고, 험한 길도 아닌 깨끗하게 포장된 도로로 걸어가는 건데요, 뭐."

별것 아니라는 듯 손사래를 친 연지가 혹시나 하는 표정으로 떠보듯이 물었다.

"혹시, 나 걱정돼서 내려온 거예요? 빗길에 넘어지기라도 할까 봐?"

움찔한 노다의 눈가가 꿈틀거렸다. 그러고는 이내 그녀를 획 째려보며 어이없다는 듯 코웃음을 쳤다.

"하! 내가 미쳤냐?"

"아니에요?"

"아니야!"

괜스레 그가 꽥 소리를 질렀다. 연지가 깜짝 놀란 척 눈을 동그랗게 뜨고 가슴을 쓸어내렸다.

"아이고, 깜짝이야. 아니면 아니지, 왜 소리를 지르고 난리야. 쳇, 그런데 강한 부정은 긍정이라고 그러니까 왠지 더 의심스러운데요?"

기도 안 찬다는 듯 그가 다시 한 번 대차게 코웃음을 쳤다.

"됐다. 내가 너하고 무슨 말을 하겠냐. 마음대로 생각해. 착각은 자유니까."

그러고는 휙 돌아서 저 혼자 성큼성큼 되돌아 올라가기 시작했다. 씨익. 연지의 입가에 흐뭇한 미소가 걸렸다.

'치, 나 걱정돼서 내려온 거 맞으면서 아닌 척하기는. 저럴 때 보면 진짜 귀엽단 말이야.'

반짝거리는 눈빛으로 멀어져 가는 그의 기다란 뒷모습을 바라보다가 활짝 웃으며 쪼르르 달려갔다.

"같이 가요. 치사하게 여기까지 내려와 놓고 혼자 가는 법이 어디 있어요."

부리나케 달려간 연지는 금세 그를 따라잡았다. 노다가 옆에 딱 붙어 서서 걷는 그녀를 곁눈질로 힐끔거렸다. 그러다 생글거리는 그녀와 눈이 딱 마주치자 짜증난다는 듯 인상을 팍 쓰고 시선을 휙 돌려 버렸다. 연지는 터져 나오려는 웃음을 참기 위해 입술을 꼭 말아 물었다. 입가를 실룩거리며 떠보듯이 다시 물었다.

"나 걱정돼서 마중 나온 거 맞죠?"

"……."

"에이, 솔직하게 말해봐요. 응? 응?"

"시끄러워."

"에이, 그러지 말고 응?"

"아니라니까!"

"치, 거짓말. 얼굴에 다 써 있는데, 뭐. 비까지 내리는 어두운 밤길에 피연지가 넘어지기라도 할까 봐 걱정돼서 내려온 거라고. 내 말이 맞죠?"

"아니야, 아니라고!"

"우리 좀 솔직해집시다. '그래', 그 한마디 하는 게 뭐가 그리 어렵다고 그래요. 솔직하게 시인하면 내가 특별히 김치전 만들어 줄게요. 김치전 먹어봤어요? 안 먹어봤죠?"

안 먹어봤으면 말을 말라며 연지는 연신 재잘댔다.

"다른 재료는 필요 없어요. 그냥 김치랑 밀가루만 있으면 돼요. 김치는 어제 먹다 남은 거 있으니까 그걸로 하면 되고, 집에 밀가루 있어요? 있죠? 그럼 됐어요. 기대해요. 내가 진짜 끝내주게 맛있는 거 먹게 해줄 테니까. 김치전은 아무 때나 먹어도 맛있는데 이렇게 비가 추적추적 내릴 때 먹으면 훨씬 더 맛있어요. 왠지 알아요? 비 내리는 소리랑 지글지글, 기름에 전 굽는 소리랑 되게 비슷하거든요."

그래서 한국 사람은 예전부터 비가 오면 전을 지져 먹었다며 연지는 벌써부터 군침을 꼴깍 삼켰다.

"생각만 해도 엄청 맛있겠죠? 그러니까 솔직하게 말해봐요,

응? 나 걱정돼서 마중 나온 거 맞죠?"

아니다, 기다. 두 사람은 그렇게 연방 투닥투닥 재잘거리며 나란히 빗길을 걸어 올라갔다. 두 사람이 우산을 접고 집으로 들어갈 즈음, 두 사람의 바짓단은 닮은꼴로 똑같이 흠뻑 젖어 있었다.

꼬리꼬리한 냄새가 나는 김치와 밀가루만 달랑 들어간 게 맛있으면 얼마나 맛있겠는가 싶었는데, 그녀가 만들어준 김치전은 생각보다 무척 맛있었다. 시큼하면서도 고소했다. 그녀가 큰소리 탕탕 칠 만했다.

그도 미국으로 쫓겨나듯 한국을 떠나기 전까지 14년을 한국에서 살았었다. 가정부 아줌마와 그, 단둘이 사는 단출한 생활이었지만, 솜씨 좋은 가정부 아줌마 덕분에 한국 음식 중 못 먹어본 것은 거의 없다 싶었다.

그런데 김치전은 처음 먹어봤다. 매 끼니마다 온갖 산해진미가 올라오는 식탁에 김치전이 올라온 적은 한 번도 없었다. 고기와 이런저런 채소들이 잔뜩 들어간 전은 가끔 올라왔었지만.

한데 시큼한 김치 하나 들어간 소박한 전이 과거에 먹었던 그 어떤 전보다도 훨씬 맛있었다. 남은 김치가 얼마 안 돼 달랑 두 장밖에 지질 수 없는 것이 아쉬웠을 정도로.

주방에는 아직 공기 중에 고소한 기름 냄새가 떠돌고 있다. 그 사이로 여자의 향기도 희미하게 난다. 당돌하고 제멋대로인 성격답게 정제되지 않은 싱그러운 향기가. 그 향기 속에는 따스한 태양의 향기도 자작하게 배어 있었다.

살아 있는 사람의 향기.

바로 그것이었다.

언제부터였는지는 모르겠다. 그저 어느 날 문득 숨을 쉬듯이 자연스럽게 그녀의 싱그럽고 따스한 향기를 맡을 수 있게 되었다. 그리고 이젠 멀리서도 그녀의 향기를 구분할 수 있게 되어버렸다.

그녀가 향기처럼 그의 안으로 시나브로 스며들어 버렸다.

이제 그는 하루 종일, 그녀가 올 때까지 그 향기를 그리워하며 그녀를 기다린다. 잠에서 깬 순간부터 온종일 시간을 확인한다. 더디 가는 시간을 원망하며 날이 저물기를, 그녀가 나타나기만을 기다린다.

어쩌다 이렇게 됐을까.

처음에는 그저 오형수를 위한 깜짝 선물로만 그녀를 이용할 생각이었다. 곁에 두고 그녀가 어디까지 알고 있나 알아낸 다음에 적당한 시기가 되면 결정적인 순간에 오형수의 눈앞에 그녀를 등장시킬 생각이었다.

그래서 뭘 어떻게 하겠다는 계획 같은 건 딱히 없었다. 오형수의 추한 민낯과 과거를 세상에 까발릴 생각 같은 것은 애초부터 없었으니까. 그저 끝까지 오형수의 마수에서 벗어나지 못하고 쓸쓸하게 홀로 세상을 떠난 가엾고 어리석은 어머니를 대신해 그의 눈으로 직접 그 인간의 추한 민낯을 확인하고 싶을 뿐이었다. 예기치 못한 돌발 상황에 경악하고 분노할 그 인간의 민낯. 가증스러운 위선의 가면을 벗어던지고 본색을 드러낼 그 민낯을.

그래야만 가슴속에 응어리져 있는 이 울분과 원망이, 그래도 아비라고 남아 있던 한 가닥 미련이 깨끗하게 정리될 것 같았다. 그가 바라는 것은 단지 그뿐이었다.

그녀에 대한 걱정도 별반 하지 않았더랬다. 걱정할 게 무에 있겠나. 그녀야말로 한 방에 인생 역전할 수 있는 일생일대의 기회를 얻게 될 텐데 말이다. 오형수가 자신의 추잡한 과거와 그, 어머니의 존재를 세상으로부터 은폐시키기 위해서 어떤 방식으로 문제를 해결해 왔는지는 누구보다 노다 자신이 잘 알고 있었다.

돈을 원하는 사람에게는 돈을, 지위와 명예를 원하는 사람에게는 그에 합당한 지위와 명예를, 자식의 안위와 안정된 미래를 원하는 사람에게는 그것을 보장해 주는 것이 이제껏 오형수가 세상을 제 마음대로 부리며 살아온 삶의 방식이었다.

그 인간에게는 그럴 만한 힘과 재력이 차고 넘칠 만큼 많으니까. 집안 대대로 유서 깊은 명문 중고등학교와 대학교, 병원, 학원 등을 수 없이 거느린 내로라하는 사학재벌, 대한재단의 이사장이 아닌가. 그런데 거기다 이제는 정계에까지 진출을 하시겠단다. 일흔도 넘은 나이에 노욕이 끝도 없다.

그러니 그녀도 잘하면 그 덕분에 오형수한테 입막음조로 거금을 받아 챙기든가 아니면 이 비서나, 김 변호사, 안 박사처럼 아예 오형수 사람이 되어 그 밑에서 평생 떵떵거리며 잘 살 수 있을 터였다. 그럼 되레 고마워해야 할 쪽은 그녀이지 않을까. 아무리 그녀라고 해도 5백만 원 따위와는 비교도 되지 않을 거금과 보장된 미래 앞에서는 꿀 먹은 벙어리가 될 터였다.

하여 노다는 연지에 대한 걱정도, 죄책감 따위도 가질 필요가 없다고 생각했었다.

그런데 지금은…… 모르겠다.

세상을 바꾸는 것도 아니고, 오형수의 추한 민낯을 세상에 까발리는 것도 아니고 고작 그 자신의 웅어리진 울분을 해소하기 위해서, 한순간의 희열을 위해서 그녀를 오형수라는 인간 앞에 드러내는 것이 잘하는 짓인지 판단이 서지 않는다.

무엇보다 그녀와의 이 시간들을 어느 누구에게도 방해받고 싶지 않다는 바람이 생겨 버렸다.

물론 이 시간들이 언제까지 이어질 거라고는 생각하지 않는다. 언젠가는 끝이 날 것이다. 그녀가 서울로 돌아가거나 그에게 싫증을 느끼게 될 경우…… 아니면 그의 병증이 더 이상 감추기 힘들 만큼 악화된다면 그땐, 그 스스로 이 만남을 끝낼 것이다.

그러나 그 전까지는…… 들키고 싶지 않다.

그가 어떤 추한 욕망의 씨앗인지, 어떤 병을 앓고 있는지, 어떤 추한 몰골로 점점 변해가다 끝내 쓰러져 죽어가게 될지 그녀만은 절대로 알게 하고 싶지가 않다.

그저 그때까지만 이대로 지내고 싶을 뿐이다. 많은 것을 바라는 것도 아니지 않는가. 그저 이대로, 조금만 더…… 그가 바라는 것은 오직 그것뿐이었다.

어쩌다 이렇게 됐는지는 정말 모르겠다. 불현듯 정신을 차리고 보니, 이 지경이 되어 있었다.

어느새 피연지가…… 그의 가슴속으로 들어와 버렸다.

그동안에는 계속 부정해 왔다. 그런데 이제는 부정하고 싶어도 더 이상 부정할 수가 없게 되어버렸다.

몇 시간 전, 자정이 가까워져 옴에도 그칠 줄 모르고 계속 내리는 빗줄기에 불안해하고 초조해하다가 결국 미친놈처럼 우산을 들고 허둥지둥 집을 나서는 순간 깨달아 버렸다.

그녀를…… 좋아하게 되어버렸다는 사실을.

그러면 안 되는데…….

언제 미친놈이 되어 죽을지도 모르는 주제에 그녀를 좋아해서 어떡하자는 건지. 미친놈.

그러니 내 마음도, 나란 놈에 대한 그 어떤 것도 그녀가 알게 해서는 더더욱 안 된다. 먼 훗날, 그녀가 오늘을 되돌려 추억할 때 나란 놈은 그저 어느 여름날 우연히 알게 된 괴팍하고 이상한 사람으로만 기억되었으면 좋겠다.

희귀병에 걸려 죽어가는 불쌍한 사람이 아닌 그녀의 마음을 설레게 만들었던, 까칠하지만 근사했던 남자로…… 그렇게만 기억되고 싶다.

노다는 벽에 한쪽 어깨를 기대고 서서 운동기구들 사이를 돌아다니며 구경하는 연지를 조용한 시선을 바라보았다.

"이건 어떻게 하는 거예요? 이렇게 앉아서 이거만 잡아당기면 되는 거예요? 으, 무거워. 뭐가 이렇게 무겁대? 꿈쩍도 하지 않네. 와, 이게 다 몇 킬로그램이야. 최노다 씨가 정말 이걸 다 들어 올리는 거예요? 대단하네~."

순수한 감탄을 터뜨리며 재잘거리는 연지의 목소리를 들으며 나지막한 미소를 머금었다.

'그래, 딱 이 정도로만…… 더 이상은 안 바래.'

"어, 이거! 그때 그 활, 그거 맞죠?"

그녀는 이제 거실 한 귀퉁이에 세워둔 크로스보우를 들고 이쪽저쪽을 살펴보고 있었다.

"이제 보니까 그냥 활이 아니었구나. 크기도 훨씬 작고 모양도 조금 다르네. 어머, 방아쇠도 있네? 이거 당기면 총처럼 화살이 자동으로 나가는 거예요? 와, 신기하다. 이거, 정확한 명칭이 뭐예요?"

"크로스보우."

"아, 맞다, 크로스보우. 어디서 몇 번 들어본 것 같긴 하네. 그런데 이거 진짜 쏴본 적 있어요?"

그녀의 까만 눈동자가 호기심으로 반짝거렸다. 그는 그녀를 향해 천천히 걸음을 옮겼다.

"가끔."

"뭘 쏴봤는데요?"

"아무거나. 빈 캔이나 돌 같은 거."

"아, 사격 연습하는 것처럼?"

그녀는 알겠다는 듯 고개를 끄덕이며 크로스보우를 어깨높이로 들어올렸다.

"와, 생각보다 엄청 무겁네. 이렇게 하고 쏘는 거 맞나?"

어정쩡하게 폼을 잡은 그녀가 진짜 총이라도 쏘듯 한쪽 눈을 감고 가늠쇠를 노려보았다. 그러곤 입으로 '탕!' 소리를 내며 방아쇠를 당기는 시늉을 했다. 그러면서도 연신 '이렇게 하는 게 맞나?' 하며 중얼거렸다. 어느새 가까이 다다른 그는 피식 웃으며 그녀의 등 뒤로 다가가서 어깨 너머로 손을 뻗었다. 무거워서 바르르 떨리는 손 대신 그 옆의 총신 부분을 잡아 같이 들어주었다. 움찔 놀라는 그녀의 가슴팍으로 크로스보우를 바짝 당기고 자세를 제대로 잡아주었다.

"생각보다 반동이 세서 그렇게 대충 잡고 있으면 쏘는 사람이 되레 다쳐. 양발을 어깨 넓이로 벌리고 이쪽 팔을 겨드랑이에 바짝 붙여. 힘 꽉 주고. 그래, 그렇게. 그래야 덜 흔들려. 그리고 이게 가늠쇠야. 목표한 과녁을 여기에 맞추고 쏘면 돼."

"아."

연지는 알겠다는 듯 고개를 끄덕거렸다. 그가 알려준 대로 벌린 양발에 단단히 힘을 주고 가늠쇠로 감지 않은 한쪽 눈을 내렸다. 그러나 실상, 그녀의 온 신경은 이미 크로스보우에서 등 뒤에 서 있는 그에게로 완전히 옮겨간 상태였다. 크로스보우는 그녀의 뇌리에서 완전히 잊혀져 버렸다.

'어머, 웬일이야. 너무 가까운 거 아니야?'

살짝만 움직여도 그녀의 등이 그의 단단한 가슴에 닿을 판이었다. 어디 그뿐인가. 앞서거나 뒤서거나 크로스보우를 나란히 잡고 있는 손도 그러했고, 무엇보다 쭉 뻗어 나온 왼쪽 팔은 이미 그녀의 팔과 지그시 맞닿아 있었다. 어떻게 보면 그가 그녀를 뒤에서 안고 있는 형국이었다. 심장이 쿵쿵 뛰어대며 입안이 절로 바싹 말라왔다.

연지는 동그래진 눈을 세차게 깜박거리며 마른침을 꿀꺽 삼켰다. 며칠 전에 그녀가 먼저 배고프다며 미친 척 그에게 안겨 버린 적은 있지만, 그가 먼저 가까이 다가온 적은 처음이었다.

아, 물에 빠졌을 때 그녀를 번쩍 안아 옮겨주기는 했었다. 하나 그땐 어쩔 수 없는 비상 상황에 그녀 자신도 정신이 없었던 터라 아쉽게도 그에게 안겼던 기억이 없었다.

그런데 지금은⋯⋯.

'꺄악! 어떻게 해!'

연지는 속으로 환호성인지 뭔지 모를 비명을 지르며 헤벌쭉 벌어지는 입술을 꽉 깨물었다. 손끝이 바르르 떨렸다. 일순 우연처럼 바르르 떨리는 손끝에 그의 손목 부분이 살짝 닿았다. 삽시간에 찌릿한 전율이 일었다.

그도 느꼈을까?

움찔한 그가 황급히 크로스보우를 놓고 뒤로 성큼 물러났다. 아, 좋았는데. 좋다 말았다. 연지는 아쉬움에 입맛을 다시며 뒤를 힐끔거렸다.

그가 다소 가라앉은 목소리로 웅얼거렸다.

"그만 가라."

흠흠, 얼른 목을 가다듬고 다시 말했다.

"비가 멈출 생각을 하지 않는군. 더 내리기 전에 그만 가는 게 좋겠어. 크로스보우 내려놓고 나와."

벌써? 조금만 더 있다 가고 싶은데. 한데 그는 벌써 저만치 떨어져 현관으로 걸어가고 있었다. 연지는 입술을 비죽이며 할 수 없이 크로스보우를 있던 자리에 내려놓았다.

'그래, 뭐 오늘만 날은 아니니까.'

이런 식으로 조금씩, 조금씩 가까워지면 된다. 우연인 듯 실수인 양, 손이 스쳤으니 내일은 손도 잡아볼 수 있지 않을까. 그녀의 시선이 벽에 비스듬히 세워둔 크로스보우로 향했다.

'저걸 잘만 이용하면 될 것 같기는 한데.'

내일은 저걸 쏘는 법을 진짜로 가르쳐 달라고 해야겠다. 재미있을 것 같다고, 한 번만 쏴보고 싶다고 칭얼거리면 그는 또 귀찮아하면서도 못 이기는 척 가르쳐 줄 것이다. 이제껏 그래왔던 것처럼.

'흐흐흐. 그럼 아까처럼 그가 뒤에서 나를 안듯이 감싸고……
그러다 잘만 하면…….'

그녀의 눈빛이 음흉하게 반짝거렸다.

'좋아, 아주 좋아.'

"뭐 해, 빨리 와."

연지는 재빨리 표정을 갈무리하고 생긋 웃으며 뒤돌아섰다.

"알았어요, 가요."

그에게 후다닥 뛰어갔다. 어? 그런데 저 사람 안색이 왜 저러지? 창백한 안색이 더욱 창백하게 질려 있는 것 같다. 순간, 무심하게 그녀를 바라보던 표정도 확 달라져 버렸다. 미간이 와그작 일그러지고 눈가가 부들부들 떨렸다. 그 자신도 무언가 심상치 않다는 것을 느낀 듯 당황한 기색이 역력했다.

연지는 저도 모르게 우뚝 걸음을 멈췄다. 대여섯 걸음을 둔 채 경악하고 의아함에 찬 두 사람의 시선이 허공에서 마주쳤다. 경악에 찬 그의 눈동자에 일순 소름끼치는 공포가 끼쳐 들었다. 그와 동시에 그의 기다란 몸이 끈 떨어진 마리오네트 인형처럼 휘청거리며 앞으로 무너졌다.

"윽!"

"꺄악!"

두 사람의 입에서 고통스런 신음과 경악한 비명이 동시에 터져 나왔다. 노다는 본능적으로 손을 뻗어 벽을 짚고 무너지려는 몸을 가까스로 지탱했다. 그러나 그도 잠시. 그는 삽시간에 해일처럼 덮쳐 오는 경련과 내장을 후벼 파는 듯한 격렬한 통증을 더 이상 이겨내지 못하고 '컥!' 비명을 내지르며 그대로 밑으로 주르륵 미끄러지고 말았다.

그가 무너지는 모습을 본 순간 본능적으로 몸을 날린 연지. 그가 바닥으로 꼬꾸라지기 전에 아슬아슬하게 무너지는 그를 온몸으로 받아냈다. 그러나 그녀의 몸으로 180㎝가 넘는 남자의 몸을 온전히 받아낸다는 것은 애초부터 불가능한 일이었다.

두 사람은 한 덩이가 되어 바닥으로 내동댕이쳐지듯 '쿵!' 떨어졌다. 그를 안고 먼저 바닥으로 떨어진 연지. 엉덩이와 등짝에 깨지는 듯한 통증이 일었다.

그러나 놀라고 경악한 마음에 비한다면 그까짓 통증은 비할 바도 아니었다. 단단히 품에 안고 있는 그의 몸은 마른 장작처럼 뻣뻣하게 굳어 있었다. 그리고…… 전기 충격이라도 받은 사람처럼 펄떡거리며 경련을 일으키고 있었다.

후다닥 몸을 일으킨 연지는 발작을 일으킨 그를 바닥에 눕히고 사색이 되어 소리쳤다.

"왜 이래. 갑자기 왜 이래요! 노다 씨, 최노다 씨!"

"으으, 윽, 컥!"

백짓장처럼 하얗게 질린 그의 얼굴이 끔찍한 고통에 무참하게 일그러졌다. 뻣뻣하게 굳은 전신뿐만 아니라 일그러진 얼굴의 모든 근육들도 격렬한 경련에 마구잡이로 떨렸다. 그런 와중에도 그는 어떻게든 끔찍한 고통에서 벗어나고자, 정신을 잃지 않고자 이를 악물고 버티고 있었다.

발작이었다. 일전에 봤던 바로 그 발작!

맙소사, 왜 또 갑자기!

갑작스런 충격과 두려움에 연지는 정신을 차릴 수가 없었다. 바보처럼 울음이 제멋대로 터져 나왔다.

"어떻게 해, 어떻게 해!"

충격과 두려움으로 경황이 없는 와중에도 연지는 본능적으로 사지를 뒤트는 그를 반듯이 눕히려고 안간힘을 썼다. 울며불며 소리쳤다.

"갑자기 왜 이래요, 이러지 말아요, 노다 씨. 흑, 어떻게 해."

허겁지겁 몸을 돌려 경련을 일으키는 그의 얼굴을 부여잡았다. 악 다물고 있는 그의 입술을 벌리기 위해서 안간힘을 썼다. 어찌나 세게 입술을 깨물고 있는지, 하얗게 질린 아랫입술은 벌써 터져 있었다. 찢어진 여린 살갗에서 붉은 피가 흘러내렸다. 그럼에도 그는 이를 악물고 절대 입을 벌리려고 하지 않았다. 기겁한 연지는 울며불며 애원했다.

"이러면 안 돼요. 입 벌려야 한단 말이에요!"

"으으."

"괜찮아. 비명 질러도 돼요. 참지 말고 그냥 지르란 말이에요! 노다 씨, 제발!"

"참…… 참을 수 있어. 킥! 저리……가. 제발 좀 꺼……크헉!"

말, 말을 한다. 그럼 아직 의식은 있다는 말인가? 소스라친 연지가 미친 듯이 소리쳤다.

"노다 씨, 아직 정신이 있는 거예요? 그래요?"

"으윽."

"견딜 수 있어요? 참을 수 있는 거예요? 눈…… 눈 좀 떠봐요, 응?"

"저리…… 가……."

"싫어. 안 가. 당신 두고 내가 어딜 가! 제발 가라고 하지 말아요. 괜찮아요. 창피한 거 아니야. 아파서 이런 거잖아. 난 아무렇지도 않아."

연지는 허겁지겁 눈물을 닦아내고 고개를 가로저었다.

"그러니까 쓸데없는 소리 좀 하지 말아요. 다른 건 신경 쓰지도 말아요."

연지는 이를 악다물고 소리쳤다. 아니, 애원했다.

"말해줘요, 내가 어떻게 하면 돼요?"

"으윽."

"정신 잃지 말아요. 버틸 수 있을 때까지 버텨봐요, 제발. 노다 씨, 내 말 들려요? 내 말 들리는 것 맞죠?"

그가 미세하게 고개를 끄덕거렸다. 바보처럼 눈물이 다시 왈칵 쏟아져 나왔다.

"잘했어요. 조금만 더 참아요. 제발 망할 병마가 당신을 집어삼키게 내버려두지 말아요. 당신, 강한 사람이잖아. 병마 따위한테 질 사람 아니잖아. 정신 잃으면 안 돼요. 알았어요?"

그가 또 다시 희미하게 고개를 끄덕거렸다. 천만다행이었다. 그나마 그가 의식을 잃지 않고 버텨주는 것이 얼마나 다행인지. 그런데 언제까지 버틸 수 있을까. 사지가 뒤틀리는 경련은 좀체 잦아질 기미를 보이지 않았다.

어떡하지? 어떻게 해야 하지? 그를 이대로 두고 보기만 해야 하나? 안 돼, 그럴 수는 없어. 뭔가 다른 방법이 있을 거야. 내가 도울 수 있는 다른 방법이…… 아!

순간, 그녀의 뇌리로 어떤 영상 하나가 휙 스쳐 지나갔다. 연지는 정신을 잃지 않기 위해 버티느라 고통스럽게 일그러진 그의 얼굴을 다급하게 부여잡고 소리쳤다.

"노다 씨, 냉장고에 약 있죠. 그거 가지고 올까요? 지금이라도 그거 맞으면 좀 나아지는 거예요? 그래요?"

"으으, 네, 네가 그걸 어떻게……."

"지난번에 봤어요. 그런데 지금 그게 중요한 게 아니잖아요. 어떻게 해요? 가지고 와요?"

"크헉!"

안 되겠다. 지금으로선 할 수 있는 방법이란 무엇이든 다 해보는 수밖에.

"일단 가지고 올게요. 뭐든 해봐야 될 것 아니에요. 금방 갔다 올게요. 그러니까 절대로 정신 잃지 말아요. 절대로 지면 안돼요, 알았죠!"

연지는 그의 얼굴을 조심스럽게 바닥에 내려놓고 자리에서 벌떡 일어났다. 넘어질 듯 부리나케 주방으로 달려갔다. 냉장고 문을 열고 약병이 보관되어 있는 신선칸을 열었다. 그런데 무엇을 가져가야 할지 알 수 없었다. 약들이 다 같은 것인지, 다른 것인지조차도 알 수 없었다. 다급한 마음에 부들부들 떨리는 손으로 한 무더기의 약병을 집어 들었다. 다른 손에는 주사기도 한 움큼 집어 들었다.

부리나케 그에게로 달려갔다. 그는 여전히 차가운 바닥에 누워 경련을 일으키고 있었다. 무너지듯 그 앞에 꿇어앉은 연지가 그의 얼굴을 양손으로 감싸 들고 소리쳤다.

"노다 씨, 노다 씨!"

"으음......."

다행히 그는 아직도 의식을 잃지 않기 위해서 병마와 사투를 벌이고 있었다. 가까스로 실눈을 뜨고 그녀를 올려다보기도 했다. 오, 하느님, 감사합니다! 잠시 멈췄던 눈물이 또 다시 미친 듯이 흘러내렸다. 연지는 이를 악물고 소리쳤다.

"약, 약 가져왔어요! 이제 어떻게 하면 돼요? 말해봐요, 어떻게 하면 되느냐고요!"

"줘...... 내가, 내가......."

"당신이 직접 놓겠다고요? 말이 되는 소리를 해요! 당신이 어떻게…… 안 돼. 내, 내가 해요. 그러니까 말만 해요. 어디다 놓는 거예요? 어디, 여기? 아니면 여기?"

연지는 시야를 뿌옇게 흐리는 눈물을 허겁지겁 닦아내고 그의 카디건 소매를 왼쪽, 오른쪽 어디 할 것 없이 한꺼번에 팔뚝까지 걷어 올렸다. 헉! 연지는 두 눈을 부릅떴다. 새하얀 팔뚝 양쪽에는 무수히 많은 주사바늘 자국이 빼곡히 들어차 있었다.

바보처럼 또다시 눈물이 쏟아져 나오려고 했다. 비명도 터져 나오려고 했다. 연지는 이를 악물고 그 모든 것을 간신히 참았다. 부들부들 떨리는 손으로 약병들을 들고 뒤늦게 세심하게 살펴보았다. 손가락 반 마디밖에 안 되는 자그마한 약병에는 이런저런 영문들이 깨알같이 적혀 있었다. 그런데 하나같이 헤모 어쩌고 저쩌고, 모두 같은 글귀가 적혀 있었다. 냉장고에 있는 약들이 다 같은 약이었던 모양이다. 휴우, 그나마 다행이다 싶었다.

그런데 이걸 어떻게 놓아야 할까. 주사 같은 거 한 번도 놓아 본 적이 없는데. 무서웠다. 겁도 났다. 그러나 어쩌겠나. 지금 이 것을 그에게 놓을 사람은 자신밖에 없는데. 연지는 이를 악물고 병원에서 곁눈질로 봤던 대로 주사기 바늘을 약병에 꽂아 약물을 쭉 빨아들였다.

"후우, 후우."

가쁜 숨을 몰아쉬며 재빨리 위치를 바꿔 그의 팔뚝 앞에 앉았다. 간호사들이 하던 대로 경련하는 팔뚝을 세차게 몇 번 때리기도 했다. 안 그래도 불뚝불뚝 솟아 있던 혈관들이 더욱 도드라져 튀어나왔다. 연지는 혈관 한 곳을 향해 주사기를 내렸다.

그런데…… 여기까지는 어찌어찌 했지만, 막상 그의 팔뚝에 진짜 주사 바늘을 꽂으려고 하니 왈칵 겁이 나서 더 이상 엄두가 나지 않았다.

혹여 자신이 잘못 놓기라도 하면 어쩌나. 그래서 그가 더 잘못되기라도 하면 어떡하나. 오만 가지 걱정과 두려움이 그녀의 사지를 칭칭 휘어 감고 놓아주지 않았다.

그때였다.

부들부들 떨고만 있는 그녀의 손을 커다란 손이 '턱!' 강하게 움켜잡았다. 소스라치게 놀란 연지의 얼굴이 번쩍 위로 들렸다. 그와 동시에 그녀의 손을 부스러뜨릴 듯 움켜잡은 커다란 손이 그대로 그녀의 손을 아래로 잡아당겼다.

쑤욱.

뾰족한 주사 바늘이 딱딱하게 굳은 살갗을 뚫고 쑥 들어가는 것이 손바닥을 통해 소름끼치도록 적나라하게 느껴졌다.

"헉!"

경악한 연지는 저도 모르게 주사기를 놓으려고 했다. 그러나 그의 손이 그녀의 손을 으스러뜨릴 듯 강하게 움켜쥐고 있는 탓에 꿈쩍도 할 수 없었다. 그가 악다문 잇새로 고통스럽게 중얼거리며 비명을 내질렀다.

"괜찮아. 그냥…… 해. 으윽!"

괜찮다는 그의 말 한마디 때문이었을까. 아니면 더 이상은 제정신으로 듣기 힘든 그의 고통스러운 비명 탓이었을까. 연지는 저도 모르게 주사기 끝을 꾹, 끝까지 밀었다.

"윽! 으으, 큭."

한순간 그의 전신이 크게 요동쳤다. 그녀의 손을 움켜쥐고 있는 손아귀에도 기겁할 만큼의 강한 힘이 실렸다. 그 강한 악력에 그녀의 손이 그대로 부서져 가루가 되어버릴 것만 같았다. 그러나 연지는 비명을 내지르지 않았다. 이를 악물고 참았다. 이따위 고통, 이 정도의 아픔 따위는 지금 노다가 견디고 있는 고통에 비하면 아무것도 아닐 터였다. 그저 눈물만 철철 흘리며 고통에 몸부림치는 그를 망연히, 아프게 바라보기만 했다.

몸속에 투입된 약 덕분일까.

펄떡거리며 요동치던 극렬한 경련이 점차 잦아들기 시작했다. 그녀의 손을 으스러뜨릴 듯 움켜쥐고 있던 손에서도 서서히 힘이 빠졌다. 툭, 떨어지는 그의 손과 함께 그녀의 손에서도 주사기가 바닥으로 떨어졌다.

연지는 벌벌 떨리는 몸으로 그의 얼굴 위로 엉금엉금 기어갔다. 조심조심 그의 얼굴을 가만히 들어 품에 단단히 끌어안았다. 그의 전신은 여전히 여진처럼 부들부들 떨리고 있었다. 그를 꼭 끌어안은 채 연지는 흐느꼈다.

"괜찮아요. 이젠 곧 괜찮아질 거예요. ……당신이 이겼어요. 거봐요, 내가 뭐라고 했어요. 망할 병 따위에 질 당신이 아니라고 했잖아요. 잘했어요. 정말 잘했어…… 흐흑."

"으으, ……가, 제발 멀리……."

"싫어. 안 간다고 했잖아요. 당신 두고는 아무 데도…… 안 가. 난 발작 따위, 포르피린증 따위 하나도 안 무서워."

331

"네, 네가 그걸 어떻게……."

"궁금해요? 그럼 빨리 정신 차려요. 그럼 다 얘기해 줄게요. 또 네 멋대로 여기저기 들쑤시고 다녔느냐, 너 같은 애는 정말 구제불능이다, 귀찮다, 짜증난다…… 무슨 말을 하든, 욕을 해도 다 받아줄 테니까, 제발……."

"하아, 하아. 넌 진짜…… 으."

"그래도 난 안 가. 당신 옆에 껌 딱지처럼 딱 달라붙어 있을 거야. 가기 싫어. 가고 싶지 않아요. 그러니까 제발 그놈의 가라는 말 좀 하지 말아요. 당신이 아무리 가라고 밀어내도 안 갈 거니까. 내 고집 알죠? 나 원래 뻔뻔하고 당돌하고 제멋대로인 애잖아요. 못 말리는 피연지잖아."

"……."

"그러니까 당신이 포기해요. 난 그놈의 빌어먹을 병보다 더 독한 애니까. 당신이 지겨워지면, 싫증이 나면…… 그때 내가 알아서 갈 거니까. 그러니까 괜한 일에 힘 빼지 말아요."

연지는 축 늘어지는 그를 더욱 단단히 보듬어 안았다. 식은땀으로 흥건히 젖어버린 그의 머리카락과 창백한 뺨을 하염없이 쓰다듬었다. 달래듯이, 다독이듯이 다정하게. 그리고 애잔하게.

"괜찮아. 이제 다 괜찮아질 거야."

끊임없이 괜찮다, 괜찮아질 거라는 말을 중얼거렸다. 그녀는 더 이상 흘러내리는 눈물을 닦아내지 않았다. 아니, 자신이 울고 있는지조차 알지 못했다. 자신이 무슨 말을 하염없이 중얼거리고 있는지도, 그를 얼마나 그악스럽게 끌어안고 있는지도.

질끈 감긴 그의 눈가가 파르르 떨렸다. 속눈썹이 점차 축축하게 젖어갔다. 식은땀인지 뭔지 모를 물기가 창백한 뺨으로 또르륵 굴러 떨어졌다. 악 다물린 얇은 입술이 부르르 떨렸다.

12장

커다란 창문으로 아침 햇살이 눈부시도록 찬란하게 들이쳤다. 그러나 이런저런 운동기구들이 한가득 들어차 있는 거실의 공기는 북극처럼 냉랭하기 그지없었다.

햇빛에서 비켜난 벽으로 걸어간 그가 스위치 옆의 버튼 하나를 눌렀다. 커다란 전면 창 옆으로 젖혀져 있던 암막커튼이 스르스륵 움직이며 커다란 창문을 가리기 시작했다. 그에 따라 거실을 환하게 비추던 햇살의 너비가 점차 좁아지다 이내 한 뼘 너비로, 그러다 곧 완전히 사라졌다.

그는 스위치를 내려 천장의 간접 조명도 모두 꺼버렸다. 환한 빛이 넘실대던 공간은 이내 커다란 동굴처럼 어둑해졌다. 아슴푸레한 어둠 속에서 운동기구들만 희미한 빛을 발했다.

그는 암막커튼이 쳐진 창가 앞에서 떨어질 줄 몰랐다. 아무것도 보이지 않는, 빛과 세상을 모두 가려 버린 두꺼운 암막커튼만 바라보며 우두커니 서 있을 뿐이었다.

그녀를 고집스레 등진 채.

여진처럼 남아 있던 경련이 온전히 사라지고 호흡이 정상으로 돌아온 직후부터 그는 내내 그랬다. 거친 손길로 그녀를 밀어내고 비척거리며 몸을 일으켜 그녀에게서 최대한 멀리 떨어졌다.

연지는 그런 그에게 괜찮으냐는 말 한 마디 묻지 못했다. 묻고 싶었으나 차마 물을 수 없었다. 그녀를 외면하고 돌아선 그의 뒷모습이 너무 차갑고, 너무 아파서.

멀리 떨어져 있음에도 그의 내면에서 아우성치는 절규가 들리는 것만 같았다. 그 처절한 절규는 세상을 향한 원망인 동시에 그 자신을 향한 악다구니였다. 그리고 그녀를 향한 경악한 비명이자 도망치고자 몸부림치는 고통스런 신음이기도 했다.

그 절규 어린 악다구니에, 경악한 비명에, 고통스런 신음에 연지의 가슴도 무너져 내렸다. 가까스로 위기를 넘긴 그의 무사함에 안도한 것을 비웃기라도 하듯이 무섬증도 왈칵 끼쳐 들었다.

너 같은 거 꼴도 보기 싫으니 당장 꺼져 버리라고 하면 어쩌나. 두 번 다시는 올라오지 말라고, 이 근처에는 얼씬도 하지 말라고 하면 어떡하나.

그러면 왠지 그럴 것만 같았다. 세상을 등지면서까지 감추고자 했던 자신의 비밀을 알아버린 그녀를 더 이상 곁에 두고 봐줄 것 같지 않았다. 그녀를 향해 열어주었던 작은 틈마저 완전히 닫아

버린 채 다시 혼자만의 외롭고 고통스런 삶으로 도망쳐 버릴 것만 같았다.

그러고는 언젠가 그 외로운 사투조차 버티기 힘들어지면 아무런 미련 없이 마지막 끈을 놓아버릴 것 같았다.

'싫어!'

연지는 울음이 터져 나오려는 입술을 으스러져라 깨물었다.

'저 사람 혼자 외로운 고통 속에 내버려 두고 싶지 않아. 혼자 병마와 싸우다 끝내 홀로 지쳐 쓰러지게 하고 싶지 않아.'

네가 무슨 상관이냐고, 오지랖도 그 정도면 병이라고 비웃고 욕을 한다고 해도 할 수 없었다. 지금 그녀의 마음이 그러하니까. 저 남자를 향한 그녀의 마음이…….

처음에는 단순한 호기심이었다. 그 다음에는 심장이 멎을 듯한 아름다운 외모에 눈이 멀었더랬다. 상처 입은 자존심에 두고 보자는 오기도 한몫했었다. 그러나 지금은 그런 것들은 아무래도 상관없어져 버렸다. 저 사람이 어떤 병을 앓고 있든, 어떤 사람이든 그런 것들 또한 아무래도 상관없어져 버렸다.

최노다. 저 사람 자체만이 중요해져 버렸다.

저 사람이 좋다.

저 사람을 외로운 고통 속에 홀로 내버려 두고 싶지 않다.

저 사람 곁에 머물고 싶다.

그래서 두렵다. 저 사람이 자신을 멀리 내쳐 버릴까 봐.

연지는 바르르 떨리는 주먹을 강하게 움켜잡았다.

"언제……."

숨 막힐 듯한 기나긴 침묵 뒤에 버석하게 갈라진 그의 서늘한 음성이 들려왔다.

"어떻게 알았지?"

주어도 목적어도 없는 않은 말이었지만 연지는 그가 무엇을 묻는 것인지 대번에 알아들었다. 연지는 급하게 숨을 깊이 들이마신 뒤에 천천히 입을 열었다.

"며칠 됐어요."

마른침을 삼키고 신중하게 다음 말을 이었다.

"햇볕에 노출되는 것을 꺼리는 게 뇌전증 외의 다른 합병증 때문에 그러는 건가, 걱정이 돼서 인터넷으로 이것저것을 알아보다가…… 포르피린증이란 병이 있다는 것을 알게 됐어요."

그러다 너무 생소한 병명이라서 조금 더 자세히 알아보았고, 유전병 중의 하나라는 문구에 과거의 예쁜 아줌마의 증상까지 대입해 보았더니, 그것이 진짜 맞는 것 같더라, 그래서 짐작만 하고 있었노라고 연지는 솔직하게 모두 털어놓았다.

그녀의 길다면 긴 이야기가 끝날 때까지 그는 아무 말도 하지 않았다. 그녀의 이야기가 모두 끝나고 나서도 마찬가지였다. 그저 아무것도 보이지 않는 암막커튼만 조용히 응시하고 있을 뿐이었다. 숨 막힐 듯한 침묵이 서늘한 어둠에 잠긴 공간을 다시금 팽팽하게 조이며 무겁게 내려앉았다.

그렇게 얼마나 지났을까.

피식.

돌연 그가 서늘한 비소를 흘렸다.

"그랬군. 하긴 못 말리는 극성에 호기심까지 병적으로 많은 네가 가만히 있었을 리가 없지."

그의 음성은 너무 낮고 냉랭해 소름이 돋을 정도였다.

"꽤나 재미있었겠군. 괴상한 희귀병에 걸린 놈을 가까이에서 관찰하는 재미가 쏠쏠했겠어. 거기다 벌레처럼 발작하는 꼴까지 또 직접 봤으니, 이제 그 정도면 호기심은 대충 채워진 것 아닌가? 그럼 이제 그만 가줘. 동물원의 원숭이처럼 구경거리가 되고 싶은 생각은 없으니까."

"아니에요! 어떻게 그런 말을!"

발끈한 연지가 소리쳤다. 조바심에 자리에서 벌떡 일어났다.

"그러지 말아요. 당신이 왜 마음에도 없는 말을 하는지는 잘 알겠는데요, 그럴 필요까지는 없잖아요. 동물원의 원숭이라니, 어떻게 그런 말을! 난 절대 노다 씨를 그렇게 생각한 적 없어요. 호기심이나 충족하자고 당신을 만나온 게 아니라고요!"

"그럼, 동정인가? 젊디젊은 놈이 희귀병에 걸려서 죽어간다니까 어쭙잖은 동정심이라도 생겼어? 그렇다면 더더욱 사절이야. ……가."

연지는 아랫입술을 질끈 깨물었다. 그가 왜 저러는지 안다. 어쭙잖은 호기심이라느니, 구경거리라느니, 동정이라느니……. 그래서 마음이 더욱 아팠다. 울컥한 마음이 눈물로 쏟아지려고 했다.

'안 돼. 울지 마.'

연지는 이를 악물고 울음을 참았다. 눈물 따위는 지금 아무런 도움도 되지 못한다. 동정 운운하며 그녀를 밀어내려는 그의 마음만 더욱 다치게 할 뿐. 그럼 어떻게 해야 하지? 어떻게 해야 그를 상처 입히지 않고 그의 곁에 계속 머물 수 있는 거지?

노다가 아무 감정도 깃들지 않은, 그래서 더욱 안타까운 아픈 목소리로 말했다.

"어쨌든 그동안 덕분에 심심하지 않아서 고마웠다. 아까도……고마웠고. 하지만 더 이상은 필요 없어. 가. 가서 다시는 올라오지 마. 이 시간 이후로 네 얼굴 보는 일 따위는 절대로 없을 거다."

"왜…… 요? 왜 그래야만 하는데요?"

연지는 떨리는 목소리로 간신히 되물었다.

"말했잖아. 난 누군가의 호기심이나 채워줄 생각도 없고 동물원의 원숭이가 되어줄 생각은 더더욱 없다고."

"그런 거 아니라는 거 알잖아요!"

결국 연지는 더 이상 참지 못하고 버럭 소리를 질렀다.

"당신도 내가 그런 얄팍한 감정이나 호기심 때문에 여기 오는게 아니라는 거 알면서, 알고 있으면서…… 괜한 억지 부리지 말아요. 그런 거 아니라는 거…… 최노다 씨도 알잖아요……."

그녀의 음성이 점차 잦아들며 물기를 머금었다. 그가 시니컬하게 되받아쳤다.

"내가 뭘 안다는 거야. 네 마음 따위, 난 알 바 아니야. 알고 싶지도 않고."

그가 피식, 낮은 조소를 흘렸다.

"알다시피 나는 내 몸 하나도 건사하기가 바쁜 몸이라서 말이야. 다른 건 알고 싶지도 않고 관심도 없어. 허튼 일에 신경 쓸여유도 없고."

"그러지 말아요. 왜 자꾸 마음에도 없는 소리를 해요. 내가 멋대로 당신이 감추고 싶어 하던 병에 대해서 알아본 것 때문에 그래요? 내가 멋대로 당신 비밀에 대해서 알아버려서? 그것 때문에이러는 거라면…… 미안해요. 내가 잘못했어요. 하지만 나는 어떻게든 당신한테 도움이 되고 싶어서…… 내가 조심해야 될 건뭐가 있나, 있다면 미리 알아둬야 할 것 같아서, 그래서 알아본것뿐이었어요. 다른 이유는 없었어요. 정말이에요, 믿어줘요."

그가 지친 듯 낮은 한숨을 내쉬었다.

"그래, 네가 정 그렇다면 그렇다고 치지. 믿어줄게. 됐나? 그럼그만 가봐. 피곤하다."

"노다 씨! 사람이 정말 왜 그래요! 왜 이렇게 못나게 굴어요!그게 얼마나 큰일이라고. 내가 당신 병에 대해서 알아버렸다는게 그렇게 자존심 상해요? 발작 좀 한 게 그렇게 창피해요? 물론그런 몹쓸 병에 걸렸다는 게 엄청 안타깝고 슬픈 일이긴 하죠.나로서는 감히 상상도 하지 못할 만큼 엄청 고통스럽고 두려운일이라는 것도 안다고요. 하지만 그렇다고 무조건 감추고 숨기고, 다가오는 사람을 억지로 밀어낼 필요까지는 없잖아요. 그동안 우리가 함께한 시간들을, 그 감정들을 부정할 필요까지는 없는 거잖아요."

"감정? 너와 나 사이에 감정이라고 부를 만한 무언가가 있었나? 우습군. 착각하지 마. 내가 그동안 제멋대로인 너를 받아줬던 이유는 그나마 시끄러운 너 때문에 잠시나마 무료함을 잊을 수 있기 때문이었어. 그 외에는 어떤 이유도, 감정도 없는 한시적인 만남이었을 뿐이야. 굳이 부정이라는 말을 갖다 붙일 것도 없는 무의미한……."

그녀가 그를 향해 한 걸음 다가갔다.

"거짓말. 그거 알아요? 당신, 언제부턴가 말만 하면 항상 거짓말뿐이었다는 거. 사람이 왜 거짓말을 하는지 알아요? 숨기고 싶어서, 쑥스러워서, 솔직하게 말하고 인정할 자신이 없어서 그러는 거예요. 당신은 어느 쪽이죠? 나와 함께 웃고 떠들고, 내가 오기만을 기다린다는 것을 인정하는 것이 그렇게 힘들어요? 그렇게 자신이 없어요? 왜요? 당신의 그 망할 병 때문에? 아니면 당신에 비해서 나란 사람이 너무 보잘 것 없고 하찮다고 생각돼서?"

그의 굳은 어깨가 흠칫 떨렸다.

"쓸데없는 소리. 너야말로 억지 좀 그만 부려. 네 멋대로 착각하고 그것이 전부인 양 지껄이는 거, 이젠 정말 짜증나서 더는 못 들어주겠다. 그런 너를 참아주는 것도 오늘이 마지막이야. 꺼져. 다시는 올라오지 마."

마지막 경고인 양 냉정하게 말하고 2층으로 올라가기 위해 돌아서려는 그의 발목을 연지의 물기 어린 촉촉한 목소리가 와락 움켜잡았다.

"싫어……. 아까 한 말 그새 다 잊어버렸어요? 좋아요. 그럼 다시 말해줄게요. 열 번이고 백 번이고 얼마든지 말해줄 수 있어요. 나, 당신 옆에 껌 딱지처럼 딱 달라붙어 있을 거예요. 당신이 아무리 심한 말로 욕을 하고 가라고 밀어내도 나, 절대로 안 갈 거예요. 왜냐면…….”

연지는 터져 나오려는 울음을 간신히 집어삼키고 다시 말을 이었다.

“난 당신이 말한 대로 뻔뻔하고 당돌하고 제멋대로인 데다가 착각도 심한 애니까. 그런 내 마음이 지금 당신 하는 말은 전부 진심이 아니라고, 거짓말이라고 말하고 있으니까. 당신을…… 좋아하게 되어버렸으니까.”

흠칫 떨린 그의 어깨가 차돌처럼 딱딱하게 얼어붙었다.

“난 발작 따위 하나도 안 무섭다고요. 포르피린증 따위, 하나도 안 무서워. 내가 무서운 건…… 아무도 없는 이 산속에서 당신 혼자 외롭게 있는 거예요. 당신 혼자 그 빌어먹을 병하고 사투를 벌이다가 아까처럼 쓰러져 버리는 거라고요.”

그러다 그가 깨어나지 못하기라도 한다면? 사지가 뒤틀리는 고통 속에서 홀로 쓸쓸이 죽어가기라도 한다면? 오, 하느님. 상상만으로도 너무 끔찍하고 두려워 온몸의 피가 얼어붙는 것 같았다. 연지의 목소리가 절로 부들부들 떨려 나왔다.

“물론 내가 할 수 있는 일이라는 게 아무것도 없다는 것쯤은 나도 잘 알아요. 하지만…… 적어도 내가 옆에서 손은 잡아줄 수 있잖아요. 적어도 지금보다 더 외롭지는 않을 거잖아요. 적어도…… 아까처럼 상황이 더 위험해지지는 않도록, 고통을 멈추게 해줄 수는 있을 거 아니에요. 그러니까 마음에도 없는 말로 억지로 밀어내려고 하지 말아요. 그런다고 순순히 갈 애가 아니라는 거 알잖아요. 그냥 지금처럼만……."

그가 천천히 돌아섰다. 그가 돌아서 자신을 봐줄 거라고는 생각지도 못했던 터라, 연지는 흠칫 놀라지 않을 수 없었다. 멈칫, 그에게 다가가는 걸음을 멈추고 초조한 마음으로 그를 바라보았다.

마침내 그녀를 돌아봐 주기는 했으나 그의 얼굴은 밀랍을 뒤집어쓴 듯 무감하고 냉랭하기만 했다. 가만히 그녀를 응시하는 눈빛 또한 텅 빈 동굴처럼 서늘하기만 했다. 하얗게 질린 얇은 입술이 보일 듯 말 듯 달싹거렸다.

"나를 좋아한다? 발작 따위, 포르피린증 따위 무섭지 않다? 언제 발작이 도져 죽을지 모르는 나를 위해 곁에 그냥 있어주고 싶다, 이건가?"

크게 움직이지도 않는 입술 사이로 흘러나오는 음성은 음산하기 그지없었다.

"감동적이군. 고마워하기라도 해야 하나?"

연지는 어금니로 여린 속살을 으득 깨물었다. 문득 영문 모를 무섬증이 와락 끼쳐들었다.

"까불지 마. 인터넷으로 문서 몇 개 읽어본 주제에, 발작 한두 번 본 게 다인 주제에 다 아는 것처럼 까불지 말라고. 너는 그게 어떤 건지 아무것도 몰라. 내가 어떤 놈인지 알지 못하는 것처럼."

그의 손이 움직였다. 암막커튼 자락을 슬쩍 움켜잡았다. 들썩거린 작은 틈으로 이제나 저제나 넘어올 기회만 넘보고 있던 창문 너머의 햇빛이 득달같이 스며들었다. 칼날처럼 날카롭게 스며든 한 줄기 빛이 거실 한가운데를 길게 갈랐다.

연지는 그가 무엇을 하려고 하는지 알지 못했다. 그저 막연한 두려움으로 커다래진 눈만 깜박거릴 뿐이었다.

손가락 한 마디 폭밖에 되지 않던 한 줄기 빛이 조금씩 덩치를 키우며 넓어졌다. 손가락 한 마디에서 한 뼘으로, 그러다 금세 팔뚝 길이만큼 넓어진 빛이 성문을 부수고 달려드는 적군들처럼 와그닥닥 밀려들어 왔다.

갑작스런 햇살에 눈이 부신 연지는 본능적으로 질끈 눈을 감고 손을 들어 햇빛을 막았다. 실눈을 뜨고 빛 너머의 그를 바라보았다.

"뭐 하는 거…… 꺄악!"

그녀의 입에서 경악한 비명이 터져 나갔다.

폭포처럼 밀려오는 햇빛 속에 그의 팔이 지글지글 타고 있었다. 마치 용광로에 집어넣은 듯 새하얗던 생살이 금세 벗겨져 벌건 속살을 드러냈다.

그토록 공포스러운 광경은 처음 보았다. 아무리 뜨거운 햇살이라고 해봐야 고작 햇살일 뿐인데. 그 햇빛에 멀쩡하던 사람의 생살이 지글지글 녹으며 타고 있었다. 터지고 까진 생살 아래 벌건 속살이 석류처럼 터져 나와 급기야 시뻘건 핏물까지 맺히기 시작했다.

죽음과도 같은 고통일 터였다. 생살을 인두로 지지고 도려내는 고통보다도 몇 배, 몇 십 배는 더한 끔찍한 고통일 터였다. 그런데 그는 신음 한 자락 흘리지 않고 있었다. 생살이 지져지는 고통 속에서도 그는 이를 악물고 부들부들 떨면서도 햇빛의 용광로로 집어넣은 팔을 거둘 생각을 하지 않았다. 공포와 경악으로 하얗게 질려가는 연지의 얼굴만 차갑게 바라볼 뿐이었다.

"안 돼! 하지 마. 그, 그러지 마요. 제발 그, 그러지 마⋯⋯."

그에게 달려가 온몸으로 뒤로 떠밀든 그를 감싸든 해야 했다. 그가 더 이상 스스로에게 끔찍한 자해를 하지 못하도록 막아야만 했다. 그런데 충격과 공포로 얼어붙은 몸이 움직여주지 않았다. 두려움에 찌들어 비명인지 말인지도 모를 불분명한 말이 웅얼웅얼 흘러나오는 것이 고작이었다.

거대한 바위에 짓눌린 듯한 음산한 음성이 그런 연지를 비웃듯이 바들바들 떨고 있는 그녀의 넋을 후려쳤다.

"⋯⋯두려워? 끔찍해? ⋯⋯후후, 우습군. 포르피린증 따위, 무섭지 않다고 큰소리치더니 고작 이 정도로 겁에 질려 꼼짝도 못하다니. 똑똑히 봐. 이건 네가 우습다던 포르피린증의 증상 중 가장 기초적인, 애교 수준에 불과할 뿐이니까."

"하, 하지 마요, 제발⋯⋯."

"사람이든 식물이든 생명이 있는 것은 햇빛을 보지 못하면 살 수가 없지. 하지만 난 달라. 정반대야. 나에게 햇빛은 곧 죽음이거든."

으윽. 고통을 참는 짧은 신음 소리가 낮게 흘러나왔다. 이를 악물고 거친 숨을 몰아쉰 그가 다시 말을 이었다.

"빛을 피해 어둠 속에서만 기생할 수밖에 없다는 것은 곧 죽음을 뜻해. 사람다운 삶을 포기해야만 살 수 있는 삶, 저주받은 운명. 그게 바로 나야. 살아 있다고도 할 수 없고, 죽었다고도 할 수 없는 괴상한 존재, 그게 바로 지금의 나라고. 그런데 이런 나를 좋아한다는 건가? 이런 내 곁에 계속 있겠다는 건가?"

그가 이를 부드득 갈았다.

"까불지 마. 아무것도 모르는 주제에 함부로 지껄이지 말라고."

연지는 목석처럼 뻣뻣하게 굳은 목을 미세하게 가로저었다. 그러나 그것은 그의 말을 부정하는 의미도, 뭣도 아니었다. 그저 두려움에 떠는 본능적인 무언의 외침이었을 뿐이었다. 그녀는 실상 그의 말을 듣고 있음에도 아무 말도 듣고 있지 않았다. 들리는 것은 오직 그녀 내면에서 울부짖고 있는 불분명한 외침, 비명뿐이었다.

'하지 마. 그만해요. 제발 그만하란 말이야! 움직여. 제발 좀 움직여! 그의 살갗이, 팔이 다 타고 있잖아. 막아. 빨리 가서 어떻게 좀 막아보라고!'

미친 듯이 울부짖는 외침에 드디어 몸이 반응을 보였다. 뻣뻣하게 굳어 꼼짝도 하지 않던 몸이 불현듯 꿈틀, 움직여졌다. 그와 동시에 그녀의 몸이 용수철처럼 노다를 향해 튀어 나갔다.

"……꺼져. 도망치라고. 가서 두 번 다시는…… 헉!"

무슨 말인가를 고통스런 비명 대신 악착같이 씹어뱉던 그의 입에서 단말마와도 같은 비명이 터져 나왔다.

턱! 우당탕!

순식간에 튕기듯 돌진해 온 그녀의 몸이 노다의 전신을 들이받았다. 소스라치게 놀랄 새도 없이 중심을 잃은 그의 몸이 그녀와 함께 뒤엉켜 바닥으로 나뒹굴었다. 그 와중에도 연지는 그의 허리를 그악스럽게 부둥켜안고 떨어지지 않았다.

"윽!"

머리 위에서 울리는 고통스러운 신음 소리에 연지의 얼굴이 번쩍 위로 들렸다. 예기치 못한 돌발 상황에 그의 얼굴에 씌워져 있던 밀랍의 가면이 비로소 산산이 부서져 벗겨졌다. 참을 수 없는 고통에 무참하게 일그러진 그의 얼굴이 바로 눈앞에 있었다.

비로소 민낯을 드러낸 고통이 핏기를 잃고 창백하게 일그러진 그의 얼굴을 온통 뒤덮고 있었다. 벌건 진액을 뚝뚝 흘리는 왼쪽 팔뚝을 움켜쥔 그가 사지를 뒤틀며 고통에 몸부림쳤다.

"으아아아!"

그러나 짐승의 울부짖음과도 같은 오열에 찬 비명을 터뜨린 것은 정작 그가 아닌 연지였다. 진짜 화상이라도 입은 듯 노린내까지 진동하는 그의 팔을 부여잡고 소리쳤다.

"어떻게 해, 어떻게 해! 으흑!"

"으으으."

"치, 치료를 해야 하는데…… 약, 약이…… 엉엉, 노다 씨, 으악! 약, 약 어디 있어요? 노다 씨, 약 어디 있냐고요!"

"윽! ……가. 제발 좀 가, 날 좀 내버려 둬."

"안 가, 안 간다고 했잖아!"

연지는 거의 제정신이 아니었다. 벼락같이 소리치며 그의 멱살을 움켜잡았다. 고통에 일그러진 그의 얼굴에 얼굴을 바짝 들이대고 미친 듯이 소리쳤다.

"약 어디 있냐고, 약!"

"으으……."

도저히 그에게선 원하는 대답을 들을 수 있을 것 같지 않았다. 온 집 안을 뒤집어서라도 그녀가 알아서 찾아내는 것이 훨씬 더 빠를 듯싶었다.

"잠깐만 기다려요. 내가 빨리 가서 약 찾아올 테니까. 아니야. 그 전에…… 얼음! 그래, 얼음이 먼저야."

그제야 연지는 그를 놓아주고 또 다시 주방으로 구르듯이 달려갔다. 냉동고에서 얼음을 찾아 눈에 보이는 아무 천에나 와르르 쏟아넣고 커다란 볼에 찬물을 담아 허겁지겁 그에게로 돌아갔다.

그는 비척거리며 자리에서 일어나고 있었다. 악착같이 벽을 짚고 일어나려는 그에게 쏜살같이 달려간 연지는 들고 온 것들을 바닥에 내려놓고 황급히 그를 도로 바닥에 앉혔다. 힘없이 그가 주르륵 미끄러졌다. 힘없이 벽에 기대앉은 그가 헉헉 가쁜 숨을 몰아쉬었다.

연지는 엉엉 울며 소리쳤다.

"사람이 왜 이렇게 미련해요. 왜 이렇게 독해. 어떻게 자기 자신한테 이런 짓을 해. 엉엉. 죽고 싶어요? 진짜 죽고 싶어서 이래요! 흑흑, 아프죠? 아, 어떻게 해. 피부가 다 벗겨져 버렸잖아.

끄응. 마, 많이 아플 거야. 그래도 조금만 참아요. 이렇게라도 해야 일단은 열기라도 식힐 수 있으니까…….”

연지는 연신 꺽꺽거리면서도 할 말은 다 했다. 살갗이 벌겋게 벗겨진 그의 팔뚝으로 볼에 담아온 찬물을 조심스럽게 흘려보냈다.

“하지…… 윽.”

축 늘어져 그녀의 손을 쳐내려던 그의 전신에 기겁한 듯 힘이 실렸다. 악다문 잇새로 고통스런 신음이 흘러나왔다. 그가 고개를 반대쪽으로 돌리고 주먹을 으스러뜨릴 듯 움켜잡았다. 움찔 놀란 연지는 얼굴을 번쩍 들어 그를 바라보다가 시선을 내려 바들바들 떨리는 그의 주먹을 내려다보았다. 눈물이 다시 와락 쏟아져 내렸다. 연지는 이를 악물었다.

“미, 미안해요. 많이 아프죠? 정말 미안해요. 하지만 이렇게 해야만 해요. 조금만, 조금만 참아요, 응?”

부들부들 떨리는 손으로 볼에 담긴 찬물을 끝까지 팔뚝으로 살살 흘려보냈다. 기겁한 그의 전신이 경련하듯 마구 떨렸다. 그럼에도 그는 악다문 잇새로 연신 같은 말을 반복적으로 씹어 뱉었다.

“하지 마. 제발 좀 꺼져. 제발 내 눈앞에서 사라지란 말이야.”

“얼음을 대야 하는데 너무 많이…… 까져서 이걸 대는 건 안 되겠어요. 잠깐만요.”

그녀는 다시 볼을 들고 주방으로 달려갔다. 찬물을 한가득 담아 부리나케 돌아왔다. 천에 싸들고 왔던 얼음을 찬물에 몽땅 털어 넣었다. 얼음이 둥둥 떠 있는 찬물로 그의 데인 팔뚝을 조심스럽게 담갔다.

"으윽."

"조금만 참아요. 이러고 조금만 있어요. 움직이면 안 돼요, 알았죠?"

"가, 가라고 좀 제발……."

그가 뭐라고 하든 말든 연지는 다시 벌떡 일어나 부리나케 일어나 2층으로 달려갔다. 이런저런 약이 든 구급약상자는 그의 방이나 욕실에 있을 가능성이 가장 높을 것 같았다. 기다란 복도를 달려가 방문을 벌컥 열고 들어간 연지는 일단 가장 먼저 눈에 띈 서랍장부터 뒤졌다. 위 칸부터 아래 칸까지 닥치는 대로 모두 뒤졌지만 이런저런 소지품들만 잔뜩 있을 뿐, 그녀가 찾는 약이나 구급상자는 눈을 씻고 봐도 보이지 않았다.

아무래도 여기는 아닌가 보다. 연지는 허겁지겁 욕실로 뛰어들어갔다. 커다란 욕실은 세면대와 변기, 샤워부스와 욕조로 각각의 공간들이 유리문으로 분리되어 있었다. 그러나 그 어디에도 서랍장은 보이지 않았다. 욕실이니 타월 등을 보관하는 서랍장이 어딘가에는 분명히 있을 텐데, 대체 그것들은 다 어디에……. 아! 혹시?

연지는 혹시나 하는 마음에 세면대 위의 커다란 거울을 슬쩍 당겨보았다. 덜컥. 아, 맞았다! 서랍장은 커다란 거울 뒤에 숨겨져 있었다. 거기에는 착착 개켜 있는 타월들과 이런저런 잡다한 세면도구들과 용도를 알 수 없는 약통들, 그리고 그녀가 그토록 찾던 구급약상자가 떡하니 들어 있었다.

연지는 약통들과 구급약상자를 들고 허겁지겁 1층으로 내려왔다. 제발 그가 어딘가로 사라져 버리지 않았기만을 간절히 바라면서. 어이없는 생각이지만, 연지는 왠지 그가 어딘가로 사라져 버렸을 것만 같았다.

그런데 천만다행으로, 그는 그 자리에 얌전히 앉아 있었다. 죽은 듯이 벽에 기대어 축 늘어져 있었다. 설마, 기절이라도 한 건가? 그가 그 자리에 얌전히 있어준 것이 천만다행이다, 가슴을 쓸어내렸던 것이 무색하게 화들짝 놀란 마음이 비명을 내질렀다. 엎어지듯 한달음에 달려갔다.

"노다 씨, 노다 씨!"

"으음······."

그가 미간을 찌푸리고 힘겹게 눈꺼풀을 들어올렸다. 초점 없이 흐릿한 시선으로 그녀를 바라보았다. 자신의 코앞에서 펑펑 울며불며 소리치는 그녀의 얼굴을 멍하니 바라보았다. 그가 눈살을 찌푸리고 웅얼거렸다.

"너······ 아직 안 간 건가?"

아, 잠깐 정신을 잃었었나 보다.

"약······ 큭, 꺼이. 약 찾았어요. 조금만 더 참아요. 내가, 흑, 내가 빨리 치료해 줄게요."

"넌 정말······ 지독하게도 말을 안 듣는 군."

그의 옆에 철퍼덕 앉아 구급약상자를 열고 물속에 담겨 있던 그의 팔을 조심스럽게 들어올렸다. 연지는 황급히 이것저것을 들어 보며 소독약을 찾았다.

"찾았다."

그의 다친 팔을 제 무릎 위에 올려놓고 중얼거렸다.

"소독할 거예요. 꽤 쓰리고 아플 거예요."

"가. 상관 말고 제발 좀 그만 가라고."

"아프면 아프다고 그냥 소리쳐요. 미련하게 참지 말고."

벌겋게 데인 팔뚝으로 소독약을 주르륵 부었다.

"왜 말귀를 못 알아들어! 너 따위 필요 없…… 윽!"

그의 전신이 다시 기겁한 듯 부들부들 떨렸다.

"움직이지 말아요. 다 소독해야 돼. 안 그럼 덧날 수도 있단 말이에요. 안 그래도 너무 많이 데여서 상처가 안 남는 게 더 이상할 것 같기는 하지만, 그래도 할 수 있는 데까지는 해봐야죠. 곪기라도 하면 정말 큰일 난단 말이에요."

"네가 뭘 안다고…… 윽. 저리 치워."

"화상 입은 거랑 같은 거 아니에요? 아니면, 다른 방법이 있으면 말해봐요. ……맞죠? 화상 입은 거랑 같은 거. 그럼 이 정도는 나도 할 수 있어요. 움직이지 말고 가만히 좀 있어요."

연지는 바르작거리는 그의 팔을 단단히 움켜잡고 끝까지 꼼꼼하게 소독을 마쳤다. 다행히 구급약상자에는 화상을 입었을 때 붙이는 커다란 특수용 거즈와 연고도 빠짐없이 구비되어 있었다. 만일의 사태에 대비해서 일일이 다 챙겨놓은 모양이었다.

간신히 말라가던 눈물샘이 또 툭 터져 버렸다. 연지는 꺼이꺼이, 연신 눈물을 삼키고 흐느끼며 남은 응급치료를 마저 해나갔다. 바세린인지 뭔지, 끈적거리는 약물이 잔뜩 발라져 있는 노란색 거즈를 조심스럽게 꺼내 흉물스럽게 데인 팔뚝을 꼼꼼히 감쌌다. 그 위에 새하얀 붕대를 조심조심 돌려가며 칭칭 감았다. 반창고로 붕대를 고정시킬 때 즈음에는 완전히 진이 나가 힘이 쏙 빠져 버렸다.

그런데 이놈의 눈물은 질리게도 멈출 생각을 하지 않는다. 연지는 더 이상 눈물을 닦아낼 생각도 하지 않았다. 닦아내면 뭐하나. 금세 차올라 주르륵 흘러내려 버리는 것을. 아니, 치료를 마치자 그나마 남아 있던 긴장도 일시에 풀려 버려 눈물이 한층 더 가열하게 펑펑 흘러내렸다.

연지는 하얀 붕대에 칭칭 감겨 있는 그의 팔뚝을 가만히 잡고 뚝뚝, 하염없이 눈물만 흘렸다. 푹 숙인 그녀의 머리 위로 그의 중얼거림이 들려왔다.

"동정 따원 필요 없어."

"……동정, 흑, 아니라고 했잖아요."

"후우……. 너란 애는 정말……. 착한 건지, 미련한 건지."

"난 착하지도 않고 미련하지도 않아요."

"그럼 그 꼴을 보고도 도망가지 않고 여기서 뭐 하는 거야. 가라고 할 때, 보내준다고 했을 때 갔어야지."

"내가 정말 가버리기를 바랐다면…… 흑흑, 후우. 그런 꼴을 보여주지 말았어야죠. 그 꼴을 보여주고 가라고 하면, 내가 어떻게 가요? 가고 싶어도 더 못 가지. 바보."

"바보가 누군데. 다른 사람들은 그 꼴을 살짝만 보여줘도 기겁해서 잘만 가더라."

누가요? 예전에 당신이 그리워했던 그 사람 말하는 거예요? 당신을 술 마시게 만들었던 그 여자? ……그 여자하고 사랑하던 사이였어요? 그 여자, 많이 사랑했어요? 그런데 당신이 이렇게 됐다고 기겁해서 도망친 거예요? 아니면 지금 나한테 하는 것처럼 당신이 먼저 멀리 쫓아내 버렸어요?

뭐가 됐든 상관없었다. 그녀는 그가 말하는 그 누군가처럼 그를 혼자 놔두고 도망치지 않을 테니까.

그러기에는 그를 이미 너무 깊이 사랑해 버린 것 같다.

사랑…….

그래, 이건 사랑이었다. 단순히 그를 좋아하는 수준을 넘어선 또 다른 감정. 사랑이 아니라면, 이토록 가슴이 찢어지도록 아플 리가 없지 않은가. 사랑이 아니라면 이토록 가슴이 무너지고…… 또 설렐 리가 없지 않은가.

사랑이 아니라면, 사랑이 아니라면…….

이런 무참한 상황에서 사랑을 깨달아 버린 것이 서럽고 애달프다. 그래도 어쩔 수 없나. 이미 깨달아 버린 감정인 것을.

그래서 그를 혼자 버려두고 갈 수가 없다. 이 외롭고 절망적인 고통 속에 그 혼자 버텨보라고 모른 척 돌아설 수가 없다.

그의 손을 잡아주고 싶다. 그가 아무리 밀어내고 악다구니를 퍼부어도, 그는 비록 그녀의 손을 잡아주지 않는다고 하더라도, 이렇게 잡게 된 그의 팔뚝이라도 잡고, 놓치고 싶지가 않다.

"기분 나빠요. 나를 그런 사람들하고 비교하지 말아요. 난 나예요. 피연지.”

“……”

“나는…… 이전의 당신이 어떤 사람이었는지 몰라요. 궁금하지만 딱히 알고 싶지는 않아요. 내가 본 최노다라는 사람은 지금의 당신이고, 내가 좋아하게 된 건 바로 지금의 그런 당신이니까. 까칠하고 괴팍하고, 산속에 혼자 사는 은둔자에 입만 열었다 하면 속과 다른 말만 해대는 거짓말쟁이. 거기다가 포르피린증이라는 희귀병을 앓고 있는 사람이기도 하죠. 때문에 발작도 하고, 지금처럼…… 햇빛에 닿으면 피부가 타기도 하고, 피가 부족해서 헤모 주사도 평생 맞아야 하고 또 언젠가는 그분처럼 진짜 살아 있는 생명의 피를 마셔야 될지도 모르죠. 그리고 최악의 경우, 증세가 더 심각해지면 그분처럼 정신착란증을 겪게 될지도 모르고요.”

연지는 떨리는 숨을 깊이 들이마셨다.

“그래도 난, 당신이 좋아요. 이유는 묻지 말아요. 사람을 좋아하고 마음에 품게 되는 데에는 이유 같은 건 없으니까. 그냥…… 어느 순간, 숨 쉬는 것처럼 자연스럽게 느끼게 되는 거니까. 그래서 나…… 안 가요. 가고 싶지도 않지만, 만약 가고 싶다고 해도 지금으로서는 갈 수가 없어요. 그 이유도 묻지 말아요. 그냥 그렇게 되어버렸으니까. 그러니까…… 자꾸 가라고 하지 말아요. 밀어내지 말아요.”

흥건하게 젖어버린 바닥처럼 흠뻑 젖어버린 그녀의 떨리는 음성이 단단히 닫아건 노다의 마음의 빗장을 열고 시나브로 스며들어 왔다. 엄청난 고백을 뻔뻔하게 하면서도 한편으로는 안타까울 만큼 가늘게 떨리는 그녀의 동근 머리통을 숨 죽여 바라보던 노다의 눈이 질끈 감겼다.

그는 아예 반대쪽으로 고개를 돌려 버렸다.

그러나 팔뚝을 통해 전해져 오는 그녀의 온기가 그녀의 마음처럼 그의 안으로 또다시 흘러들어 왔다. 끊임없이, 멈추지도 않고, 더 이상 밀어낼 수도 없을 만큼. 질끈 감긴 그의 눈가가 파르르 떨렸다.

"……후회하게 될 거다."

언젠가도 그는 저와 똑같은 말을 한 적이 있었다.

후회하게 될 거다.

그러나 그때도 그는 누가 후회하게 될 거라는 말은 하지 않더랬다. 지금도 마찬가지였다. 누가 후회하게 될 거라는 것인지 그는 분명하게 말하지 않았다. 아니, 말할 수 없었다.

그녀가 아닌, 그 자신이 후회하게 되리라는 것을 알기에…….

그럼에도 불구하고 거침없이 스며드는 그녀를 더 이상 밀어낼 수가 없다. 염치없이, 앞일 따위 아무것도 모른 척하며 그녀가 내민 저 손을 잡고 싶다. 이런 나라도 괜찮다면…… 네가 정말 괜찮다고 말해준다면…… 그녀를 조금이라도 더 곁에 두고 싶다.

오형수를 노욕이라고 욕한 주제에……. 이 또한 어찌할 수 없는 피의 내림인가 보다.

"기대하지는 마. 네가 원하는 것을 줄 수는 없어."

팔뚝을 통해 전해져 오는 그녀의 떨림이 조금 더 진해졌다.

"주제넘게 나서지도 마. 거기서 한 걸음만 더 다가오면, 귀찮게 굴면, 그땐 정말 가차 없이 잘라 버릴 거야."

거짓말.

그도, 그녀도 동일한 단어를 떠올렸다. 그러나 그도, 그녀도 그의 거짓말에 토를 달지 않았다.

"너 역시 마차가지야. 네가 착각하고 있는 나에 대한 마음이 식거나 싫증이 나면 언제든지 가도 돼. 나는 절대 잡지 않을 테니까. 그만하겠다는 말 같은 것도 할 필요 없어. 네가 안 올라오면 그것으로 끝, 그만이니까."

연지는 속으로 속삭였다. 그럴 일은 없을 거라고.

"하지만 그 전에 이거 하나는 확실하게 약속을 받아둬야겠어."

연지는 숨을 숙이고 그의 말에 귀를 기울였다.

"만약…… 만에 하나라도 내가…… 당연한 것을 갑자기 기억하지 못한다거나 정상적인 범주에서 벗어난 기이한 행동을 한다면…… 그땐 그 즉시 여길 떠나줘. 그리고 다시는 올라오지 마. 무슨 일이 있어도 절대, 두 번 다시는 올라오면 안 돼. 이것만 네가 확실하게 지키겠다고 약속한다면…… 나도 약속하지. 싫다는 너를 강제로 내쫓지 않겠다고."

연지는 터져 나오려는 울음을 가까스로 집어삼켰다. 그가 무엇을 약속하라고 하는지 안다. 만에 하나라도 그가 그의 모친처럼 미칠 조짐이 보인다면 절대로 자신을 찾지 말라는 뜻. 정신착란에 빠진 모습만은 어느 누구에게도 절대 보이지 않겠다는 의지의 발로이기도 할 터였다.

그럴 리 없다고, 당신한테 그런 일은 절대로 벌어지지 않을 거라고 소리치고 싶었다. 그러나 연지는 아무 말도 입 밖으로 내뱉을 수 없었다. 그저 순한 아이처럼 고개를 끄덕이는 것밖에는. 매일, 매 순간 최후를, 최악을 생각하며 살아온 그에게 지금의 그녀로서는 어떠한 말도, 위로도 해줄 수가 없으니까.

길고도 길었던 하룻밤이 끝나고 먼동이 떠올랐던 하루도 어느새 밤을 향해 빠르게 달려가고 있었다.

그가 온전히 그일 수 있는 시간.

그가 안전하게 숨을 쉬며 살 수 있는 시간.

연지는 밤이 빨리 오기를 바랐다.

아니, 차라리 하루 24시간이 온종일 밤이라면 얼마나 좋을까.

그럼 이 남자의 고통도, 절망도 지금보다는 덜할 텐데……. 연지는 간절히 바랐다.

매일 매일이, 매 순간이 온전한 밤이기를.

태양 따위, 영원히 없어져 버렸으면…….

13장

"그래서 어떻게 됐는데?"

연지는 어깨를 으쓱이며 대답했다.

"어떻게 되기는, 뭐. 집안 사정이야 빤한데, 엄마 고생하시는 것도 다 알고요. 그런데 나 하나만 생각하고 애처럼 끝까지 대학원 가겠다고 고집 피울 수는 없잖아요. 대학원이야 지금 못 가도 나중에 돈 많이 벌어서, 집안 형편 나아진 다음에 가도 되는 건데 말이에요. 그런데 언니는 지금 아니면 안 되는 거니까⋯⋯."

연지는 그가 만들어준 샐러드를 포크로 깨작거렸다. 그녀를 조용히 응시하는 그의 시선이 느껴졌다. 좀 더 말해보라는 무언의 압박. 미간을 찌푸린 연지는 최대한 대수롭지 않다는 어투로 말을 이었다.

"우리 집안 형편에 대학원 가는 것도 힘든 판국인데 로스쿨은 진짜 꿈도 꿈 수 없거든요. 그런데 사시마저 폐지되어 버리면 흐음, 우리 언니는 진짜 답이 없어요. 폐지되기 전에 어떻게든 합격해서 판검사가 되든 변호사가 되는 것 외에는 다른 길은 없다고요."

"그래서 언니를 위해 네 꿈을 포기한 거야?"

"포기한 거 아니라니까. 말했잖아요. 대학원은 나중에라도 얼마든지 갈 수 있다고."

"그런데 우울증에는 왜 걸렸어?"

"어, 그건……."

뜨끔한 연지는 선뜻 대답하지 못하고 우물거렸다.

그 난리가 난 지, 벌써 사흘이 지났다. 그동안 두 사람은 그날 밤에 아무 일도 없었던 듯 약속이나 한 것처럼 평소와 다름없이 행동했다. 그도, 그녀도 그날 밤 일에 대해선 철저히 함구했다. 그의 병에 대한 얘기도, 그녀가 마음을 고백했었다는 것도 아예 존재하지 않는 일인 것처럼.

그날 밤 두 사람에게 어떤 일이 있었는지를 말해주고 있는 것은 그의 왼팔에 감겨 있는 새하얀 붕대뿐이었다. 그나마도 그가 긴 소매 옷으로 가리고 있어 가끔은 그날 밤 정말 그런 일이 있었건 게 맞나, 꿈이 아니었을까 하는 착각이 들 정도였다.

그러나 서로를 대하는 행동이나 말은 이전과 변함없이 동일할지라도 두 사람 사이에 흐르는 분위기가 묘하게 변한 것만은 틀림없었다. 뭐가 어떻게 변했다고 딱 꼬집어서 말할 수는 없었다.

하지만 그 무언가가 확실하게 달라지기는 했다. 두 사람 사이에 흐르는 분위기나 공기의 흐름 같은 것들이.

이를 테면, 호수 위를 떠다니는 백조처럼 겉으로 보기에는 마냥 평화롭고 잔잔해 보이지만 실상 그 아래를 살펴보면 치열하게 물장구 치고 있는 것과 비할 수 있을 터였다. 겉으로는 평소와 다름없어 보이지만 그 아래, 두 사람 사이에는 분명 무시할 수 없는 팽팽한 긴장감 같은 것이 흐르고 있었다.

그리고 그 팽팽한 긴장감 속에는 상반된 여러 개의 감정이 공존하고 있었다. 베일 듯 날이 선 신중함과 조심스러움, 그리고 은밀한 비밀을 공유한 사람들만이 나눌 수 있는 일종의 유대감 같은 것들 말이다. 그런 것들이 낯선 설렘을 품고 씨실과 날실처럼 아슬아슬하게 뒤엉켜 있었다.

그 아슬아슬한 분위기를 되도록 멀리 걷어내려는 듯 어제부터 그의 말수가 부쩍 많아졌다. 갑자기 그녀에 대한 이런저런 것들을 물어보기 시작했다. 가족이나 친구에 대한 간단한 질문에서부터 그녀가 왜 학업을 중단하고 여기로 내려왔는지, 그 이유에 대해서 꼬치꼬치 물어보기 시작한 것이다.

아무래도 분위기를 바꾸려는 고육지책인 모양인데, 나름 효과가 있기는 했다. 그가 솔직하게 대답하기 곤란한 질문을 던질 때마다 그녀의 신경이 다른 곳으로 분산되면서 숨 막힐 것 같던 긴장감은 상대적으로 옅어졌으니까.

돌아가신 아빠나 반찬 가게를 하고 있는 엄마, 어려운 집안 형편에 대한 질문 같은 건 난감할 것도, 곤란할 것도 없었다. 집안 형편이 어려운 거야 조금도 부끄럽지 않으니까. 가난이 죄는 아니지 않은가. 더욱이 그녀의 뒷조사까지 일찍이 다 마쳤다는데, 그도 이미 번연히 다 알고 있는 사실들을 굳이 감출 이유도 없고 말이다.

하나 학업을 중단하고 여기로 혼자 내려와 있는 진짜 이유가 뭐냐, 건강상의 이유라면 어디가 어떻게 아픈 거냐고 꼬치꼬치 묻는 질문에는 여간 난감한 것이 아니었다.

제멋대로 그가 앓고 있는 불치병을 알아내고, 심지어 그런 그녀를 한사코 밀어내려는 그에게 발작한 게 뭐가 그리 창피하냐고, 포르피린증 따위는 하나도 무섭지 않다고 울며불며 그 난리를 피운 주제에 할 말은 아니지만…… 솔직히 그녀도 우울증을 앓고 있다는 사실을 밝힌다는 것은 좀 그랬다.

그냥 좀 꺼림칙하고 쑥스러웠다. 그리고 무엇보다 그가 우울증이 얼마나 심했기에 그런 거냐고 물어오면 그 일까지 얘기를 할 수밖에 없는데…… 솔직히 아무리 그라고 할지라도 그 일까지 새삼 들추어 얘기하고 싶지는 않았다.

어차피 그건 다 지난 얘기고, 지금은 몰라보게 좋아졌으니까. 때문에 연지는 가급적 그 일은 애초부터 아예 없었던 일처럼 깨끗하게 잊고 살고 싶었다. 고작 그만한 일 가지고 그런 일까지 벌이려고 했었다는 것이 너무 창피하고 부끄럽기 때문이었다.

지금 돌이켜 생각해 봐도 자신이 왜 그때, 그런 일까지 벌이려고 했었는지 도저히 믿어지지가 않는다.

그래서 연지는 최대한 솔직하게 성심성의껏 대답하면서도 그대목에서만큼은 부러 말을 빙빙 둘렀다. 그쯤 했으면 눈치껏 그만 좀 물어보지 하는 심정으로.

그런데 웬걸. 그는 그 정도로는 어림도 없다는 듯이 '그래서?'라는 말로 번번이 꼬치꼬치 물어왔다. 그런 식으로 대충 넘길 생각은 꿈도 꾸지 말라는 듯이. 으, 취조도 그런 취조가 없었다. 하여 연지는 제풀에 지쳐 '우울증에 걸려서 쉬러 내려왔다'는 말을 솔직하게 할 수밖에 없었다.

그게 어제 일이었다. 그에 대한 그의 반응은 단순명료했다.

"우울증? 네가?"

도저히 믿지 못하겠다는 투였다. 그는 마치 세상 천지에 못 들을 해괴한 소리라도 들은 사람처럼 입을 벙하니 벌린 채 한동안 말을 잇지 못했었다. 덕분에 어제는 그 정도로 끝을 낼 수 있었다.

그런데 역시, 어제는 전초전에 불과했었나 보다. 오늘 그는 주방에 자리를 잡고 앉자마자 작심이라도 한 듯 본격적으로 그 부분을 물고 늘어지기 시작했다. 말끝마다 계속 '왜?'라는 말로 사람을 못살게 들들 볶아대는데, 와, 무슨 사람이 질겨도 저렇게 질긴지 모르겠다.

서두르지도 않고 묵묵히 그녀의 말을 듣고만 있다가 그녀의 얘기가 끝나기 무섭게 '왜? 그래서?'라고 물어대는데, 진이 다 빠진다. 아무래도 네가 네 멋대로 내 비밀에 대해서 송두리째 알아냈으니 나도 너에 대해서 샅샅이 알아야겠다, 뭐 그런 속셈인 것 같다. 이제 보니 이 남자, 뒤끝이 엄청 길다.

결국 연지의 인내심도 한계에 다다랐다. 으, 부르르 진저리를 떨며 샐러드를 뒤적거리기만 하던 포크를 탁 내려놓았다. 가슴 앞으로 팔짱을 척 끼고 그를 찌릿 노려보았다.

"최노다 씨, 그러지 말고 우리 그냥 툭 까놓고 말해봅시다. 나한테 진짜 궁금한 게 뭐예요?"

그의 한쪽 눈썹이 힐끗 치켜 올라갔다. 마치 무슨 소리인지 모르겠다는 듯이.

"최노다 씨, 말 많은 거나 말 빙빙 돌려서 하는 거 딱 질색하는 사람이잖아요. 그런데 어제부터 갑자기 왜 이렇게 말이 많아졌어요? 괜히 이것저것 물어보고, 솔직하게 대답해 주면 말끝마다 꼬투리 잡아서 또 물어보고."

"괜히?"

"그럼 괜히가 아니면 뭔데요? 노다 씨가 언제부터 나나 우리 가족에 대해서 궁금해했다고. 여태껏 그런 거 물어본 적 한 번도 없었잖아요. 안 그래요?"

연지는 입김으로 흘러내린 앞 머리카락을 후, 날렸다.

"물론 노다 씨가 왜 그러는지 짐작가지 않는 건 아니에요. 딴에는 급 어색해진 분위기를 풀어보려고 이러는 모양인데, 좋아요. 그것도 이해한다고요. 그래서 나도 성심성의껏 다 대답했잖아요. 그럼 노다 씨도 넘어갈 부분은 대충 넘어가 주고 그래야지, 궁금하지도 않은 걸 계속 그렇게 꼬치꼬치 물어보는 건 너무

한 거 아니에요? 막말로 노다 씨가 나에 대해서 너무 궁금하다, 나에 대한 모든 것을 속속들이 다 알고 싶다, 그렇다면야 나도 신나서 뭐든 다 얘기해 줄 수 있다고요. 그런데 그런 건 아니잖아요. 그죠?"

한숨을 폭 내쉰 연지는 타이르듯이 마저 말을 이었다.

"그러니까 우리 이쯤에서 그런 얘기는 그만하고 차라리 영화나 뭐 다른 걸……."

"궁금해."

"그러니까 내 말이 바로…… 에?"

순간 연지의 얼굴이 뜨악해졌다. 멍하니 그를 바라보며 동그래진 눈을 깜박거렸다.

"궁금하다고, 너라는 사람에 대해서."

심장이 철렁했다. 그러다 용수철처럼 튀어 올라 빠르게 뛰어댔다. 연지는 멍하니 그를 바라보며 입술을 달싹거렸다.

"왜, 왜요?"

여자의 심장을 철렁할 말을 해놓고, 정작 당사자인 그는 대수롭지 않다는 무심한 얼굴로 어깨를 으쓱거렸다.

"당연한 것 아닌가? 넌 내 병을 알고 있는 몇 안 되는 사람 중의 하나니까. 그런데 나는 너에 대해서 아는 것이 별로 없어. 일전의 조사는 가장 기초적인 수준에 불과했거든. 그래서 너란 사람에 대해서 자세히 알아보고 싶은 것뿐이야. 그래야 피차 공평하지."

고, 공평……. 끙, 그럴 줄 알았다.

하지만…… 정말 그것뿐일까?

아니, 장담컨대 그것뿐만은 아닐 터였다. 그보다는 좀 더 야릇한 이유가 있을 텐데 말이지.

연지는 지그시 가라뜬 눈썹 아래로 눈동자를 데굴데굴 굴렸다. 속눈썹 사이로 그를 슬쩍 넘겨다보며 부러 삐친 듯 뽀로통하게 말했다.

"그럼 저번처럼 전화 한 통화로 나에 대해서 더 조사해 보라고 하면 되잖아요. 그게 노다 씨의 방법 아닌가요?"

"그랬지. 그런데 이번에는 그러지 않으려고."

왜요? 연지는 도근거리는 기대를 품고 그가 다음 말을 해주기를 기다렸다. 그가 잠시의 침묵 뒤에 마저 말을 이었다.

"기분 나쁘다며. 그리고 누군가를 알고 싶다면 그 사람과 직접 대면하고 대화를 통해 알아가는 것이 네 방법이고, 너는 그 방법이 옳다고 생각한다고 하지 않았나? 그래서 나도 네 방법대로 한번 해보려고."

"아."

연지는 부러 말을 길게 끌었다. 그녀의 방법으로 그녀를 알고 싶다는 대답. 바라던 대답은 아니었지만, 그 정도로도 그녀의 심박동은 조금 더 빨리 뛰어댔다.

후우, 후우. 연지는 가빠진 숨을 몰아쉬었다.

"뭐, 나름 좋, 좋은 징조네요."

"좋은 징조?"

그가 미간을 찌푸리고 반문했다. 연지는 그의 반문을 싹 무시하고 제가 묻고 싶은 말만 다시 물었다.

"그런데 왜 갑자기 그런 마음이 들었는데요?"

그의 수려한 미간에 파인 골이 조금 더 깊어졌다. 잠시 후, 그가 시선을 돌리고 대답했다.

"……그냥. 왜냐고는 묻지 마. 저번에 네가 말한 것처럼 나도 그냥…… 그런 마음이 들어버린 것뿐이니까."

이유는 나도 몰라.

아니, 사실은 안다. 하지만 그녀에게 사실대로 말해줄 수는 없다. 아직은 때가 아니다. 아니, 아직이라는 말도 필요 없다. 그녀에게 그의 마음을 솔직하게 털어놓는 일은 절대 없을 테니까.

'그것만은 네가 절대 모르게 할 거야. ……섭섭해하지는 마. 다 너를 위해서니까.'

그녀가 조금만 덜 용감했어도, 조금만 덜 무모하고 조금만 덜 고집스러웠어도…… 조금만 덜 반짝거렸어도 어쩌면 그녀는 바라는 대답을 들을 수 있었을지도 모른다. 당장은 아니어도 언젠가는 그 자신조차 당황스러울 만큼 그녀를 향해 열려 버린 이 마음을…… 그녀의 인생이 어떻게 되든 말든 상관하지 않고 그의 이기적인 욕심만을 채우기 위해서 모조리 다 털어놓게 될지도 모를 터였다.

이런 마음은 그에게도 처음이니까.

그리고 그의 남은 인생에선 마지막일 것이 분명할 테니까.

'하지만 그래서는 안 돼. ……안 되는 건 안 되는 거니까.'

노다는 지그시 눈을 감는 것으로 목 끝까지 차오른 사나운 일렁거림과 달뜬 호흡을 차갑게 내리눌렀다. 다행히 그것은 염치를 아는지, 고개를 푹 숙인 채 이내 차분히 가라앉아 주었다. 노다는 스스로 됐다는 확신이 들 때까지 조용히 기다렸다.

마침내 서러운 확신이 서자, 천천히 눈꺼풀을 들어 올려 눈앞의 그녀를 응시했다. 자신을 향한 숨길 수 없는 열망으로 반짝거리는 그녀의 까만 눈동자를.

젠장.

확신을 배신하고 심장이 다시 덜컥거렸다.

그동안에는 제법 잘 감추는가 싶더니, 사흘 전 그 일이 있고 난 후부터는 좀체 제어가 되지 않는다. 그 꼴을 보이고도 뻔뻔하게 못 이기는 척 그녀의 손을 잡고 만 탓이리라. 안 된다, 보내야 한다고 수없이 다짐을 하면서도 그녀를 보내지 못하는 어리석고 이기적인 마음이 점점 더 기승을 부리며 덩치를 키우는 탓이었다.

그래도 내 입으로는 절대 말해주지 않을 것이다.

노다는 확언을 바라는 그녀의 열망을 모르는 척, 화제를 돌려 버렸다.

"그러니까 말해봐. 다 이해한다면서, 당연하다면서 우울증에는 왜 걸린 거냐고."

너처럼 태양처럼 눈부시도록 반짝거리는 사람이, 포기와 좌절 따위와는 어울리지 않는 용감하고 씩씩한 사람이 왜, 어쩌다가?

연지는 쓴맛을 다셨다. 아, 분위기 좋았는데, 뭔가 될 것 같았는데 다시 제자리로 돌아와 버렸다. 잔뜩 기대에 차 있던 마음이

김빠진 사이다처럼 푸시식 꺼졌다. 연지는 입술을 비죽거렸다.

"나처럼 극성맞고 제멋대로인 애가 어떻게 우울증에 걸릴 수 있느냐는 투네요. 하긴 왜 안 그렇겠어요. 처음에는 나도 나 같은 애가 우울증에 걸렸다는 사실을 믿을 수 없었는데. 후우. 그런데 나 같은 애도 그럴 수가 있더라고요. 이보전진을 위한 일보후퇴다, 난 괜찮다, 내 꿈을 포기하는 게 아니라 잠시 늦춰지는 것뿐이다. 머릿속으로는 분명히 그렇게 생각을 하는데, 마음속에서는 그걸 통 받아들이지 못하는 거예요. 그게 더 화가 나서 미치고 팔짝 뛰겠더라고요."

그러다 또 불쑥 이런 생각들이 들었더랬다. 왜 나만 언니를 위해서 희생을 해야 하나. 막말로 그런다고 해서 언니가 사시에 합격하리라는 보장도 없는데. 솔직히 언니가 그 어려운 시험에 떡하니 합격할 만큼 공부를 잘하는 것도, 머리가 좋은 것도 아니지 않은가. 괜한 시간 낭비로 그녀의 인생만 허비하는 거 아닌가 하는 생각들이 수시로 그녀를 괴롭혔었다.

"내 딴에는 정말 엄청 분하고 억울했었나 봐요. 뜻대로 되어주지 않는 세상, 그리고 머리와 마음이 따로 움직이는 내 자신이 다 마음에 안 들고 화가 나고."

그러다보니 어느 순간부터 만사 다 귀찮고 아무것도 하고 싶지가 않아졌다. 마음속에 커다란 동굴이 뻥 뚫린 것처럼 허전하고 이제껏 악착같이 살아온 인생이 허무하게만 느껴졌었다.

"그래서 충동적으로 휴학계를 내고 방구석에 틀어박혀 버렸죠. 일종의 보상심리였던 것 같아요. 어차피 언니를 위해서 최소

2, 3년 동안은 내 꿈도 포기하고 취업 전선에 나가야 되는데, 그 전에 그런 날 위해서 반년 정도만 마음껏 놀고먹겠다는데 누가 뭐라고 할 거냐. 나한테도 그만한 권리는 있다. 뭐, 그런 유치한 보상심리 같은 거 말이에요."

연지는 피식, 쓴웃음을 흘렸다.

"그런데……."

시선을 돌려 먼 허공을 응시했다.

"그것만으로는 부족했었나 봐요. 집에 틀어박히고 한 달 쯤 지났을 때였나? 어느 날 문득 정신을 차리고 보니 내 손에 면도칼에 들려 있더라고요."

연지는 저도 모르게 가슴속에 꽁꽁 끌어안고 있는 비밀을 풀어놓기 시작했다. 왜 갑자기 그 얘기를 털어놓을 마음이 생겼는지는 모르겠다. 그냥, 지금 아니면 어느 누구에게도 영원히 털어놓을 수 없을 거라는 생각이 들었다.

왠지 그러면 바보 같고 어리석었던 그녀를 이해해 줄지도 모른다는 생각도 들었다. 왠지 그러면, 이 사람이라면…….

흠칫 놀란 노다의 눈이 가늘게 떨렸다.

연지는 씁쓸하게 말을 이었다. 불현듯 든 이 마음이 사그라지기 전에 모두 토해내고 싶었다.

"그걸로 뭘 하려고 했었던 건지는 나도 모르겠어요. 아마도 순간적으로 정신이 어떻게 됐었나 봐요. 그래도 다행히 늦지 않게 정신을 차렸죠. 그땐 정말 얼마나 무섭고 놀랐던지. 소스라치게 놀라서 면도칼을 멀리 던져 버렸어요. 그리고 도망치듯 침대로 돌아가 다시 이불을 꽁꽁 뒤집어썼죠. 후우, 내 생애 그렇게 무서웠던 적은 처음이었어요."

그날 일에 대해서는 어느 누구에게도 말하지 못했다. 떠올리는 것만으로도 겁이 나고 무서웠었다. 그때만큼 스스로가 한심하고 창피한 적도 없었다.

"기겁해선 다음 날 바로 내 발로 직접 신경정신과를 찾아갔어요. 그렇게라도 하지 않으면 안 될 것 같았거든요. 그 일만 쏙 빼놓고 내가 지금 어떤 상태다, 의사한테는 그럭저럭 대충 다 사실대로 말했어요. 그랬더니 나보고 극심한 스트레스로 인한 급성 우울증이라고 하더라고요."

의사는 스트레스의 주된 원인을 찾아 문제를 해결해야만 한다고 했었다. 그러기 위해선 그녀 스스로 문제를 해결하겠다는 의지를 다지고 마음을 편하게 먹어야 한다고도 했었다. '지금 당장에는 해결 방법을 찾을 수 없다면요?'라고 반문했더니, 의사는 그 원인을 제공하는 환경에서 잠시 떨어지는 것도 한 방법이라고 했었다.

"엄마, 언니 모르게 한 달 가까이 계속 병원에 가서 상담 치료를 받고 약도 꾸준히 먹었어요. 덕분에 상태가 조금 나아지기는 했죠. 그런데 그것도 그리 오래가지는 않더라고요. 걱정되고 미안해서 내 눈치만 보는 엄마, 그리고 어느 순간부터 그런 나한테 슬슬 짜증을 내기 시작하는 언니를 볼 때마다 그러지 말자 하면서도 속에서는 뜨거운 무언가가 계속 치밀어 오르는데……. 이대로는 죽도 밥도 안 되겠구나 싶었죠."

"그래서 여기로 혼자 내려올 결심을 한 건가?"

연지는 씁쓸하게 미소 지으며 고개를 끄덕거렸다.

"응. 그게 나나 엄마, 언니 모두를 위해서 가장 좋은 방법인 것 같았거든요."

큭. 짧은 웃음을 흘린 연지는 부러 잘난 척 으스대는 표정으로 환하게 미소 지었다.

"그런데 역시 내가 옳았어요. 여기 내려오고 나서 상태가 거짓말처럼 금세 엄청 좋아졌거든요. 역시 나는 틀리는 법이 없다니까요. 그러니까 노다 씨도 무조건 내 말만 들어요. 그럼 자다가도 떡이 나올 테니까. 내가 장담하죠."

노다는 부러 환하게 짓는 그녀의 거짓 미소에 속지 않았다. 눈을 가늘게 좁히고 심각해진 눈빛으로 그녀를 날카롭게 주시했다.

"지금은 어떤데? 정말 많이 좋아진 거야?"

"그럼요. 보면 몰라요? 쳇, 노다 씨도 내가 우울증이 있다고 하니까 처음에는 '네가?' 하고 믿지 않았잖아요. 맨날 나보고 극성맞은 구제불능이라고 놀리기나 하고. 그것만 봐도 내가 엄청 좋아졌다는 증거 아니겠어요?"

연지는 어깨를 들썩거리며 키득거렸다.

"사실 나도 내가 이렇게 빨리 좋아질 줄은 몰랐어요. 어떨 땐 나도 깜짝 깜짝 놀란다니까요. 내가 진짜 우울증에 걸렸던 게 맞나, 이렇게 갑자기 좋아져도 되는 건가 싶을 정도로. 그런데 솔직히 말하면 내가 이렇게 빨리 좋아진 건……."

연지의 웃음이 서서히 잦아들었다. 의미심장한 눈빛으로 그를 바라보았다.

"순전히 당신 덕분이에요."

노다의 길게 가라뜬 눈매가 꿈틀거렸다.

"당신을 만난 뒤로 무기력하게 웅크리고 있던 예전의 내 자신이 반짝 깨어났거든요. 목표를 잃고 시들어가던 전투력이 되살아났다고나 할까요? 당신에 대한 못 말리는 호기심과 궁금증, 오기 등이 매순간 날 두들기고 깨운 셈이죠."

그를 바라보는 그녀의 눈빛이 심연처럼 깊어졌다.

"그리고 지금은…… 당신 때문에, 아니 당신 덕분에 더 힘을 내야겠다, 더 열심히 살아야겠다는 의지가 마구 샘솟아요. 왜 누군가를 좋아하게 되면, 사랑에 빠지면 여자는 예뻐진다는 말이 있잖아요. 나야 뭐, 생긴 게 워낙 예쁜 거하고는 거리가 멀어서 그런 것은 불가능하지만 그래도 속 알맹이만은 예전보다 훨씬 더 성숙해지고 단단해진 것 같아요."

"……예뻐."

쑥스러움에 겸연쩍은 미소를 짓던 연지는 웅얼거림에 가까운 그의 음성에 숙이던 고개를 번쩍 치켜들었다. 그가 믿을 수 없는 말을 다시 웅얼거렸다.

"너…… 지금도 충분히 예쁘다고."

연지의 눈이 화등잔만 하게 커졌다. 철렁. 심장이 다시 바닥으로 곤두박질쳤다가 '꺄악!' 비명을 지르며 목 끝까지 치밀어 올랐다.

두근두근.

심박동이 전력 질주하듯 세차게 요동쳤다.

그가 서늘하지만 한없이 깊고, 그조차도 살짝 충격을 받은 듯 바르르 떨리는 눈빛으로 그녀를 깊이 응시했다. 사실, 노다도 지금 자신이 말해놓고 본인이 더 놀라고 당혹해서 어쩔 줄 몰라 하고 있는 중이었다.

어쩌자고 그런 말이 나왔는지 모르겠다. 마음속에서만 일렁이던 말이 머리를 거치지 않고 제멋대로 튀어나와 버렸다. 하지만 그녀의 '나야 뭐, 생긴 게 워낙 예쁜 거하고는 거리가 멀어서 그런 것은 불가능하지만'이라는 말을 들은 순간, 도저히 가만있을 수가 없었다.

언제부터였는지는 모르겠다. 까맣게 탄 멸치처럼 삐쩍 말라서 볼품없다고만 생각했던 그녀가 찬란한 태양처럼 눈부시게 예뻐 보이기 시작했는지는. 쫙 째진 눈에 높지도 낮지도 않은 아담한 코, 평범하기 짝이 없는 얼굴에서 그나마 봐줄 만한 것은 저 도톰한 입술과 반짝거리는 검은 눈동자밖에는 없는데……. 그럼에도 불구하고 지금 눈앞에 있는 그녀는 지금껏 그가 본 어느 누구보다 아름답고 눈부셨다.

그녀는 겉모습보다 내면이 더욱 아름답고 매력적인 여자였다. 그조차도 도저히 매혹당하지 않고는 배길 수 없을 만큼 그녀의 당당하고 용감한 내면은 매 순간 찬란하게 반짝이며 그의 눈을 부시게 만든다.

그래서 더욱 두렵다. 아프고 서럽다.

처음이자 마지막으로 깨닫게 된 이 마음이 서럽고 아프다.

이 마음이 지금처럼 불쑥 터져 나올까 봐 두렵다.

저 눈부시도록 아름다운 여자를 저주받은 자신의 어둠 속으로 끌어들이고 끝내 놓아주지 못하게 될까 봐……

그래도 이 말만은 꼭 해줘야겠다.

"예뻐. 지금껏 내가 봤던 어떤 사람보다도."

"노다 씨……."

"겉모습보다 내면이 아름다운 사람이 진짜 아름다운 거야. 네가 그래."

피식. 노다는 부러 가볍게 헛웃음을 흘리며 눈살을 찌푸렸다.

"무모한 용기와 고집, 극성맞은 성격만 빼면. 아, 그리고 제 멋대로 착각하는 버릇도."

연지의 커다래진 눈이 빠르게 깜박거렸다.

'이 남자가 지금…… 뭐라고 한 거지? 나보고 예쁘다고 한 거야? 자신이 보아온 어떤 사람보다 내가 가장 아름답다고 한 거, 맞지?'

그게 대체 무슨 뜻일까. 드디어 그도 자신의 마음을 인정하고 간접적이나마 고백을 한 건가? 그렇게 생각해도 되는 건가? 아, 그런데 외모보다 내면이 아름답다느니, 극성맞은 성격 등을 빼면, 이라는 말은 좀 그렇다.

'그래서 저도 내가 좋다는 거야, 아니라는 거야. 이거면 이거다, 저거면 저거다, 좀 확실하게 말해주면 안 돼? 남자가 돼서 쪼잔하게.'

그가 왜 확실하게 말해주지 않는지, 그 이유를 알면서도 연지는 내심 그런 그가 서운하고 원망스러웠다.

하지만…… 그래도 괜찮다. 지금껏 그가 보여준 행동과 말들. 무엇보다 자해를 하면서까지 그녀를 멀리 쫓아버리려고 했음에도 불구하고 결국에는 그녀를 다시 붙잡아준 그이지 않은가. 그러니 그가 확실하게 말해주지 않아도 괜찮다.

이제는 그녀도 그 마음을 잘 아니까. 이렇게 함께 있는 것만으로도 그 마음이 저절로 숨 쉬듯이 전해져 오니까. 그녀를 바라보는 저 눈빛은 그의 입과는 다른 말을 하고 있으니까.

그러니까 지금은 그것만으로도 충분하다.

연지는 바르르 떨리는 입술을 깨물고 부러 삐친 듯 그를 째려보았다. 그러다 이내 큭 웃으며 환한 미소를 지었다.

노다가 눈부시도록 아름답다는 그 미소를.

그의 눈빛이 한층 더 깊어졌다.

바르르 떨렸다.

철컹.

커다란 철문이 닫히는 소리가 새벽녘의 고즈넉한 대기를 흔들었다. 자박자박 풀잎을 스치며 그가 다가오는 소리가 들려왔다. 연지는 그가 다가오기를 기다렸다. 그리고 그와 함께 걸었다. 새벽이슬에 촉촉이 젖어가는 잔디를 밟으며 나란히.

사흘 전과 달라진 점 중에 가장 크게 달라진 점이 있다면 바로 이것이었다. 동이 터오기 전, 집으로 돌아가는 그녀를 그가 산 밑까지 바래다주기 시작했다는 것.

처음에는 아무 말 없이 함께 집을 나서는 그가 어색하고 의아했었다. 그러나 지금은 마냥 좋기만 하다. 손 한 번 마주 잡은 적 없고, 그저 말없이 걷기만 하는데도 마냥 설레고 가슴이 벅차올랐다.

뿐만 아니었다. 사흘 전 비 오던 그날 밤처럼 그는 그녀가 올 시간에 맞춰 산자락 밑에까지 내려와 그녀를 마중 나와주고 있었다. 어제도 그랬고 물론 오늘도 그랬다. 어젯밤에는 갑자기 그가 수풀 속에서 스윽 나타나는 바람에 얼마나 놀랐었는지 모른다. 정말 까무러칠 듯이 놀랐더랬다.

연지는 간신히 놀란 마음을 진정시키고 오늘은 비도 안 오는데 어쩐 일이냐고 물어봤었다. 그때도 그는 아무 말도 하지 않았다. 그저 벙찐 듯 멍하니 서 있는 그녀를 재촉해 묵묵히 걸음만 옮겼더랬다.

달빛밖에 없는 깊은 밤. 아무도 드나들 수 없는 그만의 공간이라고 할지라도 그가 집 주변을 떠나 산 아래까지 내려온다는 것은 그에게는 엄청난 용기가 필요한 기행임에는 틀림없었다. 때문에 연지는 언감생심, 그런 건 꿈에도 바란 적이 없었다.

그런데 그가 스스로 알아서 그녀를 위해 용기를 내어주었다. 그것은 곧 그 스스로 등졌던 세상을 향한 한 걸음이자 그녀를 향한 한 걸음이기도 할 터였다. 비록 그는 그런 마음을 인정하려고도 하지 않고 일언반구, 아무 말도 해주지 않고 있지만.

이제는 그쳤나 싶으면 약 올리듯 변죽을 올리며 또다시 온종일 내리던 비와 밤새 촉촉이 내려앉은 이슬 때문에 곧게 뻗은 길은 물기를 함뿍 머금고 축축이 젖어 있었다. 더불어 그녀의 마음도 촉촉이 젖어간다.

젖은 풀잎 냄새와 달빛을 머금은 산 내음이, 한 뼘쯤 떨어져 나란히 걷는 그의 체취가 그녀의 가슴으로 진하게 스며들어 왔다. 그의 체취가 그녀를 적신다. 서럽고도 아프고 스산하면서도 따스한 그의 향기가, 고독한 그만의 체취가.

연지는 마음속으로 한 가지 바람을 가만히 바라본다.

자신이 그로 인해 치유되고 촉촉이 젖어가는 것처럼 그 역시 자신으로 인해 조금씩 치유되고 젖어가기를. 이렇게 조금씩, 한 걸음씩 그녀를 향해 용기를 내어 다가와 주기를 간절히 바라본다.

그만큼 그의 절망이, 고독이 뒤로 한 뼘씩 물러나 주기를.

그가 더 이상 홀로 외롭지 않기를, 더 이상 아프지 않기를.

그의 병세가 더 이상은 악화되지 않기를.

연지는 자박자박 걸음을 옮기며 슬쩍 그를 훔쳐보았다. 어둠 속에서도 창백한 그의 얼굴은 달빛처럼 확연하게 도드라져 있었다. 핏기 없이 강파른 얼굴. 그럼에도 숨 막힐 듯이 아름다운 사람. 여지없이 가슴 한편에 욱신거리는 통증이 일었다.

그녀의 아득한 시선을 느낀 그가 스륵 고개를 돌려 그녀를 바라보았다. 텅 빈 갈색 눈동자에 그녀의 모습이 오롯이 어렸다. 예전에는 아무것도 읽히지 않는 텅 빈 눈동자일 뿐이었는데, 그래서 두렵기도 했었는데, 이제는 아니었다.

저 텅 빈 어둠 속에 어떤 마음이, 지독한 고통과 슬픔이 웅크리고 있는지 알아버렸으니까.

연지는 그를 향해 최대한 맑게 웃어 보였다. 흠칫한 그가 당황한 듯 얼른 고개를 돌려 버렸다. 그러고는 또다시 죽어라 앞만 보고는 걷는다. 그러나 결코 그녀를 앞서가지는 않는다. 긴 다리로 최대한 그녀의 작은 보폭에 맞춰 느릿느릿 걷는다.

그래서 연지는 더 말갛게 웃어 보인다. 가끔은 짓궂게 걸음을 빨리하기도 하고 또 가끔은 늘보원숭이처럼 한없이 답답하게 느릿느릿 걷기도 하면서.

그러면 그는 인상을 쓰고 그녀를 찌릿 째려본다. 빨리 걷지 않고 뭐 하냐는 무언의 투덜거림이다. 그러면 그녀는 속으로 키득거리며 모른 척, 뻔뻔하게 먼 산을 바라본다. 무슨 노래인지도 알 수 없는 노래를 허밍으로 흥얼거리면서.

그런데…….

삐끗.

"앗!"

이런, 까불다가 벌 받았나 보다. 아무리 깨끗하게 포장된 길이라고 해도 캄캄한 어둠 속에 랜턴 불빛 하나에만 의지하고 내려가는 축축하게 젖은 내리막. '아차!' 하는 순간 바닥이 쭉 미끄러지면서 몸이 휘청거렸다. 으악! 연지는 짧은 비명을 내질렀다.

'간신히 나은 발목을 또다시 접질리면 큰일인데!'

연지는 넘어지지 않기 위해서 양팔을 마구 내저었다.

쿵! 빠직! 떼구르르.

그녀의 짧은 비명 소리와 함께 잡다한 소음이 조용한 산자락을 울렸다. 어둑한 산길을 비추던 동그란 불빛이 마구잡이로 흔들리며 떼굴떼굴 바닥을 굴렀다. 동시에 허우적거리는 그녀의 손끝에 차갑고 매끄러운 무언가가 걸렸다. 그리고 이내 손끝뿐만이 아니라 손 전체가 그것에 단단히 틀어 잡혔다. 눈 깜짝할 새에 그녀의 몸이 그것이 끌려 어딘가로 확 끌려갔다.

부지불식간에 끌려간 그녀의 몸이 또 다른 단단한 무언가에 부딪치듯 '턱!' 강하게 틀어 잡혔다. 높지도 않은 코가 짜부라질 정도로 크고 단단한 그것에 완벽히 묻혀 갇혀 버렸다.

그녀는 그것이 무언인지 진작부터 알고 있었다. 소스라치게 놀란 와중에도 무심한 듯 서늘하게 굳어 있던 그의 얼굴이 경악으로 물들어 확 다가오는 것을 슬로우비디오처럼 빤히 다 보고 있었으니까. 때문에 연지는 그의 단단한 가슴팍에 얼굴을 파묻은 채 한동안 꼼짝도 하지 못했다. 아니, 일부러 너무 놀라서 정신이 하나도 없는 듯 몸을 바짝 굳히고 꼼짝도 하지 않았다.

가쁜 숨을 몰아쉬면서 커다래진 눈동자만 데굴데굴 굴렸다. 그러다 슬그머니 바르르 떨리는 손을 들어 그의 옷자락을 슬쩍 움켜잡았다. 쿵쿵! 기겁한 듯 그의 심장이 가쁘게 뛰어대고 있다. 맞닿은 뺨을 통해 그 거센 고동이 오롯이 다 느껴졌다. 그녀의 허리를 단단히 끌어안고 있는 기다란 팔의 강한 힘도 가감 없이 오롯이 다 느껴졌다.

동시에 그의 스산한 향기가 맞닿은 코를 통해 득달같이 폐부 깊숙이 스며들어 왔다. 등줄기로 짜릿한 전율이 흘렀다. 연지는 두 눈을 질끈 감고 잡고 있는 옷자락을 더욱 세게 움켜잡았다.

"하아, 하아. 괜찮아?"

머리 바로 위에서 그의 음성이 들려왔다. 허스키하게 갈라진 음성은 바르르 떨리고 있었다. 연지는 속으로 '꺄악!' 환호성을 내지르며 입술을 꽉 깨물었다. 가슴이 너무 뛰어서 아무 말도 할 수 없었다. 연지는 순한 아이처럼 간신히 고개만 끄덕거렸다.

"후우."

그녀의 끄덕거림에 안심한 그가 긴 숨을 내쉬었다. 정수리에 닿는 그의 숨결이 불꽃처럼 뜨거웠다. 등골을 따라 흐른 전율이 삽시간에 전신으로 퍼져 나갔다. 정전기라도 인 듯 전신이 찌릿찌릿했다. 손발이 절로 곱아들며 바르르 떨렸다.

그런데 그가 갑자기 성난 음성을 내지르며 그녀의 어깨를 으스러뜨릴 듯 움켜잡았다.

"너 바보야? 정신을 대체 어디에 두고 걷는 거야! 안 그래도 며칠 계속 비가 와서 미끄러운데, 하마터면 넘어질 뻔했잖아! 까불 때부터 불안하다 했다. 발목도 성치 않은 게 장난만 치고. 너란 애는 진짜!"

버럭 소리 친 그가 그녀를 자신에게서 떼어내려고 했다. 정신 좀 차리라고 그녀의 어깨를 마구 흔들어도 성이 차지 않을 것 같았다. 그런데 그녀가 도통 떨어질 생각을 하지 않는다. 며칠 전 그녀가 말한 것처럼 껌 딱지처럼 그의 가슴에 찰싹 달라붙어 꼼짝도 하지 않는다.

그제야 그녀를 안아버렸다는 사실을 자각한 노다. 소스라치게 놀라 저도 모르게 움켜잡고 있던 어깨를 확 놓아버렸다. 그러자 그녀가 더 이상 파고들 틈도 없는 그의 가슴팍을 더욱 깊이 파고 들었다. 하아, 하아, 가쁜 숨을 몰아쉬는 그녀의 뜨거운 숨결이 얇은 옷감을 뚫고 들어와 그의 살갗을 뜨겁게 달궈댔다.

철렁한 가슴이 삽시간에 홧홧해지며 입안까지 바짝 말라왔다. 노다는 어찌할 바를 모르고 눈만 빠르게 깜박거렸다. 잠시간 숨 조차 쉬지 못했다.

하아, 하아, 하아…….

한참만에야 노다가 가쁜 숨을 삼키고 거칠해진 목소리로 중얼 거렸다.

"……그만 비켜. 괜찮다며."

"으응, 그런데…… 나 너무 놀랐나 봐요. 정신도 없고 다리에도 힘이 하나도 없어요. 서 있질 못하겠어. 하아, 하아."

너무 놀라서 정신이 하나도 없다는 말이 거짓말은 아닌 듯싶었 다. 그의 옷자락을 잡아 뜯을 듯이 움켜쥐고 있는 손이나 더 이 상 파고들 공간이 없음에도 연신 그의 가슴팍을 점점 더 깊이 파 고드는 가녀린 몸이나 놀란 참새처럼 쉴 새 없이 바르르 떨리고 있는 건 엄연한 사실이니까.

노다는 후후, 가쁜 숨을 몰아쉬며 시선을 내려 동그란 머리통 을 내려다보았다. 랜턴까지 박살나 저 밑으로 데굴데굴 굴러가 버린 지금, 불빛 하나 없는 컴컴한 산중에 그녀와 한 몸처럼 찰싹

붙어 있다는 사실이 좀체 믿기지 않았다.

아무리 상황이 상황이었다고 해도 이건 너무…… 끙, 예기치 못한 엄청난 사고였다.

이래서는 안 되는데! 이런 일은 결코 벌어져선 안 되는데!

그러나 놀라서 바들바들 떨고 있는 그녀를 억지로 떼어낼 수는 없었다. 아무리 무서운 거 모르는 용감무쌍한 피연지라고 해도 따지고 보면 그녀도 이제 겨우 스물세 살밖에 안 된 어린 여자였다.

누군가의 보호가 필요한 가녀린 여자.

그러니까…… 일단은 그녀를 진정시키고 보자. 다른 의미는 없다. 노다는 마른침을 꿀꺽 삼켰다. 허공에 벙하니 들려 있던 팔이 제멋대로 움찔 움직였다. 그러고도 그는 주춤주춤 한참 동안 망설였다. 그러다 마침내 주춤거리던 팔이 놀란 참새처럼 바르르 떨리는 그녀의 마른 등을 가만히 감싸 안았다.

노다는 두 눈을 질끈 감았다.

'그래, 이건 단지 놀란 애를 진정시키기 위해서일 뿐이야. 다른 의미는 없어. 다른 의도 따위는 절대로…….'

스스로를 향해 애써 변명을 늘어놓았다. 그에 탄력을 받은 듯 그녀를 꼭 끌어안은 그의 손이 기다렸다는 듯이 또다시 제멋대로 움직였다. 가녀린 척추를 따라 가만가만 쓰다듬기 시작한 것이다. 그의 입에서 읊조림에 가까운 떨리는 음성이 나지막이 흘러나왔다.

"쉬이, 괜찮아. 안심해."

사흘 전 그녀가 그를 끌어안고 쉼 없이 웅얼거렸던 것처럼 그역시 그녀를 끌어안고 쉼 없이 같은 말을 되뇌었다.

괜찮아, 괜찮아. 이제 다 괜찮아질 거야.

그의 떨리는 속삭임이, 다정한 손길이 이어질수록 그의 옷자락을 움켜쥔 그녀의 손은 점점 더 거세게 떨렸다. 아랫입술을 꽉깨문 입술 또한 쉴 새 없이 파들파들 떨렸다.

그러나 아이러니하게도 그 떨리는 입술 끝은 점점 더 환한 미소를 머금고 점점 더 크게 벌어지고 있었다.

〈1권 끝〉